보르헤스와 나

: 짧은 만남에 관한 이야기 :

보르헤스와 나

나

짧은 만남에 관한 이야기

제이 파리니 지음

김유경 옮김

책봇에디스코

40년이 되도록 같은 길을 걸어온

나의 동반자 데본에게

우리의 현실이란 대개
우리가 의도치 않았던 삶이다.

──오스카 와일드

<보르헤스와 여행 중인 제이 파리니>

<재스퍼, 보르헤스, 제프>

1

1986년 6월의 어느 날 아침, 나는 버몬트주의 농가에서 깨어났다. 태양이 그린마운틴 너머로 막 눈썹을 치켜뜨고 있었다. 이 순간은 내가 앞으로 착수할 작품에 대해 구상하는, 하루 중 가장 매력적인 순간이다. 그날의 구상은 내 의식 끝자락에서 희미하게 빛나고 있었던 톨스토이의 마지막 나날에 대한 것이었다. 아내와 아이들은 여전히 잠들어 있었다. 나는 사랑스러운 눈길로 그들을 보지 않을 수 없었다. 세상의 모든 아이가 원래 그렇듯, 미칠듯이 귀여운 이 악동들을 내가 어떻게 거부할 수 있겠는가? 혹은, 백치 같은 내 행동에 때로는 애처로운 미소를 짓기도 하고 때로는 웃음을 터뜨리기도 하는 이 다정하고도 눈부신 아내를 어떻게 사랑하지 않을 수 있을까? 내게는 그저 분에 넘치는 행운이라고 느껴질 뿐이었다. 나는 경이로움과 동시에 감사한 마음을 느끼며 주방으로 내려가, 진한 아이리시 브렉퍼스트티를 한 잔 내려서 맞은편 서재로 향했다.

나는 서재 한편에 자리 잡고 있는 낡고 얼룩진 커다란 책상에 앉기 전에, 습관처럼 라디오를 켜 BBC 채널에서 흘러나오는 뉴스를 들었다. 그 단파 라디오는 나의 오랜 친구이자 스승인 알래스테어 리드가 내 38번째 생일선물로 준 것이었다. 그날 뉴스 진행자는 "모든 경계를 초월하는 비길 데 없는 서사로 사실과 허구를 뒤섞음으로써 라틴아메리카 문학의 인기를 주도했던" 위대한 아르헨티나의 작가 호르헤 루이스 보르헤스가 86세를 일기로 제네바에서 사망했다는 소식을 전하고 있었다. 나는 한동안 망연자실했다. "그는 많은 이야기를 펼쳐낼 줄 아는 작가였습니다." 뉴스 진행자는 말을 이어갔다. "그는 작가로서 인간의 경험에서 가장 특이하다고 할 수 있는 공간을 탐험했고, 미로와 거울을 사랑했으며, 결코 하나로 정의될 수 없을 만큼 변신을 거듭했던 작가로 평가됩니다."

머릿속에서 무수한 기억들이 스쳐 지나갔다. 나는 오래전 대학원생이던 시절에 스코틀랜드에서 보르헤스를 만났고, 그와 세인트앤드루스에서 하이랜드까지 왕복 여행을 했다. 우리의 만남은 대략 일주일에 불과했지만, 그 만남은 내 안에 어떤 변화를 일으켰다. 적확한 순간에 나에게 찾아온, 어떤 '관점의 변화'라고 할 수 있었다. 그를 만난 후의 나는 그를 만나기 이전의 나와 결코 동일할 수 없으리라는 것을 나는 그때 깨달았다.

나는 창가에 서서 고개를 숙여 정원 아래 피어있는 양귀비꽃을 내려다보았다. 환하고 붉은 꽃들이 얼굴을 내 쪽으로 향하고 있었다. 이 꽃들은 내 붉어진 눈을 알아보았을까? 나는 불현듯 창가에서 물러섰다. 나는 평소에 잘 우는 사람이 아니었지만, 그날만큼은 오래도록 눈물을 흘렸다. 보르헤스를 위해서, 그리고 나 자신을 위해서, 그 미숙하고 지나치게 심각하며 수줍음을 타고 때로는 겁에 질린 그 당시의 나 자신을 기억하며 울었다. 그리고 그 미숙한 청년의 모습과 대비해 지금의 나의 모습을 헤아려보면서, 15년 전에 스코틀랜드에서 있었던 일들에 대해 오랫동안 생각했다.

　1970년에 나는 라파예트 대학을 막 졸업하고 부모님이 계시는 펜실베이니아주의 도시 스크랜턴으로 돌아왔다. 그곳에는 두 가지 선택지가 나를 기다리고 있었다. 하나는 나에게서 남성다움을 무참히 토막 내버릴 어머니가 계시는 고향집에서 계속 사는 것이었고, 다른 하나는 나의 진짜 남성성을 지뢰로 무참히 날려버릴 베트남으로 가는 것이었다. 그리고 처음엔 어렴풋했지만 마침내 명확해졌던 세 번째 선택지도 있었다. 그것은 미국에서 아예 최대한 멀리 떠나버리는 것이었다. 그때 나를 부른 곳은 스코틀랜드의 파이프주 이스트뉴크에 있는 작은 마을 세인트앤드루스였다.

　세인트앤드루스는 이미 한 번 탈출의 구실을 나에게 제공해 주었던 적이 있었고, 또 소명의식을 준 곳이기도 했다. 2학년 때 그곳으로 해외연수를 다녀왔기 때문이다. 그곳에서 보낸 잊을 수 없는 나날 동안, 나는 스스로에게 놀랄 정도로 친구들을 쉽게 사귀었으며, 스코틀랜드와 영국 학생들과 잘 어울렸고, 몇몇 유럽 대륙에서 온 학생들과 친해지기도 했다. 내가 들었던 수업들은 화려한 수사학적 연설을 보는 것처럼 낯설지만 매력적이었다. 나는 특히 현학적이면서도 괴짜 같은 선생님들과 함께 했던 일대일 집중 개별지도 시간에 많은 것을 배웠다. (그 선생님들 중 한 분은 자신의 다 쓰러져 가는 아파트에서 개별지도를 하셨는데, 그분의 아내는 "세균에 예민해서" 마스크를 쓰고 우리에게 차를 대접해 주셨다.)

　가장 중요한 사실은, 스코틀랜드에서 비로소 내가 글을 쓰기 시작했다는 것이다. 처음에는 일기장에 일상을 기록하는 것으로 시작했는데, 당시에 내 글이 (로버트 로웰의 시구를 도용하자면) "우아한 정확성"으로 빛날 것이라고 생각했다. 그 어떤 세부사항도 중요하지 않은 것이 없는 것 같았기 때문에, 나는 내가 읽었던 것들에서 따온 인용문들로 일기장을 가득 채우거나, 찻집이나 선술집에서 어깨너머로 들은 대화의 토막들을 기록하곤 했다. 또 나는 나만의 시를 쓰기 시작했다. 모두가 예상하듯, 그 시편들은 누군가를 흉내 내고 있었고 그다지 기억할 만한 가치는 없었다. 하지만 어찌 되었건 내게는 황홀한 전환이었다. 남들에게 입증할 수 있는 재능이나 경험이 없으면서도, 나는 글쓰기를 평생의 직업으로 삼기로 마음먹었다.

　문학에 대해 내가 아는 것이라고는 작은 컵에 담긴 커피 위 크레마 수준에 불과했지만, 나는 내가 문학에 대해 꽤 잘 안다고 생각했다. 하지만 나는 절박한 심정으로 독서를 하기 시작했다. 아니, 독서라기보다는 거의 책을 들이마셨다고 해야겠다. 나는 『월든』(헨리 소로), 『풀잎』(월트 휘트먼), 『위대한 개츠비』(스콧 피츠제럴드), 『천사여, 고향을 보라』(토머스 울프)와 같은 책들을 읽었고, 헤르만 헤세, 버지니아 울프, 잭 케루악, D. H. 로렌스, 카슨 매컬러스, 블라디미르 나보코프, 사뮈엘 베케트 등등을 정신없이 머릿속에 주워 담았다. 나는 도서관에 앉아 그 거대하고 빳빳한 《뉴욕 리뷰 오브 북스》의 책장을 열심히 넘겼고, 고어 비달이나 조앤 디디온, 노먼 메일러, 수전 손택과 같은 작가들이 쓴 도발적인 작품들에 끌렸다. 나는 또 작가들의 낭독회에도 참가했다. 그들 중에는 앨런 긴즈버그, 제임스 디키, 폴 굿맨 같은 유명한 작가들도 있었다. 나는 문학이 스크랜턴 너머의 세계로 가는 문을 열어줄 것이라고 확신했다.

나는 세인트앤드루스의 대학원 과정에 눈독을 들였다. 하지만 이런 결정을 부모님께 설득하려면 전쟁을 치러야 할 것이라는 사실도 알고 있었다. 나는 어머니의 첫아이였고, 어머니는 내가 세상에 태어난 순간부터 나에게 집착했다. (내 여동생 도리는 나보다 두 살 아래였는데, 도리가 여자아이라는 사실도 어머니와의 관계를 수월하게 만들어 주지는 못했다.) 나는 정말 "늦된" 아이였다고 어머니는 자주 말씀하셨다. 낯선 사람을 보면 금방 겁에 질렸고, 어떤 것에도 쉽사리 흥미를 갖지 못했다고 한다. 아기일 때 나는 낯선 사람이 방으로 들어올 때마다 소리를 질러댔다. 어머니만이 나를 달랠 수 있었고, 어머니는 이런 나의 의존을 더 부추겼던 것 같다. 의도적으로 나를 옥죄려고 하신 건 아닐 테지만, 아무튼 결과는 같았다. 말할 필요도 없이, 나는 그녀에게서 분리되는 데 커다란 어려움을 겪었다. 성인이 된다는 건 나에게는 멀고도 도달 불가능한 왕국으로의 여정으로 보였다.

어머니는 내가 스코틀랜드로 처음 떠날 때 신경쇠약에 걸리기 직전이었다. "어딜 간다고?" 어머니는 물었다. "스코틀랜드? 너 미쳤니? 대체 요즘 누가 스코틀랜드에 간다고!" 1968년 출국일 하루 전, 어머니는 울면서 뉴욕에 있는 호텔 침대로 쓰러졌다. 그녀의 비통한 울부짖음 때문에 옆방에 있던 나는 밤새 잠들지 못했다. 다음 날 아침 부두에서 작별인사를 할 때 어머니는 거의 탈진해서 말도 못하는 상태였다. 나는 어머니가 "금방 가라앉을 것처럼 불안해 보인다"라고 걱정했던 낡은 이탈리아 정기선을 타고 영국으로 갔다. 나는 뉴욕에서 사우샘턴으로 가는 8일간의 여행 내내 그 싸구려 배의 침대에서 훌쩍거리고 있었다. 지금 생각하기에 그때가 바로 나의 정신적 이유기(離乳期)였던 것 같다. 나는 옛 생활을 최선을 다해 털어버리려고 했다. 어머니가 매일 밤 나를 그리워하며 스크랜턴에서 울다 지쳐 잠들 것이라는 건 잘 알고 있었다. 하지만 나는 마음을 굳게 먹었다. 아무리 고통스럽더라도 내 앞에 놓인 것은 무엇이든 헤쳐나가야만 했다.

아버지는 다정하지만 걱정이 많은 분이었다. 할아버지는 이탈리아 이민자였고, 영어를 거의 못했으며, 당신의 다섯 아들에게 손수 만든 링귀니와 집에서 키운 채소를 먹이는 것 말고는 해 준 것이 없었다. (할머니는 뒤 베란다에서 토끼를 쏘아 잡아서 라구파스타를 만들어 주셨다.) 대공황의 아이들인 아버지 세대가 거의 그러했듯이, 아버지는 모든 것에 지나치게 조심하는 병을 앓고 있었다. 아버지의 마음속에는 가는 길마다 바나나 껍질들이 쫙 깔려 있던 것이다. 아버지는 고등학교를 일찍 자퇴해야 했지만, 타고난 근성과 약간의 행운 덕분으로 보험업계에 진출했고, 자신도 완전하게는 이해하지 못한 보험약관을 동네 사람들에게 파는 데 성공했다. 아버지는 매일 빳빳하게 다린 흰 와이셔츠에 화려한 실크 넥타이를 매고 스크랜턴에서 고개를 높이 쳐들고 다녔다. 아버지는 집을 나서기 전 열정적으로 구두에 광을 냈다. 그는 "잘나가는 사람"이었던 것이다. 하지만 아버지는 계속해서 미래에 대해 걱정했고, 특히 '나의' 미래에 대해 크게 걱정했다.

나 또한 걱정이 많은 아이였다. 그래서 우리의 패밀리 닥터는 내가 대학원에 가기 전에 "나를 진정시키기 위해" (말馬도 기절시켰을 구식 바르비투르산으로 된) 진정제를 한 병 주었다. 에반스 선생님은 내게 "너무 초조해하지 마라." 하고 말했다. "초조한 건 자네한테 전혀 도움이 안 돼. 밤을 꼴딱 새우면 잠이 부족하지. 걱정은 그만하고 약을 먹으렴."

나는 정확히 무엇을 걱정했던 것일까? 아마 거의 모든 것에 대해서였을 것이다. 내 친구들이 신나게 빠져들었던 섹스와 마약, 로큰롤의 유행은 내게는 익사할 것만 같은 거친 바다로 보였다. 나는 숫총각이었고, 영원히 그럴 것만 같았다. 그리고 그 무엇보다도 나는 베트남이 두려웠다. 자유와 세계 지배라는 환상, 혹은 내가 상상조차 할 수 없는 어떤 것에 대한 환상 때문에 치러지고 있는 그 전쟁에 대해 나는 분노했다.

나는 대학 신입생 때 전쟁에 반대하기로 했다. 그래서 1967년 워싱턴에서, 그리고 1970년 봄에 또 한 번 반전 행진에 참여했다. 다른 대학생들이 그러했듯, 나는 내가 안다고 생각한 것을 믿고 있을 뿐이었다. 동남아시아에서 벌어지는 전쟁은 비도덕적이고 어리석으며 잔혹했다. 하워드 진, 놈 촘스키와 같은 저자들의 반전 도서들은 내 마음의 도서관에 영원한 자리를 차지했다. 설상가상으로, 징병위원회는 나에게 지대한 관심을 보이면서, 내 상태를 2-S(학생 입영연기)에서 1-A(입영적합)로 바꿔버렸다. 추첨에서 꽤 높은 대기번호를 받았었는데도 말이다. 나는 대기번호의 행운도 제대로 누리지 못하고 계속 최악의 상황을 걱정했다. 래커워너 카운티의 징병위원회는 젊은 청년들을 걸신들린 듯 잡아먹는 커다란 구멍과 같은 곳으로 악명 높았기 때문이다. 내 고등학교 친구들 몇몇은 전쟁터로 휩쓸려 갔고, 그들 중 하나는 비무장지대 근처의 우울한 주둔지로 배치를 앞두고 있었다.

　나는 아직도 스크랜턴에 있는 그 부대에서 신체검사를 받던 그 날 아침의 악몽을 꾸곤 한다. 수십 명의 청년 사이에서 벌거벗은 채 서있는 나를 의사는 여기저기 쑤시고 찔러댔다. "자네는 그것도 거시기라고 달고 있나?" 쪼그라들어 버린 그곳을 가리려고 사투를 벌이고 있는 내게 어느 병장이 소리를 질렀다. 그러자 여기저기에서 웃음소리가 들려왔다. 내가 10학년 때 물리학 수업에서 만났었던 어느 깡마른 친구도 그곳에 있었다. 그는 갑자기 추운 바닥으로 쓰러져서, 아기처럼 무릎을 감싸고 입에는 게거품을 흘렸다. "저 녀석을 맨 먼저 보내." 신병 모집자들 중 하나가 말했다. "베트콩 놈들이 저 녀석 보고 혼비백산 도망가게."

　어머니는 나의 입영을 막으려는 의지가 확고했다. 내가 신체검사를 성공적으로 통과했는데도 어머니는 내가 입대하기에 적절하지 않다고 확신했다. "알레르기를 생각해 봐. 너 어릴 때 밤새도록 기침했잖아. 숨쉬기가 힘들어서 어찌나 쌕쌕대던지! 네 여동생이 너 때문에 한숨도 못 잤잖니. 너는 지금도 봄에 꽃이 피면 계속 기침을 하잖아. 그러면 내무반에 있는 다른 병사들도 못 자게 될 거야. 네 건강 문제 말고도 베트남에는 골치 아픈 일들이 얼마나 많은데." 어머니는 나를 군대에서 빼내려고 끝없이 계획을 세웠다. 어머니는 내가 대학교 2학년일 때 쓴 편지에서, "줄리 삼촌이 연줄이 많아서 네가 호흡곤란이 있다는 걸 확인시켜 줄 의사를 구했어. 그렇게 기침을 해댈 때 가슴통증이 어떨지 생각해 보렴. 그리고 너는 발도 평발이야. 중간에 쉬지 않고는 몇 마일도 제대로 걸을 수가 없잖아. 어떤 군대가 그런 병사를 원하겠니? 그나저나, 정치는 좀 그만하렴. 네가 왜 워싱턴을 한 번도 아니고 두 번이나 행진해야 하니? 너는 거기 있는 그런 히피들이 아니잖아. 너는 그런 일들을 이해하고 있다고 생각하겠지만, 사실은 제대로 이해하지 못하고 있어."

나는 1970년의 긴 여름밤을 부모님, 친구들과 함께 전쟁에 대해 논쟁하느라 보내곤 했다. 특히 몇 년간 우정을 쌓아온 빌리 지오다노(여기서는 그렇게 부르겠다)와 언쟁을 벌였다. 그 친구는 중학교에서 같은 야구팀에 있었고, 가을에 방과 후 미식축구팀에 함께 합류했으며, 때로 포코노스에서 같이 캠핑을 하기도 했었다. 사람들이 말하곤 했듯, 빌리는 그다지 "똑똑한 아이"는 아니었다. 공부 측면에서는 확실히 그랬다. 하지만 나는 빌리의 넘치는 에너지를 좋아했고, 시험에서는 결코 모습을 드러내는 법이 없는 그의 열광적이고 전복적인 지적 능력을 좋아했다. 나는 웨스트 스크랜턴 고등학교 시절 카페테리아에서 빌리의 모습을 찾아다녔고, 늘 그와 어울릴 구실을 만들어 내곤 했다.

"이제 우리 차례가 됐어." 그해 7월, 보병에 입대 신청하기 전날 빌리가 말했다. 그는 "징집을 피하기 위해" 보병에 지원하려는 것이었는데, 이건 완전히 비논리적이고 말이 안 되는 결정이었다. 물론 정말로 베트남에 가는 걸 원했던 것이 아니라면 말이다. "우리 아버지는 전쟁에서 히틀러랑 토조에 대항해서 싸우셨대." 빌리는 말했다. "그리고 한 번도 후회한 적이 없으시대. 그래서 아버지는 나도 가야 한다고 생각하셔."

"너희 아버지는 나도 가야 한다고 생각하실까?"

"너는 그냥 네가 원하는 걸 하면 되는 거야."

빌리는 입대하기 전 마지막으로 나를 보러 집에 찾아왔었다. 나는 그를 제대로 쳐다볼 수가 없었다. 한때 그토록 부드럽고 천진난만하던 얼굴은 그해 여름이 지나고 우락부락하고 근심이 가득한 얼굴로 변해있었다. 빌리는 어쩌다 그랬는지 앞니가 부러져있었고, 그래서 미소를 지을 때는 무서워 보이기까지 했다. 게다가 수염도 길러서, 두 볼과 뺨에 뻣뻣한 털이 지저분하게 나있었다. 길고 떡진 머리카락이 어깨까지 내려와 있었고, 목도 면도를 해야 할 것 같았다. 그에게서는 술과 담배 냄새가 났고, 살도 좀 쪄 보였다. 빌리는 마치 역사 그 자체가 그의 어깨를 짓누르고 있는 것처럼 빠르고 격앙된 언어로 말했다. 청소년기를 함께 했던 그의 다양한 이미지들이 내 머리를 스치고 지나갔다. 어느 멀리 떨어진 호수에서 카누를 타고 내 옆에서 낚시하던 그의 모습이 보였다. 혹은 고등학교 체육관에서 춤을 추면서 탁자 위를 펄쩍펄쩍 뛰면서 우스꽝스러운 행동을 하고, "바바라 앤"의 가사에 맞춰 머리를 외설스럽게 끄덕거리는 모습도 보였다. 나는 늘 고등학교 야구팀에서 투수를 하고 싶어 했는데, 빌리는 재능 있는 포수였기 때문에 카이저계곡에 있는 동네 야구장의 붉은 흙먼지 사이로 나의 형편없는 투구를 계속해서 받아주곤 했다. 어둠이 내리면 우리는 나란히 철로 위에 앉아 별들이 쏟아지는 걸 보면서 자연에 관해 그리고 삶의 기이함에 관해 이야기하곤 했다.

"신이 있는지는 잘 모르겠어." 빌리는 한때 내게 그렇게 말했었다. "하지만 세상에 예쁜 아가씨는 있지. 나는 죽기 전에 최대한 아가씨들을 많이 만날 거야. 정말요, 하느님." 나는 빌리의 말을 믿어야 할지 말아야 할지 몰랐다. 하지만 빌리의 이야기들은 재미있었다. 그리고 나는 그가 그렇게 두려움 없이 세상을 살아가는 모습이 좋았다. 빌리는 위험을 무릅쓰고 모험을 했고, 나에게도 (그다지 성공적이지는 못했지만) 그렇게 하라고 격려하곤 했다. "제이, 네가 솔직하게 말하지도 못하고 대들지도 못하면 대체 무슨 의미가 있냐? 의미가 있긴 하냐?"

어머니도 계속해서 내게 물었다. "그게 대체 무슨 의미가 있니?" 하지만 어머니가 믿지 못하는 건 스코틀랜드라는 상상하기도 싫은 장소로 되돌아가려는 나의 계획에 대해서였다. 그리고 어머니를 떠나려는 나의 소망에 대해서였다. 어머니는 내가 법대를 가든지, 아니면 그 비슷한 직장을 찾아야 한다고 생각했다. 나는 지금까지도 내가 스크랜턴에 법률사무소를 여는 악몽을 반복해서 꾼다. 나는 노스워싱턴 스트리트에 있는 법원 근처에 있는 어느 특징 없는 건물 꼭대기에 앉아있다. 어머니는 금속으로 된 접수 데스크에 앉아서 고객이 될 사람에게 전화로 혹은 직접 소리를 지르느라 바쁘다. 이것은 어머니의 판타지이기도 했다. 어머니는 바로 그 책상에 앉아서 아들에 관련된 모든 의사소통을 통제하는, 변호사 제이 파리니 사무실 앞을 지키는 용이 되고 싶어 하셨다. 그녀의 허락 없이 이 신성한 장소에 함부로 들어서는 자들에게는 재앙이 있으라!

하지만 나는 변호사가 아니라 문학을 직업으로 삼기로 했다. 어느 날 아침을 먹으면서 아버지에게 나의 계획을 이야기했다.

"문학도 직업이 되니?" 아버지는 애처롭게 물었다.

나도 똑같은 질문으로 괴로워하고 있다는 말은 차마 하지 못했다. 내가 정말 글쓰기로 먹고살 수 있을까? 심지어 내가 쓰려는 장르가 시인데도? 신문 지면은 있으니까, 하고 나는 스스로에게 말했다. 나는 신문에 독단적인 북리뷰를 쓰거나, 작가 혹은 지성인과 우아한 대담을 나눌 수도 있을 것이다. 일요판 신문에 두꺼운 부록으로 나오고 때로 책으로 출간되기도 하는 그런 종류의 글들 말이다. 자신만의 창작물로 먹고살기가 쉽지 않다는 걸 나는 잘 알고 있었다. 혹은 스릴러나 탐정소설, 아니면 공포물을 쓸 수도 있다. 하지만 나는 그런 종류의 소설은 거의 읽어본 적이 없다. 그런 장르 소설에서 성공하겠다는 판타지는 내겐 그저 판타지에 불과했다.

내가 확신했던 단 한 가지는, 전 세계에서 6천만 명이 죽어 나가게 되는 그 전쟁이 시작될 즈음 북동 펜실베이니아주에서 부모님이 찾아낸 그 안전하고 단순하며 아무런 의심도 하지 않는 삶으로는 결코 되돌아가지 않을 것이라는 사실이었다. 나는 부모님과 스크랜턴으로부터 멀리, 그 숨 막히는 식사시간에 주고받는 의미 없는 대화들로부터 멀리, "정상적인" 삶이라는 수식어가 붙은 그 치명적인 무기력 상태로부터 멀리 벗어나야만 했다.

라파예트 대학을 졸업하는 해에 나는 세인트앤드루스의 영문학과 학과장인 알렉 팔코너 교수에게 박사과정 입학을 허가해 달라고 부탁하는 편지를 썼다. 운 좋게 입학하게 되더라도 구체적으로 무엇을 연구할지에 대해서 나는 거의 아무 생각이 없었다. 게다가 얼마나 오랫동안 연구를 해야 하는지도 불분명했다. 그도 그럴 것이, 박사과정에 대한 설명이 모호했다. 중요한 것은 "최소한 9학기를 수강한 뒤" "적정한 길이의 독창적 논문"을 제출해야 하는 것으로 보였다. 그리고 그 논문은 "대학의 감독하에 써야" 한다고 했다. 이 정도면 할 수 있으리라 생각했다. 무엇이 필요한지는 잘 몰랐지만.

스코틀랜드에 처음 갔을 때, 나는 에든버러에 있는 헌책방에서 조지 맥케이 브라운이 쓴 『빵과 생선』이라는 시집을 발견했다. 그의 신랄하고도 기이하게 굴절된 목소리는 한 번도 들어보지 못한 것이어서, 그 아름다운 도시의 거리를 걷는 동안 계속 내 머릿속에서 낮고 굵은 벨 소리가 울리는 듯했다. 나는 그의 시 수십 편을 암송했고, 그렇게 시를 쓰려고 시도하기도 했다. 곧 나는 『지켜야 할 시간』이라는 책을 발견했다. 그것은 스코틀랜드 북쪽 해안의 외딴 섬인 오크니에서 일어난 이야기들을 담은 얇은 책이었다. 그의 산문이 주는 서정적 울림이 내 마음을 움직였고, 그 외딴 섬에서 고립되어 사는 평범한 사람들의 정서적 삶을 파고드는 그의 방식이 나에게 감동을 주었다. 주인공들은 바이킹 해적에서부터 외로운 농장주와 어부까지 다양했다. 그들은 내가 알던 그 어떤 인물과도 달랐음에도 불구하고 단호하면서도 산뜻한 언어로 모든 페이지에서 살아있었다. 언젠가는 나도 똑같은 기법을 스크랜턴이라는 작은 세계에 적용할 수 있지 않을까 하고 생각했다.

팔코너 교수에게 제출한 지원서에 나는 조지 맥케이 브라운에 대한 논문을 쓰겠다는 계획도 썼다. 나는 사실 그 작가의 전체 작품에 대해서는 거의 알지 못하고 단지 몇 가지 단편적인 지식만 가지고 있었지만, 시인이자 소설가로 승승장구하고 있는 그의 경력에 대해 마치 아주 잘 알고 있는 것처럼 이야기했다. 놀랍고 기쁘게도, 팔코너 교수는 몇 주 뒤에 답장을 보내왔다. 윗부분에 대학 이름이 검은 잉크로 인쇄된 편지였다. "우리 대학은 자네를 대학원에 받아들이기로 했네. 그리고 자네의 아이디어는 논문으로 아주 훌륭하다고 생각하네. 어쨌든 이 문제에 대해 우리가 함께 의논하게 될 거라네. 자네를 박사과정에서 지도하게 되어 기쁘네. 먼 곳에서 오는 자네의 여정에 행운을 비네."

나는 이 편지를 부모님께 보여드렸고, 우리는 함께 식탁에 둘러앉아 이야기했다. "우리가 먼 곳에 살고 있다는 거지?" 아버지는 싱긋 웃으며 물었다. 어머니는 그다지 철학적이지 않았다. "넌 나한테 이래선 안 돼." 어머니가 말했다. 나는 "어머니"가 아니라 나 자신을 위해서 결정한 것이라고 설명하려 애썼다. 아버지는 감사하게도 "이런 일을 시도해 보는 것도 나쁘지는 않을 것 같은데." 하고 말해주었다. 졸업할 때 나는 라파예트 대학에서 상금을 받았는데, 덕분에 세인트앤드루스에서 체류하는 처음 2년 동안의 비용은 걱정하지 않아도 되었다. 게다가 아버지도 내가 필요한 만큼 경제적으로 도와주실 거라는 걸 나는 알고 있었다. 아버지는 "문학을 전공하는 대학원 과정"이 무엇을 의미하는지는 잘 몰랐지만, 베트남으로 가는 선택지보다는 낫다고 생각했다. 아버지도 탈장과 평발 때문에 군대에 가지 못했기 때문이었다. 그리고 아버지는 내가 몇 년간 먼 곳에 있다 오면 전쟁도 끝나 있을 것이고, 그래서 스크랜턴으로 무사히 돌아와 다시 "정상적인" 삶을 살 수 있을 거라고 믿었던 것 같다.

어쨌든 나는 부모님이 나를 막지 못한다는 걸 알고 있었기 때문에 스코틀랜드에 가겠다고 고집을 부렸다. 그게 아니라면 베트남으로 가야 한다고 나는 말했다. "그래도 스코틀랜드에서는 최소한 안전하겠지." 어머니는 마지못해 말했다. "그래도 스코틀랜드 여자아이들은 소문이 나쁘던데. 게다가 남자들은 치마를 입고 말이야."

그래서, 나는 불안과 공포뿐만 아니라 희망을 안고, 다시 스코틀랜드로 돌아갔다. 소로의 『월든』에서 내가 가장 좋아하는 구절처럼, "신중하게 살아가기를, 생의 본질적 사실들만을 마주하기를, 그리고 삶이 내게 가르친 것을 내가 제대로 배웠는지, 죽음이 다가왔을 때 내가 제대로 살았는지 깨닫게 되기를" 간절히 바랐다. 인정하기는 쑥스럽지만, 나는 세인트앤드루스의 사우스 스트리트 교회로 가는 길 코너에 있는 작은 문방구에서 일기장을 사서 첫 페이지에 저 유명한 문장을 써넣었다. 내 나이 22살이었던 9월 말이었다.

2

1970년 가을에 내가 공부를 하려고 두 번째로 세인트앤드루스에 도착했을 때, 그곳은 다른 세상과 단절된 하나의 우주 같았다. 제2차 세계대전의 영향력은 25년이 지났음에도 불구하고 아직 사라지지 않고 있었다. 대학 기숙사와 학생용 아파트의 으슬으슬한 방에서, 점심과 저녁에 식당에서 나오던 묽은 수프에서, 목발을 짚고 거리를 걷거나 컴컴한 맥줏집 구석에 앉아 멍한 눈으로 파인트 잔을 기울이는 퇴역 군인들의 쭈글쭈글한 얼굴에서 나는 엄격한 금욕적 분위기를 감지할 수 있었다. 그들은 멀리 떨어진 세상으로 가서 전쟁의 비참을 보았고, 그들의 상처는 육체적이든 정신적이든 절대 아물지 않을 것이었다. 나에게는 세드릭 콜리어라는 친절한 튜터가 있었는데, 그는 몽고메리 장군 휘하의 영국 제8군이 시칠리아에서 독일군을 공격했던 이탈리아 전선에 관해 끊임없이 떠들었다. 그는 말하곤 했다. "에트나산 바위 언덕에서 그자들이 우리를 이겼지. 뭐?"

자신의 이야기가 끝났음을 알리는 마지막 박자와도 같은 "뭐?"라는 소스라친 듯한 물음은 늘 나를 당황하게 했다. 마치 그는 아직도 영국이 그 외딴 바위 언덕에서 독일군에게 패했다는 사실에 대해 느끼는 당황스러움과 수치스러움을 달래고 있는 듯 보였다.

어떤 억압된 광기의 요소가 세인트앤드루스에 있었던 반면, 그곳은 또한 고풍스러운 아름다움으로 나를 감동하게도 했다. 긴 해변이 도시의 윤곽을 그리고 있었다. 아래편 해안에는 이스트 샌즈라는 작은 만이 있었는데, 그곳에는 더 풍요로웠던 시절을 기억하는 듯 서있는 낚싯배들이 가득했다. 소금기에 찌든 어선들의 썩어가는 그물과 낡은 줄에서는 악취가 풍겼고, 그 악취에는 오래전 만선의 기억도 담겨있었다. 따개비가 잔뜩 들러붙은 소형 배들이 모래사장으로 끌려 나와 선체 페인트가 다 벗겨진 채로 여름을 기다리고 있었다. 나는 해안선에서 울퉁불퉁하게 튀어나온 이곳을 거의 방문하지 않게 되었다. 생경한 느낌을 주었기 때문이다. 반면 위에 있는 웨스트 샌즈는 완전히 달랐다. 그 넓고 환한 해변은 서쪽으로 굽이치며 만을 돌아서 테이강 물줄기로 연결된다. 모래는 썰물이 되면 유리알처럼 반짝거려서, 운동 삼아 뛰는 사람들에게는 최고의 루트가 되어주었다. 러너들은 해초와 조개껍데기, 흰 뼈처럼 생긴 표류목, 생선 뼈, 게 껍데기를 피해 해변을 달렸다. 주황색 부리와 막대기 같은 다리를 가진 검은머리물떼새는 파도를 헤치고 짹짹대며 울었고, 갈매기는 날개를 펼치고 하늘에서 급강하하고 있었다. 공기는 들떠있었고, 이른 아침이나 늦은 오후의 바다는 마치 황금 방패 같았다.

나는 첫 번째 학기부터 아침 일찍 웨스트 샌즈 해변을 뛰는 생활 패턴에 정착했다. 내게 웨스트 샌즈는 전 우주를 통틀어 가장 아름다운 해변이었다. 그곳은 나를 심오한 정신적 현실과 연결시키는 장소였다. 그 해변에, 그 모래에, 쏟아지는 파도 속에, 그 청록빛 만(灣)에, 바로 절대자가 있었다. 나는 달리기를 한 후 오랫동안 욕조 속에 몸을 담갔고(나는 욕조에서 책 읽는 것을 좋아했다), 근처 카페에서 친구들과 커피를 마셨으며, 그러고 나서 사우스 스트리트에 있는 도서관에서 긴 하루를 보냈다. 도서관의 '팔러먼트 홀'의 상층실은 난방이 안 되어 주로 비어있었는데, 나는 그곳을 좋아했다. 나는 그 한쪽 구석에 앉아 맥케이 브라운에 대한 논문을 쓰기 시작했다.

팔코너 교수는 처음에 서신을 교환할 때는 맥케이 브라운에 대한 논문 프로젝트를 감독해 주기로 했었다. 하지만 그는 다음번 편지에서 이렇게 말하며 나를 좌절하게 했다. "자네가 세인트앤드루스에 도착하면 논문 주제에 대해 다시 생각해 보도록 해야겠네. 브라운 시인은 연구주제로 적당하지 않은 것 같아. 유명한 작가도 아니고, 심지어 생존 작가인 것 같으니 말일세." 팔코너 교수가 내 논문 주제에 대해 이미 다른 생각을 하고 있다는 사실이 나를 걱정스럽게 했다. 게다가 나중에 교수를 찾아갔을 때 그의 의구심은 갈수록 분명해지고 있었다. "논문이 잘 될 거 같지 않은데." 그는 말하곤 했다. "미국인들이 공부하겠다고 여기를 오는데, 뭘 잘 모르고 있는 것 같아." 하지만 문제는 나에게 대안이 없다는 점이었다. 만일 내 논문이 진행되지 않으면 그때는 어떡해야 하나? 다시 스크랜턴으로 돌아가거나 베트남으로 돌아가는 상황은 내겐 상상하고 말고 할 것도 없었다. 게다가 스크랜턴이나 사이공이나 큰 차이도 없어 보였다.

다른 한편으로는 과연 알렉 팔코너 교수의 말을 진지하게 받아들여야 하는지 고민이 되기도 했다. 그는 60대 후반의 늙어가는 학자였고, 전쟁 때 왕립 해군 장교로 복역한 적이 있었던, 그리고 이후 평생을 셰익스피어와 바다의 관계에 대해 생각하면서 살아온 남자였다. 그의 이론에 따르면 셰익스피어는 선상 규약에 대해 놀라울 만큼 잘 알고 있는데, 이는 그가 그 유명한 "잃어버린 기간"[셰익스피어의 활동 기록을 찾아볼 수 없는 1585년부터 1592년까지의 7년간을 의미한다. — 옮긴이]에 해군으로 복역했음이 틀림없다는 사실을 입증한다. 팔코너 교수는 이러한 개연성이 낮은 주장을 1964년에 출판된 자신의 "걸작"인 『셰익스피어와 바다』에서 펼치고 있다. 그가 주장한 바에 따르면, "셰익스피어의 작품이 엘리자베스 여왕 시대와 제임스 1세 시대를 배경으로 하고 있기는 해도, 20세기 해군 장교라면 누구나 그 익숙한 기밀 보고서, 함대 순서, 신호, 전략, 작전행동, 왕립 해군 열병식 같은 세계를 알아보는 데에는 전혀 어려움이 없다." 그는 『오셀로』에서 두 번째 함선이 지평선에 포착되었을 때 나오는 "돛이다! 돛이다!"라는 대사가 예로부터 전해오는 해군의 외침 소리라면서, 이는 자신의 이론적 증거라고 주장한다.

팔코너 교수는 "미국 어느 오지에 있는 이름 없는 대학" 출신의 "소위 학자라는 어떤 미국인"이 최근에 셰익스피어가 그의 잃어버린 기간 동안 런던의 법학원에서 일했을 가능성이 있다고 주장했다고 하며, 이는 아주 당혹스럽고 불쾌하다고 말했다. 그 학자의 주장에 따르면, 셰익스피어가 법학 쪽으로 일하지 않았다면 법적 문제에 대해서 그렇게나 정통하게 작품을 쓸 수 없었을 것이고, 불법행위법과 법학에서 나온 그 수많은 은유에 기댈 수도 없었을 것이라고 한다. 특히 소네트 46번에서 화자의 마음과 눈 사이에서 벌어지는 '소송'은 그 시의 외적 구조와 맥락을 제공하고 있으며, 최후변론과 최종판결과 같은 법적인 비유로 가득하다. 팔코너 교수는 그 학자의 책을 나에게 보여주면서 자신의 경쟁상대를 "사기꾼이자 협잡꾼"이라고 불렀다.

어느 비 오는 날 밤, 나는 바람이 휘몰아치는 더 스코어스에서 팔코너 교수를 마주친 적이 있다. 세인트앤드루스 대학의 영문학과가 있는 캐슬하우스 건물 근처에 바닷가를 내려다볼 수 있는 곳이었다. 초췌한 얼굴을 한 그는 너무 큰 페도라를 한쪽 손으로 붙잡고는 내게 생각에 잠긴 듯 말했다. "젊은이, 지금 바다 위는 잔인한 밤이라네. 아주 잔인한 밤이지." 십여 년 뒤 그가 치매에 걸려 세인트앤드루스에서 몇 마일 떨어진 스트라덴 정신병원에서 말년을 보내며, 젊은 시절에 암송했던 셰익스피어의 소네트를 자신의 글인 줄 알고 쓰면서 스스로의 명필에 감탄하다가 죽었다는 이야기를 전해 들었을 때, 나는 그다지 놀라지 않았다.

이 모든 광기는 조지 맥케이 브라운에 대한 연구를 방해하지 않는 한 내게 크게 문제되지 않았다. 나는 팔코너 교수의 우유부단함이 결국 내게 유리하게 작용할 것이라고 확신하면서 논문 프로젝트를 강행하기로 했다. 나를 막지는 못할 거라고 확신했던 것이다.

당시 세인트앤드루스 대학의 대학원생들에게는 주거 혜택은 거의 없었다. 대학원생들을 위한 유일한 기숙사인 딘스코트에 몇 개의 방이 있었지만 나는 들어가지 못했다. 결국 나는 토니 애쉬라는 영문과 강사의 집 꼭대기 방에 들어가서 살게 되었다. 토니와 그의 아내 수전은 나와 아주 친해졌고, 나에게는 양부모 같은 존재가 되었다. (50년이 지난 지금도 나는 80대 중반이 된 토니와 일주일에 한 번은 꼭 통화를 하곤 한다.) 토니의 집에 들어가기 전 얼마간은 호프 스트리트에 있는 조지언 타운하우스의 축축한 지하방에 살았다. 그 거리는 구시가지에 있는 가장 우아한 18세기 거리 중 하나였다. (이곳의 집들 대부분은 전쟁 이후에 건축된 "신시가지"와는 정반대의 모습이었다.) 집주인은 보랏빛 뾰족코를 가진 몸집이 작은 로스 할머니였다. 그녀는 흰 머리를 동그랗게 말아서 묶고 있었고, 그녀의 두꺼운 모직 스커트는 비가 들이치거나 총알이 날아와도 멀쩡할 것 같았다. 나는 그 음침한 지하방을 사용하는 대가로 매주 7파운드를 지불했다. 게다가 미터기에 찍히는 난방요금은 내가 내야 했다. 수평봉 3개로 된 전기히터는 너무 강하게 타올라서 가까이 가면 정강이가 델 것 같았다. 이 히터는 실상 열기보다는 빛을 강하게 전달해서, 혼자 혹은 두 사람이 겨우 앉아 식사할 수 있는 비좁은 탁자가 놓여있는 거실이 그 빛 때문에 환해지곤 했다. (그래도 나는 이 탁자에 앉아 아침 일찍 혹은 밤늦게까지 글을 썼다.) 작은 부엌에는 금속 싱크대와 핫플레이트, 토스터, 그리고 작은 냉장고가 있었다. 나는 문 옆에 달린 작은 찬장에 참치캔과 토마토 수프, 콩, 시리얼을 보관했다. 가까운 베이커리인 피셔앤도널드슨에서 사온 딱딱한 갈색빵 한 덩이가 늘 싱크대 옆 빵 전용 도마에 놓였다가 사나흘이면 사라지곤 했다.

내가 더 이상 뭐가 필요했겠는가?

로스 씨는 자신의 표현에 따르면 "저교회파(low church)"에 속하는 교회에 참석하는 다소 완고한 여성이었다. 저교회파란 칼뱅주의에 뿌리를 둔 개신교 교파이다. 그녀는 내가 이탈리아계 미국인이니 당연히 천주교도일 것으로 생각하고는, 자신의 신앙을 결코 나에게 강요하려 들지 않았다. (사실 아버지는 어머니와 결혼하기 위해 개신교로 개종했었고, 중년이 되었을 때는 침례교 목사로 임명되기까지 했다. 어느 날 갑자기 아버지에게 찾아온 신앙은 아버지를 완전히 지배해 버렸다. 나는 아버지가 잉글리시 머핀과 포도 젤리 옆에 킹 제임스 성경 스코필드 판을 펼쳐놓고 아침 식사를 하는 광경에 익숙해지게 되었다. 아버지는 여백에 끝없이 노트했고 결국 성경을 모두 암기했다.) 나는 가끔 차를 마시러 위층으로 올라가곤 했는데, 거기에서 로스 씨의 여동생과 마주치기도 했다. 그녀 또한 로스 씨라고 불렸는데, 근처 벨 스트리트에 있는 집에서 가족과 함께 살고 있었다. 내 집주인인 로스 씨는 나를 "미국인 청년"이라고 불렀고, 자기 아파트에 "해외에서 온 박사 과정 학자"가 있다는 사실을 자랑스럽게 생각했다. "학생, 눈 버릴라!" 그녀는 독서의 위험에 대한 어머니의 빈번한 경고를 상기시켜 주는 발언을 자주 하곤 했다. "방에 보니까 책이 산더미던데. 글자도 엄청나게 조그맣고!"

로스 씨의 심한 스코틀랜드 억양은 처음에는 내게 의사소통의 장벽과도 같았지만, 곧 나는 그녀의 말을 똑같이 받아칠 수 있게 되었다. 그녀는 내가 당황한 것처럼 보일 때마다 '알겠어?'라고 스코틀랜드 사투리로 물어보곤 했는데, 나 또한 곧 "그럼요, 알죠."라고 똑같이 사투리로 대답할 수 있었던 것이다.

세인트앤드루스 대학 영문과에서 학위를 따는 것은 사람을 미치게 할 정도로 끝이 없는 과정이었다. 나는 박사과정이라는 덤불을 헤치고 학위를 딸 때까지 거의 10년이 걸린다는 이야기를 동료 대학원생에게 듣고 크게 실망했다. 내가 있을 법하지 않았던 장소에 십 년이라는 긴 시간 동안 갇혀버렸다는 느낌이 들기도 했다. 이미 나는 박사학위를 따기 위해 필요한 공부가 내 인내심의 한계를 넘을 수도 있다는 사실을 감지하고 있었다. 설상가상으로 나는 학교로부터 약간의 경제적 도움을 받는 것 외에 과연 2년 이상을 버틸 수 있을지 확신할 수가 없었다. 아버지는 "내가 버틸 수 있도록" 규칙적으로 수표를 보내는 것만으로 충분히 행복해했다. 하지만 아버지의 편지는 종종 다음과 같이 끝나곤 했다. "나는 네가 펜실베이니아에 있는 법대에 지원해야 한다고 생각한다. 스크랜턴에는 좋은 변호사들을 위한 자리가 많다. 게다가 네 어머니도 찬성하신단다."

어머니야 두말할 필요도 없겠지.

다시 스크랜턴의 일상에 처박힐지도 모른다는 불안감은 내가 세인트루이스에 도착한 지 한 달밖에 안 되었을 때 받은 편지로 인해 더욱더 증폭되었다. 그건 바로 내가 공포에 떨며 예상했던 것, 즉 징집위원회에서 온 편지였다. 나는 봉투를 꼼꼼히 살펴보았고(그것은 어머니가 내게로 전달한 편지였다) 심지어 냄새도 맡아보았다. 그리고 얼마간 주저한 끝에, 그것을 내 침실 옷장 서랍 제일 위 칸에 뜯지 않은 채 그대로 놓아두었다. 제법 많은 편지가 계속 징집위원회에서 왔고, 나는 그것들을 고무줄로 묶어서 서랍 속 속옷들 아래 숨겨두었다. 편지들이 계속 온다는 사실이 나를 공포에 사로잡히게 했다. 입대 신고를 하라는 건가? 내가 안 나타나면 어떻게 되지? 미국으로 돌아가면 체포될까? 여러 가지 생각 끝에 나는 편지들을 열어보지 않기로 결심했다. 무슨 일이 있어도.

어느 날 밤 나는 일종의 자기해방의 몸짓이라고 생각하며 미국에서 가져온 진정제 마지막 병을 변기에 다 쏟아부어 버렸다. 물이 소용돌이치며 내려가는 것을 보며 뭔가 씻겨 내려가는 듯한 안도감이 들었다. 나는 이제 그것의 도움 없이 스스로 잘 살 것이고, 나의 불안도 알아서 잘 대처할 것이다. (실상 나의 불안은 공황상태를 더 악화시켰다고 나는 확신한다. 불안은 낮이면 나를 끈질기게 따라다녔고, 밤이면 나를 잠들지 못하게 했다. 불면의 밤이면 내 침대 옆 시계의 째깍거리는 소리의 간격이 마치 영겁의 시간처럼 느껴졌다.)

어느 날 아침 나는 더 스코어스에서 예전에 나의 튜터였던 앤 라이트 씨를 만났다. 그녀는 50대로, 기운차고 활발한 여성이었다. 그녀는 영화 〈진 브로디 선생의 전성기〉에 나오는 (배우 매기 스미스가 연기한) 진 브로디가 환생한 것 같았다. 그녀는 참을 수 없이 가식적인 표정을 지으며, 입을 벌리지 않은 채로 새된 목소리로 말했다. "아, 파리니 학생! 참 사랑스러운 이름이기도 하지! 이름이 기억이 나네요! 이탈리아 사람이던가요?"

"안녕하세요, 라이트 씨."

"근데 왜 여기에 있죠?"

"어디 말씀이신지…"

"스코틀랜드 말이에요!"

나는 대학원생으로 세인트앤드루스에 다시 돌아왔고 영문과에서 박사학위를 딸 때까지 있을 거라고 설명했다.

"아이고, 저런." 그녀가 말했다. "목소리에서 굳은 결심이 느껴지는군요. 좋은 일이 아닌데. 그래도 언제 한번 차 마시러 와요. 이야기 좀 해야겠어요."

그 말은 당장 오라는 말이었기 때문에 나는 그녀를 찾아갔다.

라이트 씨는 여학생 전용 해밀턴 기숙사의 관리인이었다. 그 기숙사는 19세기 후반에 지어졌고 그랜드 호텔로 알려져 있었다. 그 웅장한 붉은 벽돌 건물은 세계에서 가장 오래되고 고급스러운 골프클럽인 올드코스 골프장과 로열&에인션트 골프장을 내려다보고 있었다. 그녀는 넓은 꼭대기 층을 사용하고 있었는데, 그곳은 세인트앤드루스 만과 웨스트 샌즈 해변이 다 보이는 멋진 전망을 가지고 있었다. 맑은 날에는 더 멀리 있는 보랏빛 앵거스 언덕과 북서쪽 너머에 산악지대까지 볼 수 있었다.

그녀는 배턴버그 케이크 조각[노란 사각형과 분홍 사각형으로 된 독특한 스폰지 케이크. — 옮긴이]과 얼그레이 차를 내왔다.

"자, 제이. 아니, 파리니 씨라고 불러야 하나?"

"제이라고 부르시면 됩니다."

"아주 좋아요! 제이는 이니셜인가요?"

"아니요. 그냥 제이예요."

"어쨌든 이니셜이겠죠."

나는 케이크를 또 한 조각 먹었다.

"제이 학생은 내가 기억하기로 영국 역사를 그렇게 잘하지 않았는데." 그녀는 1968년 가을학기에 나를 튜터링했던 것을 떠올리며 마치 혼잣말을 하듯이 말했다.

"영국 왕과 여왕들 이름을 제대로 외운 적이 없긴 했어요." 나는 말했다.

"미국인들은 잘 못하죠." 그녀는 차를 따랐다. "조지가 너무 많잖아. 게다가 에드워드도! 제임스 왕 업적도 헷갈리지. 숫자로 외워야 하니까." 그녀는 케이크를 천천히 씹으면서 맛있게 먹고는 긴 손가락을 살짝 핥았다. 목에 있는 푸르스름한 핏줄이 마치 강철 케이블처럼 튀어나와 보였다. "근데 제이 학생은 뭘 하고 싶은 거죠? 내가 호기심이 좀 많아서요. 예의도 없고."

"학위를 딸 거예요." 나는 말했다.

"알죠. 근데 왜, 뭐 때문에? 뭔가를 하려면 이유가 있어야 하잖아요. 아니면 그냥 허공을 마냥 돌아가는 풍차 같지."

"글을 쓰고 싶어요."

"정말?"

"시를 말입니다. 저는 시를 쓰거든요."

"아, 시라고. 그럼 알래스테어를 만나야겠네."

"누구요?"

"알래스테어 리드라고, 전쟁 후에 여기 학생이었죠. 오래된 친구예요. 방탕해 보이긴 하지만, 신경 쓰지 말아요." 뭔가 이상한 표정이 그녀를 스쳐 지나갔다. 기억하고 싶지 않은 걸 기억한 듯했다. "알래스테어는 태평양 전쟁에 참전했었죠." 그녀는 잠시 말을 멈추었다. "나는 그 사람들을 결코 좋아한 적이 없어요. 일본 사람들 말이에요. 혹시 제이는 일본 사람 좋아해요?"

"저는 한 번도 일본 사람을 만난 적이 없어요." 나는 단호하게 말했다. "그러니 그 사람들에 대해 전혀 나쁜 감정은 없죠."

"처세를 잘하는군요! 나름 장점이에요."

"알래스테어도 시인인가요?"

36

"머리끝에서 발끝까지 시인이죠. 몇 달 전에 오하이오인지 아이오와인지에 갔다가 돌아왔어요. 아들이랑 같이요. 그 사람 집 엄청 좋아요. 필모어 코티지예요. 웨스트 샌즈에 있는 골프장 바로 옆에 있죠. 소개해 줄까요?"

그녀는 내 대답을 기다리지도 않고 홱 전화기를 들더니 그에게 전화를 걸었다. 알래스테어는 마치 그녀의 전화를 기다리고 있었다는 듯이 즉각 전화를 받았다.

"알래스테어, 여기 청년이 하나 있는데, 예전에 왔던 학생이에요. 미국에서 온 이탈리아 사람이죠. 파리니 씨라고. 아주 진지해요. 좀 심하게 진지하죠. 상관없어요. 시를 쓰고 싶다고 해서 내가 소개해 준다고 했어요."

그녀는 나에게 윙크를 하더니 그의 대답을 기다렸다.

"고마워요, 알래스테어." 마침내 그녀가 말했다. "내가 자리를 마련할게요." 그녀는 전화를 끊고 의기양양한 눈빛으로 나를 응시하며 말했다. "내일 정오예요. 크로스키스에 있는 술집에서 알래스테어를 만나세요. 근데 조심해요. 그 사람은 술을 좋아하니까."

3

나는 긴장해서 배가 땅겼다. 그날 크로스키스 호텔의 회전문을 밀고 들어가면서, 나는 알래스테어라는 인물에게 무엇을 기대할 수 있을지 의심이 들었다. 하지만 동시에 내 인생에 예기치 않은 전환이 있을 것만 같은 막연한 예감도 들었다. 무의식은 이런 것을 감지할 수 있는 법이다. 학생들과 직원들에게 대대로 아지트 역할을 해온 그곳 술집에는 손님들이 별로 없었다. 한쪽 구석에는 허름한 방수 코트를 입은 하얀 수염의 사내가 파인트 잔을 앞에 두고 담배를 피우며 앉아있었다. 당시 스코틀랜드에는 시내의 술집마다 외국 어느 나라의 전쟁에서 돌아온 패배한 퇴역 군인 같은 사람들이 반드시 있기 마련이었다. 또 다른 테이블에는 붉은 가운을 입은 두 여학생[세인트앤드루스 대학교 학생들은 붉은 가운을 입는 전통이 있다. — 옮긴이]이 맥주와 레모네이드를 섞어 만든 샌디 반 잔을 홀짝거리고 있었다. (이렇게 반 잔만 주문하는 것이 당시에는 여성스러워 보인다고 생각되었다.) 바에는 단 한 사람만 앉아있었는데, 짙은 갈색 머리를 한 40대 초반의 남자였다. 얼굴은 켈트족 특유의 홍조로 빛나고 있었고, 조금 나이 들긴 했지만 놀랄 만큼 잘생긴 얼굴이었다. 얼굴에는 광대뼈가 튀어나와 있었고, 피부 아래 혈관이 드러나 보였다.

내가 그의 곁에 다가서자 그는 내 쪽으로 시선을 돌렸다.

"제이인가요?"

"네, 리드 씨죠?"

"알래스테어라고 부르세요." 그는 내 손쯤이야 쉽게 감싸버릴 것만 같은 두툼한 장갑 같은 손을 내게 내밀었다. "기네스 좋아해요? 맛있을 거예요."

"좀 약한 술 없을까요?"

순간 실망한 표정이 그의 얼굴을 스쳐 지나갔다. "약한 술"이란 그의 정서적 어휘목록에 존재하지 않았다.

라거 한 잔이 내 앞에 놓였다. 건장한 바텐더는 알래스테어의 이름과 습관을 잘 알고 있는 듯, 그의 앞에 위스키 한 잔을 놓았다. 알래스테어는 재빨리 위스키를 털어 넣고 손등으로 입을 훔쳤다. 이 남자에게서는 뭔가 약간 무서운, 똬리를 튼 뱀 같은 에너지가 느껴졌다.

"자크는 내가 전쟁 직후에 처음 여기 왔을 때부터 저렇게 바에 서있었죠." 알래스테어가 말했다.

"그때 여기는 어땠나요?" 하고 나는 물었다.

그의 얼굴에 고통스러운 표정이 나타났다가 곧 사라졌다. "전쟁에서 돌아왔더니 환상의 나라로 빠진 것 같은 이상한 기분이었죠. 진홍색 가운을 입고 의미 없는 강의를 열심히 듣는 척하고 있으니 뭔가 비현실적이랄까. 그 당시에는 밤 10시면 기숙사 문을 잠가버리더라고. 정말 익숙해지려야 익숙해질 수가 없었죠. 그래서 우리는 담을 타고 창문으로 들어가곤 했지. 거의 퇴학당할 뻔했지만, 난 신경도 안 썼어요. 우리는 다 그랬어. 전쟁도 겪었는데, 그딴 것에 심각해질 수가 있겠어요? 지금도 나는 수업 같은 거 진지하게 안 받아들여요. 제이도 눈에 보이는 것이나 귀에 들리는 것 아무것도 믿지 말아요. 나는 아들한테도 이렇게 이야기해요." 그는 시간을 두고 또 한 잔을 홀짝거렸다. "기억해요. 여기는 대학이 아니라 영화 촬영장이에요. 절대 속지 말아요. 강사들, 심지어 학생들도 다 배우들이야. 관광객들을 끌어들이려고 여기 있는 거지."

그의 솔직함에 나는 살짝 겁을 먹었다. 하지만 나는 그에 대해 더 많이 알고 싶어졌다. 그리고 그가 나를 받아줬으면 좋겠다고 생각했다. 그에게 대놓고 말할 수 없는 어떤 이유 때문이었다. 사실 나는 그 사람 같은 아버지를 원했던 것이다. 대담하면서도 불온한, 권위에 대한 자연스러운 감각을 가진 남자 말이다. 그리고 나 또한 그런 사람이 되고 싶기도 했다.

알래스테어는 이야기를 계속했다. "대답이 없는 걸 보니, 아직 설득이 안 된 건가? 생각해 봐요. 여기가 어떤 곳인지. 서로 모르는 사람들 몇몇이 모여 있잖아요. 술 마시고 섹스하고 싶어서 여기 오는 거지."

그와 친구가 되기 위해서는 그에게 압도당하지 않아야 한다는 생각이 들었다. "아마 책을 읽고 깊이 생각하려고 오는 게 아닐까요?"

"자네는 정말로 진지하구먼. 라이트 씨가 나한테 경고하긴 했지. 물론 나도 자네 나이 때는 어느 정도 진지했어." 그가 말했다. "나쁜 게 아니지. 그도 그럴 것이 나는 태평양 한가운데에 구축

함 위에 서있었거든. 내 머리 위에는 가미카제 비행기들이 날아다니고."

"저는 도무지 상상도 못하겠네요."

그는 내 마음을 꿰뚫어 보듯이 나를 빤히 쳐다보았다. 내가 왜 베트남에 있지 않은지 궁금해하는 게 틀림없는 것 같았다. 내 징집 연기 상황을 부끄러워해야 하는 건가? 그가 내 상황을 인정해줄 수도 있겠지만 그마저도 확신할 수는 없었다. 베트남전에 대한 사람들의 반응은 제각각이었다. 특히 "자유"를 수호하기 위해 이 전쟁을 수행해야 한다는 환상 속에서 사는 퇴역 군인들은 더했다. 1943년에 살레르노 해안 상륙작전에 참가했다 어찌어찌 살아남은 세 외삼촌들은 나의 반전 정서에 대놓고 비난하지는 않았지만, 여전히 못마땅하게 여기는 듯했다. (어머니는 그 세 명이 모두 그렇게 무시무시한 전투에서 살아남았다는 사실에 늘 의혹을 품고 있었다. "남들이 모르는 뭔가를 걔들이 알고 있는 건가?")

알래스테어는 위스키를 한 잔 더 주문했고 자크는 즉시 갖다 주었다. "가미카제들은 당시에는 나한테 그다지 재미가 없었어." 그는 위스키를 마시며 계속해서 말했다. "하지만 나중에는 덕분에 꿈자리가 아주 사나워졌지. 어젯밤만 해도 가미카제 한 대가 오는 걸 꿈에서 봤어. 난 피하려고 용을 썼지만 그게 무슨 소용이 있겠어? 내가 있는 배를 스쳐 지나가더니 다른 배에 부딪혔지. 배가 두 동강 나서 가라앉는 걸 꿈에서 지켜봤어." 그의 시선이 나를 지나 공허를 향했다. "이건 실제 있었던 일이야. 몇 해 동안 생각도 안 했는데 이제는 꿈에 나오더라고."

"거기에 대해 글을 쓴 적이 있으세요?" 제임스 존스, 노먼 메일러, 조지프 헬러 같은 그 세대 많은 작가들이 실제로 전쟁을 소설의 주요 소재로 쓰고 있었다. 그래서 내가 베트남에 가기를 회피한다면 스스로 뭔가 놓치게 되는 것이 아닌지 늘 조바심이 났다. 내 세대가 겪은 주요한 갈등이 작가로서의 나의 작품에는 없을지도 몰랐으니까.

"전쟁은 내 소재가 아니야." 알래스테어가 말했다.

"그럼 뭘 소재로 쓰시죠?"

"맙소사, 자네는 어째 재스퍼보다 더 질문이 많구먼."

"재스퍼요?"

"내 아들이야. 자네도 만나게 될 걸세. 사람들은 어떻게든 그 앨 만나게 되거든."

"아직도 궁금하네요." 나는 위험을 무릅쓰고 물었다. "뭘 소재로 글을 쓰시나요?"

알래스테어는 생각에 잠겨서 잔을 기울였다. "난 계속 찾고 있어. 어떤 때에는 반짝하고 나타나지. 근데 어떤 때에는 잘 안 나타난단 말이야." 그는 자신의 손바닥을 펴서 다른 쪽 집게손가락으로 생명선을 따라 그리는 것 같은 동작을 했다. "자네도 소재를 갖고 있나?"

"저도 찾고 있어요."

"어디에서?"

그의 질문에는 뭔가 반어적인 톤이 담겨있었다. 어찌 되었건 알래스테어의 자신감은 나의 자신감을 갉아먹고 있었다. 그는 몇 마디 하지 않고도 당연하다는 듯 주변을 지배했다. 게다가 교사로서의 자연스러운 엄격함을 보여주는 눈빛도 가지고 있었다. 이런 모습은 내게 낯설었다. 아버지는 늘 권위 앞에서 움츠러들곤 해서, 자신을 지배하는 사람 앞에서는 아무 의견도 말하지 않았고 아무 질문도 하지 않았다. 나 또한 어떤 입장을 취하는 것이 어색했고 심지어 힘들기까지 했다. 물론 나는 전쟁에 반대하기는 했지만, 그렇게 하기 위해서는 평소의 내 모습보다 훨씬 더 단호해야 했다. 하지만 이와 정반대로 알래스테어는 강한 입장을 취하는 것을 즐기기까지 하는 것처럼 보였다.

"《뉴요커》에 기고하신다고 들었어요." 나는 말했다. "라이트 씨가 그렇게 말씀하시더군요." 이런 토막 정보는 내 주의를 끌었다. 여기에 연줄과 지면을 가진 누군가가 있다니.

"나는 그 잡지의 고정 필자예요." 그가 말했다. "세계 최고의 직업이지. 사무실에 보고할 필요도 없어. 편집국장 션을 제외하고는 어디에도 보고하지 않아요. 나는 그냥 주의를 끄는 것이라면 뭐든지 쓰니까. 게다가 거기 수표는 절대 부도 처리되지 않거든." 그는 잠시 자신의 인생을 반추하는 듯 멍하게 있었다. 나는 그가 자신감에도 불구하고 실제로는 걱정이 많은 사람이 아닐까 생각했다. 그렇다면 그도 결국 나와 다를 바 없는 사람일 것이다. 그의 얼굴에 잡힌 주름도 그렇게 말하고 있었다. "나는 직업을 가진 적이 없어요." 그가 말했다. "실제 직업을."

"교수셨지 않나요?"

"앤 라이트는 정말로 말이 많은 여자야. 웃긴 할망구 같으니라고. 그 사람 절대 믿지 말아요."

"하버드에서 가르치셨다던데요?"

"그 여자가 그렇게 말했어? 영국인들은 미국에 대학이 하나밖에 없는 줄 알지. 나머지 대학들을 다 그 대학에 포함시킨다니까. 아니에요, 사라 로렌스라고, 작은 여대에서 강의했어요. 라틴어와 그리스어를 가르쳤죠."

"저도 대학에서 고전을 공부했었어요."

"아르마 비룸쿠에 카노."

'전쟁과 한 남자에 대해 노래하리라.' 그가 갑자기 베르길리우스의 전쟁서사시인 『아이네이스』 서두로 비약하는 것도 그다지 놀랍지 않았다. 알래스테어는 전사의 마음을 가지고 있다고 나는 생각했다. 그리고 그는 이 마음으로 내 앞에서, 내 삶의 정반대되는 모습으로 그렇게 있었다.

"자네는 베트남에 가지 않았나 보군." 그는 마치 나의 마음을 다 읽고 있다는 듯이 말했다.

"제 가장 친한 친구가 베트남에 있어요. 저는 가지 않기로 했어요. 그래서 여기 있는 겁니다."

"병역을 기피했군."

"그렇다고 할 수 있죠."

"잘했네. 혐오스러운 전쟁이야." 그는 나를 비난하려 하는 게 아니라는 것을 보여주고 싶었던 것 같다.

내가 허둥대는 것처럼 보였나 보다. 그가 나를 동정하면서, 대화의 주제를 바꿔서 학부를 어디에서 다녔는지 물어보았기 때문이다. 나는 라파예트 대학에 대해 이야기했고, 그도 어느 정도 알고 있는 듯했다. 그 대학 영문과 학장인 빌 와트가 자신의 지인이라고 그는 말했다.

그가 펜실베이니아의 내 오랜 스승을 알고 있다는 것이 무슨

44

의미가 있을까? 그런데 그게 가능하다는 말인가? 나는 나의 경험까지 포괄하여 수많은 영역으로 뻗어있는 그의 폭넓은 경험치를 감지했다. 그는 경험을 말 그대로 먹어치우면서 전진하는 사람임이 틀림없다. 쉴 새 없이. 나는 그에 대해 제대로 알지도 못하면서, 그가 삶을 게걸스럽게 먹어치우고 심지어 통째로 삼켜버리는 사람이라고 판단했다.

"당시에 사라 로렌스 대학은 흥미로운 곳이었죠." 알래스테어는 독백하는 듯한 어조로 다시 이야기를 시작했다. 나는 갈수록 그의 이런 말투를 음미하게 되었다. "해럴드 테일러라는 사람이 학장이었지. 전 세계 대학을 통틀어 가장 젊은 학장이었을 거야. 그 사람이 나를 지원서도 받지 않고 고용했어. 더 좋았던 건 내가 내키는 건 뭐든지 가르치게 해줬다는 거야. 정해진 커리큘럼도 없이."

"조지프 캠벨이 거기서 가르치죠."

"그 신화학자 말이지." 그는 내가 캠벨을 알고 있고 그의 학자적 근황도 알고 있는 걸 인정하는 것처럼 보였다. 나는 이 게임을 혼자서도 잘할 수 있을 것 같다고 생각했다. 내가 선택한다면 나도 이 세계의 일부가 될 수도 있다. 계속 연결고리를 이어서 연줄을 만들어 나갈 수 있을 것이다. 그저 이름을 나열하는 것이 될 수도 있지만 말이다.

"『천의 얼굴을 가진 영웅』이 제가 제일 좋아하는 저서예요." 나는 말했다.

"논리가 좀 환원적이긴 하지. 하지만 조가 맞아. 신화에서 이야기는 단 하나야. 영웅의 여정. 그 하나의 이야기가 수많은 형태를 띠는 거지." 그는 마치 맥주잔 바닥에 중요한 뭔가가 빠진 것처럼 맥주잔을 들여다보았다. "자네도 지금 그 여정의 어딘가에 있지. 여정의 시작쯤에 말이야."

"저는 그 책을 두 번 읽었거든요." 나는 말했다.

"한 번이면 충분할 텐데?" 알래스테어가 말했다. "'하나의 이야기, 단 하나의 이야기밖에 존재하지 않는다.' 이런 시 알아?"

나는 뭔가 퇴짜 맞은 듯한 기분을 느끼며 고개를 저었다.

알래스테어는 내 기분을 모르거나 아니면 신경 쓰지 않은 채로 계속 이야기했다. "로버트 그레이브스의 「동지(冬至)에 후안에게」라는 시야." 그는 말했다. "그레이브스 알아?"

"그렇게 잘 아는 건 아니에요." 이렇게 말하니 마치 사기꾼처럼 느껴졌다. 내가 그레이브스에 대해 아는 게 대체 무엇인가? 그이름은 동네 책방에 깔린 단행본들을 뭔가 있어 보이게 하는 이름이었다. 그리고 나는 바로 몇 주 전에 그의 『그리스 신화』를 손에들고 서있기도 했었다. 나는 그저 그를 영국문화가 규칙적으로 띄워주는 박학다식한 문학가 중 하나로만 알고 있을 뿐이었다. 알래스테어도 그런 류인가?

"그 작가를 꼼꼼히 읽어봐. 특히 시편들. 놀라운 시편들이야. 단순하고, 음악적이고, 무수히 많은 층을 가지고 있지. 그 사람은 먹고살려고 소설도 썼어. 『나는 황제 클라디우스다』, 『왕 예수』같은 작품들 말이야." 그는 덧붙였다. "그는 한때 자신은 고양이를 먹여 살리려고 애완견을 키우는 거라고 말한 적도 있어."

알래스테어는 내 대답을 바라는 것 같지는 않았다. 그는 그저 자기 생각을 계속 밀고 나가면서 집중할 곳을 찾고 그 형태를 갖추게 하려는 것처럼 보였다. 나는 그저 어쩌다 그의 옆에 서서 그의 말을 듣고 있는 것일 뿐이었다. 하지만 나는 그가 무척이나 매력적이라고 생각했다. 내가 만난 그 누구보다 더 살아있는 사람처럼 보였다. 그의 생각과 언어는 불꽃이 튀듯 탁탁 튀고 있었다. 그는 재미있는 사람들을 알고 있었다. 그리고 이야기를 하면서 그는 자신이 알고 있는 것에 형태를 부여하고 있었다. 나는 그에게서 많은 것을 배울 수 있다는 것을 알게 되었고, 그가 나에 대해서도 궁금해하기를 바랐다.

"전쟁이 끝나고 나는 그레이브스에게 편지를 썼지." 그는 마치 짧은 이야기를 시작하듯이 말했다. "그는 마요르카섬에 바다가 내려다보이는 돌집에서 아내와 자식들과 애인들과 함께 살고 있었어." 그는 담배를 마치 삼킬 것처럼 한 모금 크게 빨았다가 기침을 했다. "그는 돌로 된 길을 따라 올라가 바다로 가서는 수영을 한다고 했어. 완벽한 인생이지."

"벌써 부럽네요."

알래스테어는 나의 감정이입 능력을 인정하듯이 고개를 끄덕였다. "시를 쓴다고?" 그가 물었다. "라이트 씨가 이미 자네 비밀을 누설했다네."

"잘 쓴 시는 아니에요. 아직은요."

"좋은 대답이야." 그가 말했다. "우리 모두 '아직은 아닌' 세상에서 살고 있지. 그레이브스에게 보낸 편지에서 나는 시를 쓰려고 '노력 중이다'라고 말했어. 그리고 스페인으로 가겠다고도 했어. 그가 과연 내 시를 읽어줄까? 내가 시건방졌던 거야. 괜찮아. 자존감 높은 청년은 시건방져야 돼."

"답장은 받으셨어요?"

"내가 편지에서 세인트앤드루스에서 고전을 읽고 있다고 했거든. 그랬더니 그가 답장에 펭귄 출판사에서 출간될 수에토니우스 책 번역을 시작했다고 했어. 『열두 명의 카이사르』 말이야. 위대한 허구 중 하나지."

"그건 역사잖아요."

"역사도 허구의 한 형태야. 사실들을 자신의 방식으로 배열해서 일정한 형태로 만들어야 하거든. 만족스러운 서사를 창조하는 거지." 그는 파인트 잔을 들고 남아있는 맥주를 들이켰다. "그레이브스는 나한테 자기 비서로 일하는 게 어떻겠냐고 제안했어. 라틴어를 초벌 번역하고 잡일을 해주는 조건으로 말이야. 내가 초벌 번역한 것을 그가 다듬겠지. 자기 정원에 있는 작은 오두막에서 살게 해주겠다고도 했어. 내가 어떻게 그런 제안을 거절할 수 있겠어?" 그는 다시 내 뒤편 너머 허공 한쪽 구석에 시선을 고정했다. "그레이브스는 제1차 세계대전에서 부상을 당했어. 심각한 신경쇠약에 걸렸지. 그래서 그에게는 그곳이 이상적 공간이었어. 평화로운 석회암 계곡에 소나무가 울창하고 로즈메리가 피는 곳. 바다 근처 마을."

"신경을 안정시키기에는 더없이 좋은 장소네요." 나는 나 자신의 쇠약한 신경과, 신경의 안정을 향한 나의 탐험을 생각했다.

"음, 일단 처음엔 내 신경도 안정됐지." 알래스테어가 말했다. "하지만 그레이브스는 나의 평정심을 너무나 빨리 망쳐놓았어. 이건 아주 긴 이야기야…." 그의 침묵이 많은 이야기를 하고 있었다.

"좋은 선생님이셨겠죠?" 나는 말했다.

"나는 그레이브스 곁에 앉아서 내가 쓴 걸 (그의 표현에 따르면) '교정하도록' 하면서 글 쓰는 법을 배웠어. 내가 도착한 첫 번째 주에 그레이브스는 나한테 번역하라고 몇 페이지를 줬어. 나는 몇 시간 동안 열심히 작업했어. 내가 생각한 걸 완벽한 영어 번역으로 만들었지. 그리고 저녁을 먹기 전에 그의 책상 위에 번역본을 올려놓으면서 옆에 서있었어. 그는 빠르게 훑어보더니 말했어. '앉게!' 나는 의자를 끌어당겨 앉았어. 그리고 그가 만년필로 내 문장들에 줄을 그어 지우거나 원을 그려 다른 곳으로 옮기라는 표시를 하는 걸 보고 있었지. 그는 형용사를 긋더니 더 좋은 명사를 찾아냈어. 아예 수식어를 붙일 필요도 없는 명사들 말이야. 부사도 똑같았어. 그냥 더 좋은 동사로 대체하더라고. 형용사나 부사가 필요하면 좋은 명사나 동사를 노려야 하는 거야. 그레이브스가 이렇게 말했지. 나는 이걸 배웠어. 하지만 배우는 것도 상처였어. 쉽게 들어맞는 것, 편하게 느껴지는 것을 다 베어내는 것이었으니까. 수동태 번역도 다 없앴어. '항상 능동태로 표현하도록!' 그레이브스는 망할 공립학교 선생님처럼 나한테 소리 지르곤 했지. 자네는 자신이 한 작업을 어떻게 다 잘라낼 건지, 그러고 나서 어떻게 다시 새로 지을 건지 배워야 해. 보고, 또다시 보는 거야. 장미나무는 뿌리에 닿을 정도까지 가지치기해야 해. 그래야 꽃을 적당하게 피워내지." 그는 잠시 말을 멈췄다. "자네는 식물을 잘 키우나?"

"아뇨."

"그것 참 안됐군." 그가 말했다. "한 번 꼭 해봐야 해."

그가 나에게 원예를 권하다니 참 기이했다. 하지만 그가 옳다는 것도 나는 알고 있었다. 정원사처럼 촉각적인 방식으로 물질세계와 접촉하는 것이 내게는 부족했다. 특히나 시인이 되고 싶다면, 만지고 보고 냄새 맡는 법을 배워야 할 것이었다.

나는 그 순간 알래스테어의 제자가 되어 최대한 많이 배워야겠다는 어떤 절대적 확신이 들었다.

"어릴 때 어디에서 자라셨어요?" 내가 물었다. 이제 내가 계속 질문하는 것이 그를 짜증나게 할지도 모른다는 생각은 하지 않았다. 나는 이 사람에 대해 알아야만 했으니까.

"아버지는 갤로웨이에서 목사였고, 어머니는 의사였어. 두 분은 목사관 반대편 집에서 일하셨지. 그래서 나도 집에서 일하는 거야. 나는 '일'의 의미에 맞는 직업을 가져본 적이 없어. 누군가를 위해서 일을 못해. 아들은 날 보고 이기적인 인간이라고 하지. 그냥, 많은 걸 필요로 하지 않는 사람이라고 해두지. 아니면 많은 걸 원하지 않는 사람이랄까. 원한다는 것은 불행의 원인이거든. 나는 여행할 때도 가방 한두 개만 가지고 가. 하나는 내 짐, 다른 하나는 재스퍼 거지. 재스퍼는 아홉 살인가 열 살인가 그래. 아니 열한 살인가? 세는 걸 까먹어서."

나는 이미 재스퍼의 엄마에 대해서는 굳이 물어보지 않을 정도로 눈치를 챘다. 그녀의 부재는 이미 두드러졌다. 하지만 그녀는 마치 나의 어머니가 그러하듯이 여전히 부재로서 강력하게 존재하고 있는 건가? 나는 아무리 눈에 보이지 않는다 하더라도 알래스테어 주변을 둘러싸고 있는 사생활이라는 단단한 껍질을 감지하고 있었다. 만약 내가 손을 뻗어 그것을 건드린다면 그는 바로 움츠러들어 버릴 것이었다. 그는 내가 너무 깊이까지 취조하기를 바라지 않았고, 나는 묻고 싶은 욕망을 억누를 정도의 분별력은 있었다.

"오랫동안 외국에 있다가 스코틀랜드로 돌아오면 참 이상한 기분이 들어." 그가 말했다. "우리는 작년에 오하이오에 있었거든. 시간강사로 일했지. 여기 살 땐 스코틀랜드를 좋아한 적이 없어. 항상 다른 곳에 있었지. 나는 몇 년 전에 마요르카섬에 작은 농장도 샀어."

"그레이브스 가까이에 있으시려고요?"

그는 대답하지 않았다. 그가 다시 말을 시작했을 때 그의 목소리는 완전히 다른 사람이 되어 있었다. 하지만 그 목소리는 그의 이야기를 잠정적으로 완결지었다. "그레이브스와 가까이 일한 지 몇 년이 지나서 나는 그의 여신들 중 하나와 사랑에 빠졌어. 그는 젊은 여자들을 거느리고 있었지. 조수들도 있고 애인들도 있었고. 그중 검은 눈에 앞머리를 짧게 자른 여자 하나가 내 마음에 단번에 들어왔어. 나는 그레이브스 바로 코 밑에서 그녀와 몰래 연애를 하기 시작했지. 그는 모르는 척했고 나도 이야기하지 않았어. 우리는 절대 들키지 않을 거라 생각한 거야. 그런데 어느 날 그가 소매를 걷어 올리고 나무를 패고 있었어. 나는 한쪽에 서 있었지. 그런데, 그가 갑자기 장작 패던 도끼를 나한테 던지는 거야! 내 머리를 겨우 30센티 정도로 아슬아슬하게 비껴가면서 벽에 꽂혔어. 그가 도끼 던지는 법을 알다니 조금 인상적이긴 했어. 하지만 세상에! 나는 그의 의중을 읽었고, 며칠 뒤에 그 소녀를 데리고 낚싯배를 타고 한밤중에 그곳을 떠나버렸지. 그날 이후로 그레이브스를 본 적은 없어."

이건 실화일까? 뭔가 믿을 수 없는, 일종의 판타지 소설처럼 보였다. 하지만 그가 너무나 확실하게 이야기했기 때문에, 믿고 싶지 않았지만 믿을 수밖에 없었다.

이것이 정말로 이야기하기의 진수인가? 상상의 이야기를 너무나 그럴듯한 방식으로 이렇게 권위를 가지고 이야기할 필요가 있는 건가?

"너무 조용한데." 그가 말했다.

"죄송해요."

"미안해하지 말고 자기 이야기를 해봐."

나는 이 남자에게 너무 가까이 가는 건 위험할 수도 있겠다고 생각했다. 이 사람은 그 어떤 타협도 하지 않고 그냥 바로 내게 들어왔다. 인생의 목적도 없고 모든 것이 불확실한 젊은이에게는 두려운 일이었다. 나는 뒷걸음치지 않고 거울 속 나 자신을 들여다봐야 할 것이었다. 나는 내가 말하려던 것을 말해야 하거나, 말하고 싶은 걸 찾아야 할 것이다.

"생각에 잠긴 것처럼 보이는군." 알래스테어가 말했다. "마치 똥 마려운 아이 같네."

이제 혼신의 힘으로 용기를 내어 말할 때가 왔다. "제가 쓴 시들을 좀 보여드려도 될까요?" 내가 물었다.

"당연하지. 아무 때나 오후에 한 편 가져와 봐. 늦은 오후 티타임이 괜찮아. 차 한잔하면서 자네 시를 교정해 주지." 그는 펜을 꺼내서 종잇조각에다 주소를 썼다.

술집을 나와 인도에 올라서자마자, 나는 마치 세상의 모든 문과 창문이 열리고 있는 듯한 환희를 느꼈다. 마침내 내가 앞으로 나아가야 할 길을 보여줄 누군가를 만난 것이다. 물론 그가 내 인생에서 정확히 어떤 역할을 하게 될지는 그 시점에는 알지 못했다. 하지만 나의 직감은 내가 좋은 사람을 만났다고, 그리고 내 인생은 이제 설명할 수 없는 방식으로 바뀌려고 한다고 말하고 있었다.

몇 분 뒤, 알래스테어 리드와의 첫 만남을 되새기느라 바쁜 와중에, 마켓 스트리트에서 구호 소리가 들려왔다. "호, 호, 호치민! 호, 호, 호치민!"

학생 시위대 무리가 공중에 플래카드를 흔들면서 천천히 내 쪽을 향해 행진하고 있었다. 나팔바지를 입고 반다나를 쓴 학생들이 많았다. 나는 워싱턴에서 시위를 했던 시절을 떠올렸다. 나도 뛰어가서 합류하고 싶은 충동을 느꼈지만 그래도 참았다. 나는 그 흐름에서 물러나 있기 위해 스코틀랜드로 온 것이었다. 최소한 겉으로는 말이다. 징집위원회에서 오는 편지들은 서랍 속에 안전하게 처박혀 있었고, 나는 내 감정도 그곳에 있기를 바랐다. 봉인된 채로.

내 앞쪽에 크로스키스 바깥 분수 앞에는 영국 퇴역 군인들이 모여 있었다. 놀랍게도 그들 중에는 팔코너 교수도 있었다. 그는 나폴레옹 스타일의 모자를 쓰고 있었다. 왕립해군 시절의 어울리지도 않는 유니폼이 그의 작은 몸을 둘러싸고 있었다. 격식으로 차는 칼이 허리띠에 매달려 있었고, 가슴에는 훈장들이 일렬로 장식되어 있었다. 하지만 그는 그의 유니폼만큼이나 그의 동지들 때문에 더 왜소하고 난감한 것처럼 보였다. 그들 대부분은 팔코너 교수와 함께 제2차 세계대전에서 추축국에 대항하여 싸웠을 것이었다. 그리고 제1차 세계대전에 참전했던 두세 명의 노인들도 합류했다. 그들 중 한 명은 휠체어를 타고 베레모를 쓰고 있었다.

팔코너 교수는 나와 눈이 마주치자 희미한 미소를 지었다. 그러고 나서 시위대가 도착해서 퇴역 군인들과 마주 섰다. 팔코너 교수의 오른손은 본능적으로 칼자루로 향했다.

시위대의 선두는 내가 예전에 본 적이 있던 여학생이었다. 키가 크고 호리호리한 그녀는 붉은 기가 도는 금발을 하나로 단정하게 묶고 있었다. 그녀는 흰 양말에 새빨간 운동화를 신었고, 그녀가 시위대를 향해 구호를 외칠 때 그녀의 자신감은 한층 더 강하게 뿜어져 나왔다. 시위대는 군인들과 마주 서서 구호를 노래로 바꿔 불렀다. "흔들리지 않으리라." 시위대는 노래했다. 흔들리지 않는 쪽은 오히려 늙은 군인들인 것처럼 보였지만. 실제로 나는 팔코너 교수의 입술이 노래에 따라 움직이는 것을 보았다. "물가에 심어진 나무처럼, 우리는 흔들리지 않으리라." 그는 숨죽여 노래하고 있었다.

4

나는 시를 한 편 들고 알래스테어를 만나러 가는 길에 시인협회에 들러야겠다고 생각했다. 이 협회는 마켓 스트리트에 있는 스타호 텔의 회의실에서 일주일에 한 번 모임을 가졌다. 그 모임에 오는 사람들 대부분은 그곳에서 시간을 보내기 위해 자작시 한 편을 가지고 왔다. 때로는 자신이 좋아하는 유명한 작품이나 현대 시인이 쓴 작품을 낭송하기도 했다. 나는 세인트앤드루스에 돌아온 뒤 그 워크숍에 한 번 참석하려고 했다가 취소했었다. 내가 그들보다는 더 낫다고 건방지게 생각했던 것 같다. 어찌 되었건 그들 대부분은 학부생이었으니까. 하지만 사실 마음속에는 두려움도 있었다. 학부시절에 그곳을 방문했던 경험을 생각해 보면, 그들은 다른 사람의 시에 대해 거리낌 없이 품평하고는 했기 때문이다. 하지만 이제 알래스테어가 내 형용사와 부사들을 다 깔끔하게 지워줄 것이니, 그런 거리낌은 제쳐두는 것이 좋을 것 같다는 생각이 들었다.

벨라 로(앞으로 이 이름으로 부르도록 하겠다)가 협회모임을 주재하고 있었다. 그녀는 우아하고도 단호하게 모임을 운영했다. 나는 그녀가 반전시위의 주동자였다는 것을 즉시 알아볼 수 있었다. 내 머릿속이 바쁘게 돌아갔다. 작은 마을에서 예상치 못한 일을 만나는 것도 익숙하긴 하지만, 아무튼 멋진 우연의 일치였다. 그녀는 마치 회의실 전체를 한눈에 흡수해 버릴 듯한 창백한 회녹색 눈을 가졌다. 연약해 보이는 팔목과 길고 가는 다리도 멋있었다. 그녀의 목소리는 쉰 듯하지만 청량하게 들렸고, 내게는 이마저도 매력적이었다. 그녀는 웃을 때면 고개를 살짝 한 쪽으로 기울였다. 나는 그녀의 약간 도톰한 입술과 길고 아름다운 목선을 보았다. 그녀는 뭔가 관습적이지 않은 방식으로 매력적이었다. 그녀가 가끔 몸을 살짝 떨거나 나를 향해 어색하게 웃는 모습이 내 마음을 시리게 했다.

그녀가 신고 있는 빨간 운동화도 그녀를 다른 사람들 사이에서 튀어 보이게 했다. 나는 빨간 운동화를 신은 사람을 세인트앤드루스에서 본 적이 없다.

"나누고 싶은 시를 가져오셨나요?" 그녀가 물었다.

나에게는 알래스테어에게 보여주려고 가져온 시가 있었다. 하지만 지금 중요한 건 알래스테어가 아니라 벨라에게 깊은 인상을 남기는 것이었다. 나는 긴장하면서 최대한 멋지게 시를 낭독했다.

피로 흥건하게 물들었던 정글은 이제
시체들이 옮겨지고 텅 비었다.
용기 있던 자, 무기력했던 자, 단지 무관심했던 자,
모두 전쟁에서 쓰러졌다.
북쪽과 남쪽에서 온 군대가
수포가 된 세상을 진격한다.
공장은 없다.

오직 죽음만이 있을 뿐.

죽음은 간교하고, 탐욕스럽고, 그러면서도 무관심하다.

죽음은 찾아오는 자들 모두를 삼켜버리고,

진홍빛 관 속으로 돌아간다.

사람들은 아무런 반응이 없었다. 그러자 벨라는 친절한 마음에서뿐만 아니라 자신의 지위에 충실한 마음에서 먼저 코멘트를 시작했다.

"한 가지가 궁금하네요." 그녀가 말했다. "죽음이 '무관심'하면서도 '간교하고 탐욕'스러울 수 있을까요? 이건 모순이 아닌가요?"

사람들은 비둘기가 모이를 쪼아 먹는 것처럼 고개를 끄덕거렸다. 나는 그 행을 그렇게 쓴 것을 후회했다. 하지만 그 시에 대해서 더 이야기할 게 있지 않을까?

모임이 끝나고 나는 폴더를 정리하고 있는 벨라 곁에 앉았다. "일전에 마켓 스트리트를 행진하는 걸 봤어요." 내가 말했다.

"네, 우리 반전모임이에요. 제이도 같이 하세요. 다른 행진들도 계획되어 있어요. 런던에 사시는 베트남전 퇴역 군인도 연사로 초청하려고 시도하고 있어요. 영국에서 반전운동이 이제 좀 주목받고 있는 것 같아요."

나는 거기 가겠다고 말하고는 같이 아래층 술집에 가자고 권했다. 우리는 참나무 판자를 댄 뒤쪽 벽 근처 빈자리에 앉았다. 나는 그녀가 원하는 대로 라거 한 잔을 가져다주었다.

"고마워요." 그녀가 말했다.

"반전시위를 보니까 좋더라고요."

"반전운동에 대한 인식을 높이려면 유용할 것 같아서요. 그런데 제이는 어때요? 왜 베트남전에 참전하지 않았죠?"

"저는 제비뽑기에서 운이 좋았어요." 내가 말했다. "그래도 이 정신 나간 징집위원회는 계속 편지를 보내고 있죠. 나는 편지를 개봉하지도 않고 있어요."

"일종의 시위군요."

"아무런 대가 없이 징집을 무시할 수는 없겠죠."

이 말은 즉시 그녀의 관심을 끌었다. "그래서, 왜 하필 세인트앤드루스로 온 거예요? 미국 어디에서 왔는지는 몰라도, 아무튼 여긴 꽤 멀잖아요."

"그게 핵심이에요." 내가 말했다. "멀리 떨어질 필요가 있었죠."

그리고 일종의 자기정당화의 방편으로 나는 조지 맥케이 브라운에 대한 논문 계획을 이야기했다. 벨라는 브라운이 "아직 생존" 하고 있다고 팔코너 교수가 걱정했다는 말에 재미있어했다. 나는 지나가는 말로, 라파예트 대학에서 영문학을 전공했지만, 최고 학년 때는 그리스 문학을 공부하기도 했다고 이야기했다. 내가 학부 때 세인트앤드루스에 와서 공부하기 시작했던 과목이기 때문이라고도 말했다. 그리고 지금은 고전학부에서 전설적 인물인 K. J. 도버 교수가 가르치는 아리스토파네스 희극 세미나를 수강 중이라고도 했다.

벨라는 소매에서 하얀 손수건을 꺼내 코를 풀었다. "그리스 문학 작품을 읽고 징집을 거부하는 미국인이라니. 어쨌든 신은 계시나 보네요."

"이제 벨라에 대해서 이야기해 줘야 해요." 내가 말했다.

"그래야만 하나요?"

"저는 질문을 많이 하는 사람 중 하나거든요."

"그래요, 그럼." 그녀는 자신이 상류계급 딸들이 다니는 학교인 켄트의 베넨덴 학교를 나왔다고 했다. 그녀의 어머니도 그 학교 출신이었다. (그녀가 스코틀랜드 사람이면서도 영국 공립학교 억양으로 이야기하는 이유가 이로써 설명되었다. 영국 공립학교 억양은 신기하게 '토스트'가 '테이스트'와 라임이 맞고 '하우스'가 '나이스'와 라임이 맞는다.) 하지만 벨라는 학창시절에 대해서는 대답하고 싶지 않다고 말했다. "대단히 재미있는 건 없었어요." 그녀의 가족은 퍼스에 "사냥용 오두막집"이 있으니 나중에 한 번 방문하라고 제안하기도 했다. "아빠는 늘 함께 사냥 갈 사람을 찾고 있어요."

"우리 아버지도 그렇죠." 하고 나는 말했지만, 이 농담을 계속 이어가지는 않았다. 내가 이 여성분을 쫓아다니고 싶다면 더욱더 하면 안 되었다. 나는 그녀가 좋았으니까.

나는 그녀의 세상을 머릿속에서 그려보려고 했다. 영국에서 사립학교에 다니고, 하이랜드 언덕에 사냥용 오두막집을 가지고 있는 부유한 부모님 아래에서 자란 여성. 이런 사실이 시와 현대 미술(여기에 대해서는 나중에 알았지만)에 대한 그녀의 관심뿐만 아니라 그녀가 가진 급진적 정치성향과 결합했다. 나는 벨라 같은 여성을 스크랜턴에서는 만난 적이 없었다. 그리고 우스꽝스러울 정도로 나는 영국 기숙학교 생활에 관한 이야기를 듣는 걸 엄청나게 좋아했다. 특히 그 학교의 별난 전통에 대해서도 말이다. 학생들이 찬물로 샤워를 했다든지, 사각모를 쓴 교사들에게 야단을 맞았다든지, 관리 잘 된 잔디밭에서 햇빛이 부드럽게 반짝이며 잦아 들어 가는 초저녁까지 부드러운 교회 종소리를 들으며 스포츠 경기를 했다든지 하는 이야기들이 좋았다. 나는 헨리 뉴볼트 경의 경이롭고도 무서운 시「생명의 횃불」의 그 오래된 제국적 감수성이 늘 감탄스러웠다. 그 시의 강렬한 군대식 후렴구는 외친다. "힘 내라! 힘내라! 정정당당히 싸우자!" [미래의 군인이 될 남학생이 크리켓 경기를 통해 전쟁에서 나라에 헌신하는 것을 배운다는 내용의 시. ─ 옮긴이]

벨라는 내가 이 시를 이야기하자 얼굴을 찡그렸다. "그놈의 즐거운 하키 스틱 이야기는 이제 질렸어요."

벨라는 여학생 기숙사인 해밀턴 홀에 살고 있다고 했다. 라이트 씨 덕분에 나도 잘 알고 있는 곳이었다. 나는 그녀에게 커피를 마시러 우리 집에 놀러 오라고 했다. "아, 커피라고요." 그녀가 말했다. "문제는 제가 이번 학기에 벼락치기를 하고 있다는 거죠. 몇 년을 공부 안 하고 보냈더니 따라잡아야 할 공부가 너무 많아서."

"공부만 하고 놀지 않으면…"

"게다가," 하고 그녀가 잠시 시선을 돌렸다가 다시 말했다. "전 남자친구가 있어요. 앵거스는 의대생이에요."

"그냥 한번 커피 대접하고 싶어서 그래요." 나는 그녀를 이렇게 쉽게 보내지 않겠다고 마음속으로 결심하면서 말했다. "물론 앵거스가 괜찮다면 말이죠."

"우리가 약혼하거나 한 건 아니에요." 그녀는 몸을 앞으로 구부리고 내 이마에 입맞춤했다. 나는 이것이 나를 거절하는 건지, 나를 부추기려는 건지 헷갈렸다. "우리가 커플이라고 할 수 있는 건지 잘 모르겠어요." 그녀는 계속해서 말했다. "우리는… 말하자면 오래된 커플이에요. 모든 곳에 있지만 아무 곳에도 없는."

오래된 커플이라고? 모든 곳에 있지만 아무 곳에도 없다고?

그날 저녁, 혼란스러운 가득한 마음으로, 이마에는 그녀의 입술이 닿았던 기억이 남은 채로, 나는 늦게 집으로 돌아와 차를 한 잔 마시고는 우리 사이에 일어난 일(아니, 일어나지 않은 일)에 대해 시를 쓰기 시작했다. 바로 이 시를 내일 알래스테어에게 보여주리라.

5

그 낮은 돌집은 북해가 내려다보이는 떼까마귀 숲속에 위치해 있었다. 앞에서는 집이 잘 보이지도 않았다. 나는 녹슨 철문을 밀어 열고는 자전거를 마가목 울타리에 기대어 놓고 길을 따라 걸어갔다. 머리 위로 무수한 까마귀들이 내는 부드러운 천둥소리가 들려왔다. 검은 날개를 가진 그 커다란 맹금들의 까악거리는 소리가 산을 울리게 했다. 고양이들이 경계하는 눈빛으로 나를 보고 있었다.

"자전거 클립[자전거 타는 사람들이 바지가 바퀴에 말려들어 가지 않도록 고정하는 클립. — 옮긴이]에다 뭐다 많군." 알래스테어가 문을 열면서 말했다.

그때 달걀이 그의 어깨 너머로 휙 날아와서 내 발아래 계단에 퍽 하고 깨졌다.

"재스퍼!"

재스퍼가 현관으로 불쑥 나타났다. 검은 눈에 검은 머리카락을 가진 아름다운 소년이었다.

재스퍼가 왜 아버지의 어깨 너머로 달걀을 던졌는지는 확실하지 않았다. 하지만 놀이가 그들의 일상이라는 것은 금방 알 수 있었다. 게다가 재스퍼는 아주 독특한 아이였다. 경탄으로 가득 차있고, 말썽꾸러기며, 말도 안 되게 영리하고, 짓궂고, 아버지가 무수히 행해왔던 예상치 못한 일들에 늘 대비가 되어있는 아이. 부엌으로 이동하면서 알래스테어는 우리 주변을 빙빙 돌고 있는 그 아이를 못 본 척했다.

집 뒤편의 거대한 부엌 중앙에는 커다란 석탄 스토브가 있었다. 빗물 흐른 자국이 그대로 남아있는 더러운 창문을 통해서는 은색으로 빛나며 조용하게 파도치고 있는 북해가 보였다. 집과 해안 사이에는 올드 코스 골프클럽이 있는데, 스코틀랜드 특유의 바둑판무늬 모자를 쓴 노인이 해저드에 빠진 공을 노려보고 있었다.

"저 사람 일주일째 저러고 있다네." 알래스테어가 말했다. "다음 주에도 저러고 있으면 내가 가서 쫓아내야지. 차 마실 텐가?"

그는 그 진하게 내린 차를 "집 짓는 사람의 차"라고 불렀는데, 스코틀랜드의 목수들이 마지막 힘을 쥐어짜려고 냄비에 팩째로 끓여서 마시는 종류의 차였기 때문이다. 컵도 필요 없이 그냥 마실 수 있었다.

나는 알래스테어가 시키는 대로 옆에 앉았다. 잼이 든 병과 빵 부스러기, 토스트 빵꽂이, 버터 접시, 마치 피카소가 빚어 만든 것 같은 기이한 모양의 수제 비스킷들로 어지러운 그 식탁에서 알래스테어와 재스퍼는 식사를 했다. 심지어 야한 모양의 비스킷도 있었다.

"재스퍼가 그거 만들 때 아주 즐거워했지." 알래스테어가 말했다. "남자아이들이 거시기 가지고 장난치는 거야 늘 있는 일이니까."

"저도 거시기 많이 좋아합니다." 나는 이렇게 말하고는 즉각 후회했다.

"자네 건 어떤지 볼까?" 알래스테어가 말했다. "내 말은, 자네 시 말이야."

나는 벨라를 위해 쓴 조잡한 사랑시를 식탁 위에 펼쳐놓았다. 시작은 이랬다.

그 어떤 이름도 알지 못하는 바람 속에 묻혀버렸을
당신의 이름이 나를 향해 크게 노래하네.
당신 이름의 음절들은 공기 없는 공기 속 바람이라네.

알래스테어는 이 시행들을 읽고는 한숨을 내쉬었다. 이건 경멸의 표현일까? 아니면 바라건대 감탄의 표현일까? 그는 나머지 부분도 읽으면서 한쪽 손으로 입을 가리고 있었다. 그리고 다 읽은 후 생각에 잠겨 담뱃불을 붙였다. 그의 머릿속에서 작은 엔진이 윙윙 돌아가는 소리가 들리는 듯했다.

"시가 매력이 없지는 않네." 그가 말했다. 그리고 내가 대답하기도 전에 펜을 꺼내더니 작업을 시작했다. 첫 번째로 '공기 없는 공기'가 지워졌다. 그리고 내가 고심해서 쓴 다른 구절들도 곧 사라졌다. 그의 펜 끝에서 순식간에 모두 도살당했다. 그는 아예 한 연을 다른 연으로 통째로 옮겨버렸다. 그러자 슬슬 분노가 치밀기 시작했다. 그렇다, 그것은 나의 멍청함에 대한 분노였다. 하지만 또 그 분노는 내 감정에 대한 그의 무관심에서 오는 것이기도 했다. 그는 시의 음악성에 대한 나의 재능을 전혀 고려하지 않고 있었다. 뭐, 그럴 수 있다. 하지만 그의 거만함은 나를 경악스럽게 했다. 텍스트를 공감하면서 읽고 이해하려고 노력하는 것이 비평가의 첫 번째 의무가 아닌가.

알래스테어가 말했다. "'연'이라는 단어는 '방'을 의미한다는 아주 단순한 사실을 기억하게."

"저도 그 단어의 의미는 알고 있습니다."

"시는 방이 여러 개 있는 집이란 말이야. 자네는 건축가고. 건축가는 디자인을 바꿀 수 있어."

나는 그가 마지막 연을 통째로 날려버리는 것을 경악 속에서 지켜보았다. "시를 아무런 지혜 없이 끝내지 마." 그는 말했다. "그러면 누구도 만족시키지 못하는 데다가 짜증 나. 독자가 결말을 상상하게 만들어. 지혜가 스스로 찾아오게 만들어. 운이 좋으면 말이지만." 그는 당황한 듯한 표정으로 나를 바라보았다. "내가 지금 자네 마음 상하게 하고 있나?"

"왜 그렇게 생각하시죠?"

"좋아." 그가 말했다. "까칠하지는 않군. 그게 중요해. 시인은 자기 원고에 대해서 감정을 가져서는 안 돼. 늘 보고 또 보면서 수정해야 하지."

"그러면 시가 완결됐다는 걸 어떻게 아나요?"

"시는 절대 완결되지 않아. 폐기될 뿐이지. 출판은 일종의 처분 형식이라고 할 수 있어." 그가 말했다. "변기 물을 내리는 거지." 그는 코를 잡고 줄을 당기는 듯한 몸짓을 했다. "하지만 시는 상실되기 어려워. 아이들처럼 말이야. 아이들은 늘 주변을 맴돌면서 반응을 보려고 자네를 찔러보지. 걔들은 자네가 실제로는 줄 수 없는 뭔가를 원하거든."

그때 재스퍼가 들어왔다. 그의 곁에는 검은 머리를 기르고 밝은 노랑색 반다나를 두른 내 또래의 남자가 있었다.

"여기는 제프야." 알래스테어가 말했다. "오하이오에서 온 제프 러너야. 작년에 안티오크 대학에서 내 수업을 들은 학생이지. 우리 집 빈방으로 막 이사 왔어."

"제 베이비시터예요." 재스퍼가 말했다. "물론 무급이죠."

"아기들은 날 믿으면 안 돼." 제프가 말했다. "나는 아기들을 산 채로 삼켜버리거든."

"아기들을 먹는 건 나빠." 알래스테어가 말했다.

나는 제프가 마음에 들었다. 그는 불손하지만 다정한 분위기를 풍기고 있었다. 우리는 다음날 시내에서 따로 커피를 마시기로 약속했다.

"저한테도 시를 읽어줄 거예요?" 재스퍼가 명랑한 목소리로 물었다.

"재스퍼한테 가봐." 알래스테어가 말했다. "나는 이제 감자를 까야 해. 자네 시는 어디 안 가니까, 잠시 명복을 빌도록 하지."

"선생님 말씀을 너무 진지하게 듣지 마세요." 제프가 말했다. "나는 당신 작품 좋아하기로 약속할게요."

재스퍼는 나를 집 뒤편에 있는 자신의 작은 침실로 데리고 올라갔다. 그러는 동안 나는 팔다리에 가벼운 얼얼함을 계속 느꼈다. 마치 알래스테어가 나를 낚싯바늘에 꿴 것 같았다. 그의 삶과 세상이 내 시선을 사로잡았다. 나는 그걸 원했었다.

"보르헤스가 온대요." 재스퍼가 말했다.

"그게 누군데?"

"호르헤 루이스 보르헤스요! 아르헨티나 작가 말이에요. 안 읽어봤어요?"

"응."

"아빠가 알려줄 거예요. 보르헤스를 번역하고 있거든요."

"이제 너에 대해 이야기해 줘, 재스퍼." 나는 말했다. "넌 뭘 읽고 있니?"

"『로빈슨 크루소』요."

"그건 남자아이한테는 너무 앞서가는 거 아닐까?"

"저는 이미 앞서 있어요. 남자아이치고."

"혹시… 넌 아이가 아닌 거 아니니?"

"아주 키가 작은 남자 정도?" 재스퍼가 대답했다. "아빠는 아저씨가 시인이라고 하던데, 맞아요?"

"시인이 되고 싶지."

"시인 지망생이군요. 저는 선원 지망생이에요. 아니면 떠돌이 수리공. 아니면 스파이."

"떠돌이 수리공이 뭔데?"

"집시예요. 여행자죠. 원래는 인도 북부에서 왔어요. 하지만 다른 종류의 떠돌이 수리공들도 많아요."

"정말?"

"아저씨는 왜 이렇게 무식해요?"

"떠돌이 수리공은 몰랐어." 내가 중얼거렸다.

"게다가 보르헤스도 모르잖아요. 충격받지 말아야지. 미국인들은 무식하니까."

"그렇게 생각해?"

"아빠가 그렇게 말했거든요. 우리가 작년에 오하이오에서 살았잖아요. 그러니 저도 거기에 대해서 좀 알고 있죠." 재스퍼는 크고 어두운 눈으로 나를 뚫어지게 쳐다보더니 침대 옆 작은 책장에서 러디어드 키플링의 시집을 꺼냈다. 그리고 책을 열고 한 연을 읽었다.

고양이는 난롯가에 앉아서 노래할 수 있어,
고양이는 나무에 오를 수 있어,
아니면 낡은 코르크로 된 줄을 가지고 놀 수 있지,
내가 아니고 스스로를 즐겁게 하려고.
하지만 나는 내 강아지 빙키를 좋아해,
왜냐하면 강아지는 처신을 제대로 할 줄 알거든.

"아저씨는 강아지 좋아해요, 고양이 좋아해요?" 재스퍼는 시집을 덮고 나에게 물었다.

"잘 모르겠는데."

"알래스테어는 고양잇과예요. 고양이는 믿을 수가 없죠. 목숨도 아홉 개나 돼요. 고양이는 상대방이 말하는 걸 모두 믿지 않아요. 고양이는 너무 쉽게 사랑하고, 책임감은 없고, 심지어 위험하기까지 해요. 그리고 너무 결혼을 자주 하죠. 아빠처럼요."

갑자기 쏟아내는 말에 나는 당혹스러웠다. 이 아이가 정말 아이가 맞나? 지금 자기 아버지를 이름으로 부른 건가?

"알래스테어는 저한테 『로빈슨 크루소』를 읽어주고 있어요. 저도 그렇게 살고 싶어요."

"바다 한가운데 무인도에서 혼자 고립되어서 살고 싶다고?"

"새로 시작할 수 있잖아요."

"그게 네가 원하는 거야?"

"우리는 새로 시작하려고 스코틀랜드에 온 거예요."

"뭘로 시작하려고?"

"그건 우리 마음이죠."

알래스테어가 문 앞에 불쑥 나타났다. 그의 얼굴은 밝고 환하고 다정하게 빛나고 있었다. 그의 눈빛에는 사랑이 담겨있었다. 그리고 나를 두렵게 했던 그 몰입도 있었다.

"고양잇과가 나타나셨네요." 재스퍼가 말했다.

알래스테어는 침대 끝에 앉았다. "무례하구나."

"나는 새과 아들이에요. 아저씨한테 알려줘요."

알래스테어는 조금도 망설이지 않고 자신이 암송하고 있는 시를 읊기 시작했다.

나의 아들 머릿속에는 새가 있다네.

나는 이제 그 새들을 알아.

그 울음소리의 음높이도, 그 날카로운 불협화음도,

그 지저귐도, 속삭임도.

그 새들은 아들의 시선 너머에서 맴돌다가,

가지 위나 책 위에서 쉰다네.

발톱을 동그랗게 말고, 날개를 접고 고요해진다네.

내 아들의 세상은 새의 세상이라네.

6

세인트앤드루스는 좁은 동네인지라, 나는 어디를 가든 벨라와 마주칠 수 있었다. 벨라는 종종 '오래된' 남자친구인 앵거스와 함께 손을 잡고 거리를 걷고 있었다. 앵거스는 좀 투박하긴 해도 쾌활해 보이는 면을 가지고 있었다. 그는 빨간 머리에다 얼굴은 마르고 각지고 면도를 하지 않고 있었고, 털이 복슬거리는 긴 팔과 푸른 눈을 가진 청년이었다. 한번은 사우스 스트리트에 있는 마트 정육 코너에서 우연히 그의 옆에 서게 되었는데, 내가 자신을 뚫어지게 쳐다보는 걸 보고는 미심쩍은 시선으로 날 쳐다보았다.

　내가 그에게 관심을 가진 건 오직 벨라가 그에게 관심이 있었기 때문이었고, 벨라의 관심을 끄는 남자로서의 무언가를 그가 가지고 있을 것이기 때문이었다. 나는 비록 경험에 근거한 추론은 아니었지만, 남녀가 정말 친구가 될 수 없다면 둘의 로맨틱한 관계란 단지 며칠 동안의 관능적 밤을 보내는 것 이상이 될 수 없다고 생각했다. 따라서 나는 이것이 실제로 무엇을 의미하는지에 관해서 다소 숭고하고 이상화된 생각을 하고 있었던 것 같다. 상상속에서 나는 미래의 연인과 정치, 시, 소설, 영화에 대해서 기나긴 대화를 나누곤 했다. 나는 삶의 기이함에 대한 호기심을 나눌 수 있는 누군가를 원했다. 사실 나는 모든 것을 원했다. 나의 열망, 깊은 열정, 초월에 대한 감각에 아주 독특하게 응답해 줄 누군가를.

어느 날 오후, 나는 충동적으로 해밀턴 홀에 가서 2층에 있는 벨라의 방문을 부드럽게 노크했다.

그녀는 대답하고 나와 나를 보고는, 바닥으로 시선을 살짝 떨어뜨렸다.

"지나가다 들렀어요." 나는 능수능란하게 말했다.

"그럼 커피 마실래요?"

춥고 비 오는 어둑어둑한 낮이었기 때문에 커피 한 잔으로도 충분할 것이었다. 그녀는 나를 자기 방으로 안내했다. 그녀가 공부하던 중이라는 걸 알 수 있었다. 그녀의 간소한 싱글침대 위에 책과 손으로 쓴 메모들이 널려있었기 때문이다.

"공부 열심히 하네요." 내가 말했다.

"시간 낭비하고 있어요. 시험 범위 아닌 책을 읽느라."

"그건 나쁜 징조죠."

"그런데 왜 우리 반전모임에 안 왔어요?" 그녀가 물었다. "내일 밤에도 크로스키스 뒤편에서 회합이 있어요. 내 친구 중에 제이를 만나고 싶어 하는 사람이 있어요."

그런 회합에 얼굴을 비치는 것이 벨라와의 만남을 더 쉽게 만드는 길이겠지만, 나는 망설였다. 여성에 대한 두려움이 있었을 뿐만 아니라 아직 더 외부에만 머물러야 할 필요가 있었기 때문이다. 전쟁에 대한 나의 정확한 견해가 무엇이든 나의 입장을 인정하고 싶지 않아서이기도 했고, 내가 미국을 떠났다는 사실이 의미하는 것을 너무 자세히 들여다보고 싶지 않아서이기도 했다. 어느 날 밤에는 내가 세인트앤드루스의 반전시위대 앞에서 연설하는 악몽을 꾸기도 했다. 그곳에는 살레르노 해변의 전투에서 장렬히 싸웠던 외삼촌들이 내 연설을 들으러 와 있었다. 제노와 줄리, 토니는 팔짱을 끼고 눈썹을 찌푸린 채로 뒷줄에 앉아있었다. 내가 나중에 말을 걸려고 다가가자 그들은 고개를 저으며 나가버렸다. 내가 그들의 용기를, 미래의 자유를 위해 모든 것을 걸었던 그들의 의지를 존중하지 않는 것일까? 온몸을 바쳐 싸운다는 건 무엇을 의미하는 것일까?

"아니면 지금의 징집 상황에 대해 이야기할 수도 있을 것 같은데요." 벨라가 말했다. "그리고 미국이 어떻게 흑인이나 빈곤층처럼 기댈 데가 없는 사람들을 우선으로 징집하는지에 대해서 이야기해도 되고요. 당신은 그런 이야기를 해도 되는 사람이잖아요. 사람들의 관심을 끌 수 있을 거예요. 우리 중 몇몇은 다음 달에 미국 대사관 앞에서 큰 시위를 하러 런던으로 가요. 당신도 우리랑 같이 가야 해요."

"뒤처진 것 같아서 저는 좀 그렇네요."

"어디에 뒤처졌다는 거예요?"

"논문 준비요. 팔코너 교수가 계속 내 주제에 대해서 문제 제기를 하고 있어요. 내가 생존 작가를 논문 주제로 선택하지 말았어야 한다고 생각하는 것 같아요."

"신경 쓰지 말아요."

말이야 쉽지, 하고 나는 생각했다.

"팔코너 교수는 자신이 세운 전쟁 공적에 대해 자랑스러워해요."

그녀는 책상 뒤 책장에서 『셰익스피어와 바다』를 꺼내 들었다.

"이 책은 정말… 너무나 훌륭한 쓰레기예요."

벨라는 자신의 옷장에서 커피 대접을 위한 도구들을 꺼냈다. 사람들 대접하는 걸 좋아한다는 걸 보여주듯, 커피 잔도 잘 갖추어놓고 있었다. 나는 그저 함께 커피를 나누는 우호적인 손님 중 하나에 불과한가? 아직까지 나는 우리의 "관계"라고 할 수 있는 방향으로 한 발자국도 내딛지 못했다. 아마도 그녀는 내가 왜 고백하지 않는지 궁금해할 수도 있다. 앵거스와 그녀의 관계는 내가 적극적으로 나서지 않는 또 하나의 구실을 제공했다.

"그런데 당신은 시에 대해 꽤 진지한 것 같아요." 그녀가 말했다. "우리 시인협회에 오는 사람들은 대부분… 그냥 끄적거리는 거예요."

끄적거린다는 건 그녀에게는 좋은 게 아니라는 뜻이었다.

나는 그녀에게 장난꾸러기 같으면서도 유려한 시인이자, 아내는 없고 아들만 있는 알래스테어에 대해 이야기해 주었다. "그분과 아들 재스퍼는 매년 옮겨 다니는 것 같아요. 나도 그렇게 살고 싶어요."

"그렇게 많이 옮겨 다니면 아이에게 좋을 수가 없어요."

벨라는 내가 묻지도 않았는데, 기업인이자 전직 학자였던 아버지와, "주로 정원에만 관심이 있는" 어머니에 대해서 이야기해 주었다. 벨라에게는 "케임브리지 대학교에서 3개 학과 복수전공 우등생이었다가 해외 파견 군인이 되어 사라져 버린" 오빠가 하나 있다고 했다. 오빠는 벨라보다 8살이 많은데, 아프가니스탄에서 매달 편지를 보내온다고 한다. 믿을 수 없게도 오빠의 이름은 프톨레마이오스였다. "알렉산더 대왕 군대의 장군 이름에서 따온 게 아니고, 그리스 천문학자 이름에서 따온 거예요." 그녀가 말했다.

"나는 그런 걸 헷갈리지는 않아요."

"우리는 모두 오빠를 톨리라고 불렀어요."

"톨리. 멋지네요." 나는 말했다.

"왜 미국인들은 항상 '멋지다'고 말하죠? 재미없게."

"우리의 일상적 상호작용은 늘 본질적으로 재미가 없죠."

"재미없는 사람들이 이끌어가는 재미없는 일상이라니." 그녀가 말했다.

"벨라는 시를 직접 쓰나요?" 내가 물었다. 벨라는 시인협회의 워크숍을 이끌면서도 한 번도 자신의 시를 보여주거나 낭독하는 것을 본 적이 없었기 때문이다.

"나도 써요. 하지만 내 시를 보여주는 건 좋아하지 않아요. 부끄럽달까." 그녀가 말했다. "언젠가는 나도 읽겠죠. 하지만 일이 어떻게 될지는 알 수가 없잖아요?"

나는 앵거스에 대해 궁금했지만 벨라는 언급하지 않았다. 그녀의 방 어디에도 그의 흔적은 없었다. 구석에 뒹구는 양말도 없었고, 창틀에 아무렇게나 놓여있는 의학 교과서도 없었다. 럭비 친구들과 찍은 앵거스의 사진조차도 책상 위에 없었다. 둘은 연인 사이가 맞나? 오래된 연인이라고? 나는 내게 그의 자리를 대신 차지할 수 있는 일말의 기회가 있을지 궁금했다. 하지만 내가 어떻게 그런 걸 벨라에게 물어볼 수 있을까?

"이제 나는 다시 공부해야겠어요." 그녀가 말했다.

나는 눈치를 채고 서둘러 커피를 마신 다음, 혼란스럽지만 약간의 희망을 마음에 품은 채로 벨라의 방을 떠났다. 일이 어떻게 될지는 알 수가 없다, 라고 그녀는 말하지 않았던가.

7

"스티븐슨이 스코틀랜드 사람이었던 건 다 이유가 있었어." 알래스테어가 말했다.

"누구요?"

"지금 설마 나한테 로버트 루이스 스티븐슨이 누구인지 묻는 건 아니겠지?"

그의 말은 나를 당황하게 했다. 말할 필요도 없이, 나는 알래스테어의 가족에 속하길 원하는 내 감정을 젖혀두었다. 물론 지나가는 암시는 명백하고도 풍부했을 것이다. 나는 그의 불길 근처로 가고 싶었다. 따뜻하면서도 위험할 수 있었지만 상관없었다.

그는 오븐에서 따뜻한 생강 비스킷 트레이를 꺼내서 내 찻잔 옆에 두고는 옛날 펭귄 판 『지킬 박사와 하이드 씨』를 건네주었다.

"자서전인가요?" 내가 물었다.

"싱거운 친구 같으니라고." 그는 생각에 잠긴 듯 담뱃불을 붙였다. "그 책은 자네가 스코틀랜드 사람들의 삶을 이해하고 싶다면 반드시 읽어야 하는 책이네."

내가 책장을 넘기고 있을 때 알래스테어는 프랑스 담배 종이에 담배를 가득 넣고 말아서 불을 붙였다. 그리고 길게 한 모금을 빤 다음 나에게 넘겨주었다. 처음에는 기침이 심하게 났지만, 그 퀴퀴하면서 향기로운 냄새는 확실히 매력이 있었다. 나는 얕게 들이쉬면서 조금씩 빨았다. 목이 불타는 듯했지만 어쨌든 새로운 경험에 나 자신을 열기로 결심했다. 그 빛을 받아들이기로 한 것이다.

"내가 스코틀랜드에서 제일 싫은 건 말이지." 그는 언제나처럼 취해서 말했다. "미덕이라는 걸 항상 무슨 업적처럼 여기는 거야. 그리고 그걸 너무 엄격하게 정의해. 이 망할 나라는 우리를 항상 판단하고 평가해. 심지어 하늘에도 무슨 점수판이 깜빡거리고 있는 것 같아. 내 머리 위 점수판에 분필로 점수 기입되는 소리가 난다니까."

"아버님이 목사라고 하셨죠." 내가 말했다.

"맞아. 진지하셨지. 그래도 다정하셨어. 어머니는 엄격하셨고 아주 바쁘셨어. 진료도 봐야 하고, 아이들도 여러 명에다 집도 컸지. 일상이 전쟁이었어."

"선생님은 결혼한 적 있어요?"

"거참 질문이 많구먼." 그는 말했다. "한두 번 했어. '세상엔 변하는 것 말고는 아무것도 없다.'라고 보르헤스가 말했지. 자네 보르헤스 아나?"

"잘은 모릅니다."

"그건 자네의 어휘에서는 전혀 모른다는 뜻이지. 문학에서도 숫총각이잖아."

"스코틀랜드는 섹스하기 너무 추운 나라 같아요." 내가 말했다.

이 말이 알래스테어의 심금을 울렸나 보다. "여기서는 그 짓 할 때 심지어 옷도 안 벗더라고. 그래서 스코틀랜드 사람용 특수 잠옷을 제작해 볼까 생각 중이야. 둘을 묶을 수 있게 만들고 앞부분 사타구니 쪽에 작은 문 같은 걸 달아서 서로 연결될 수 있게 하는 거지. 그러면 아무것도 안 벗어도 되고, 그냥 그 작은 문만 열었다 닫았다 하면 되는 거야. 열반으로 가는 길이랄까."

검은 머리에 크고 아름다운 눈을 한 재스퍼가 문간에 등장했다. "그거 내 아이디어였잖아요, 아빠. 그 짓 하는 잠옷 아이디어." 그가 말했다.

"응, 내가 훔쳤어."

"아빠는 항상 내 아이디어를 훔치고 다니는군요."

"너는 제2의 토머스 에디슨이야, 재스퍼."

"그렇게 되면 누가 부자가 되는 거예요? 아빠예요, 나예요?"

"우리는 모든 걸 공유하지 않니?"

"망할 공산주의자 같으니라고." 재스퍼가 나가면서 말했다.

알래스테어는 담배에 다시 불을 붙이고 한 모금 길게 빨아들인 다음 다시 나에게 넘겨주었다. 그가 마리화나를 피우는 것을 재스퍼가 알고 있다는 사실도 전혀 신경 쓰지 않는 것 같았다. 내 유년 시절의 세상과는 완전 딴판이었다. 그곳에서는 모든 것이 감추어져 있었다. 모든 종류의 욕망이 어두운 방 안에서 거주하고 있었던, 모든 문과 창문이 꼭꼭 닫혀있던 그 세상. "어느 누구도 네가 무엇을 생각하는지 알지 못하게 해." 아버지는 내게 이렇게 말한 적이 있었고, 나는 언제나 그것을 명심했다.

나는 다시 사레가 들려 물을 마시러 싱크대로 갔다. 이제는 시간이 늦어 날이 어둑어둑했다. 공포의 그림자가 까마귀처럼 검은 날개를 공중에서 퍼덕거리면서 날 스쳐 지나갔다.

"징집위원회에서 또 편지는 안 왔어?" 알래스테어는 내가 무슨 생각을 하는지 다 알고 있다는 듯 물었다.

"편지가 세 통 있죠."

"그냥 버려." 그가 말했다.

그의 목소리에는 뭔가 새로운 것이 있었다. 나는 그를 보기 위해서 몸을 돌렸는데, 그의 따스한 시선 때문에 눈에 눈물이 고였다.

"전쟁은 절대로 삶을 희생할 만큼의 가치를 지니지 않아." 그가 말했다.

"선생님은 전쟁에서 히틀러에 대항해서 싸우셨잖아요."

"그건 다른 시대였지."

"저는 베트남에는 안 갈 거예요."

"그래, 가지 마." 그가 말했다. 그는 불가리아 산 레드와인 한 병을 따서 그 독한 루비색 액체를 커다란 텀블러에 가득 채웠다. "풀밭은 피가 아니라 포도주로 씻어 내리는 거지." 그는 컵 속의 술을 벌컥벌컥 마시고는 눈을 빛내며 또 한 잔을 가득 따랐다.

나는 그에게 보여줄 시를 한 편 가져갔지만, 그가 만취한 것을 보고는 귀찮게 하지 않기로 했다. 취한 상태에서 해주는 조언의 결과도 그다지 도움이 되지 않을 것 같았다.

"시를 가져왔나? 시를 가져온 듯한 표정인데."

"그다지 잘 쓴 시는 아니에요. 벨라한테 잘 보이려고 쓴 거거든요."

"오든이 했던 말을 기억해. '시는 아무 일도 일어나게 하지 않는다.' 시에는 실용주의적 가치가 전혀 없어."

"제 머릿속에는 온통 벨라 생각뿐이에요."

"그러니까 벨라를 필모어에 데려와! 내가 최선을 다해서 잘해줄게."

"별로 안 그러고 싶은데요."

"유혹이란 예술이야. 그리고 시보다도 덜 복잡하지. 생각해 봐. 수십억 명의 사람들이 밤마다 땀에 젖은 침대에서 그 짓을 하고 있다고. 남자랑 여자, 여자랑 여자, 남자랑 남자, 남자랑 거북이랑 말이야. 그 짐승을 아쉬울 때 쓰는 거지. 우리의 친구 셰익스피어가 말했듯이 말일세."

위층에서 목소리가 들려왔다. "아빠, 저녁 먹기 전에 책 읽어주기로 했잖아!"

알래스테어는 재스퍼를 무시했다. "자네 요리할 줄 아나?"

"아뇨."

"그럴 줄 알았어. 내가 가르쳐 줄게." 그는 칼과 두꺼운 도마를 꺼냈다. 그의 구체적인 지시에 따라 우리는 함께 마늘과 양파, 당근을 다지기 시작했다.

"요리와 글쓰기는 완벽한 조합이야." 그가 말했다. "나는 온종일 책상과 레인지 사이를 왔다 갔다 한다네. 둘은 기본적인 것들이야. '원재료'라는 서로 다른 다양한 요소들을 합쳐놓고, 거기에다 불을 더하는 거지. 일종의 화학이야."

"그럼 시는 수프인가요?"

"스튜에 더 가깝지." 그는 엄청난 양의 기름을 팬에 붓더니 뜬금없이 물었다. "자네 새 차는 좀 어때? 어제 노스 스트리트 아래에서 자네를 봤어. 그 작은 할머니를 칠 뻔했잖아. 이 나라에서는 차로 칠 할머니들도 줄어들고 있어."

"완전히 녹슨 차예요. 1957년 '모리스 마이너'죠." 나는 사실 어떤 면에서는 이 차를 몰고 다니는 것이 자랑스럽기도 했다. 그것은 하얀 지붕에 새빨간 몸체를 가지고 있었고, 4기통에 수동 4단 변속기 모델이었다. 그리고 함부로 다루어졌던 차였다. 나는 호주에서 온 대학원생과 그 차를 공동소유하고 있었기 때문에 돈이 몇백 파운드밖에 들지 않았다.

"책 읽어달라고요." 재스퍼가 내 팔꿈치 아래로 갑자기 나타나서 말했다. "아빠는 읽어주겠다고 약속해 놓고 안 읽어줘요. 취했어요."

"재스퍼한테 책 좀 읽어줘." 알래스테어가 말했다. "안 그랬다간 쟤는 경찰을 부를걸."

그래서 나는 그 소년을 따라 거실로 들어갔다. 재스퍼는 거대한 베개가 있는 초록색 소파에서 나한테 기대어 자리를 잡았다. 소파에서는 퀴퀴한 냄새가 났다. 나무 바닥 위 인디언 카펫에는 푸른색과 붉은색으로 된 코끼리와 호랑이가 그려져 있었다. 거실은 황혼으로 어두워지고 있었기 때문에 나는 전등을 켰다.

"스티븐슨 읽어줘요." 재스퍼가 말했다.

"이 집에서는 스티븐슨이 제일 인기가 많나 보네?"

"아빠가 스티븐슨을 좋아해요. 보르헤스도 스티븐슨 좋아하고요."

"여기는 항상 보르헤스 중심이구나. 보르헤스가 언제 오는지 아니?"

"금방 온대요."

"왜 보르헤스가 이 집에서 그렇게 중요한 사람이야?"

"아저씨는 정말 아무것도 몰라요? 아빠 말로는 아저씨가 둔하다던데."

"아빠가 그렇게 말씀하셨다고?"

"둔한 건 아니고, 뭘 잘 모른대요." 재스퍼는 헝클어진 반짝이는 검은 머리를 흔들더니 코를 찡그렸다. "나는 입을 잠가버려야 한대요. 아빠가 그렇게 말했어요. 아빠는 아저씨 좋아해요. 걱정 말아요."

"아빠는 내가 나이브하다고 생각하는 것 같은데." 내가 말했다.

"그게 무슨 뜻인데요?"

"세상에 대한 경험이 부족하다는 말이지."

"나는 부족하지 않죠?"

"그럼. 너는 그렇게 많은 곳을 다녀봤잖아. 대부분의 사람은 절대 못 가는 곳도 말이야."

"우리는 마요르카가 제일 좋았어요."

"거기에는 뭐가 있는데? 너는 뭐가 좋았어?"

"와인이랑 여자들이요."

"그리고 노래도?"

"나는 비틀즈만 좋아해요."

"너도 진짜 와인이랑 여자들을 좋아하니?"

"그다지 안 좋아해요."

"그래야지."

"아빠가 그렇게 이야기한 거죠." 재스퍼는 손가락을 굴리면서 내 얼굴을 만졌다. "보르헤스는 이렇게 본대요." 그가 말했다. "보르헤스가 맹인인 거 알아요? 보르헤스는 항상 얼굴을 이렇게 만져요."

"내가 맹인이 아니라 기쁘구나."

"나는 차라리 귀가 안 들리는 게 낫겠어요." 재스퍼가 말했다.

"왜?"

"아빠는 나한테 계속 말을 해요. 가끔은 정말이지 듣고 싶지 않거든요."

"그래도 아빠 말씀을 잘 들어야지."

"그건 클리셰예요. 아빠 말로는 좋은 글은 클리셰가 없다는 걸 의미한대요. 클리셰란 익숙해 보이는 말이나 표현을 의미해요. 옛날 조판술에서 나온 용어죠. 나는 클리셰를 피하려고 노력하고 있어요."

"'역병 피하듯이' 같은 표현 말이구나."

"그런 게 클리셰죠."

"맞아."

알래스테어가 문 앞에 서서 숟가락으로 프라이팬을 꽝꽝거리며 쳤다. 저녁 먹을 시간이었다.

"배고파요." 재스퍼가 꽝꽝거리는 소리 사이로 말했다.

"그럼 넌 운이 좋은 편이군." 재스퍼의 아버지가 말했다. 그의 눈에는 다시 애정이 듬뿍 담겨있었다.

8

나는 가끔 거리에서 팔코너 교수를 마주치곤 했다. 그는 늘 고개를 살짝 숙이고 돌풍을 헤치고 나아가는, 얼굴에 생각의 주름이 가득한 외로운 남자였다. 내가 "안녕하세요, 교수님!"이라고 하거나 혹은 "날씨가 참 좋네요!"라고 말을 걸면 그 당혹스러운 듯한 표정은 곧 환하게 밝아지곤 했다. 그와 같은 세대의 많은 사람에게 그랬듯이, 전쟁은 아직도 그의 마음을 사로잡고 있는 것만 같았다. 그가 바라보는 하늘은 여전히 메서슈미트 전투기와 융커 폭격기로 가득 차 있었다. 아직 공습경보 해제 사이렌이 울리지 않은 것이다.

미국인 학생 하나가 아직도 오크니 섬에서 살아있는 어느 스코틀랜드 시인에게 집중하고 싶어 한다는 사실은 분명 그의 흥미를 끌었던 것 같다. 하지만 그에게 나의 매혹에 대해 설명하기란 쉽지 않았다. 팔코너는 내가 그의 사무실에 앉아있던 어느 날, 지친다는 듯이 머리를 흔들면서 말했다. "자네가 원고를 좀 찾아보게. 논문은 독창적 연구를 담고 있어야 해. 브라운 시인한테 편지를 써봐. 아직 발표 안 한 원고가 있는지 말이야. 그리고 할 수 있으면 가서 그를 만나. 내 생각엔 가능할 것 같아. 가서 연구해 와!"

그날 밤 나는 출판사의 도움으로 맥케이 브라운에게 편지를 썼다. 몇 주 뒤에 푸른 종이 위에 게걸음 치듯이 이상하게 휘갈겨 쓴 것 같은 편지가 오크니 섬에서 도착했다. 편지에서 브라운은 그의 작품에 대한 나의 관심에 고무되는 동시에 겸허한 마음도 든다고 말했다. 그리고 "반드시" 한번 찾아오라고 말했다. "매일 오후에 도착하는 페리선이 있어요. 내리는 사람 중에 내가 아는 사람은 거의 없지만." 그는 "미리 허락받을 필요는 없고", 그냥 나에게 자신의 전화번호를 주면서 "스트롬니스에 도착하기 며칠 전에" 전화만 하면 된다고 했다. 편지 마지막에는 그냥 단순히 "조지로부터"라고 서명되어 있었다.

나는 그의 편지에 신이 나서 내가 쓴 논문 몇 쪽을 팔코너 교수에게 가져갔다. 그는 여전히 내 논문에 거의 관심이 없었다. "아." 그가 말했다. "그 논문 계속 쓰고 있군! 중요한 건 계속하는 것이지. 잘 못 쓰더라도 말이야."

"제가 잘 못 쓰나요?"

"아니, 그냥 일반론일세." 그가 말했다. "내가 말하고 싶은 건, 계속 앞으로 나가라는 거야! 후퇴는 없어! 함선 위에 부하들에게도 나는 이렇게 말했었지. 전진하라!"

그가 전쟁 때 실제로 함선을 지휘했었다는 사실이 대단하게 느껴졌고, 그의 사생활이 조금 궁금해졌다. 소문에 따르면 그는 누나와 함께 살고 있어서 자신만의 생활이 없다고 했다. 마침 다소 희한한 초대 후에 그의 집을 방문할 기회가 생겼다.

때는 11월 중순 화창한 오후로, 나는 4인승 자전거를 타고 가다가 고대 종탑 아래 회랑을 걷고 있는 팔코너 교수를 마주쳤다.

"어, 여," 그가 말을 더듬으면서 나에게 가까이 오라는 몸짓을 했다. "여기!"

"안녕하세요, 교수님. 잘 지내셨어요?"

"할 이야기가 있는데."

"네, 말씀하세요." 나는 듣고 있다는 시늉을 해 보였다.

"어떤 청년이 있는데, 자네한테 소개를 좀 하고 싶네."

"네, 좋죠."

"잘됐구먼. 우리 집으로 오게. 알렉산드라 플레이스 2호야. 거기 알지? 다음 주 수요일에. 티타임, 뭐? 4시에 만날까?"

"네, 알겠습니다. 저는 좋아요."

그는 미소를 지으면서 기억의 서랍을 뒤지는 듯 보였다. "그 학생도 미국인이야. 자네처럼. 시에 관심이 있다나 뭐래나."

나는 그가 이 젊은이에 대한 정보를 더 생각하는 동안 발을 바꾸어 섰다.

"그 사람 이름이 뭔가요?"

"아, 맞아. 이름." 그가 말했다. "그 청년 이름이 제이 파리니야."

"그런데 교수님," 내가 말했다. "제가 제이 파리니입니다."

그의 눈이 커졌다. "아이고, 저런. 그것 참 안됐구먼. 그래도 오게. 아무튼 우리 집에 오게나."

그는 헤어지기 전에 애처로운 목소리로 덧붙였다. "자네, 혹시 남는 재킷 하나 있나?"

나는 이 이야기가 너무 재미있어서 누군가에게 이야기해 줘야겠다고 생각하고, 특히 벨라가 들으면 즐거워할 거라 생각했다. 그래서 그날 밤 시인협회 모임에 참석했다가 끝나고 그녀를 기다렸다. 벨라는 그 이야기를 듣고는 즐겁게 웃었다. 게다가 그날 모임에서 내가 읽어준 알래스테어의 시 두어 편에 깊은 감명을 받았다. "한번 만나보고 싶어요." 그녀는 이렇게 말했고, 나는 다음 날 필모어에 차를 마시러 가는데 함께 가자고 했다.

잘 되고 있어, 하고 나는 모리스 마이너를 몰고 해밀턴 홀 바깥에서 그녀를 픽업하려고 기다리면서 혼자 중얼거렸다. 하지만 슬프게도 그녀는 내 차에는 그다지 감명받지 못한 것 같다.

"발밑으로 도로가 다 보이려고 하네요." 그녀는 무릎을 끌어올리면서 말했다.

내 차는 현실적인 탈 것이라기보다는 오히려 신기루에 가까웠고, 바닥은 정말로 종이 한 장 대놓은 것처럼 얇았다. 하지만 그것은 어쨌든 우리를 원하는 곳으로 데려다주었다.

알래스테어는 우리가 차를 마시러 올 것이라는 사실을 잊었는지, 우리가 도착했을 때 뭔가 심란한 분위기였다. 우리는 그의 식탁에 앉아 아무 말도 못한 채 어색한 시간을 보냈다. 그가 마침내 벨라에게 시선을 돌렸을 때 벨라는 알래스테어를 제대로 쳐다보지도 못했다. 벨라가 그렇게 겁먹은 것을 보는 건 나로서는 처음이었다.

"벨라라고 했지." 그가 곁눈질로 보면서 웃었다. "아라벨라의 줄임말인가?"

"네."

"'아라'는 제단을 의미하고 '벨라'는 아름답다는 뜻이지. 그러니 언젠가 누군가가 기꺼이 스스로를 희생시킬 만한 아름다운 제단이라는 거구먼."

이번 방문은 급속도로 잘못된 길로 향해가고 있었다. 나는 벨라를 데려온 것을 벌써 후회하기 시작했다.

"아버지는 '기도에 바친다'는 의미라고 하셨죠."

"나는 그딴 것에 나를 바치지 않을 거야." 알래스테어가 말했다.

나는 벨라에게 알래스테어와 그레이브스에 대해 이야기했고, 벨라는 직설적으로 질문을 하기 시작했다. 그레이브스는 소설가라기보다는 시인이라고 보는 게 더 적절하지 않은가? 왜 그는 마요르카에 살았는가? 『하얀 여신』은 특이한 종류의 책 아닌가? 질문들이 쏟아져 나오면서 나는 기분이 좋아졌다. 내가 알래스테어의 집에 머리 좋은 누군가를 데려왔으니 그는 내게 고마워할 터였다.

"그레이브스는 날 미워했어." 그가 말했다. "내가 그의 여신 중 하나를 훔쳤거든. 그 사람 아내는 아마 안심했을걸. 내가 경쟁자를 줄여줬으니까."

"그러면 그레이브스는 그 여자들 모두랑 잔 건가요?"

"잔다는 게 무슨 의미냐에 따라 다르지."

벨라는 힘을 모으는 듯 보이더니, 놀랍게도 인상 깊은 방식으로 그의 시선에 맞서고 있었다. 나도 벨라에게 배워야 할 것 같다. "그레이브스는 아주 많은 소설을 썼어요." 그녀가 말했다.

"요즘 사람들은 아무도 몰라. 『벨리자리우스 백작』? 『뉴크레테에서 보낸 일주일』? 뭐 이런 책들 말인가?"

"『나는 황제 클라우디우스다』는 훌륭해요. 제국의 광기에 대한 완벽한 서사죠. 저는 사람들이 칼리굴라를 능지처참하는 동안에도 그가 스스로를 신이라고 상상하는 그 장면을 좋아해요."

"어이쿠." 마룻바닥에 떨어진 종이비행기들을 줍기 시작한 재스퍼가 말했다.

"그레이브스는 지배계급에 대한 자연스러운 감각을 가지고 있죠." 벨라가 말했다.

"그는 뼛속 깊이 속물이야." 알래스테어가 말했다. "고등학생이 어쩌다 보니 장교가 되고 어쩌다 보니 작가가 된 거지. 최상의 수순은 아니지."

알래스테어와 벨라가 초기 로마제국의 정치학에 대해 계속 이야기하는 동안 나는 당황스럽게도 무기력하게 침묵하고 있을 수밖에 없었다. 속으로 나는 나의 무식함에 저주를 퍼부었다. 영국 국립학교 교육을 받아서 광범위한 정보를 골고루 섭렵하고 있는 벨라에게 질투심이 느껴지기도 했고, 동시에 알래스테어에게도 질투심을 느꼈다. 그의 카리스마와, 정치와 문학에 대한 그의 놀라운 유창함이 벨라의 마음을 사로잡게 되는 것 아닐까? 그는 친구의 미래 여자 친구까지 가로채게 될 것인가?

그들이 계속 이야기하는 것을 보니, 결국 그가 벨라의 마음을 얻을 것임을 알 수 있었다. 그리고 이제 대화를 주고받으며 벨라가 그에게 매혹당한 것처럼 보였기 때문에 더 걱정되었다.

곧 우리는 숯불 앞에 모여 앉았다. 겨울이 다가오는 스코틀랜드의 오후에 알맞는 완벽한 그림이었다. 얼마 있다 알래스테어가 브라우니 쟁반을 가지고 왔다. 그는 마치 제단을 주재하는 주술사처럼 쟁반을 높이 들어 올렸다. 이제는 그 아름다운 제단에 자기 자신을 희생할 준비가 되어 있는 것처럼 보였다. "갓 구운 따끈따

끈한 해시 브라우니[대마 성분 등을 넣어 만든 브라우니. — 옮긴이]야."

"이건 먹어본 적이 없어요." 벨라가 말했다.

"와인이랑 먹으면 최고지." 알래스테어가 그녀에게 말했다.
"차 따위는 잊어버려."

알래스테어는 쟁반을 돌렸고, 우리는 모두 브라우니를 하나씩
집었다. 분명 내 얼굴에는 어떤 주저함이 드러났을 것이었다. 브
라우니는 제단에 올리는 강력한 희생양 같았고, 이 희생양이 어떤
역할을 하게 될지 나는 확신할 수가 없었기 때문이다.

벨라는 처음에 조금 베어서 천천히 씹더니 이내 크게 한 입 먹
었다. 나는 아주 조금만 먹었고, 와인 병이 등장하자 안심이 되었
다. 나는 더 이상 무기력감을 느끼고 싶지 않았다. 부분적으로는
알래스테어가 벨라를 끌어들이는 방식에 화가 났기 때문이었고,
그래서 내가 완전히 취해버리면 어떻게 반응할지 스스로도 알 수
가 없는 상황이었다. 화를 내면 지는 거란다. 이것이 아버지가 가르
치셨던 것이었다. 브라우니를 먹으니 그 효과가 서서히 나타났다.
그것은 내 무릎에서 시작되어 서서히 머리 꼭대기로 타고 오르는
달콤한 맛이었다.

재스퍼가 속삭였다. "아저씨 여자 친구 좋아요. 예뻐요."

벨라는 이 말을 어깨너머로 듣고는 "나는 여자 친구가 아니라
그냥 친구야." 하고 미소 지으며 말했다.

부끄러움과 당황스러움으로 내 얼굴이 화끈거렸다.

하지만 재스퍼가 좀 더 쉽게 표현했다. "누나는 여자고 친구니
까요." 그가 말했다.

"바로 그 이야기지."

우리가 떠날 때 알래스테어는 나의 불편함과 혼란스러움을 느꼈는지 나를 옆으로 데려가 이렇게 말했다. "아주 멋진 아가씨야." 그가 속삭였다. "이제 자네 집으로 데려가. 브라우니가 아주 좋은 효과를 내기 시작할 거야."

"정말요?"

"집에 와인이 있나?"

"본 와인이 한 병 있어요."

"그게 매력을 대신해 주겠군." 알래스테어가 말했다.

벨라와 나는 밖으로 나와 살짝 비틀거리며 걸었다. 나는 벨라에게 알래스테어는 어땠는지 물었다.

"매력적이시네요. 나는 매력을 늘 불신하지만." 참 분별력이 있구나, 하고 나는 생각했다.

"집에 좋은 와인이 한 병 있는데." 나는 말했다. "집으로 돌아갈까요?"

"미안하지만 안 돼요. 앵거스랑 저녁을 먹기로 했어요. 앵거스 집에서요. 앵거스는 골치 아픈 동생 잭이랑 같이 살아요. 당신도 초대하고 싶지만 아마 즐겁지는 않을 거예요. 아니, 싫어할걸요."

해시 브라우니 때문에 나의 원래 점잖음은 사라져 버렸다. 나는 노골적으로 물었다. "그러면 벨라는 거기서 즐거운가요?"

"때에 따라 달라요. 나는 쉽게 싫증을 느끼거든요. 내 성격적 약점이죠. 나는 앵거스를 정말로 좋아하지만, 동생이랑 함께 있는 앵거스는 아니에요. 하지만 동생은 그렇게 자주 같이 있지는 않아요. 그에 관해 이야기할 수 있는 가장 좋은 점이죠."

나는 앵거스나 그의 동생에 대한 벨라의 태도에 대해 어떻게 생각해야 할지 알 수가 없었다. 이곳은 스크랜턴으로부터 멀리 떨어진, 펜실베이니아의 익숙한 존재 방식으로부터 멀리 떨어진 곳이다. 남자와 여자가 어떻게 행동해야 하는지, 그런 행동들이 안정된 삶을 위해 무엇을 의미하는지에 대한 그 모든 편안한 전제들로부터 멀리 떠나온 것이다. 나는 아주 기이하게도 그 안전하고 예측 가능한 세계의 확실성과 단순성이 조금은 그리웠다. 하지만 여기가 내 새로운 삶이다. 그 삶이 아무리 이상하고 받아들이기 힘들고 때로는 두렵다 하더라도 나는 그것을 포용하고 그 결과를 받아들이기로 한 것이라고 스스로에게 다시 한 번 확인시켰다.

9

이제는 급기야 불면증이 시작되었다. 화장실에 신경안정제를 흘려버린 것도 후회가 되었다. 그런 인위적 수면이라도 당시 상태에는 도움이 될 것이었다. 베트남이 나를 짓누르고 있었다. 매일 밤나는 그 저주받은 전쟁터로 소환되었다. 세인트앤드루스로 도망오지 않았다면 내가 밟았을, 독극물 묻은 대못을 숨긴 거대한 논과 위장 폭탄을 숨겨놓은 길에 대해서 반복적으로 꿈을 꾸었다. 베트남에 대한 선명한 이미지들은 모두 빌리의 편지에서 온 것이었다. 빌리는 비무장지대 근처에 있는 외딴곳에서 편지를 보내왔다. 그곳에서 그의 역할은 전쟁포로들을 심문하는 것이었다. "나는 가끔 답답해서 산책하곤 해. 존나 위험하긴 하지만." 그는 어느편지에서 말했다. 나는 그 편지를 읽고 또 읽었다. "베트콩 때문에 위험한 것만은 아니야. 물론 그놈들을 가끔 마주치게 되면 진짜 무섭긴 하지. 그 자식들은 모두 망할 놈들이야. 네가 여기 덤불을 봐야 하는데. 포도송이 줄기들이 헝클어져서 축 늘어져 있거든. 진흙 속에는 따끔거리는 풀들이 천지야. 그리고 미친 뱀들 같으니라고. 담에 나 만나면 대나무 구덩이 독사가 어떤지 꼭 물어봐. 노이로제 있는 것처럼 쭉 줄지어 가는 작은 개미들을 보면 네가 생각하는 방식이랑 좀 비슷한 거 같아. 그리고 지옥에서 온 것 같은 선사 시대 새들까지 난리법석을 떨면서 울어대." 그는 자신이 "베이스캠프 높은 곳 전등 불빛 아래에서 편지를 쓰고 있다"고 말했다. "여기는 쥐들이 벽을 오르락내리락하고 있어. 크기가 무슨 고양이만 해. 베트남에서 있을 만한 곳이라곤 높은 곳밖에 없어." 또 다른 편지에서 그는 나에게 사이공에 있는 매춘굴에 대해 이야기했다. "친구, 여긴 완전 영광의 나라야. 할렐루야 합창 소리가 울려 퍼지고 있어. 여자들 몸매가 아주! 온통 젖꼭지랑 엉덩이뿐이야. 총각친구야, 내가 알려줄게. 그 여자들은 혓바닥을 어떻게 써야 하는지 너무 잘 알고 있어. 들어보니까 재미있을 것 같지? 거기 있지 말고 여기로 와! 거긴 이제 전쟁터로 내보낼 꼭두각시들도 다 떨어져 간다던데. 기억해, 친구. '지금은 우리의 시간'[찬송가의 제목. ─ 옮긴이]이야."

"난 됐어, 빌리보이." 나는 이렇게 답장을 썼다. 나는 친구들인 알래스테어와 재스퍼, 그리고 상담가이자 친구가 된 제프와의 일상생활에 대해 최선을 다해 자세히 묘사했다. 그리고 벨라에 대한 애정과, 팔코너 교수에 대한 이야기도 썼다. 파이프의 이스트뉴크라는 기이하고 작은 세상에 대해서 말이다. 어떤 날 밤에는 한두 시간마다 깨서 전기 벽난로 옆 의자에 웅크리고 앉아 미터기에 동전을 던져 넣거나, 노란 노트에 서투른 시를 끄적거리거나, 혹은 베트남에 있는 친구에게 끝도 없이 긴 편지를 썼다. 나는 그 불쌍한 녀석에게 기분 전환하라고 이렇게 길게 쓰는 거라고 스스로에게 말했지만, 사실은 나 자신을 위한 것이었다. 논문에 대한 회의감 때문에, 그리고 빌리는 그 지옥불 속에 있는데 나는 여기 있다는 죄책감 때문에, 혹은 내가 있어야 할 자리에서 다른 누군가가 고통을 겪고 있다는 죄책감 때문이었다. 사실 이건 빌리가 베트남으로 떠나기 몇 주 전에 스크랜턴 서쪽에 있는 조이스 바에서 술을 마실 때 했던 말이기도 했다. "네가 가지 않으면 다른 누군가가 너 대신 가게 되겠지. 너는 그 사실을 안고 살아갈 수 있어?"

그게 정말 사실일까? 전쟁은 일종의 제로섬 게임 같은 것인가? 내가 입대하면 나는 역사의 나쁜 버전에 굴복하게 되지 않는가? 내가 베트남에 간다면 그것은 조국을 위해서가 아니라 나 자신을 위해서였을 것이다. 나는 "어떤 경험"을 해보기 위해서 갔을 것이다. 내가 속한 시대에 "뒤처지지" 않기 위해서 말이다.

징집위원회에서는 계속 편지가 오고 있었다. 내 불안감도 극에 달하고 있었다. 나는 누군가가 현관문을 노크하는 것이 기다려지기까지 했다. 런던 경찰국은 분명 FBI나 다른 국제 비밀기관들과 연합하고 있을 것이다. 그래서 나 같은 배신자를 끌고 가서 다시 군대로 복귀시키고 말 것이었다.

어느 날 아침 커피를 마시는 자리에서 제프는 나를 안심시키려고 노력했다. "걔들이 널 필요로 할 거 같지는 않은데." 그가 말했다. "나를 원하지도 않는데 왜 널 원하겠어? 너는 분명 형편없는 군인이 될 텐데. 베트남 녀석들은 네가 온다는 소식을 들으면 기뻐서 날뛸걸. 내가 닉슨 대통령한테 편지를 써줄게. '제이 파리니는 징집하지 마세요!' 하고."

나는 빌리에게 (그리고 제프에게도 당연히) 내가 불면증을 겪고 있다는 이야기를 하지 않았다. 밤마다 마치 공간의 보이지 않는 결마다 추락하고 있는 것 같다고, 혹은 불타는 집 지붕에서부터 한

층씩 아래로 떨어지고 있는 것 같다고 이야기하지 않았다. 나는 너무 자주 죽음에 대해서 생각했지만, 그렇다고 하여 벨 스트리트에서 어느 학생이 자전거를 타고 가다가 굴러떨어지는 것을 보는 게 고통스럽지 않은 것은 아니었다. 그는 몸이 3미터 높이까지 튕겨 올라갔다가 커브길 모서리로 추락했다. 그의 귀에는 피가 흘러내리고 있었다. (그가 어떻게 되었는지는 나는 몰랐고 알고 싶지도 않았다.) 어느 날 밤 나는 런던 지하철에서 충돌사고가 나서 수녀 한 명을 비롯한 다수가 사망했다는 뉴스를 BBC에서 들었다. 그러고 나서는 아는 교수님 중 한 분이 어느 날 오후에 책상에서 고꾸라져 심장마비로 47세의 나이에 고인이 되셨다. 세상에는 너무나 많은 죽음이 있었고, 내 정신의 가장 깊은 곳에서 들려오는 죽음의 웅성거림을 잠재워 줄 것은 아무것도 없었다. 어떻게 거리의 그 많은 사람은 자신이 언젠가 죽을 운명이라는 걸, 가슴에 시한폭탄을 지니고 살아가고 있다는 걸 잊은 채 저렇게 즐겁게 돌아다닐 수 있을까?

나의 문제는 벨라를 곳곳에서 마주치는 것으로도 해결되지 않았다. 나는 그녀를 사우스 스트리트의 마트에서, 술집에서, 찻집에서 종종 마주쳤다. 어느 날 밤에는 학생회에서 주최한 재미없는 무도회에서 걸어 나오다가 벨라와 앵거스가 손을 나란히 잡고 학생회 건물을 나와서 학교 광장으로 들어가는 것을 보았다. 나는 마치 관음증 환자처럼 멀리서 그들을 따라갔다. 그들은 이스트 샌즈 가까이 있는 자갈길로 방향을 틀더니 자갈 벽으로 장식된 집으로 사라졌다. 거기가 앵거스가 동생과 함께 살고 있다는 집인 것 같았다. 나는 그 집 옆쪽 정원에 서서 침실이라고 생각되는 방의 불빛을 올려다보았다. 불이 꺼지자 나는 비참한 기분으로 조용히 비틀거리며 해변으로 내려갔다. 그리고 돌벽 위에 앉아서 시끄러운 파도가 마치 이를 갈 듯 그르렁대며 물결치는 소리를 들었다. 삶의 의미는 무엇일까. 거대한 달이 수면 위에서 눈부시게 빛났다. 하지만 그 빛은 아름답지 않았다. 차갑고 고집스러운 빛이었다.

나는 이 이야기를 다음 날 제프에게 했다. 그는 "자네 많이 안 좋은 것 같아. 정말 병원에 가서 의사를 만나 봐." 하고 말했다.

다음 날 아침 나는 교내 병원으로 가서 빳빳한 푸른 간호복을 입은 간호사와 이야기했다. 그녀는 불면증과 그에 동반된 무기력감, 죽음에 대한 두려움, 그리고 마치 "존재의 위기"와 같은 느낌에 대한 나의 고백을 참을성 있게 들어주었다. 나는 내가 죽음에 대해 자주 생각한다고, 그리고 어느 타국의 혼잡한 교차로 모퉁이에서 버스에 질질 끌려가는 기분 나쁜 꿈을 자주 꾼다고 이야기했다. "앤트워프나 슈투트가르트 같아요." 나는 둘 다 가본 적도 없으면서 이렇게 말했다.

"앤트워프는 패스트리가 맛있죠." 간호사가 말했다.

나는 그녀에게 지난 몇 주 동안 울면서 잠에서 깼다고 말했다.

"정말 상태가 좋지 않군요." 그녀는 계속 말했다. "길리스 선생님께 진료를 받아야겠어요."

나는 그녀가 전화통화를 하는 동안 앉아서 기다렸다. 그녀는 나에게 종이 한 장을 건네주었다. 다음날 진료 약속을 잡은 종이였다.

길리스 클리닉은 세인트앤드루스의 아래쪽 뉴타운 끄트머리에 자리 잡고 있었다. 스코틀랜드의 최근 건축양식인 하얀 회반죽

외벽으로 된 밋밋한 건물이었다. 입구에는 의사의 이름과 그가 받은 학위들이 적혀있는 청동 현판이 걸려있었다. 어찌나 학위들이 많은지 온도계 눈금만큼이나 빼곡했다. 현판 아래에는 '정신의학'이라는 단어가 있었는데, 이 말이 내 정신 속에 작은 상처를 내는 것 같았다. 나는 내가 정신과 의사를 필요로 하는 사람이 될 것이라고 단 한 번도 상상해 본 적이 없었기 때문이다.

길리스의 진료실은 작고 청결했으며, 우중충한 금속 서류 캐비닛이 한쪽 벽을 따라 줄지어 서있었다. 그는 깔끔하게 다듬은 흰 수염에 윤이 나는 대머리를 한, 비쩍 마른 50대 남자였다. 그는 금속테 안경 너머로 나를 뚫어지게 응시하면서 심한 글래스고 사투리로 이야기했다. 그의 하얀 재킷의 옷깃 부분에는 붉은 립스틱 자국 같은 이상한 얼룩이 묻어있었다.

15여 분 동안 짧은 질문들을 던지던 그는 우울증이라고 진단을 내렸다. "북유럽 기후의 저주입니다." 그가 말했다. "저는 매일 보죠. 수면 부족, 울적한 기분, 허공 응시, 공황장애, 이런 증상들이 흔하죠. 땀을 흘리나요?"

"땀이요?"

"예를 들면 잠을 잘 때라든가."

"그다지요. 잘 모르겠어요."

"스스로를 활달하다고 생각합니까?"

"최근에는 아니에요."

"예전에는?"

"잘 모르겠어요."

그는 심각하다는 듯이 머리를 흔들었다. "자신의 가장 큰 걱정이 뭐라고 생각해요?"

"죽음입니다." 내가 말했다. "세상에 너무 많은 죽음이 있는 것 같아요."

"그건 우리가 모두 직면하고 있는 유한성이에요. 인간의 조건 이라고 할 수 있는 한계성이죠."

"네, 그런 거 같아요." 나는 잠시 후에 덧붙였다. "그리고 제가 어떤 여성을 사랑하고 있는데 그녀는 다른 사람을 사랑해요."

"이런 조합도 아주 정상적인 거예요." 그가 말했다. "당신의 우울증이 정상적 상황을 일종의 재앙 같은 것으로 바꾸고 있는 거죠."

"저는 그 여자 없이는 못 살 것 같아요." 내가 말했다.

"이것도 흔해요. 절망의 감정은 좌절을 수반하지요. 특히 젊은 남성들 사이에 흔합니다."

"그리고 저는 아주 우스꽝스러운 클리셰예요." 나는 말했다.

"아니에요, 파리니 씨. 그렇게까지는 아닙니다. 우리 중 그 누구도 독창적이지 않아요."

"저를 도와주실 수 있나요?" 내가 물었다.

"아, 그럼요. 도울 수 있습니다." 길리스 선생이 말했다.

그는 정신의학을 (그의 표현에 따르면) "멋진 신세계"로 만들어 놓은 "눈부신 테크놀로지"에 대해 열광적으로 이야기했다. 아마도 그는 "멋진 신세계"라는 표현이 수반하는 어두운 관념연합에 대해서는 잘 모르는 것이 분명했다.['멋진 신세계'는 디스토피아적 미래를 그린 올더스 헉슬리의 소설 제목이다. ― 옮긴이] 그는 내게 몸을 기울이며 말했다. "전기충격요법이라고 들어봤어요?"

나는 들어본 적이 없었지만, 그 어감이 마음에 들지 않았다. "충격이요?"

그는 내 표정을 읽은 것이 틀림없었다. "무서워할 필요는 없어요." 그는 목소리 톤을 낮추고 말했다. "절차는 아주 간단해요. 내가 이 자리에서 조수 맥도널드 양의 도움을 받아서 할 거예요. 우리는 당신 관자놀이 근처 양쪽에 전기침을 붙일 거예요. 그리고 뇌로 전류를 흘려보내죠. 잠시 머릿속에 폭발이 일어나고, 그게 다예요. 대부분은 한 번만 시술하는 것으로도 충분하죠."

"그게 뭘 하는데요?"

"뭘 하냐고?" 그는 눈길을 돌렸다. "음, 카드를 다시 섞는다고 표현할 수 있죠."

'카드를 다시 섞는다'고?

"다음 주로 예약을 잡을까요? 다음 주에는 비는 시간이 있는데."

"잘 모르겠어요."

길리스 선생은 내게 가까이 다가왔다. "세상이 완전히 달라질 겁니다." 그는 열정적으로 속삭였다.

나는 감사 인사를 웅얼거리면서 서둘러 그곳을 빠져나와 거리를 향해 미친 듯이 페달을 밟았다. 나는 내 카드를 다시 섞을 생각이 전혀 없었던 것이다.

10

"보르헤스가 시내에 있어." 마켓 스트리트에 있는 게데스 입구에서 알래스테어를 마주쳤을 때 그가 헐떡이면서 말했다. 게데스는 고급 와인과 치즈, 저장 육류를 파는 곳으로, 평소라면 알래스테어 리드가 결코 장을 볼 일이 없는 가게였다. 그 아르헨티나 소설가는 전날 밤에 필모어에 잠시 들렀었는데, 함께 여행하는 미국인 친구 노먼 디 조반니와 같이 왔다고 했다. "보르헤스가 몸이 좀 안 좋긴 한데, 노먼이 몇 주 동안 보르헤스를 나한테 좀 돌봐달라고 부탁했어. 우리는 새로운 시 몇 편을 번역하고 있거든."

우리는 향기로운 냄새로 가득한 그 아름다운 가게 안으로 들어섰고, 나는 알래스테어가 고르곤졸라 치즈 중에서 특히 크리미한 맛이 나는 두꺼운 돌체라테 치즈 슬라이스 하나와 진한 스페인 와인 한 병을 고르는 것을 흥미롭게 지켜보았다. 이번만은 좋은 와인을 마셔야지. 알래스테어는 보통 게데스에서 쇼핑하지는 않았다. 모든 것이 아주 비쌌기 때문이다. 그가 저녁 식사하러 오겠냐고 물었을 때 나는 얼른 가겠다고 했다. 하지만 그가 훈계했음에도 불구하고 아직 보르헤스의 작품을 하나도 읽지 못했다고 고백했다.

"번역이 대부분 안 좋거든." 알래스테어는 나를 위해 변명을 해주는 것처럼 말했다.

"스페인어를 좀 배워야겠어요." 나는 말했다. 그리스어에 비하면 스페인어는 그다지 어렵지 않았다.

물론 알래스테어는 내가 단지 보르헤스를 읽기 위한 목적만으로 스페인어를 배울 거라고는 생각하지 않았을 것이다. 그는 마치 '그래, 그래.' 하고 말하듯이 내 어깨를 두드렸다.

"보르헤스가 여기 있어요!" 재스퍼가 현관에서 나를 맞이하면서 외쳤다.

제프는 노란 반다나를 머리에 두르고 기쁨과 기대에 가득 찬 표정으로 재스퍼 옆에 서있었다. 마치 신이 찾아와 옆방에 앉아있는 것만 같았다.

그 노인은 상아 손잡이로 된 지팡이에 몸을 기댄 채 어둠 속 윙체어에 몸을 구부리고 앉아있었다. 머리는 곱게 빗어 뒤로 넘겼고, 커다란 커프스가 달린 헐렁한 갈색 세로줄무늬 양복을 입고 있었다. 체크로 된 조끼에는 황금 체인 고리가 달려있었다. 그는 71세라는 나이보다 십 년은 더 늙어 보였다. 넓은 연청색 넥타이에는 오렌지빛 폭포수와 날아가는 물고기 무늬, 심지어 식사 때 먹은 음식물의 흔적까지 가득했다. 셔츠를 얼마나 오래 입었는지 칼라는 닳아 해지고 더러웠다. 몇 세대까지는 아니더라도 적어도 몇 년은 되어 보이는 셔츠였다. 그는 혼잣말을 중얼거리고 있었고, 크고 공허한 눈으로 마치 헤드라이트 비추듯 천장을 올려다보면서 초조해 보이는 듯한 이상한 미소를 짓고 있었다.

우리는 말 없이 그에게 다가갔다.

"여기는 제이 파리니예요." 재스퍼가 흥겨운 목소리로 말했다.

"만나 뵙게 되어 기쁩니다." 내가 말했다.

"더 크게 말해, 난 맹인이란 말일세!" 보르헤스가 말했다.

재스퍼는 보르헤스의 귀 근처에 손가락으로 작은 원을 그렸다.

"저는 제이 파리니입니다!" 나는 소리쳤다.

"아, 주세페 파리니!" 그가 말했다. "내가 제일 좋아하는 이탈리아 시인 중 하나지! '일 조르노.' 멋진 작품이야! 이탈리아의 알렉산더 포프[영국의 대표 시인. — 옮긴이]라고 할 수 있지!"

"네, 저도 그 시는 조금 알고 있습니다." 나는 그 18세기의 시인과 성이 같다는 사실에 가당치도 않은 자부심을 느낀 적이 있던 것은 사실이지만, 그렇다고 그의 작품을 단 한 번도 자세하게 읽어본 적은 없었다. 보르헤스가 내 거짓말을 알아챌 수 있을까?

"자네를 만나게 되어 기쁘구먼." 그가 말했다. "팔레르모를 아나?"

"저는 한 번도 이탈리아에 가본 적이 없습니다."

"아니, 마피아 있는 그 이탈리아 시칠리아의 팔레르모 말고, 아르헨티나 부에노스아이레스에 있는 팔레르모 말일세. 거기서 팔레르모는 구역 이름이거든. 슬프게도 거기 팔레르모에도 깡패들이 있어. 이건 내가 인정하지. 도둑 같은 사람들, 칼 든 남자들 말이야! 하지만 자네도 알아야 해, 그곳은 부에노스아이레스에서 제일 오래된 곳이야. 그리고 그 식민지 건축물은 참 아름답고도 슬프지. 이탈리아 사람들이 그곳에 많이 정착했어. 그래서 거리에서도 종종 이탈리아어를 쓴다네. 그들 중에서도 최고의 사람들만이 파리니의 시를 읽지."

나는 곧 그의 독특한 이야기 방식에 익숙해지게 되었다. 마치 세계 일주하듯이 자유연상에 따라, 인상적인 주요 사항들만 툭툭 던지듯이 말하는 방식이었다. 그는 보이지 않는 기둥을 빙빙 돌면서 자기 꼬리를 쫓고 있는 것처럼 보였다. 나는 이런 방식이 그가 맹인인 것과도 관계가 있는지 궁금했다. 보지 못하는 사람들이 나머지 사람들보다 더 다른 감각이 발달해 있고, 정신적으로도 과감하게 비약할 수 있으며, 때로는 최초의 주장으로 수월하게 되돌아가서 논리를 더 명확하게 하고 강화할 수 있는 것처럼 말이다.

"제이는 작가예요." 재스퍼가 말했다.

"당연하겠지. 주세페 파리니가 있는데! 나도 아마 내 이름이 페데리코 가르시아 로르카였다면 훨씬 더 널리 읽히는 유명 작가가 되었을 거야. 자네도 로르카 알지? 시인이자 극작가, 격렬한 이기주의자 로르카 말일세. 로르카는 40년쯤 전에 부에노스아이레스에 한 번 왔었다네. 아주 나쁜 손님이었지. 올리베리오 히론도! 이 남자를 내 입에 오르내리게 하지 말게!"

"히론도요?" 재스퍼가 물었다.

"그 남자 이름은 안 들었으면 좋겠네요."

알래스테어가 방으로 들어서며 대화를 캐치하고 말했다. "로르카!" 그가 말했다. "정말 훌륭한 시인이죠. 저는 그 사람 희곡도 좋아해요."

"알래스테어." 보르헤스가 말했다. "자네 분명 날 짜증나게 하려고 그러는 거지."

"그건 선생님의 유일한 결함이라고 할 수 있죠. 로르카에 대한 선생님의 증오심 말이에요."

"내가 로르카보다 히론도를 더 싫어하는 걸 자네도 알아야 해. 그 녀석은 세상에서 가장 아름다운 여성 노라 랑에를 나에게서 훔쳐 갔어. 내 신부를 빼앗았어."

"선생님은 그분과 결혼하신 적 없잖아요."

"그래도 이건 문제야. 내가 주세페한테 설명 좀 할게." 그의 거대한 머리가 내 쪽으로 방향을 틀었다. "그 끔찍한 일은 1934년에 일어났지 아마. 아니, 1933년이었나? 기억이란 이토록 쉽게 산산조각이 날 수 있는 거울이야. 그 파편들은 나를 갈가리 찢어놓지! 나는 필시 이 마룻바닥에 피를 쏟고야 말 거야!"

알래스테어가 나와 제프에게 말했다. "선생님은 말씀이 조금 과장된 부분이 있어. 그래도 글을 쓰실 땐 자제를 잘하시지."

"자네는 내가 히론도의 손아귀에서 얼마나 고통을 겪었는지 모를 거야." 보르헤스는 천장을 응시하며 말했다.

"저는 압니다!" 제프가 외쳤다. "저도 그의 손아귀에서 고생한 적 있어요. 그자는 오하이오에서 목격된 적이 있죠."

알래스테어는 즐거워했다. 재스퍼도 손뼉을 치면서 세인트앤드루스에 있는 학교에서 히론도 때문에 고생했다고 주장했다. "히론도는 모든 곳에 있어요." 재스퍼가 말했다.

"그렇다면 자네들은 모두 나를 이해하겠군." 보르헤스가 말했다.

곧 우리는 미니 양파와 마늘, 홍감자, 케이퍼를 넣어 요리한 육즙 가득한 소고기 스튜를 먹으러 부엌 식탁에 둘러앉았다. 이 요리들은 모두 진한 마데이라 백포도주 소스로 조리되었다. 알래스테어는 재스퍼에게까지 와인을 따라 주었다. 오븐 위에는 알래스테어의 장기인 브라우니가 구워지고 있었다.

보르헤스는 말했다. "나는 평생 스코틀랜드에 오는 걸 꿈꿨다네."

"별에다가 소원을 비셨군요." 재스퍼가 말했다.

"우리 집안은 북유럽에 뿌리가 있어. 내 할머니는 스태포드샤이어에서 온 영국사람이었지. 이름이 패니 해슬람이야. 증조부 에드워드 해슬람은 부에노스아이레스에서 학교 선생님이었는데, 거기에서 내 할머니가 그 대령님을 만난 거지." 보르헤스는 마치 카드에 인쇄된 정보를 암기하고 있다가 적절한 때에 꺼내 줄줄 읊듯이 말했다.

"그 대령님이 바로 선생님의 할아버지시죠." 제프가 말했다. 나는 제프가 보르헤스의 이야기를 언제 다 흡수했는지 의아했다.

"맞아, 아주 훌륭한 남자였지. 그리고 영어는 내 최초의 언어였어." 보르헤스가 말했다. "내 유아기의 언어였지."

"그런데 아저씨 억양은 왜 그래요?" 재스퍼가 물었다.

알래스테어가 재스퍼를 노려보았다.

"듣기 싫다는 이야기는 아니에요." 재스퍼가 덧붙였다.

"이건 스태포드샤이어의 억양이야." 알래스테어가 말했다.

"알레한드로, 재스퍼는 항상 날 놀리고 있다네."

"저 원래 웃긴 사람이에요. 제이한테 물어보세요."

"그거야! 내가 이렇게 웃겨보기는 처음이네. 하지만 그건 사소한 비극에 불과하지. 내 친구 비오이 카사레스는 늘 우리 둘만을 위한 농담을 준비하지."

"저 『모렐의 발명』 정말 좋아합니다." 알래스테어가 말했다.

"소설의 역사에서 유일하게 완벽한 소설이지."

"태평양 어느 섬에 갇힌 도망자, 살인자. 시간은 해체되고 현실도 해체되죠." 알래스테어가 말했다.

"독자도 보이지 않게 되지. 심지어 독자 스스로에게도. 이야기만이 살아있을 뿐이야. 그래, 사라지는 건 작가의 운명이기도 한 거야."

"엘사는 어때요?" 알래스테어가 물었다.

"내 아내도 사라졌어. 그래서 나는 불행해. 결혼은 내 재능이었던 적이 없어."

"뭐라고요?"

"우리 이혼해. 사실을 알려주는 거야. 내가 이 이야기한 적 없나? 그렇다면 사과함세. 그런데, 이걸 어떻게 설명해야 할까? 결코 결혼인 적이 없었던 이 결혼 생활에 대해서 말이야. 겉모습은 기만일 뿐이야. 우리는 서로를 제대로 알지 못했어. 주세페, 내가 충고 하나 하지. 절대 결혼을 향해 돌진하지 말게나."

마치 돌진하는 것이 나의 문제인 것처럼 그가 말했다.

"선생님은 엘사에게 50년간 구애하셨잖아요." 알래스테어가 말했다. "장장 반세기 동안요!"

"그 말도 사실이지만, 백퍼센트 사실은 아니야. 나는 그녀가 17살 소녀일 때 사랑했어. 그리고 그녀가 늙었을 때 결혼했지. 그 둘을 절대 혼동하지 말게. 우리의 세포들이 얼마나 빨리 죽고 새로운 세포로 대체되는지를 생각해 봐. 우리도 끊임없이 우리 자신을 잃어버리지. 하지만 최악은 아직 오지 않았어. 이 결혼은 내 실수였어. 나는 어쨌든 엘사가 아니라 노라 랑에를 사랑했거든. 어머니는 나한테 경고하셨지. '엘사는 네 돈을 원하는 거야.' 나는 말했지. '어머니, 저는 돈이 없어요. 아이, 카람바!'"

"요즘은 누구도 '아이, 카람바'라고 말하지 않아요." 알래스테어가 말했다.

"알레한드로. 자네는 내가 그걸 말하는 걸 듣지 않았나?"

"여기 제이 아저씨는 시를 써요." 내가 이 소용돌이치는 물결 한가운데서 어디로 노를 저어야 할지 몰라 당황하고 있다는 것을 알아차린 재스퍼가 말했다. 이런 걸 보면 나는 아버지를 많이 닮았다. 아버지는 아무런 자기 주장도 못한 채 가만히 서있곤 했다. (나는 나의 이런 모습이 싫었고, 극복하는 데 몇 년이 걸렸다.)

"주세페, 자네는 책을 낸 적이 있는가?"

"아직 아닙니다." 내가 말했다. "시를 많이 쓰지도 못했고요, 대중에게 공개할 준비도 안 되어 있습니다."

"내가 자네 나이였을 때 나도 그렇게 말했다네. 하지만 그래도 어쨌든 출간을 했지."

보르헤스는 끊임없이 게걸스럽게 먹었다. 우리는 모두 보르헤스가 손등으로 입을 반복해서 닦는 모습을 즐겁게 지켜보았다. 때로 그는 주머니에서 손수건을 꺼내 손가락을 닦곤 했다.

"음식을 잘 드시네요." 알래스테어가 말했다. "하지만 스코틀랜드에 너무 오래 있다 보면 그 식욕은 저절로 치료되실 거예요."

"스코틀랜드는 나에게 엄청 소중하다네. 자네는 아직도 모르겠나? 아마도 스코틀랜드에 대한 내 애정의 일부는 여기 살았던 영어로 글을 쓴 위대한 작가 때문이겠지."

"그 사람이 누군데요?" 내가 물었다.

"스티븐슨 말일세."

"제가 제이에게 스티븐슨 예찬을 주야장천 했었죠." 알래스테어가 말했다.

"저도 그랬어요." 재스퍼도 거들었다.

"저도 로버트 루이스를 좋아합니다." 제프가 말했다.

"'고향은 먼바다에서 돌아온 선원, / 그리고 언덕에서 집으로 돌아온 사냥꾼이라네.' 주세페, 이건 영시에서 최고의 시행이야. 나도 그런 문장들을 쓰고 싶어서 아주 죽겠다네."

"그 문장들은 질투심 테스트도 통과할 것 같은데요." 알래스테어가 말했다.

"사실 나는 언젠가 그런 문장들을 쓰게 될 거야." 보르헤스가 말했다. "내 거라고 주장할 거야."

"그 작가는 미국에서는 많이 읽히지 않습니다." 내가 말했다.

"미국에서는 아예 읽히는 게 거의 없지." 보르헤스가 말했다. "나는 자네 나라를 여행한 적이 있지. 강연하려고. 예를 들면 매사추세츠 케임브리지에 있는 하버드 대학에 말이야. 나는 항상 학생들에게 위대한 작가들의 작품을 읽으라고 말하지. 스티븐슨, 체스터턴, 웰스. 그리고 치디옥 티치본[16세기 영국 시인. — 옮긴이]. 이제 시인이 나왔구먼."

알래스테어가 눈썹을 치켜떴다. "티치본을요?"

보르헤스는 우리의 관심에 표정이 밝아졌다. "그 시인은 사실 단 한 편의 시만 썼네. '애가(哀歌)'라는 시지. 자기 자신을 위한 애가야. 그는 엘리자베스 여왕을 시해할지도 모른다는 혐의로 런던의 탑에 갇혔어. 그가 천주교 신자였다는 사실을 기억하게나. 그가 갇힌 건 스코틀랜드의 메리 1세 여왕을 왕좌에 앉히려는 배빙턴 음모사건의 일부였어. 그 시는 가장 완벽한 시야.

내 청춘의 전성기는 근심거리로 뒤덮여 있을 뿐,
내 기쁨의 연회에는 그저 고통 한 접시밖에,
내 작물의 수확은 가라지밭에서일 뿐,
내 모든 선(善)은 수확의 헛된 희망일 뿐,
대낮이 지나가지만 나는 태양을 볼 수 없고,
나는 지금 살아있지만 이제 내 인생은 끝났구나.

더 낫지 않은가? '내 작품의 수확은 가라지밭에서일 뿐'이라니. 완벽의 수준으로 고양된 은유야. 자네들이 보듯이 나도 이제 늙은이라네. 나도 나 자신의 탑에 갇혀서 처형을 기다리고 있지. '나는 지금 살아있지만 이제 내 인생은 끝났구나.'"

"아저씨 이제 곧 죽어요?" 재스퍼가 스튜 접시에서 케이퍼를 하나씩 꺼내 구석에 한 줄로 늘어놓으며 보르헤스에게 물었다.

"진짜란다. 이 시들어가는 손을 좀 봐! 구부정한 몸도! 아무것도 보지 못하는 내 눈도 봐!"

"그만하세요." 알래스테어가 말했다. "스코틀랜드가 흑마법을 부리고 있어요. 병적 상태는 국가적 수준의 저주라고 할 수 있죠."

"티치본을 읽어야겠어요." 내가 말했다 . "전부 다요."

"그래! 그리고 주세페 자네가 스페인어를 할 줄 안다면 레오폴도 루고네스[1874-1938, 스페인 출신으로 아르헨티나에서 활동한 저술

가. ― 옮긴이]도 추천하겠네. 예수회의 역사에 대한 그의 책을 먼저 읽게. 얼마나 걸작인지! 하지만 요즘 누가 루고네스를 읽나? 그는 내 젊은 시절의 영웅이었지. 시인 겸 번역가, 신학자, 역사학자, 에세이스트, 극작가, 소설가였지. 요즘 그렇게 많은 장르를 다 쓸 줄 아는 작가가 누가 있겠나?"

"제가 있습니다." 알래스테어가 말했다.

"알레한드로, 부끄러운 줄 알게! 어느 누구도 루고네스가 될 수는 없어. 우리 시대는 위대한 작가를 살해하지. 그런 위대한 작가를 읽을 줄 아는 제대로 된 독자도 없어."

"아저씨는 위대한 작가세요." 재스퍼가 말했다.

"위대한 '독자'겠지. 위대한 독자는 드물어. 위대한 작가보다 더 찾기가 힘들다니까. 레오폴도 루고네스 시대에는 그렇지 않았어."

저녁을 먹고 알래스테어는 보르헤스를 서재로 안내했다. 제프는 알래스테어의 집에 있는 주석합금 고블렛 잔에다 와인을 따라서 한 잔씩 돌렸다. 반짝거리는 브라우니 쟁반도 나왔다. 나는 벨라와 함께 방문했을 때 브라우니를 먹었던 기억을 떠올렸다. 오늘 보르헤스를 만날 때 벨라를 데려왔더라면. 벨라는 분명 보르헤스의 이야기를, 마치 나들이를 떠나는 발걸음처럼 자유분방한 그의 사유를, 한마디로 보르헤스라는 이 문학적 장관을 좋아했을 것이었다.

보르헤스는 브라우니를 먹기 전에 들어 올려 냄새를 맡았다. 그리고 나서 그는 미소를 지었다. 안도의 미소처럼 보였다. "나는 말이야, 단 것을 정말 좋아한다네. 알레한드로는 나를 잘 아는군."

"선생님은 이 브라우니 좋아하실 거예요. 제가 만든 특별한 스코틀랜드식 브라우니죠. 지난밤에 제가 드렸던 거예요. 별 모양으로 장식된 거요."

"기분이 무척 행복해지는군."

브라우니를 먹고 한 시간이 지났고, 보르헤스는 자신이 좋아하는 작가들을 계속해서 즐겁게 인용하면서 제논의 패러독스부터 조하르[유대교 신비주의인 카발라의 주요 경전. — 옮긴이]에 이르기까지 다양한 주제에 대해 거의 강연을 하다시피 했다. 심지어 드퀸시의 『영국 아편쟁이의 고백』의 긴 문단을 글자 그대로 인용하기도 했다. "공간이 부풀어 오르다가 말로 표현할 수 없는 무한까지 확대되었다. 하지만 이것은 시간의 무한한 확장에 비할 수는 없었다. 나는 하룻밤 사이에 70년, 아니 100년을 산 것 같은 기분이었다."

우리가 그에게 박수를 쳐주면 그는 말했다. "나는 존 배리모어[미국의 배우. — 옮긴이]가 아닐세. 우리 할머니가 제일 좋아하는 배우였지. 어쨌든 자네들의 인정은 받아들이도록 하지." 그는 일어나서 지팡이를 짚고 몸을 기울이며 말했다. "우리 바깥바람 좀 쐐야지? 나는 숨을 좀 쉬어야 해! 북해가 나를 부르고 있어!"

"어둠 속의 산책이라니요." 제프가 말했다. "정말 좋은 생각이십니다."

"맹인에겐 일상적인 일이지." 알래스테어가 말했다.

우리는 보름달 아래 따끔거리는 공기 속으로 발걸음을 내디뎠다. 그리고 골프장을 지나 해변으로 비틀거리며 걸어갔다. 유일하게 재스퍼만 맨정신이었다.

보르헤스는 말했다. "내가 어릴 때부터 얼마나 북해를 보고 싶어 했는지 자네들은 모를걸세. 이제야 내가 여기에 있지만, 이제는 눈이 멀어 볼 수가 없구먼. 그래도 나는 그 존재를 알 수 있어. 이 소금기 냄새를 맡아봐!"

제프는 말했다. "선생님 바로 앞 백 야드쯤 거리에 있습니다."

그 노년의 작가는 마치 앞이 다 보이는 것처럼 바다 쪽으로 서둘러 빠르게 걸었다. 달빛은 기이한 강렬함으로 빛나고 있었다. 아무리 지름길이라도 결코 쉬운 길은 아니었다. 우리는 벙커와 러프가 있는 17번 홀을 가로질러야 했다. 바다에 도착하면 마람풀 두둑으로 고꾸라질 수도 있었다.

"저러다 큰일 나시겠어요." 나는 알래스테어에게 말했다.

"저분은 보르헤스야. 하늘을 날 수도 있을걸."

알래스테어는 너무 취한 나머지 물질세계와의 접촉을 상실한 걸까?

나도 그렇게 정신이 맑은 건 아니었지만 제프와 함께 최대한 보르헤스에 가까이 따라붙었다. 활기 넘치는 두 살배기 아이를 돌보듯이.

보르헤스는 모래언덕 끝에서 걸음을 멈췄다. 파도 소리를 듣는지, 혹은 하느님의 소리를 듣는지도 몰랐다. 그는 지팡이를 든 채 양팔을 들어 올리고는 빙빙 돌았다. 그리고 그는 바다 쪽이 아니라 우리와 골프장 쪽을 향해 멈춰 섰다. 마치 천둥처럼 그는 '바다 나그네'라는 오래된 시를 고대 영어 그대로 읊기 시작했다.

"매직 베 메 실품 / 소드기드 레칸 / 시파스 세칸!"

"바다 쪽으로 몸을 돌려드릴까?" 제프가 속삭이며 내게 물었다.

"괜찮을 것 같아." 내가 말했다. 그 장면은 내게 너무 멋지면서도 비현실적이고, 동시에 마음을 충족시켰다. 맹인 시인이 퍼팅 그린 옆에 있는 모습이라니. 알래스테어와 제프, 재스퍼, 그리고 나는 그 앞에 옹기종기 모여서 그 기이한 언어로 된 시를 낭독하는 보르헤스의 목소리와, 머리 위 갈매기들의 울음소리, 그리고 그를 삼킬 뻔한 파도소리에 귀를 기울였다.

알래스테어는 우리를 위해 번역을 해주었다. "나는 나 자신에 대한 / 진정한 노래를 지어 / 내 여행에 관해 이야기해 주리라. / 그리고 내가 견뎌온 고난의 나날들에 대해서도."

보르헤스는 분명 언젠가 북해의 가장자리에 서서 이 시를 노래하기를 오랫동안 열망해 왔을 것이다. 어느 늙은 선원이 바다 위에서 보낸 오랜 고독의 세월을 일인칭 화자의 시점으로 이야기하는 이 시는 인생 그 자체에 대한 하나의 상징일 것이었다.

"보르헤스가 이 골프장을 축성하셨어." 제프가 내 귀에 속삭였다. "이제 골프는 예전의 골프가 아닐 거야."

11

나는 다음날 사우스 스트리트에 있는 맥아더스 카페에서 벨라를 만났다. 둥근 탁자 위 레이스로 된 도일리 매트가 깔린 그곳은 도자기 달그락거리는 소리와 목소리를 죽인 대화 소리로 가득했다. 벨라는 설탕 그릇에 책을 비스듬히 세워놓고 시선을 고정한 채 혼자 앉아있었다.

나는 그녀에게 조심스럽게 다가갔다. "앉아도 될까요?"

벨라는 『채털리 부인의 사랑』을 읽고 있었고, 분명 내가 방해가 되었을 것이다. 하지만 어쨌든 영국적 전통에 따르면 사람들과 어울릴 것을 권하는 것이 티타임이지 않은가. 게다가 이렇게 사람들이 있는 곳에서 책을 읽기로 선택한 것이니까 상관없을 것이다.

"보다시피, 심각한 공부에서 빠져나와 휴식을 취하고 있어요." 그녀가 말했다. "어디 있다 와요?"

"도서관에서 헤매고 있었죠." 나는 자리에 앉으면서 말했다. 나는 보르헤스와의 만남에 관해 이야기해 주고 싶었다. 내가 그녀 앞에 풀어놓으려고 기다리는 선물이었다.

"공부만 하고 놀지 않으면…."

"같이 놀 사람이 없어요."

"엉엉." 그녀가 말했다.

"그나저나 벨라는 진짜 심하게 많이 공부하는 것 같네요."

"내가 아프거나 어디 잘못된 것처럼 말하는군요. 시험이 6월이니까, 알잖아요, 벼락치기 하느라 바빠요."

"앵거스도 벼락치기로 공부해요?"

"의대는 공부를 느슨하게 할 수가 없죠. 그런데 앵거스는 곧 글래스고로 가요. 글래스고나 맨체스터에서 수련 과정을 끝낼 거예요."

나는 탁자 가운데 있는 접시 트레이를 응시했다. 반짝거리는 건포도가 박혀있는 스콘, 바닐라 스폰지케이크, 귀리 비스킷, 그리고 숏브레드 핑거 비스킷이 담긴 유혹의 피라미드였다. 오스카 와일드의 말처럼, 나는 유혹을 제외하고는 뭐든지 저항할 수 있기 때문에 접시를 채우기로 했다. 검은 유니폼을 입은 점원이 차 주문을 받았다.

"벨라도 글래스고로 갈 건가요?" 내가 물었다. "세인트앤드루스에서 공부는 언제 끝나요?"

"나 참, 그게 무슨 말이에요. 아버지가 피렌체에서 미술관을 운영하는 분을 알고 계세요. 팔자수염을 기른 재밌는 아저씨죠. 나는 거기에서 인턴을 하고 싶어요."

"피렌체는 봄이 아름답죠." 나는 피렌체에 대해 아무것도 모르면서 말했다. "특히 꽃망울이 터지기 시작할 때 말이에요."

"4월엔 등나무가 아름다워요." 그녀가 말했다. "거대한 보랏빛 등나무 터널이 만들어지죠."

"그거 보고 싶네요."

"거긴 가을이랑 봄이 최고예요." 벨라는 마치 참을성 있게 정보를 알려주는 도슨트처럼 말했다. "6월 지나면 너무 덥고 사람들이 많아요." 그녀는 두 손으로 컵을 쥐고 차를 홀짝거렸다. "피렌체는 도시라기보다는 하나의 미술관이에요."

"모든 사람이 다비드상의 엉덩이를 보고 싶어 하죠."

"역사상 최고의 엉덩이죠. 뒷면이 정말 근사해요. 거의 완벽한 공 모양이죠. 내가 인턴을 하게 되면 놀러와요."

이 초대는 나를 애태우기도 하고 당혹스럽게도 했다. 내가 단지 함께 미술관에 가거나 식당에 가는 형제 같은 인물에 불과하다면 그녀를 보기 위해 그곳까지 여행하는 것은 최악의 일이 될 것이었다. 나는 이미 펜실베이니아에 지극히 훌륭한 여동생 '도리'가 있었다. 얼마나 감사한 일인지. 내가 원하는 것은 마치 맹인이 점자책을 손으로 더듬어 읽듯이 내 손끝으로 벨라를 탐구하는 것뿐이었다. 그녀의 입술은 간절히 키스하고 싶게 할 만큼 도톰했고, 옅은 두 눈은 녹색과 회색 톤으로 빛났다.

"보르헤스가 여기에 있어요." 내가 말했다.

"아, 그 아르헨티나 작가 말이군요. 알래스테어가 같이 일하고 있는 거예요?"

"번역을 한대요. 보르헤스는 정말 특이해요."

"어떻게요?"

"앞이 보이지 않고, 말을 엄청 많이 해요."

"왜 맹인은 다른 사람보다 말을 많이 할까요?"

"우리는 보통 주변 사람들의 반응에 영향을 받잖아요. 예를 들어서 내가 헛소리를 하면 당신이 눈살을 찌푸리겠죠."

"나는 눈살을 찌푸리지 않아요."

"말이 그렇다는 거죠."

"왜 여자 친구를 사귀지 않아요?"

갑자기 이야기가 엉뚱한 곳으로 빠지면서 불시의 타격을 입은 기분이었다. 벨라는 자신에 대한 나의 감정을 분명히 알고 있을 텐데 이런 질문을 한다는 말인가? 나는 반쯤 먹다 남은 스콘과 그 옆에 잼을 뚫어지게 응시했다.

"기분 상하게 하려는 건 아니었어요." 그녀가 말했다. "그런데 항상 혼자서 길을 걷고 있는 걸 봐서요. 웨스트 샌즈도 그렇고."

"나는 매일 아침 그곳을 달려요."

"매일 아침에요?"

"거의."

"바른 생활을 하시는군요."

"웨스트 샌즈니까요. 그곳은 거의 나의 종교가 되었어요. 언제 한번 같이 가요."

"그곳은 스코틀랜드를 통틀어 최고의 해변이에요." 벨라는 눈을 크게 뜨고 나를 보며 말했다. "앵거스가 그렇게 말했어요."

"뭐, 그러면 그렇겠네요."

"앵거스에 대해서 그런 식으로 말하지 말아요. 제 애인이니까."

은으로 된 작은 티포트와 뜨거운 물을 담은 더 큰 물병이 왔다.

"왜 이렇게 포트 두 개를 주는지 모르겠어요." 내가 말했다.

"그렇다면 뭘 잘 모르시는 거죠." 그녀가 말했다.

영국식 티타임 매너 코드가 해독하기 힘들다고 한다면, 벨라의 감정의 코드는 더욱 해독하기 힘들었다. 벨라는 나를 밀어내고 있는 것인가, 아니면 나를 리드하고 있는 것인가? 그녀는 자신이 원하는 것을, 혹은 자신이 의미하는 것을 정말로 알고는 있는 것일까?

"편지는 계속 오고 있어요?" 벨라가 물었다.

"징집위원회에서 오는 거 말이에요, 아니면 어머니에게서 오는 거 말이에요?"

"어느 게 더 무서워요?"

"왔다 갔다 해요." 나는 차를 마시면서 전날 도착한 어머니의 편지를 떠올렸다. "너는 스코틀랜드 여자애들을 조심해야 해." 어머니는 쓰고 있었다. "걔들은 모두 미국 남자랑 결혼하고 싶어 하거든. 이 나라에 오고 싶다는 이유만으로 말이야. 자유 여권인 거지." 어머니의 끝없는 경고는 계속되고 있었다. '먹는 것 조심해라. 나쁜 친구 조심해라. 집에 외풍이 있으면 스웨터를 입어라. 술 많이 마시지 마라. 너무 늦게까지 안 자고 있으면 다음 날 힘들다.' 좋은 의도로 말씀하신 건 확실하지만, 여전히 벤자민 프랭클린의 후손이라고 할만했다. 위트 없는 프랭클린.

"전쟁은 몇 년 전에 끝났어야 해요."

"닉슨이 끝내겠다고 거짓말을 했죠."

"참 놀랍기도 하죠. 키신저도 거짓말쟁이예요." 그녀가 말했다. "파리 평화회담은 방해공작을 받은 거예요. 그리고 나서 수만 명의 민간인이 죽었어요. 지금도 죽고 있죠. 아무 이유도 없이."

"악마의 계산법이에요." 내가 말했다. "모든 게 다 엉망진창이죠."

동남아시아에서 일어나는 전쟁의 세부적인 것들에 대한 벨라의 지식이 나를 부끄럽게 했다. 벨라는 이 전쟁 때문에 개인적으로 위험에 처해있는 것도 아닌데 말이었다.

"희망이 있을까요?" 그녀가 물었다.

"여기 맥아더스 카페에서 이렇게 당신과 함께 있는 것이 제게는 희망이죠."

"당신은 현실 회피주의자예요."

"정확하군요."

"피렌체로 가겠다는 내 꿈도 그렇긴 하죠."

갑자기 욕망이, 언제든 거대한 용으로 변해버릴 수 있는 작은 욕망이 내 안에서 타올랐다. 나는 그녀를 내 팔로 껴안고 시원한 침대 위에 누워서 그 길고 부드러운 몸을 느끼고 싶었다. 그녀와 이야기를 나누면서도 머릿속에서 나는 이미 그녀의 캐시미어 스웨터를 들어 올려 그녀의 브라끈을 풀어 내리고 있었다. 그리고 그녀의 벨트를 풀고 청바지를 내리고 속옷을 벗겼다. 나는 상상 속에서 그녀가 "트레이너"라고 부르는 빨간 운동화의 끈을 풀었다. 그 예쁘고 감질나게 하고 멋진 붉은색 운동화를.

"언제 한번 저녁에 식사해요." 내가 말했다.

"좋죠. 중국음식 좋아해요?"

"'펄 오브 홍콩'?"

"좋아요." 그녀가 말했다. 그녀는 종이에 자신의 전화번호를 썼다.

나도 내 전화번호를 『채털리 부인의 사랑』 첫 번째 페이지 위에 써 주었다.

"로렌스도 이해하겠죠." 내가 말했다.

나는 희망과 두려움이 뒤섞인 폭풍 같은 감정을 느끼면서 그곳을 떠났다. 나는 마치 흰 데이지 꽃을 손에 들고 한여름에 풀밭에 누워있는 어린 소년 같았다. 꽃잎을 하나씩 뽑으면서 "벨라는 날 사랑해, 벨라는 날 사랑하지 않아." 하고 속삭이는 어린 소년.

"제이?" 다급한 목소리로 알래스테어가 전화를 했다. "일이 좀 생겼어."

"네?"

"런던에 계시는 왕고모부뻘인 분이 지금 편찮으셔. 심각한 건 아닌데, 그래도 알 수 없지. 90살이 넘으셨거든. 재스퍼랑 거기 가 봐야 해. 일주일 이상 있을 것 같지는 않아. 중요한 일이야."

나는 이 일이 나와 무슨 관계가 있을지 생각하면서 다음 말을 기다렸다.

"보르헤스 선생님이 문제야." 알래스테어가 말했다. "혼자 계시게 두면 안 되거든. 게다가 제프는 에든버러로 가버렸어. 망할. 어제 떠났어." 알래스테어는 잠시 말을 멈추었다. 마치 보르헤스가 집에서 혼자 지팡이를 벽에 두들기다가 비틀거리며 고꾸라지는 걸 상상할 시간을 나에게 주는 것 같았다. "딱 일주일만 필모어로 와서 지내면 안 될까? 며칠이 될지는 확실하게 말할 수가 없어. 그냥 선생님이랑 같이 지내면서 공부하면 돼. 걱정하지 마. 아주 독립적인 분이시니까."

맙소사. 나는 그럼 보르헤스의 기분에 좌우되도록 알래스테어의 허락을 기다리는 의존적 사람이 된 건가?

물론 나이 많은 맹인이 결코 독립적이지 못하다는 것을 나는 너무나 잘 알고 있었다. 독립성의 정반대라고 해야겠지. 나는 보르헤스가 나에게 의존할 때 생기는 여러 가지 상황을 그제야 떠올려 보기 시작했다.

"우리는 이제 한 시간 안에 떠나야 돼." 알래스테어가 말했다. "가능하지?"

"한 시간이라고요?"

"여기로 올 거지?"

마음이 불안해졌다. 하지만 거절하기가 힘들었다. 알래스테어가 나에게 해준 것을 생각하면 더욱 그랬다. 이미 나는 스케줄러에 약속들을 채워놓았다. 새 친구 토니 애쉬와 차 마시기, 벨라와 펄 오브 홍콩에서 저녁 먹기. 일정을 다 조정할 수 있을까?

"네, 갈게요." 내가 말했다.

나는 혼란스러운 상태로 몇 가지를 캔버스 '배낭'(나는 미국식 표현인 '백팩'을 스코틀랜드식 '배낭'으로 이미 대체했다. 가끔 미국식 '마당'을 스코틀랜드식 '정원'으로 가식적으로 대체하기도 했다.)에 쑤셔 넣었다. 거기에는 내가 아직 읽지도 못한 빌리의 긴 편지와, 오크니에서 온 맥케이 브라운의 편지와 몇 권의 책도 포함되었다. 그 편지에서 맥케이 브라운은 나에게 자신의 전화번호를 주면서 한번 방문하라고, 그것도 "어서 오라"고 했었다. 보르헤스를 돌보러 필모어에 갈 것이 아니고, 내 논문 주제를 만나러 오크니로 가야 한다는 사실을 깨닫자 희미한 후회가 마음속에서 일었다. 사실상 앞으로 닥칠 시간 동안 나는 논문에 대해서는 아무것도 하지 못할 것이라는 사실에 절망했다. 보르헤스는 나에게, 내 주위에서, 나를 통해, 내 생각을 길가에 굴러다니는 자갈돌 흩트리듯 하면서 계속 이야기를 늘어놓을 것이었다. 나는 내 어깨에 보르헤스를 태우고 조지 맥케이 브라운에 대해서 읽거나 생각하려고 용을 쓸 것이었다. 나의 시는 스페인어 은어로 튀어나오겠지.

필모어로 운전해 가면서 나는 내 카드가 결국 다시 섞이게 되지 않을까 궁금해졌다.

인수인계는 급속도로 이루어졌다. 알래스테어가 최근에 누나에게 물려받은 미니가 집 앞 자갈길에서 부릉거리며 알래스테어와 재스퍼를 루카스 기차역으로 데려가려고 준비하고 있었다. 알래스테어는 집 열쇠를 내 손에 쥐여주었다. "보르헤스 선생님은 아침으로 죽 먹는 걸 좋아하셔." 그가 말했다. "그리고 설탕 세 스푼 넣은 우유랑. 과일도 곁들이면 좋고. 건포도로도 충분할 거야. 위장에 좋겠지. 베이컨도 좋아하셔. 베이컨을 바삭바삭하게 구워서 많이."

"동네 돼지들한테 조심하라고 할게요."

나는 알래스테어와 재스퍼가 떠나는 것을 지켜보았다. 재스퍼는 열린 창문에 기대어 나에게 손을 흔들었다. 나는 텅 빈 느낌이 나는 집으로 들어갔다. 서재에서는 창문으로 들어온 빛이 신전 기둥처럼 비치고 있었고, 환한 침묵의 터널 속에 먼지 티끌이 떠다니고 있었다. 보르헤스는 윙체어에 앉아서 손을 포개어 지팡이에 얹고 턱을 괴고 있었다. 갈색 스트라이프 양복은 마치 시들어가는 오래된 복숭아 껍질처럼 주름이 잡혀 있었다. 그의 피부는 얇은 라이스 페이퍼처럼 투명했다.

나는 뭔가 불편하면서도 살짝 눈이 부신 상태로 그에게 물었다. "괜찮으세요, 보르헤스 선생님?"

"제발 선생님이라고 하지 말게." 그가 말했다. "보르헤스. 그냥 보르헤스라고만 말해."

"좋아요, 보르헤스. 저는 제이입니다."

"주세페, 나 늙은이 아닐세! 알래스테어가 자네에 대한 멋진 이야기들을 많이 해줬어. 펜실베이니아에서 왔다고? 윌리엄 펜의 그 아름다운 숲에서? 그런데 진짜로 그렇게 아름다운가? 미국에서는 모든 걸 과장해서 말이야."

"우리도 좋은 작가들이 좀 있습니다."

"에드거 앨런 포 좋아하나?"

"좋아하죠."

"포는 말했지. 이야기는 하나의 통일되고도 확실한 인상을 만들어야 한다고. 그건 에세이에도 동일하게 적용될 수 있지. 사실 이런 장르들 사이에는 큰 차이가 없어."

"에세이를 쓰고 계신가요?"

"내 작업은 오직 허구에 대해서만일세." 그가 말했다. "내가 작년에 관광차 이스라엘에 갔는데 말이지. 나는 유태인 정신의 열광적 지지자거든. 고상하면서도 국제적이야. 그리고 이스라엘이라는 국가도 굉장히 인상적이었어. 팔레스타인과 결코 해결될 수 없는 어렵고도 슬픈 상황에 처해 있지. 서로의 주장이 맞서지만, 둘 다 동등하게 타당하니까." 보르헤스의 얼굴은 마치 주먹을 쥔 것처럼 구겨졌다가 이내 펴졌다. "내가 특히 좋았던 건 말이야, 이스라엘에 있는 서점엘 들어가면 벽에 '시포렛'이라는 카테고리가 있다는 거야. '시포렛'은 '서사'를 의미하지. 소설과 논픽션이 모두

서로를 반영하면서 어깨를 나란히 하고 있지. 사실 기억을 거친 것은 모두 허구가 된다네. 라틴어로 '픽티오'는 '형태를 만들다'라는 뜻이야. 나는 사물들의 형태를 만들고 있어. 어떤 것들은 남겨두고, 다른 것들은 눌러가면서 말이지." 보르헤스는 생각의 파도에서 서핑을 하는 것 같았다. 그는 잠시 멈추었다가 다시 말했다. "어떤 천사가 누구의 어깨에 앉을까를 결정하는 것은 오직 신뿐이지."

"천사를 믿으세요?"

"젊은이, 나는 모든 것을 믿는다네. 그것은 인생의 비밀이야. 중세 영어에서 '빌레벤'이라는 단어가 지금 우리의 '믿음'이라는 단어인데, '간절히 붙잡다'라는 뜻이었어. 그건 앵글로색슨어로는 '겔레펜'이고 독일어로는 '글라우벤'이야."

나는 내 앞에 놓인 일주일이 얼마나 영겁의 시간 같을지 훤히 보였다.

"이번 주에 하고 싶은 일이 있으세요, 보르헤스?"

"하고 싶은 일이라! 있지! 알레한드로 말로는 자네가 자동차를 가지고 있다던데."

"저는 엔진이 달린 바퀴들을 좀 갖고 있죠. 그리고 바람은 아주 많이요."

"바람이라! 어찌 됐건, 우리 서풍처럼 자유로워지도록 하세! 나는 자네가 나를 스코틀랜드 여기저기로 자네의 바람을 타고 데려다줬으면 하네. 나는 하이랜드를 보고 싶거든!"

"하지만 선생님은 못 보시잖아요, 보르헤스." 내가 말했다.

"아니, 이런." 그가 말했다. "자네도 앞이 안 보인다는 말인가?"

"저는 아닙니다."

"잘됐구면! 자네가 내 눈이 되어줄 테니까."

보르헤스는 자신이 간절히 방문하고 싶어 하는, 인버네스에 산다는 남자에 대해 이야기했다. 앵글로색슨어로 된 수수께끼를 편찬하고 있는 독신자라고 했다. 그는 몇 년 전에 보르헤스에게 편지를 썼다고 한다.

"우리 함께 이 동화의 나라를 탐방하는 거야." 보르헤스는 말을 이어갔다. "나는 지도에 나오는 몇 가지 장소들을 알고 있어. 퍼스, 애비모어, 인버네스 말일세. 그리고 네스 호의 괴물 그렌델도! 컬로덴 마을의 전투도! 하이랜드의 지도를 읽는 것은 시를 암송하는 것과 똑같지." 그의 텅 빈 눈은 커져갔다.

나는 알래스테어에게 보르헤스와 함께 있겠다고 약속했다. 하지만 알래스테어가 돌아왔을 때 바로 여기 있어야 한다고 약속했던가? 알래스테어는 내가 보르헤스를 하이랜드로 안내하는 것을 허락할 것인가? 나는 최대한 정중하게 물었다. "알래스테어한테 이 여행에 대해 말씀하셨나요?"

"아니, 지금 막 생각났어. 통찰력이랄까. 자, 이제 출발하세, 주세페."

"지금요?"

"시간은 늘 지금밖에 없어." 그는 막을 수 없는 추진력으로 소리쳤다. "행동하게, 젊은이! 미루지 말게! 그건 최악의 중죄야! 나는 여기에 대해 생각해 본 적이 있지. 악으로의 행진에 대해서 말이야. 들어보게. 살인은 아주 나쁜 것이지. 중죄야. 살인은 도둑질로 이끌지. 그리고 물론 도둑질은 술에 취한 상태와 안식일을 지키지 않는 행위로 이끌어. 안식일을 지키지 않는 것은 무례함으로 이끌고, 결국은 꾸물거림으로 가는 거지! 지옥으로 갈 수밖에 없는 미끄러운 경사로인 거야!"

나는 아마도 미소를 지었을 것이다. 하지만 물론 보르헤스는 내 웃음을 보지 못했다.

"나한테는 호텔방과 식사에 지불할 돈도 있다네." 보르헤스가 계속 말했다. "자네는 돈이 한 푼도 안 들 거야. 내가 기름값도 내겠네."

"그건 괜찮습니다." 내가 말했다.

"모든 것이 필요할 거야. 나는 늙은이일세. 자네는 젊은이고. 자네는 자네를 기다리고 있는 미래를 위해 뭐든지 아껴야 해. 나는 이제 다 써야 하고."

"저한테 아주 좋은 거래인 것 같은데요." 나는 예의상 말했다. 하지만 그 말이 맞는지 확신할 수 없었다.

스코틀랜드의 황야를 가로지르는 이 여행에 대해 내가 복잡한 감정을 가지고 있었다고 말하는 것은 실상 나의 두려움을 감추는 것이 될 것이다. 나는 그 일에 책임을 져야 했다. 그런데 노인들이 무엇을 필요로 하는지에 대해 나는 거의 아는 바가 없었다. 내가 이 일을 제대로 해낼 수 있을까? 보르헤스에게 저항하고 이 말도 안 되는 여행을 회피할 수 있는 여러 가지 이유들이 머릿속에 스쳐 지나갔다. 하지만 나의 정신의 언덕들 너머에서 나를 부르는 듯한 어떤 어렴풋한 빛이 빛나고 있었다. 나는 알래스테어가 존경해 마지않는 것이 분명한, 문학과 인생에 대해 많은 것을 알고 있음이 분명한 이 사람과 가까이 있음으로써 뭔가를 배울 수 있을 것 같았다. 보르헤스는 내게 난해하고 스스로에게만 과몰입된 사람으로 보였다. 그리고 자신이 말하는 것에 대해 거의 조절을 하지 않는 것 같았다. 그는 나의 인내심을 시험할 것이었다. 하지만 어떤 깊고도 접근 불가능한 수준에서, 나는 언젠가 이 사람에 대한 좋은 이야기를 얻을지도 모른다는 생각이 들었다.

"영국에는 그 훌륭한 것이 있다네." 보르헤스가 말했다. "비앤비(B&B)라는 것 말일세. 두 번째 B는 아침 식사를 말하는데, 실제로 푸짐한 아침 식사를 줘. 자네는 베이컨 좋아하나? 오트밀은?"

"오트밀 좋아합니다."

"가능하면 요리되지 않은 걸로 말일세. 그걸로 달라고 사람들에게 말해줄 수 있나?"

"그렇게 말하면 눈썹을 치켜뜰걸요."

"나는 더 이상 체면을 차려야 할 이유가 없어. 노년이 되면 좋은 점 중 하나지. 어떤 것도 그다지 중요하지 않아. 중요한 것은 거의 없다고 할 수 있지."

그는 내게, 내가 본 모든 것에 이름을 붙이고, 모든 경험을 다시 바꿔 표현해서, 그것들을 영원하게 만드는 것이 중요하다고 말했다. "묘사는 계시야." 그가 말했다. 이 여행에서 경비는 그가 부담하지만, 이렇게 이름 붙이는 것은 나의 기여가 될 것이었다. "그 어떤 것도 언어로 표현되지 않고서는 존재하지 않는다네." 그가 말했다.

"계획을 짜볼까요?" 내가 물었다.

"그건 상관없어. 로버트 번스의 시구가 어떻게 되더라? '최고의 계획은 종종 틀어진다네.' 이 정확한 울림이라니. 우리는 로버트 번스의 나라에 있어. 모든 것이 틀어져 있는.”

“그래서, 하이랜드로 갈까요? 인버네스에?”

“이제 가세!” 보르헤스가 말했다. “우리는 돌진해야 해. 마치 미로에 있는 것처럼, 우리가 발견하는 것은 늘 우리 자신이 될 거야. 주세페, 자네가 어디로 가든 거기에는 주세페가 있어. 나도 보르헤스가 가는 곳으로 가는 거지.”

12

우리는 처음부터 잘못된 방향으로 여행을 시작했다. 최소한 인버네스로 가려고 했다면 말이다. 하지만 나는 보르헤스가 분명 "로우어 라르고"를 '보고' 싶어 할 것으로 생각했다. 그곳은 『로빈슨 크루소』의 모델로 추정되는 알렉산더 셀커크의 고향이다. 나도 그곳에 친구와 함께 간 적이 있었는데, 셀커크의 이야기는 참 매력적이었다. 그리고 로빈슨 크루소는 알래스테어와 재스퍼에게도 의미가 있는 작품이니, 보르헤스도 좋아할 것이 분명했다.

나는 처음부터 보르헤스를 즐겁게 하려고 최선을 다했다. 나는 그가 아르헨티나 문학계에서 유명한 인사일 거로 생각했지만, 어느 정도인지는 사실 잘 몰랐다. 그의 작품을 한 권도 읽어본 적이 없다는 사실이 여러모로 걸렸지만, 언젠가 나도 그의 길고 중요한 작품 하나는 반드시 읽게 되리라고 생각했다. 나 또한 언젠가 이루고자 하는 모호한 문학적 야망이 있었다. 상당히 긴 시를 쓰고 싶었고, 신이 허락하신다면 『모비 딕』이나 『주홍 글자』나 『여인의 초상』 같은 멋진 연작소설도 쓰고 싶었다. 소설만이 경험의 총체성을 포용할 수 있다. 로렌스가 멋지게 표현했듯이, 소설은 "삶이라는 찬란한 책"인 것이다.

우리는 바위로 된 해안선을 따라 달렸다. 날씨가 초봄치고는 놀랄 만큼 따뜻했기 때문에 나는 창문을 열고 운전했다. 창밖으로 보이는 어촌마을은 부자연스러우리만치 깨끗한 구릿빛으로 빛나고 있었다. 하지만 나는 책임감에 짓눌려 운전하는 동안 침묵할 수밖에 없었다. 보르헤스는 내게 본 것을 정확하게 묘사하라고 지시했다. 하지만 어떻게 해낼 수 있을까? 내가 본 것에 대한 정확한 표현을 내가 제대로 알고 있나? 그냥 바위와 바다, 꽃과 새 정도인 것이다. 하지만 그것으로는 절대 부족할 것이다! 그러는 동안 보르헤스는 지팡이를 다리 사이에 끼워서 턱까지 끌어올리고는 무릎을 높이 세워 앉아있었다.

"이 자동차는 뭐지?" 이십여 분이 지나서 보르헤스가 침묵을 깨며 물었다.

"모리스 마이너입니다. 아주 오래된 차예요. 낡아빠졌죠." 때마침 차도 기침을 하듯 요란한 소리를 냈다.

"이건 로시난테야. 자네 차 말일세."

나의 침묵이 당황스러운 내 기분을 그대로 전달했다.

"돈키호테가 타고 다니던 그 게으르고 늙은 말 말이야. '로신'은 스페인어로 일하는 말을 의미하지. 하지만 일을 잘하는 말은 아니야. 절대 아니지! 게으른 이유는 피곤해서야. 자네 자동차가 그렇듯이 말일세. 하이랜드를 일주하겠다는 우리의 목적에 합당하지 않을 수도 있겠군." 그는 뭔가를 떠올리려는 듯이 자신의 이마를 툭툭 쳤다. "세르반테스는 말 이름을 짓느라 고생을 좀 했어."

"제가 그 소설을 아직 못 읽었어요, 보르헤스. 읽었어야 하는데 말이죠."

"그래, 읽어야지. 아마 언젠가 그 책을 심오한 회상의 의미로 읽게 될 거야. 고전 작품을 읽을 때면 늘 그렇지. 고전은 자네가 있었던 장소를 찾아낸다네."

"작품이 제 이야기가 될 거라는 말씀이시죠?"

"운이 좋다면 그렇지." 보르헤스는 낮은 목소리로 스페인어 노래를 흥얼거렸다. "자네는 짐승이 어떻게 자신의 주인을 닮게 되는지를 본 적이 있나? 아니면 주인이 어떻게 자신의 짐승을 닮는지도?"

"저는 제 차를 하나도 안 닮았는데요." 내가 말했다.

"아직은 그렇지."

우리 왼쪽에 북해가 모습을 드러냈다. 아래쪽 바위에서는 파도가 부딪히는 소리가 크게 들려왔다. 가까운 해안에는 낚싯배가 보였고, 수평선에는 유조선이 띄엄띄엄 보였다.

"환한 대낮인데도 바다는 제법 어둡네요." 눈에 보이는 것을 묘사하려고 더듬거리면서 내가 말했다. "파도가 치고요."

"그건 충분히 구체적이지 못해." 보르헤스가 잔소리를 늘어놓았다. "내달리는 파도에 관해서 이야기해 봐. 물 위에서 달리는 그 하얀 말들에 대해서 말일세. '어둡다'는 건 세부적이지가 못해. 그 색깔은 어떤가? 비유를, 이미지를 찾아. 나는 자네가 보는 것을 보고 싶네. 묘사는 계시야! 그림을 창조하는 언어지. 영화처럼 말이야. '움직이는' 그림 말일세!" 보르헤스는 얼굴에 바람을 맞기 위해 창문을 내렸다. 그리고 눈을 감고 콧구멍을 벌려 소금기 가득한 시원한 공기를 들이마셨다. "나는 『베오울프』를 사랑해. 그래서 북해를 좋아하는 거야. 베오울프는 갑옷을 입고 허리에 큰 칼을 차고 수영을 하지. 아홉 마리의 괴물이 그를 바다 밑으로 끌고 가. 베오울프는 하나씩 다 죽여버리지. 쉭쉭! 주변으로 퍼지는 핏물을 상상해 보게. 베오울프는 탈진해서 핀란드로 쓸려가지."

우리는 다시 침묵으로 빠졌다. 보르헤스는 『베오울프』의 장면들을 기억하느라 시간을 보내고 있었고, 나는 그의 코멘터리에 달리 덧붙일 말이 없었다. 나는 그가 보기 원하는 것을 "보아야 한다"는 압박감 때문에 입에 자물쇠를 채우게 될까 봐 걱정되었다. 내가 공을 들이고 있는 내 시가 실패작이라면, 이 뜻밖의 손님을 만족시킬 만큼 날카로운 이미지와 비유를 어떻게 즉흥적으로 불러낼 수 있을까? 보르헤스는 내 왼팔을 잡더니 팔꿈치를 살짝 틀면서 말했다.

가 말했던 사람 말일세. 싱글턴 씨. 그 사람이 인버네스에서 부에노스아이레스로 나한테 편지를 썼어. 우리는 앵글로색슨 시에 관한 관심이 같았지만, 특히 우리를 매혹한 건 수수께끼였지. 정신을 위한 게임이자 모든 이야기의 근원 말일세." 보르헤스는 재킷 안주머니를 뒤져 종이조각 하나를 꺼내서 보더니 다시 쑤셔 넣었다. "그 사람이 나한테 전화번호를 보내줬지. 어머니가 그걸 적어줬어."

"그걸 아르헨티나에서부터 가져오신 거예요?"

"그렇게 무겁지 않더라고."

"싱글턴이라는 분에 대해 얼마나 알고 계세요?"

"그 사람은 놀라움의 의미를 제대로 이해하고 있어. 수수께끼는 의미와 함께 폭발하는데, 단지 마지막 순간에, 그 의미를 온전히 마주할 때만 그렇다네. 우리는 그 진실 '아래(under)' 서게 되는(stand) 거야. 그리고 이런 '이해(understanding)' 속에서 모든 걸 알게 되는 거지. 그래서 나는 그 사람을 만나서 이렇게 놀라게 해주고 싶네. '보르헤스가 당신 앞에 서있어요. 이런 일이 실제 일어날 거라고 상상해 봤어요? 나를 봐요, 싱글턴 씨!' 짖지만 물지 않는 건 뭐게? 텅 빈 눈으로 모든 걸 살펴보는 사람은? 미로 중심까지 갔다가 다시 돌아 나오는 건 뭐게?"

"뭐라고요?"

"답을 말해!"

"보르헤스?"

"오, 역시 날 잘 이해하고 있군! 이건 우리 여행에 아주 희망적인 징조야!"

이건 바로 내가 맥케이 브라운과 함께하기를 바랐던 시간이었다. 작품의 뒤에 있는 저자와 직접 얼굴을 맞대고 서있는 것. 나는 그가 자신의 이상적 독자인 나를 봐주길 원했다. 책의 페이지 위에서 일어나는 대화가 실제 시공간에서 일어나기를. 그래, 그래야만 해. 나는 혼자 중얼거렸다. 보르헤스를 오크니로 모셔가야겠어!

우리는 작은 마을인 크레일에 들러, 돌벽으로 된 항구와 그림같이 아름다운 작은 낚싯배들을 돌아보면서 걸었다. 끊임없이 들리는 갈매기 울음소리가 그 장면의 배경이 되어주었다. 나는 보르헤스에게 항구 위 하늘에서 갈매기들이 물고기를 낚아채서 다시 하늘로 솟아오르고 있다고 설명해 주었다.

"물고기가 무슨 종류인가?"

"청어 같은데요. 고등어인가? 잘 모르겠어요."

"그거 너무 재미있군." 보르헤스가 말했다. "어린아이였을 때 나는 라플라타 강 위를 날아다니는 새들을 구경하러 앉아있곤 했어. 그 형형색색의 새들이라니. 그 새들은 하늘에서 화살처럼 내려와 살모사를 죽이기도 했지. 쌩 하는 소리를 내면서 말이야. 그 살모사들은 너무 싫었어."

"뱀은 항상 구역질이 나요."

"우리 인간은 이런 감정을 공통적으로 가지고 있다네, 주세페! 의식적으로는 아니지만 우리는 모두 에덴의 뱀과 그 불쌍하고 순진한 이브를 기억하고 있는 거야. 얼마나 사악한 존재인가! 게다가 남근적인 동물 아닌가!"

"저는 아무 생각이 없을 때를 제외하고는 가급적 남근에 대해서는 생각하지 않으려고 노력합니다. 대부분 아무 생각이 없긴 하지만요."

"젊은 남자의 운명이야. 집중력이 제한되는 것 말이야. 내가 눈이 멀어서 갖게 된 몇 안 되는 이점 중 하나는 발기의 대상에 시선을 더 이상 고정할 필요가 없다는 점일세. 이제 나는 내면을 본다네. 물론 그 내면에는 산도 있고 위험한 절벽도 있지만."

"'아, 정신이여, 정신에는 산도 있고 폭포 절벽도 있다네.'" 나는 제라드 맨리 홉킨스의 유명한 시를 인용하면서 말했다. 보르헤스가 나를 아무것도 모르는 무지렁이라고 생각하지 않기를 바랐기 때문이다.

"아, 홉킨스." 그가 말했다. "그 시인은 앵글로색슨 시인들의 시를 읽고 배웠지. 자네가 이 시인을 안다니 정말 기쁘군. 진짜일세."

우리는 다시 출발해 앤스트루더를 거쳐 중간에 잠깐씩 쉬면서 알렉산더 셀커크의 고향인 로우어 라르고로 향했다. 늦은 오후의 태양이 주황색 지붕의 타일을 비추고 있는 3층짜리 사암으로 된 타운하우스 사이 메인 스트리트를 천천히 드라이브하면서 나는 보르헤스에게 셀커크 이야기를 불쑥 던졌다.

"나도 그 셀커크 이야기를 알고 있다네." 보르헤스는 세부적 기억을 더듬어 가면서 말했다. "그 사람은 내 어린 시절의 영웅이었지. 크루소의 실제 모델이라니! 나도 그 사람처럼 외딴 섬에 고립되고 싶었어. 하지만 사람들이 말하듯이 소원을 빌 때는 조심해야 하는 거야. 나는 맹인이라는 섬에 고립되고 말았으니."

"이제 그 섬에서도 꽤 익숙해지신 것 같은데요."

"이게 다니엘 디포 소설이 주는 교훈이지. 근처에 있는 재료들을 잘 활용하라. 셀커크가 크루소보다 더 흥미로울지도 몰라. 내가 기억하기로는 엄청나게 성질이 급한 사람이었다던데. 밤낮이고 자신의 불행한 아버지와 논쟁을 벌였다지. 나는 아버지에 대한 이런 반항을 이해할 수가 없어. 내 아버지는 온화하신 분이셨거든. 나는 아버지를 존경했어."

"제 아버지도 대체로 양보하셨죠." 나는 말했다. "그래서 사업가로 최고는 못되셨지만 좋은 아버지셨어요. 어머니가 항상 당신 마음대로 하려고 하셨죠."

"우리 어머니도 그랬다네! 나이도 많으신데 여전히 팔팔하셔. 지금도 내 인생을 좌지우지하려고 하고 심지어 계속 망치고 계시지. 나는 언젠가 어머니한테서 도망칠 거야. 이제 내 인생에서 사라진 아내도 어머니를 싫어했어. 어머니는 모든 걸 불가능하게 만들어 버렸지. 심지어 내 여동생의 인생도 힘들게 만들었어. 나는 여동생이 하나 있다네."

"저도요! '도리'라고 해요. 걔도 어머니와 아주 힘든 시간을 보내고 있죠. 물과 기름이에요."

"저런. 어머니와 딸 사이의 오래된 이야기지. 어머니와 아들은 뭐, 익숙한 이야기야. 행복한 이야기는 아니지. 내 전 부인과 어머니는 개와 고양이 같았어."

"선생님은 이혼하셨어요?"

"곧 할 거야. 고백하는데, 우리의 결혼은 진정한 결혼이 아니었어. 나는 아내를 제대로 알지도 못했으니까. 우리는 오랫동안 약혼한 상태였지. 하지만 그동안 나는 다른 여자에게 반해 있었어."

"이야기해 주세요." 나는 이 이야기가 나에게 중요한 교훈 중 하나가 될 수 있지 않을까 생각하며 물었다. 여자를 사랑하는 법 같은 교훈 말이다. 내가 배운 걸 써먹을 수 있을지는 아무도 모른다. 여자는 내게 낯선 존재였고, 또 다른 종족이었다. 나는 그들에게 나 자신의 감정을 투사했다. 그리고 환상으로 그 내용을 채웠다. 아마 내가 덜 겁먹었더라면 더 매력적인 실제 현실을 발견했을지도 몰랐다. 50년이 지난 지금, 나는 가끔 내가 얼마나 순진했는지를 회상하면서 질색하곤 한다. '순진함'이란 관대한 표현에 불과할 것이다. 나는 내 시대의 성차별주의적 방식에 길들어 있었기 때문에, 그 어리석은 전제들로부터 자유로워지려고 오랫동안 몸부림쳤다. 그리고 아직도 몸부림치는 중이다.

"내 이야기를 해달라고? 주세페 자네를 불행하게 만들고 싶지 않아. 대신에 셀커크에 대해 생각하세. 재주 많은 사람의 모델이자 희망을 주는 사람 셀커크 말일세. 그 사람은 버려졌지. 아니, 내 기억이 맞다면, 자의로 추방되었어. 그는 선장과 싸워서 해변에 버려졌지. 생존기술은 날 괴롭히지만, 셀커크는 생존의 천재였지. 그는 야생염소를 사냥해서 그 고기를 먹고 가죽으로 옷을 만들어 입었어. 그렇게 칠레 해변 멀리 떨어진 섬에서 4년을 살았지. 그자는 또 흙먼지 속에서 가장 맛있는 야생무와 분홍양배추, 심지어 후추열매도 발견했어. 쥐가 그를 먹으려고 하자 야생고양이와 연대를 하기도 하지. 그는 고양이와 함께 잠을 잤고 고양이도 그를 좋아해서 그들은 함께 쥐를 쫓아버렸어. 자네 같은 젊은이에게는 이 이야기에서 더 교훈을 얻을 만한 게 있지 않나?"

"야생고양이랑 친해져라?"

"그래, 셀커크처럼. 나는 그를 생각할 때마다 동경의 마음이 타오른다네."

"셀커크는 해적이었어요." 내가 말했다.

"그를 욕하지 말게! 나도 해적이야. 작가들은 늘 해적이지. 자신한테 좋은 건 무엇이든지 가져가고 약탈해서 자신의 목적에 맞게 바꿔버리기 때문이야. 작가는 자신보다 앞서 살았던 선구자들의 시체로 먹고산다네. 그들은 자신의 이미지에 맞게 선구자들을 발명해 내지. 신이 인간을 만드셨듯이 말이야."

물론 영향이라는 것도 중요하다. 과거에 침잠하여 새롭게 만들 무엇인가를 발견하는 과정인 것이다. 하지만 그때까지 나는 작가란 무에서부터 시작해 스스로를 발명해 나가는 존재임을 하나의 공리로서 받아들였었다. 그렇다면 아버지와 어머니도 내가 발명한 것일까? 내가 쓰고 생각하는 것들의 대부분은 내 근원의 산물이다. 어쩌면 내가 나의 부모님을 만들어 냈던 것일까? 세인트앤드루스에 도착한 후로, 나는 물론 시와 소설을 좇아가고 있었고, 그 과정에서 맥케이 브라운의 작품을 발견하게 되었다. 맥케이 브라운은 보르헤스의 말처럼 자신의 앞선 작가들을 발명했을까? 그는 고대 노르드어로 된 북유럽 전설들을 과거보다 더 유용하게 다시 쓴 것인가? 나는 맥케이 브라운이 제라드 맨리 홉킨스를 잘 알고 있을 것은 짐작할 수 있었다. 둘 다 강렬한 기독교적 비전을 공유하고 있고, 그들의 언어는 "도약하는 리듬"이라고 홉킨스가 불렀던 그 음악적 두운법으로 약동하는 강렬한 구체성을 가지고 있었다. 그 리듬 속에서는 시적인 것이 약진하는 것 같다.

보르헤스는 이렇게 나를 당혹하게 하면서도 매혹시켰다. 그래서 내가 그의 말을 주의 깊게 듣는다면 아마도 오랫동안 무비판적으로 수용해 왔던 전제들을 수정하게 될 것 같았다.

"우리 이제 저녁을 먹어야 할 것 같네. 배가 많이 고프구먼." 보르헤스가 갑자기 화제를 전환하면서 말했다. (나는 이런 갑작스러운 전환에 익숙해져야 할 것이었다.) "나는 술집에 가보고 싶어. 알래스테어는 나를 술집에 데려가지 않았어. 너무 시끄럽다면서. 나는 스코틀랜드 맥주를 마셔보고 싶은데."

"크루소 호텔이 우리 옆에 있어요." 내가 말했다. "외벽은 튜더왕조를 흉내 낸 목골조로 되어 있고요, 색깔은 오래된 체더치즈 같네요. 저기에 술집도 있을 거예요."

"훌륭해! 거기서 묵기로 하지."

우리는 예약을 하지 않았지만, 방 두 개를 잡는 것은 어렵지 않았다. 그 시기는 스코틀랜드에 관광객이 많지 않기 때문이다. 우리는 짐을 맡기고 지하에 있는 어두운 술집 겸 식당으로 내려갔다.

손님들은 두세 명밖에 없었다. 그들은 천으로 된 외투를 입고 파인트 잔을 앞에 놓고 조용히 앉아있는 노인들이었다. 담배 냄새와 맥주 냄새가 났다. 벽난로에는 숯불이 타고 있었고, 그 앞에서 몇 마리의 고양이들이 러그 위에서 그루밍을 하고 있었다. 벽에는 이스트뉴크에는 어울리지 않는 여우 사냥 사진이 붙어 있었다.

나는 참나무 식탁에 보르헤스를 앉혔다. "너무 편하네." 그가 말했다. "숯 타는 냄새가 나. 내가 너무 좋아하는 냄새야. 시골에 있던 할아버지의 집에는 항상 나무가 타고 있었어. 할아버지는 아르헨티나의 영웅이었지. 할아버지가 지나갈 때면 노인들이 속삭이면서 절하고는 했어. 존경의 표현이었지!"

"뭐 드시겠어요, 보르헤스?"

"펌프에서 바로 뽑은 스코틀랜드 맥주!"

"펌프가 아니고 탭입니다." 내가 고쳐주었다.

보르헤스는 손을 희한한 방식으로 비틀었다. 마치 다른 사람의 손인 것처럼. "나는 원래 센 술은 마시지 않아. 예전에 학생일 때 친구들이 '보르헤스는 술고래야.'라고 말하더라고. 그때 이후로 나는 부끄러운 일을 당하지 않으려고 조심한다네. 하지만 지금은 그 젊은 보르헤스에게서부터 자유로워졌어."

자신의 젊은 자아로부터 자유로워진다는 것은 얼마나 편안한 일일까, 하고 나는 생각했다.

"지금 여기 있는 보르헤스는 이번 여행에서 많이 마시고 싶다네." 보르헤스는 식탁을 손바닥으로 내려치면서 말했다. "나는 술고래가 아니야!"

나는 그의 말에 맞장구를 쳐주면서 엑스포트 맥주를 두 잔 가져왔다. 엑스포트는 세인트앤드루스 학생들이 어마어마하게 마셔 대는, 갈색의 미지근하고 무난한 맥주였다. 보르헤스는 잔에 몸을 기울이고는 살짝 손을 떨면서 양손으로 잔을 감쌌다. 그는 거품 냄새를 음미한 뒤 손가락으로 한번 휘저었다. 그러고는 손가락을 핥았다.

"아주 좋군." 그가 말했다. "순한 데다 너무 차갑지도 않고 말이야. 아르헨티나 사람들은 실수를 저지르고 있어. 맥주가 너무 차가워서 맛을 제대로 볼 수가 없단 말일세. 음식도 마찬가지야. 나는 너무 뜨거울 때 음식을 먹는 걸 좋아하지 않아. 중용이 필요해!"

"저도 중용 좋아합니다."

"그렇다면 자네는 지혜에 대한 본능적 감각을 가진 걸세. 공자는 중용이 가장 고귀한 미덕이라고 말했지. 그리고 사람들 사이에서 그 미덕을 찾아보기가 드물다고 말이야. 불교에서도 중용을 말하지. 아리스토텔레스는 중용을 미덕의 핵심이라고 보았어. 나는 모든 것에서 중용을 말한다네. 심지어 중용에서도 중용을 말해야 해! 이제 그만하겠네."

보르헤스는 천천히 오랫동안 한 잔을 마셨고, 재킷 소매로 입술에 묻은 거품을 닦으며 미소를 지었다. 그의 텅 빈 눈이 행복하게 부풀어 올랐다. 그는 하품을 하고, 아무것도 아닌 것에 웃고, 트림을 하고, 스페인어로 무언가를 중얼거렸다. 아주 긴 여행이 될 것이었다.

"알래스테어는 선생님 작품에 대해 자주 이야기를 합니다." 나는 무엇이든 대화를 이어가길 바라면서 말했다.

"알래스테어는 항상 과장해서 말을 해." 그가 말했다. "기억하게. 나는 가장 작은 이야기만을 쓴다네. 어떤 것들은 길이가 한 페이지도 안 돼."

"소설을 쓰신 것 아니었어요?"

"단 한 편도." 나는 그의 얼굴에서 미소가 떠올랐다가 재빠르게 사라지는 것을 보았다. "하지만 난 몇십 년 동안 팜파스[아르헨티나의 광대한 초원. — 옮긴이]에 대한 서사시 쓰기를 갈망했었어. 카우보이도 있고 창녀도 있고 범죄자도 있는 서사시 말이야. 혁명이 일어나기도 하지. 그건 몇 세대에 걸친 가족사에 대한 것이 될 거야. 실패한 정사도 있고, 근친상간도 있고, 놀라운 업적들도 있지. 그리고 형제살인과 모친살해도 있어. 심지어 가장 중죄라고 할 수 있는 부친살해도 있고. 내가 이야기하고 싶은 것을 모두 담으려면 분량이 아마 수천 페이지는 될 걸세."

"그래서 어떻게 됐는데요?"

"그래서 이 소설은 결코 쓰이지 않았어. 너무 실망스러웠지. 그리고 몇십 년이 지난 어느 날, 나는 일찍 일어나 책상에 앉았어. 그리고 한 시간도 안 되어서 이 위대한 소설에 대해 한 페이지 분량의 평론을 썼다네. 그랬더니 그 충동이 좀 만족되어 가라앉았지."

13

우리는 아침으로 수란과 얇은 베이컨을 곁들인 훈제청어를 맛있게 먹었다. 이건 내가 보통 먹는 아침 식사는 아니었지만, 보르헤스는 이상적인 스코틀랜드식 아침에 대한 확고한 생각을 가지고 있었다. 그래서 나는 같이 여행을 시작한 시점에서 보르헤스와 일종의 동맹을 맺는 기분이었다. 보르헤스는 넥타이에 음식을 마구 흘려가면서 걸신들린 듯 먹었다. 그래서 식당에 있던 다른 사람들(주로 여행자들과 은퇴자들)은 모두 그를 질색하면서 쳐다보았다. 내가 화장실에 갔을 때 내 옆에서 볼일을 보던 중년 남자는 "불쌍한 아버지는 언제부터 앞이 안 보이셨소?" 하고 묻기까지 했다.

설명할 가치도 없었다.

테이블로 돌아와서 나는 보르헤스와 다시 여정에 관해 이야기했다. 그는 알래스테어와 시간을 보낸 다음에 에든버러로 가기로 계획하고 있다고 해서 에든버러 방문은 생략하기로 했다. 그는 지나가는 말로 내년 봄에 명예박사학위를 받으러 옥스퍼드로 간다고 했다. 옥스퍼드 대학의 박사학위는 내게는 상상할 수 없을 정도로 대단한 것이었다. 마크 트웨인이나 러디어드 키플링 정도나 되어야 받을 수 있는 것이었기 때문이다. 내가 보르헤스를 과소평가하고 있다는 사실이 점점 더 분명해지기 시작했다. 알래스테어에게서 충분히 듣지 않았던가! 심지어 벨라도 그를 알고 있었지 않은가!

호텔 로비에서 구입한 여행안내 책자에 나온 하이랜드의 지도를 훑어보면서 나는 우리의 여행에 대한 계획을 머릿속에 그렸다. 던펌린에 들러서 점심을 먹은 다음, 퍼스까지 계속 M90 고속도로를 따라 달린다. 그러고 나서 케언곰스 산맥을 관통하여 하이랜드의 중심지인 인버네스로 직진한다. 그리고 네스 호에 들렀다가 싱글턴 씨를 만난다. 네스 호 근처에 있는 컬로든 전투 유적지도 보르헤스는 좋아할 것이다. 내가 생각한 대로 일정이 진행된다면 보르헤스와 함께 오크니로 페리를 타고 가서 맥케이 브라운을 만날 수 있을 것이었다. 그리고 맥케이 브라운도 내가 보르헤스와 같은 교양이 풍부한 지인을 대동하고 나타난다면 무척 좋아할 것 같았다. 두 분 다 앵글로색슨어와 고대 노르드어로 된 시를 좋아하지 않는가.

하지만 나는 아직 이 아이디어를 보르헤스에게 꺼내놓지는 않았다. 나는 맥케이 브라운과의 만남을 제대로 된 시점에 제안해야 했다. 보르헤스는 내 논문에 대해서 아무것도 모르고 있고, 오크니에 가서 그 작가와 이야기를 해야 하는 나의 필요성에 대해서도 알지 못하고 있었다. 보르헤스는 하이랜드를 통과하는 환상적 여행에 너무나 집중하고 있었기 때문에, 그 목적에 맞지 않는 것은 무엇이든 쉽게 일축해 버릴 것 같았다. 그는 자신이 보고 싶어 하는 것, 더 정확하게 말하자면 내가 자신에게 묘사하기를 원하는 것에 관한 생각이 이미 확고했다.

보르헤스가 가져온 옷이라고는 자신이 입고 있는 갈색 양복 한 벌과 끝이 닳아서 너덜너덜한 흰색 와이셔츠 한 장, 그리고 우리가 만났던 날 매고 있었던 오렌지색 폭포와 날아다니는 물고기들이 그려진 화려한 넥타이뿐이었다. 이 옷가지들 중에 새 것은 하나도 없었다. 나 또한 이 소풍에 제대로 준비가 되어 있지 않아서, 셔츠 두 개와 청바지 하나, 그리고 어머니가 선물해 주셨던 스웨터 하나만 챙겼을 뿐이다. 나는 연갈색 코듀로이 재킷에다 넥타이를 맸는데, 이것은 영국의 전통을 존중하기 위해서였다. 나는 레인코트를 하나 샀으면 했지만 사지 않았다. 아마도 어머니에 대한 반항심에서였을 것이다. ("맙소사, 거긴 습하구나." 어머니는 최근 편지에서 이렇게 쓰셨다. "게다가 춥고 말이야. 대체 네가 왜 그렇게 거기를 좋아하는지 나는 알 수가 없구나. 아무도 그곳에 가고 싶어 하지 않아. 외출할 때 레인코트 입는 걸 잊지 마라. 너는 폐가 안 좋잖니. 그때 보이스카웃 캠프에서 아팠던 것처럼 그렇게 엄청 아플 수 있어. 그때 여름엔 심지어 습하지도 않았는데 그랬잖니!")

보르헤스와 나는 장난스러운 기분으로 던펌린으로 향했다. 우리가 로우어 라르고에서 각자의 방을 잡아서 휴식을 취한 것이 도움이 되었을 것이라고 나는 보르헤스에게 말했다. 하지만 그는 이렇게 대답했다. "그래, 쾌적하긴 했지. 그래도 나는 방에 그렇게 많은 돈을 쓰고 싶지는 않아. 우리는 그 돈을 맥주에다 써야 해. 그리고 맛있는 음식에. 그렇게 생각하지 않나?"

아니, 결코 아니었다. 그가 내 대답에서 묻어나는 불만을 알아차렸을까?

"자네 돈은 어디서 나오나?" 보르헤스가 물었다.

"제가 연구원이라서요." 내가 말했다. "그리고 아버지께서 따로 좀 보내주시고요." 나는 스크랜턴에서 열심히 일하느라 종종 밤늦게 퇴근하시곤 하는 아버지를 생각했다. 아버지는 가족을 위해 생명보험 상품들을 팔았고, 전문지식은 조금 부족하더라도 세일즈의 측면에서는 아주 뛰어난 것 같았다. ("네 아버지는 암송아지한테도 우유 한 팩을 팔 수 있는 사람이야."라고 어머니는 항상 말씀하셨다.) 사실 나는 아버지께 늘 감사함을 느끼고 있었고, 때로는 죄책감도 느꼈다. 라파예트 대학에서 연구원으로 받는 돈은 충분하지 않았기 때문에, 항상 나는 아버지의 고된 노동에 기생해서 살고 있다고 생각했다. 게다가 스코틀랜드에서 공부하는 것으로 일자리를 얻을 수 있을지도 명확하지 않았다. ("족부의학 전공하는 건 생각 안 해봤니?" 어머니는 최근에 내게 물어보셨다. "좋은 분야야. 부은 발 생각해 봐. 티눈이나 물집, 건막염 같은 것들도 말이야. 법대 가는 것보다 나을 수도 있어.")

"아, 주세페, 난 자네의 침묵과 당혹스러움을 이해하네. 나도 가족한테서 경제적 지원을 받았었거든. 그다지 풍족하지는 않아도 충분한 금액이었지. 나는 그다지 부유한 학생은 아니었어. 하지만 스위스에서 아주 좋은 학교에 다녔어. 말했다시피 할머니는 영국인이었기 때문에 항상 내가 언젠가는 옥스퍼드 대학에 가야 한다고 말씀하셨지. 아마 나는 거기에서 이름이 '돈 보르헤스'가 되었겠지. 스페인어는 늘 멋진 어감을 가지고 있다니까. 하지만 나는 대학을 가지 않았어. 자네랑 다르게 말이야."

"그게 선생님께 안 좋은 영향을 끼친 것 같지는 않아요. 선생님은 아주 박학다식하시잖아요."

"박학다식이라…" 보르헤스는 경멸적으로 말했다. "어느 누구도 자네에게 뭔가를 가르칠 수 없다네. 이게 첫 번째 진리야. 우리만이 우리 자신을 가르칠 수 있어. 나는 평생 책 속에서, 도서관에서 살아. 나는 연인들을 기억하듯이, 그녀들의 향기와 피부의 감촉과 맛과 그들을 둘러싼 환하거나 어두운 공기를 기억하듯이 내 인생의 모든 도서관을 빠짐없이 기억하고 있다네. 그래, 모든 도서관은 나에게 관능적인 여성과도 같아. 어둡고 향기롭고 감촉과 맛으로 가득한 존재야."

도서관이 관능적이라고? 만일 그렇다면 나야말로 카사노바일 것이다.

우리는 하이 스트리트를 타고 덤펌린으로 들어가면서, 앤드루 카네기의 고향이라고 쓰인 표지판을 지나갔다. 내가 이 이야기를 보르헤스에게 하자 그의 얼굴이 환해졌다.

"도서관의 아버지 앤드루 카네기 말인가!" 그가 외쳤다. "카네기는 철강으로 엄청난 부자가 되고 나서 엄청난 책들을 사들였지. 나처럼 카네기도 제도 교육을 제대로 받지 못했어. 자네랑은 다르지, 주세페!"

"제 교육은 코미디였어요." 나 자신도 이 말을 하고 깜짝 놀랐다. 그리고 이 말에 정말 한 조각의 진실이라도 있을지 궁금했다.

나의 주장은 보르헤스의 주의를 끌었다. "그렇다면 자네는 스스로 도서관에 앉아있겠다는 확고한 결심을 해야 하네." 그가 말했다. "하지만 자네도 알겠지만, 세상에는 단 하나의 도서관만이 존재하지. 그건 바로 '보편적 도서관'이라네."

그가 했던 다른 많은 불가해한 말들이 그러했듯이, 이 말도 나를 혼란스럽게 했다. 나도 도서관을 사랑해 왔다. 스크랜턴에서 도서관은 나에게 피난처와도 같았다. 학교가 끝나고 저녁 늦게까지 나는 바인 스트리트에 있는 오래된 공공도서관에서 시간을 보내곤 했다. 그 어두컴컴한 서가에서 책들을 보면서 경탄했다. 특히 제목이 다 헤어져서 제대로 보이지도 않고 작가도 잊힌, 오랫동안 버려져 있는 소설책들을 들추면서 그랬다. 내가 아는 모든 도서관은 다른 모든 도서관과 어느 정도는 비슷했다. 잊힌 작가들의 목소리, 다른 시대에서 울려오는 먼지 쌓인 메아리, 곰팡이 낀 페이지와 등이 부러진 책에서 풍기는 달콤한 냄새, 버려진 희망들, 영광과 초월이 명멸하는 사각거리는 소리들. 실로 '보편적 도서관'이다.

우리가 카네기 도서관을 지나갈 때, 보르헤스는 "잠깐 둘러보고" 싶다고 했다. 그 도서관은 사암석으로 된 우중충한 건물이었다. 나는 그 건축물을 보르헤스에게 최대한 잘 설명하기 위해 애썼다. 이미지상으로 가장 정확하게 세부묘사를 하기 위해 비유까지 동원해 가면서 말이다. "창문이 마치 눈을 굳게 감고 있는 것처럼 화가 나 보이는 건물이네요. 지붕선은 휘어진 눈썹 같고요. 뭔가 불만스러워 보여요."

"우리의 존재는 작고 불충분하지." 내가 그를 정문으로 데려갈 때 보르헤스가 고개를 끄덕이면서 말했다. 정문으로 가자 쇠사슬 갑옷 같은 질감의 트위드 천 양복을 입은, 머리가 하얗게 센 남자가 우리 쪽으로 비틀거리면서 왔다. 그는 방문객이 왔다는 사실에 깜짝 놀란 듯했고, 그의 표정은 경멸감을 희미하게 보여주고 있었다.

"저는 던이라고 합니다." 그가 말했다. "도서관을 한번 둘러보고 싶으신 거죠? 당연히 그러시겠지만."

그는 보르헤스가 앞이 보이지 않는다는 것을 금방 알아챘고, 이 사실은 그에게서 어느 정도의 인내심을 이끌어 냈다. "이 도서관은 카네기 씨가 후원했던 이천 오백 개가 넘는 도서관 중 최초의 도서관입니다." 그가 설명했다.

"엄청나게 많군요." 보르헤스가 말했다. "하나면 충분했을 텐데."

던 씨는 인상을 찌푸렸고, 나는 이 표정도 보르헤스에게 그대로 전달하고 싶었지만 겨우 참았다.

"최초이자 유일한 사서는 바로 신이지." 보르헤스가 덧붙였다.

"이곳의 최초의 사서는 피블스 씨였습니다." 던 씨는 자신의 머릿속에 있는 보이지 않는 각본으로부터 그대로 인용하면서 말했다. "이백 명이 넘는 지원자가 있었지만, 그분이 뽑혔죠. 당시 사십 세의 나이였고 아주 뛰어난 사람이었습니다."

"나는 서른여덟 살에 처음으로 도서관에서 일하기 시작했죠." 보르헤스가 말했다. "그러니 이게 피블스 씨와 나의 공통점이군요. 아버지의 건강이 급격히 나빠지면서 나는 직업을 구해야만 했어요. 사서는 내게 천직이죠. 지금도 마음 깊은 속에서 나는 사서예요. 하지만 사서로 일하기 시작한 초창기에는 그다지 행복하지 않았어요. 슬픔과 불안함으로 가득했던 9년이었지. 시 도서관이 운영하는 조그만 분관이었어요. 처음에는 카탈로그를 작성하는 사람의 조수로 일했죠. 하지만 당시에는 책은 너무 적고 시간은 너무 많았어요. 이것이 우주의 문제입니다, 던 씨. 시간은 너무 많고 할 일은 너무 없는 것 말이지요."

149

우리의 투어 가이드는 말했다. "게으른 손은 악마의 장난감이
라고 하죠."

"세상에, 던 씨. 당신은 그런 명제를 믿습니까? 물론 인생이란
인생에 대한 명제들일 뿐이죠. 하지만 당신의 명제는 옳지 않아요.
게으른 손이야말로 신의 손이죠. 나는 이 사실을 너무나 확신해요.
신은 사서의 우두머리죠. 그래서 우리가 그의 서가에서 시간을 보
낼 수 있도록 우리를 초대하는 겁니다."

"선생님은 기독교인이신가요?" 던이 물었다.

"나는 예수를 사랑해요. 당신은요?"

"예수님은 제게 주님이자 구원자이십니다."

"아, 그렇다면 당신은 당신의 먼 친척인 위대한 시인이자 성직
자[영국의 시인 John Donne을 가리킴. — 옮긴이]와 공통점이 많군요.
'제 가슴을 치소서, 삼위일체 하느님이시여.'"

"저는 그분과 아무런 관계가 없습니다." 우리의 투어 가이드가
말했다. "제 이름은 D-u-n-n-e입니다."

"그것 참 안됐군요." 보르헤스가 말했다. "하지만 충고 하나 하
지요. 우리 주님의 일은 우리가 잃어버린 책들을 찾도록 도와주시
는 것이죠. 열쇠가 담겨있는 책 말이에요."

던 씨는 한숨을 내쉬었다. 그리고는 우리를 충실하게 서재로
안내해서 커피를 한 잔 대접해 주었다. 나는 그가 자신도 모르게
보르헤스에게 매혹되었음을 느낄 수 있었다. "정확하게 어디에서
오신 거죠?" 그가 보르헤스에게 물었다.

"나는 아르헨티나 출신이고 국립도서관의 총감독이었죠."

이 말에 던 씨의 태도가 확 바뀌었다. 마치 군대 막사에 대령이

걸어 들어오기라도 한 듯했다. 심지어 창문의 커튼도 보이지 않는 바람에 뻣뻣해진 것 같은 느낌이었다.

그는 우리에게 커피를 건넸고, 보르헤스는 그 뜨거운 액체를 손가락으로 휘젓고는 손가락을 핥았다.

"커피 훌륭하군요." 보르헤스가 말했다. "정말 고맙소! 나는 이 나라에 도착한 이후로 내내 얼어있었거든요. 할머니는 스코틀랜드에서는 그 누구도 따뜻하지 않다고 말씀하시곤 했죠." 보르헤스는 방을 둘러보면서 커피를 홀짝거렸다. "나는 책 냄새를 맡고 있어요." 그는 콧구멍을 벌름거리면서 말했다.

"우리 주위에 온통 책들이에요." 내가 말했다.

"제목이 눈에 보이나?"

"월터 스콧 서가가 있어요. 웨이벌리 소설 작품들이네요."

"스티븐스만큼 좋지는 않아. 하지만 세계가 주목했지! 심지어 위대한 러시아인들조차도 스콧을 존경했어."

"그리고 브리태니커 대백과사전도 보입니다."

"몇 년도 판본인가?"

나는 29권 중에서 한 권을 꺼내서 살펴보았다. "1911년도 판이네요."

"가장 훌륭한 판본이지! 가장 뛰어난 학자들의 글들이 모여 있어. 그 판본만 있다면 다른 판본은 필요 없이 영원히 그 속에서 살 수 있어. 나는 기쁘게 그 속에서 죽을 수도 있어. 시 도서관에서 매일 한 시간만 일했거든. 그리고 지하실로 내려가서 시간을 보내곤 했지. 거기에 백과사전들이 있었거든."

보르헤스가 서가 쪽으로 가고 싶어 해서 내가 그를 부축했다.

"여기가 스콧 서가예요." 나는 이렇게 말하면서 그쪽으로 그의 손을 뻗어주었다.

그는 한 권을 뽑더니 탐욕스럽게 책등을 핥기 시작했다. 혀가 마치 고양이 같았다. 그의 눈 속에서 욕망이 꿈틀거리는 것 같았다.

"선생님, 지금 뭐하시는 겁니까?" 던 씨가 물었다. 강렬한 혐오감이 그의 얼굴을 스쳐 지나갔다.

"어떤 책들은 맛을 봐야 하거든." 보르헤스가 말했다. "나는 책을 시식하는 걸 좋아해." 그의 혀는 가죽 책등을 끝까지 훑었다.

"여기서 이러시면 안 됩니다." 던 씨가 난감한 듯 말했다.

"우리를 서가로 데려가 주게." 보르헤스가 말했다. "날 데려가 주게, 친애하는 던 씨!"

나는 우리의 가이드가 분명 우리를 건물에서 내쫓을 것이라 확신했지만, 그는 대신 보르헤스에게 순종하면서 현기증이 날 만큼 많은 서가가 있는 방의 문을 열어주었다. 또 수많은 방이 여기에 딸려 있었는데, 각각을 열면 또 다른 방들로 이어졌다. 보르헤스는 마치 손가락 끝으로 길을 찾는 것처럼 서가 중 하나를 만졌다. 그리고 성 금요일에 십자가에 머리를 대고 기대어 있듯이 몇몇 책에 이마를 대고 그렇게 기대어 있었다.

"제발 책을 핥지는 말아주세요." 던 씨가 사정했다. "그건 금지되어 있습니다."

보르헤스는 스페인어로 뭔가를 웅얼거렸는데, 전례 의식에서의 리듬과 억양의 라틴어처럼 들렸다. 커튼이 없는 창문이 우리 앞의 복도를 환하게 비추고 있었고, 노란 햇빛이 창문틀 사이로 빛났다. 그 빛이 보르헤스를 생동하게 했다. 그의 커다란 머리가 부풀어 오르는 것 같았고, 그는 눈을 재빠르게 깜빡거렸다.

"던 씨, 당신은 이 우주가 하나의 도서관이라는 사실을 깨달아야 해요. 젊었을 때 나는 부에노스아이레스의 팔레르모에 있는 집 주변의 도서관 서가들을 샅샅이 뒤졌죠. 나는 살아남기 위해 필요한 모든 것을 알려주는 단 하나의 책을 찾으려는 달콤한 기대에 가득 차 있었어요. 내가 죽으면 나는 머리에서부터 그 도서관의 난간에서 떨어지며 서가로 추락하기를 간절히 희망해요. 그 도서관 자체는 영원히 계속되겠죠. 꼭대기도 없고 바닥도 없어요. 오직 양쪽에 책들의 서가만 있을 뿐이에요. 하지만 그 책들은 우리에게 혀를 가지고 말을 하죠. 그 모든 단 하나의 표현 가능성도 이 책들의 우주에서 발견될 것입니다."

"너무 하시는군요." 던 씨가 말했다. "이런 혼동은 옳지 않아요. 예수님은 우리가 오직 진실만을 말하기를 원하십니다."

"진실이 바로 그 서가들에서 발견될 거라니까." 보르헤스가 주장했다. "하나의 진실이 아니고, 많은 진실이 말이요! 하지만 사서는 단 한 사람뿐이에요! 관장은 한 사람밖에 없어요!"

"선생님은 아니시길 바랍니다."

"나도 신성한 순간들을 가지고 있어요. 우리는 모두 그렇지 않은가?"

"저는 기독교인입니다." 뚜렷한 이유 없이 갑자기 던 씨가 말했다.

보르헤스가 말했다. "여기 있는 이 친구는 천주교라오."

나는 보르헤스가 이렇게 전제하고 있다는 것에 놀랐다. 내 이탈리아 성 때문인가?

"천주교세요?" 그의 말투는 마치 내가 시체애호자인 줄 알았다는 뉘앙스였다.

"저도 하느님을 믿습니다." 내가 말했다.

"그리고 하느님은 자네를 믿는다네." 보르헤스가 말했다.

나는 잠시 던 씨가 울기 직전인 것 같다고 생각했다. 나는 안심시키려고 그의 팔을 잡았는데, 그는 재빨리 나에게서 밀어졌다. 이제 보르헤스만큼이나 나도 그를 무섭게 하고 있다는 생각이 들었다.

"아주 훌륭한 도서관이네요." 이제 우리가 나갈 시간이 얼마 남지 않았다는 것을 알릴 수 있는 판에 박힌 말을 찾으면서 나는 말했다. 하지만 곧 나갈 수 있을 것 같지는 않았다. "소장도서도 굉장히 많고요." 나는 덧붙였다.

좌절한 듯한 표정으로 던 씨는 말했다. "서가들도 많고 책도 더 많습니다."

"그건 우주가 무한하기 때문이지." 보르헤스가 말했다. "도서관은 하나의 동그란 구(球)라네. 중심은 모든 곳에 있고 그 둘레는 접근 불가능하지." 그는 자신이 한 말이 무척 마음에 들어서 잠시 그 말이 서가에 울려 퍼질 수 있도록 시간을 뒀다. 그러고 나서 그는 말했다. "나는 한 번 어딘가에 그렇게 쓴 적이 있어. 거울과 성교는 세상 사람들의 숫자를 늘리기 때문에 혐오스럽다고 말이야!"

나는 불쌍한 던 씨에게 미안해지기 시작했다. 그는 이런 방문객에게 완전히 몰입하기 힘들 것이다. 그는 계속해서 손수건으로 안경을 닦고 있었다. 시야를 깨끗하게 치워버리겠다는 듯이.

"카네기 씨한테 고맙군요." 보르헤스는 말을 계속했다. "그 사람은 바보 같고 왜소한 사람이었다지. 하지만 돈이 많았어. 달러를 계속해서 증식시켰다고 하지. 뭔가를 증식시킨다는 건 재능일 거야. 나도 성공한 적은 없지만, 보르헤스를 증식시키려고 노력했었어."

"도서관 하나면 충분한데도 말이죠." 나의 말은 보르헤스의 미소를 끌어냈다.

던 씨는 입을 벌린 채 우리 옆에 서 있었다. 그가 감당할 수 있는 능력을 이미 넘어선 것 같았다.

"우리 정말 이제 가봐야 해요." 나는 보르헤스에게 속삭였다.

"이렇게 빨리?" 보르헤스가 물었다.

"잠들기 전에 가야 할 먼 길이 있죠." 내가 말했다.

던 씨는 기뻐 날뛸 듯한 몸짓으로 내 손에 도서관 안내 책자를 쥐여주었다. 그리고 나중에 한가할 때 꼭 읽어보라고 했다. 그 책자는 "카네기 씨의 업적 전체를 담고 있다"고 그는 덧붙였다.

차로 이끌 때 보르헤스는 휘파람을 불었다. 그러고는 멈춰 서서 크게 노래를 흥얼거리며 내 자동차 앞바퀴에다 오줌을 갈겼다. 나는 누가 볼까 봐 초조하게 주변을 둘러보았다. 당연히 여기에서 이렇게 볼일을 보면 안 된다. 오줌이 그의 다리로 튀었다.

나는 뒷좌석 문을 열고 보르헤스가 차에 타는 것을 도와주었다. 그러고는 뒤돌아 마지막으로 던 씨를 쳐다보았다. 그는 마치 신의 도움을 구하는 듯 하늘을 응시하고 있었다. 그는 일종의 악마를 마주쳤던 걸까? 아니면 신의 현현을? 아마 지금쯤 정신이 나가려고 하고 있지 않을까? 그는 어색한 미소를 띠고 걸음을 옮기며 손을 흔들었다. 지금쯤 되니 나는 보르헤스에게 지쳐 나가떨어지는 것이 어떤 기분인지 너무나 잘 알게 되었다.

안녕히 계세요, 던 씨. 나는 혼잣말을 했다. 천사의 날개가 그대를 안식케 하기를.

14

자동차 바퀴에다 볼일을 보는 행위는 보르헤스에게 아주 예사였다. 어느 정도 나이가 있는 남자가 그러하듯 보르헤스도 자주 볼일을 보았다. 게다가 그는 길가에 볼일을 볼 수 있게 차를 세우라고 요구했는데, 특히 그가 총애하는 곳은 내 자동차 왼쪽 앞바퀴인 것 같았다. 북쪽으로 출발한 지 30분도 되지 않아 그는 다시 외쳤다. "급해! 자네의 전차를 멈춰주게!"

"로시난테는 전차가 아니라 말이었습니다."

"그렇다면, 멈춰라, 워워! 가우초들은 말에서 내리지도 않고 볼일을 본다고 알려져 있지. 참 영리하기도 하지!" 그는 스페인어로 된 시를 암송했다. 내가 번역해 달라고 하자 이렇게 말했다. "'내 말과 내 여자, 둘 다 사라져 버렸네.'" 그가 말했다. "'말이 곧 돌아오길. / 여자는 필요 없으니.'" 그는 내 쪽으로 몸을 돌려 말했다. "자네는 여자가 필요한 것 같은데. 내 말이 맞나?"

"맞습니다." 나는 알래스테어가 나의 연애 문제를 그에게 이야기했는지 궁금해하면서 대답했다. 혹은 그가 책장에서 냄새를 맡듯이 내게서 외로움의 냄새를 맡았는지도 모르겠다. "그런데 저는 정말 운이라고는 없어요."

"나도 그랬네! 자네는 '짝사랑'이라는 말을 알겠지?"

"너무 잘 압니다."

"저런, 이제 보니 우리는 공통점이 참 많구먼."

정말로 저렇게 끊임없이 말을 하고 주변 사람들을 모두 무시하고 오래전에 만난 여성에게 집착하는 이 늙고 눈먼 양반과 내가 공통점이 많다는 말인가? 이 모습이 나의 50년 후 모습인가?

"나는 노라 랑에를 아주 깊이, 언제나, 오직 그녀만을 사랑해 왔지."

지금쯤 되니 나는 노라의 이름을 너무 많이 들어서 그가 한 번이라도 그녀에게서 빠져나온 적이 있었는지 궁금했다. 내가 알래스테어와 제프에게 벨라에 대해 이야기할 때도 이렇게 나 자신의 감정에 파묻혀서 갇혀있는 것처럼 보일까? 나는 지금 미래의 내 모습을 보고 있는 걸까?

보르헤스는 말했다. "나는 노라 랑에에 대해 이야기하는 걸 좋아하지 않아. 다른 이야기를 하세. 자네 마음을 갈가리 찢어놓은 그 아가씨에 대해 이야기해 주게나. 최근 일인 것 같은데."

"그 아가씨 이름은 벨라 로입니다."

"벨라 로… 디킨스 작품에 어울릴 법한 이름일세! 머리가 붉은 색은 아니겠지?"

"갈색이 도는 붉은 색이에요. 햇빛 아래서 보면 금발 기운도 돌고요."

내가 말을 하는 동안 창백한 청회색 눈과 살짝 허스키한 목소리를 가진 벨라가 마치 차에 함께 있는 것처럼 느껴졌다. 벨라에게 이번 주에 '펄 오브 홍콩' 식당에서 저녁 식사할 시간을 잡으려 전화하겠다고 약속했는데. 이번 주에 돌아가지 못하면 어떡하나? 분명 내가 그녀에게 다가가고 있기 때문에 그녀는 앵거스로부터 조금씩 멀어지고 있을 거라고 나는 믿었었다. 한 번도 읽어본 적이 없는 작품을 쓴 어느 작가와 함께 하이랜드로 떠나는 것 대신에 세인트앤드루스에 있으면서 벨라에게 더 집중했어야 했나? 알래스테어가 보르헤스를 무조건적으로 존경한다는 사실을 나는 잘 알고 있었다. 하지만 보르헤스는 처음부터 자아도취적이고 약간은 광기가 있는 것처럼 보였기 때문에, 알래스테어의 평가를 전적으로 신뢰하기는 힘들었다. 나는 계속해서 조지 맥케이 브라운에 대해, 오크니에 있는 외로운 인물 군상들의 고통스러운 이야기에 대한 그의 정교한 묘사에 대해, 그리고 그의 구체적이고도 서정적인 시편들에 대해서 생각하고 있었다. 나는 그의 시편들에서 보이는 절제를, 날카로운 신랄함을, 잘 다듬어진 조각 작품 같은 언어의 효과를 사랑했다.

"주세페, 노라는 부에노스아이레스에서 가장 좋은 동네에 살고 있었어. 트로나도라는 거리에 있는 동네였지. 나는 그 가로수 그림자가 줄 서있던 대로를 기억한다네. 노라의 어머니는 너무 일찍 혼자가 되셨어. 나는 노라만큼이나 그 어머니도 사랑했다네."

"그래서 선생님은 노라에게 청혼하셨어요?"

"그럼, 많이 했지. 노라도 작가였어. 불행한 일이지. 작가가 작가를 사랑하다니, 아주 안 좋은 생각이야."

"벨라도 작가가 되고 싶어 해요." 내가 말했다.

보르헤스는 움찔했다. "더 이상 말을 하면 안 되겠군. 자네도 늙은이가 우는 걸 보고 싶지 않을 테지?"

"네, 별로요."

"우리는 강한 감정을 조심해야 해. 특히 중요한 일을 앞두고 있을 때는 말이야. 자네와 나는 유럽인의 피가 흐르고 있어. 내 피는 북유럽의 피야. 차가운 사람들이지. 전사들 말이야."

"저는 전사가 되는 걸 피하려고 최선을 다하는 중입니다." 나는 그의 불행한 러브스토리를 듣는 것을 피하려 애썼다. 그렇다고 전쟁 이야기가 더 나은 주제인 것은 아니었지만 말이다.

"자네는 베트남의 전사가 아니지." 보르헤스가 말했다. "사실 나는 이것이 궁금하던 차네."

"펜실베이니아 징집위원회는 저한테 베트남에 가라고 했죠." 나는 말했다. "지금도 계속해서 제게 편지를 보내고 있습니다."

"그런데 자네는 피하는 중인 겐가?"

"저는 그 '초대장'을 한 번도 열어본 적이 없어요. 서랍에 편지가 몇 통 처박혀 있죠."

"그건 저항일세!"

"아니면 비겁하게 피하는 것일 수도요. 아니면 무기력이거나, 혹은 무관심일 수도 있습니다."

"글쎄. 내가 보는 주세페에게 그런 모습은 없는데." 그는 혼자서 뭔가를 중얼거렸다. 아마도 자신이 말하고자 하는 것을 구성해 보는 것 같았다. 그러고는 말했다. "모든 전쟁을 다 혐오하지는 말게. 때로 끔찍한 상황에서는 충돌이 불가피하기도 하다네. 자네에게 독재자 후안 페론에 대해 이야기해 줘야겠군. 안 하는 게 나으려나. 그를 생각하면 근심에 젖게 된다네."

나는 침묵하면서 보르헤스가 페론에 대해 자세히 이야기하기를 기다렸다. 그리고 편지를 서랍에 처박아 놓은 나는 대체 뭘 하고 있는 건지 다시 자문했다. 그냥 편지를 열어볼까? 만일 징집위원회가 계속 나의 상황에 대해 보고하기를 원한다면, 나는 스스로를 양심적인 병역거부자라고 강력하게 의사 표현할 수도 있을 것이다. 만일 그것이 먹히지 않는다면 (아마도 먹히지 않겠지만) 나는 그저 내 시민권을 포기하면 된다. 나는 캐나다 시민이 될 수 있다. 캐나다는 징집 거부자를 환영하는 것처럼 보이기 때문이다. 하지만 이러한 선택은 나를 영원히 미국의 나의 세계로부터 격리시킬 것이다. 나는 그저 내면의 망명자에 그치지 않고 진정한 외부인이 될 것이었다. 이 사실은 나를 두렵게 했다. 나는 가족과 심지어 스크랜턴까지도 사랑했고, 그 익숙한 풍경과 리듬, 다른 어느 곳에서도 찾을 수 없는 고향의 느낌을 사랑했다. 나는 어머니에 대해 불평하는 만큼이나 어머니를 사랑하기도 했다. 어머니는 아버지가 그러하듯 나의 행복에 대해 깊이 걱정했다. 우리의 관계는 결코 쉽게 깨질 수 없는 것이었다.

진정 국제적인 정신을 소유한 보르헤스조차도 자신의 고향인 부에노스아이레스의 냄새와 맛과 익숙한 사유의 리듬에서부터 벗어나지 못하는 것 같다는 생각이 갑자기 들었다. 그도 결코 그곳에서 벗어나지 못하리라. 그곳은 그의 고향이기에.

이제 우리의 계획은 해가 지기 전에 킨로스 마을을 통과하여 M90 고속도로를 타고 퍼스샤이어로 최대한 달리는 것이었다. 나는 가는 도중에 눈에 보이는 것을 최선을 다해 잘 묘사하려고 했다. 이미지와 비유를 가급적 많이 사용해서, 반짝이는 호수와 돌로

지어진 헛간과 흰색과 회색의 양들이 풀을 뜯고 있는 언덕에 관해 이야기했다. 봄이 완연했고 꽃은 꽃망울을 터뜨리고 있었다.

"무슨 꽃이라고? 이름을 이야기해야지. 난 구체적인 것이 필요해."

"수선화입니다." 내가 말했다.

"나는 수선화를 좋아해."

나는 퍼스로 들어서면서 인상적으로 보이는 보라색 석회암 교회를 언급했다. 테이 강의 강물 소리가 배경에서 들려왔다. 강은 사제관 아래로 지나 양들이 안전하게 풀을 뜯고 있는 교회 가까이의 목초지로 흘러들었다. 우리는 교회 옆 줄기가 굽은 거대한 참나무 아래에 있는 묘지를 산책하러 잠시 멈췄다. 그리고 보르헤스가 자신의 지팡이로 참나무를 두드리면서 볼일을 볼 때 나는 등을 돌리고 서 있었다. 볼일 보는 소리 다음에 익숙한 투덜거리는 소리를 듣고 그의 모험이 성공했음을 알 수 있었다.

보르헤스는 중요한 문제에 대해 명상에 빠진 듯 갑자기 말이 없어졌다. 나는 이를 알아채고 그가 생각에 잠기도록 내버려 두었다. 그리고 나도 생각에 잠겼다. 나는 생각에 잠길 시간을 갖게 되어 기분이 좋았다. 누구에 대해서냐고? 당연히 벨라에 대해서였다. 지난 며칠 동안 연락이 없는 것을 보고 내가 흥미를 잃어버렸다고 생각할지도 모른다는 사실이 두려웠다. 사실은 정반대인데 말이다. 오늘 저녁에는 반드시 공중전화를 찾아서, 내가 왜 보르헤스와 함께 지금 하이랜드를 여행하게 되었는지를 그녀에게 설명해야 했다.

세인트앤드루스가 얼마나 멀리 느껴지는지 깨닫고 나는 퍼뜩 놀랐다. 마치 꿈속의 꿈인 것 같았다. 나는 알래스테어와 재스퍼에게 온 정신을 쏟았는데, 갑자기 그들은 내 삶에서 사라져 버렸다. 알래스테어는 어느 정도는 보르헤스 속에 있었다. 나는 알래스테어의 수많은 생각이 바로 이 원천에서 왔음을 알 수 있었다. 특히 세계를 삼켜버릴 듯 현존하고 있다는 뜻에서 그러했다. 하지만 알래스테어는 보르헤스보다 더 냉소적이고 비판적이었다. 나는 종종 그가 나를 비판하고 있다고 느낄 때가 많았다. 특히 내가 글을 쓰려고 앉아있을 때 내 어깨로 쏟아지던 그의 뜨거운 시선에서 잘 느껴졌다. 그는 영혼과 운명에 대한 나의 신학적 관심에 대해 조롱하곤 했다. 내가 폴 틸리히의『존재할 용기』를 열심히 읽고 있다고 이야기했을 때 그는 "그래서 뭐로 존재할 건데?" 하고 물었다. 그는 내게 정원을 돌보고 요리할 것을 요구했다. "나무를 하고 물을 떠오게." 그는 오랜 불교식 금언을 인용하면서 말하곤 했다.

퍼스의 조용한 시내에서 우리는 '콕 앤 불'이라는 맥줏집에 점심을 먹으러 들렀다. 얼굴에 혹이 난 주인 아저씨는 우리에게 스콘 왕궁을 방문하라고 권했다. "자네 아버지는 그곳을 좋아할 걸세!" 그는 내게 속삭였다. "역사는 바로 우리의 상품이라네."

"아, 그래, 그곳에 가세." 보르헤스가 말했다. "맥베스와 로버트 1세가 그 신성한 곳에 있었지!"

차에 타기 전에 보르헤스는 하늘을 올려다보았다. 하늘에는 먹구름이 모여들기 시작하고 있었다. 보르헤스는 공기의 냄새를 맡았다.

"왜 그러시죠?" 내가 물었다.

"비가 오려는 것 같네."

그가 이 말을 하자마자 빗방울이 드문드문 떨어지기 시작했다. 우리는 비를 뚫고 달려 잠시 후 스콘 왕궁의 텅 빈 주차장에 차를 세웠다. 그곳은 톱날 모양의 흉벽과 탑이 있는 붉은 사암 벽돌로 된 네오고딕 양식 건물이었다. 나는 안내 책자를 훑어보면서 기본적 사실들에 대해 보르헤스에게 이야기해 주었다. 고대 스코틀랜드의 왕은 9세기부터 수 세기 동안 스콘 왕궁에서 대관식을 했다. 38명의 군주들이 '운명의 돌' 앞에 무릎을 꿇었다. 나는 다소 역사를 미화하면서 이야기를 이어갔다.

보르헤스는 희미하게 미소를 지었다. "자네는 '스콘'을 '뼈'와 각운을 맞추듯이 말하는구먼.['scone'과 'bone'의 각운을 말함. ─ 옮긴이] 하지만 그 단어는 '스푼'과 각운이 맞지. 그건 픽트어거든. 자네 픽트어를 아나?"

"몇 년 전에 픽트 사람과 키스한 적은 있어요."

그는 현명하게도 내 말을 무시했다. "스코틀랜드는 스칸디나비아에서 온 픽트족에게 정복당했어. 그자들은 아일랜드에 처음 발을 디뎠다고 하지. 추측들 중에 하나야. 그들도 자네처럼 기독교도였어, 주세페. 그들은 이교도가 아니야. 그러니 그렇게 말하지 말게."

"저는 픽트 사람을 이교도라고 부르지 않습니다."

"그들은 아름다운 건축물들을 만들고 돌에 이미지를 새길 줄 알았던 예술가들이었어. 늑대, 연어, 호랑이를 닮은 고양잇과 동물도 그렸지. 아주 영리한 사람들이야! 나는 그들에 대해 읽은 적이 있어서 이곳에 와보고 싶었다네. '스콘 왕궁 대관식에 우리를 초대해 준 사람들 / 그 모두에게 감사를 전하오.'"

"거기에서 '스콘'은 '스푼'과 라임이 맞지 않는데요."

"자네는 셰익스피어가 어떻게 '하나(one)'를 발음했는지 아나?"

"그 단어도 스푼과는 라임이 맞지 않을 것 같네요."

"자네 왜 이렇게 전투적 모드인가? 갑옷을 다 갖춰 입고 칼을 빼든 것 같은 분위기야!" 그는 내 얼굴을 만지기 위해 손을 뻗었다. 그리고 조심스럽게 내 얼굴을 더듬었다. 나는 기분이 이상하기도 했지만, 또 마음이 편해지기도 했다. 그래서 나는 운명의 여신이 나를 위해 뭔가를 준비했고, 그래서 내가 이렇게 보르헤스와 함께 스코틀랜드의 하이랜드를 다니게 된 것이라고 믿기 시작했다. "험상궂은 얼굴이야. 그래, 내 그럴 줄 알았어!"

"저는 험상궂지 않습니다."

"나는 그렇게 생각하지 않네! 자네의 얼굴에는 힘이 있어."

보르헤스가 내 힘을 느끼듯 나도 나 자신의 힘을 느꼈으면 좋겠다는 생각이 들었다. 그는 계속해서 거울을 비춰주었고, 때로 거기에 비치는 모습은 나를 당혹스럽게 했다. 나는 나 자신을 너무 자세히 쳐다보는 걸 좋아하지 않았다. 내 피부의 결점, 넓고 납작한 코, 살짝 튀어나온 윗입술도 보고 싶지 않았다. 내 머리카락은 이미 가늘어지고 있었고, 마치 세상이 너무 무거운 것처럼 허리는 이미 굽기 시작했다. 그가 말하는 진정한 힘이란 이런 거울 속 내 모습에서는 본 적이 없는 새로운 것이었다. 이 여행에는 어떤 이유가 있는 것일까? 알래스테어가 무의식적으로 나에게 자비를 베풀어 보르헤스와의 여행을 마련해 준 것일까? 내가 보르헤스로부터 뭔가를 간접적으로 배울 것으로 추측하고?

비는 그쳤다. 하지만 안개는 스콘 왕궁 바닥을 외투처럼 감싸고 있었다. 늦은 오후였고, 안내문에는 5월까지 왕궁을 폐쇄한다고 되어 있었다. 나는 보르헤스에게 우리가 타이밍이 좋지 않았다고 이야기했다. 하지만 그는 그다지 아쉬워하지는 않았다.

"스콘 왕궁은 별로 중요한 건물은 아니지." 그가 말했다. "어쨌든 간에 나는 앞이 안 보이니까. 그리고 나는 순수한 고딕 양식을 좋아하지 이런 시시한 모방건축은 별로라네. 해자와 망루, 그리고 아마 내부엔 무기고가 있고, 심지어 지하 감옥까지 있는 곳 말일세! 여기 안에는 탑도 있나? 그럴 것 같네. 사람들은 이런 고딕적 요소들을 복제했어. 완전한 공상이지. 월터 스콧이라면 좋아했을지도 몰라."

"선생님은 아니시고요."

"나는 진정한 것을 좋아하네. 발명된 것인 한에서 말이지."

나는 왕궁 뒤편에 있는 정원 쪽을 가리키는 표지판을 발견했다. 그리고 보르헤스에게 조금 더 걷자고 제안했다. 왕궁 안은 아니더라도 정원은 들어갈 수 있을지도 몰랐다.

보르헤스는 한쪽 팔을 내 어깨에 둘렀다. 나는 이제 그를 데리고 다니면서 일종의 친밀감을 느끼기 시작하던 참이었다. 우리는 거대한 너도밤나무 옆에 있는 좁은 길로 방향을 틀었다. 자갈이 우리 발밑에서 바스락거렸다

"나는 이 팝콘 위를 걷는 걸 좋아한다네." 보르헤스가 말했다. "마치 발로 연주하는 음악 같아. 돌들의 합창에 전주 같은 느낌이지."

"그리고 하늘의 소란한 침묵의 전주이기도 하겠네요." 내가 덧붙였다.

구름이 우리 주변을 낮게 드리우고 있었다. 마치 맥박이 고동치는 것 같은 구름을 손으로 만질 수 있을 것 같았다. 그리고 나서, 기이하게도, 축축한 안개 속에서 현현한 것처럼 세 명의 나이든 여성이 우리 앞에 나타났다. 이 사람들은 왕궁에서 일하는 사람들인가? 그러기에 그들은 나이가 너무 많아 보였고, 회색 레인코트와 니트 모자가 너무 특이했다. 그들 중 한 명은 긴 검은 스카프로 얼굴을 감싸고 있어서 눈밖에 보이지 않았다. 다른 한 명은 얼굴에 털이 너무 많아서 실제로 남자인지 헷갈릴 정도였다. 세 번째 여성은 나머지보다 조금 어리고 몸집이 작았고 피부는 크레이프 과자처럼 푸석했다.

"정원 쪽으로 가시는 건가요?" 제일 어려 보이는 사람이 물었다.

"네, 정원이 개방되어 있다면요. 제 친구는 아르헨티나에서 여기까지 왔거든요."

"저는 아르헨티나 국립도서관을 대표한답니다." 보르헤스가 말했다.

"때마침 잘 오셨군요." 스카프를 한 여성이 말했다. "그리고 당신이 말씀하시는 것이 바로 우리가 하는 역할입니다."

"그게 무슨 역할이신데요?"

"그 대본은 하늘이 가지고 있죠." 그녀가 말했다.

모든 것이 너무 이상했다. 나는 보르헤스를 차로 데리고 가려고 했지만, 그는 말을 듣지 않을 것이었다. "그럼 저희가 왕궁에 들어가도 되나요?" 나는 물었다.

"원하는 곳으로 가세요. 자신 있게." 몸집이 작은 여성이 말했다.

보르헤스는 생각에 잠겨 큰 소리로 말했다. "목소리가 정말 환상적이면서도 이상하시네! 천사인가 아니면 악마인가? 상관없어!"

스카프를 한 여성이 자신들이 킨로스에서 온 자매들이라고 말했다.

"세 마녀로구나! [셰익스피어의 희곡 『맥베스』에 나오는 등장인물. — 옮긴이]" 보르헤스가 외쳤다. "나는 여러분의 일생에 관한 이야기를 읽고 있어요!"

"고목은 헐떡이고 어린나무가 대신 들어앉는구나." 뺨과 입술 위에 털이 잔뜩 난 여성이 읊조렸다.

"그건 제게 그다지 좋은 소식이 아니군요." 보르헤스는 자신의 나약함을 보여주는 듯 나의 팔을 비틀면서 말했다.

그의 말은 얼굴에 털이 많은 여성으로부터 거친 웃음소리를 이끌어 냈다. "당신은 죽었어요." 그녀가 선언했다.

"저도 아닌 척 한 적은 없습니다." 보르헤스는 이렇게 말했지만 내 팔을 꽉 잡고 있었다.

"저 사람들 때문에 불편하세요?" 내가 보르헤스에게 물었다.

"저들은 내게 가르칠 것이 없다네." 보르헤스가 말했다. "다시 안개 속으로 보내버리게."

하지만 내가 할 일이라고는 없었다. 그들은 이미 소용돌이 속으로 사라지고 없었다. 그들이 누구였건 간에.

보르헤스는 마치 길을 잘 알고 있다는 듯 서둘러 걸었다. 곧 삐걱거리는 철문이 나타났고, 안개 아래 가득 피어있는 스노드롭 꽃송이들이 보였다. 바이올렛이 나란히 피어있는 길을 지나자 울타리가 나타났다. 내 생각에 여기가 정원으로 가는 입구 같았다.

"미로가 있네요." 내가 말했다.

"파리는 음파를 탐지해서 날아다닌다고 하지. 나도 그걸 잘한 다네." 그는 내가 생각할 수 있는 수준보다도 훨씬 더 힘차고 더 날렵하게 미로 속으로 서둘러 들어갔다. 대체 그는 어디로 가야 할지를 어떻게 알고 있는 걸까? 산사나무로 된 울타리가 보르헤스 주변을 둘러쌌다.

"보르헤스!" 나는 그를 부르면서 미로로 들어섰지만, 그가 갈라진 길 중에서 어디로 갔는지를 알 수가 없었다. 나는 큰 소리로 그를 불렀다. 그의 이름이 마치 풍선처럼 내 목소리를 타고 올라 공기 중에 매달렸다. 보르헤스! 보르헤스!

이 미로 속에서는 마치 시간이 기어를 변속한 듯했다. 우리의 하루는 끝나가고 있었다. 나는 미로의 마법에 걸린 듯 울타리를 따라가다가 두 갈래 길 중 하나를 선택했는데, 그럴수록 다시 반짝거리는 수목의 터널 속에 또 다른 길들이 끝없이 이어질 뿐이었다. 토끼가 여기저기로 뛰어다녔고, 습기와 오줌 냄새, 그리고 소나무 송진 냄새가 코를 찔렀다.

"보르헤스?" 나는 주위를 둘러보면서 그를 기다렸다. 대체 어디로 가신 걸까?

몇 분 혹은 몇 시간이 흘렀는지 알 수 없으나, 나는 미로를 헤매다가 결국 다리를 어색하게 꼬고 앉아 숨을 헐떡이고 있는 보르헤스를 발견했다. 이 안개와 미로 속에서는 시간이 확실히 변형된 것 같았다.

"괜찮으세요, 보르헤스?" 나는 이렇게 물으면서 그에게 손을 내밀었다.

"이 손이 정말 고맙구먼." 그는 손을 잡고 일어서면서 말했다.

"그래서 우리는 이제 미로의 끝에 도달했다네, 주세페. 하지만 이건 시작일 뿐이야. 모든 좋은 이야기들과도 같지. 종말이 없는 것 말일세. 죽음을 물리치는 하나의 방식이지."

"어떻게요?" 나는 그의 사유의 드라마 속으로 다시 빨려가는 기분이었다. 그는 다시 한번 소크라테스 역할을 하고 있었고, 나는 교육받지 못한 노예조차도 약간의 인내심만 있으면 기하학적 개념을 이해할 수 있다고 소크라테스가 증명해 보이는 『메논』의 학생 역할을 했다. 보르헤스의 머리와 마음속에 있는 것들을 배우는 순진한 청년이 내 역할인 걸까?

"두 점 사이의 가장 짧은 거리는 뭘까?"

"직선입니다." 내가 대답했다.

"그건 시작에서부터 중간을 거쳐 끝으로 전진하는 서사일세."

"그렇군요."

"하지만 만일 우리가 이 미로에서처럼, 아니면 다른 미로 구조에서처럼 지그재그로 전진한다면 어떻게 될까? 우리는 시간을 접었다 폈다 하게 되지. 표류하는 거야! 우리가 이 무시간적이고 구불구불하게 뻗어있는 역사의 구멍들 속에서 서성인다면 우리는 결코 종말로 갈 수 없을 걸세. 혹은 종말로 간다 해도, 그곳에서 다시 열린 틈을 발견하고 또다시 시작하겠지."

"그래서 우리가 시간 속에서 숨을 수 있게요?"

"그래. 하지만 시간은 또 다른 허구야. 그건 아주 유용한 허구지. 특히 우리 같은 작가들에게는 말일세. 우리는 시에서 음보 사이에 정지된 순간이나 이야기에서 클라이맥스로 도달하기 전에 잠깐 시간을 끄는 것 같은, 그런 일탈의 시간이 필요하네. 통사론 자체도 시간의 한 형식이지."

그는 완전히 몰입해서 혼잣말하듯이 빠르게 말하고 있었다. "이보게, 죽음이란 허위의 종말이야. 클라이맥스가 아닌 클라이맥스지. 자네는『아라비안나이트』를 읽어보았나?"

"아니요."

"몇 세기가 지났지만 우리는 여전히 셰에라자드의 목소리를 듣고 있는 거라네."

"그녀가 이야기하는 사람이죠?"

"거봐. 자네도 읽지 않고도 이미 알고 있지 않나. 모든 책 중에서 굳이 이 책을 읽지 않아도 된다네. 이미 우리 기억의 일부니까."

"그녀는 살아남기 위해 계속해서 이야기해야 했죠." 내가 말했다.

그는 한쪽 손을 내 어깨에 올리고 내게 기댔다. 그는 마치 아버지처럼 내 볼을 살짝 만졌다. "생존의 전략이었지, 아들." 그가 말했다. "우리는 어떤 이야기에서건 미로로 들어선다네. 그리고 운이 좋으면 우리가 시작한 곳에 도착하게 되지. 그런데 그곳은 늘 우리 자신이야."

15

우리는 스콘 왕궁의 희한한 유령들과 그들의 난해한 가르침을 뒤로 하고 그 미로를 떠났다. 그리고 퍼스의 북쪽 킬리크랭키를 지나 케언곰스 산맥 쪽으로 계속 달렸다. 나는 이제 기분이 훨씬 좋아졌다. 이 기이한 여행의 리듬에 익숙해지기도 했고, 보르헤스에 대한 거부감도 많이 누그러들었기 때문이리라. 나는 다음 날 아침에 바로 산맥으로 들어가려고 했다. 그곳의 봉우리들은 휘황한 광채를 띠고 있어서 보르헤스처럼 눈이 보이지 않는 사람조차도 깊은 감명을 받을 것 같았기 때문이다. 나는 어쨌거나 보르헤스를 위해 그 광경을 표현할 말을 찾아야 할 것이고, 아니면 나도 눈이 먼 것처럼 눈에 보이는 것들을 비겁하게 모른 척해야 할 것이다.

이제 태양이 지평선 너머로 지고, 우리는 개리 강을 건넜다. 그리고 그 오래된 다리를 건너 작은 마을로 들어섰다. 마을에는 사람이 사는 기척이 없었다. 우리는 그림자가 드리운 어느 집 앞에 차를 댔다. 문에는 '모라그 B&B'라는 간판이 붙어있었다. 나는 보르헤스에게 해가 지기 전에 이곳에서 묵을 방을 찾아야 한다고 말했다.

벨을 여러 번 누른 후에야 어느 나이가 지긋한 여성이 문을 열어주었다. 그녀는 문밖으로 겨우 몇 인치만 몸을 내밀었다. 아마도 우리가 그녀를 제압할까 봐 무서워하는 것 같았다. 긴 코가 문틈 사이로 새 부리처럼 튀어나왔다.

"오늘 밤에 묵을 방이 있을까요?" 내가 물었다.

"그럼요." 그녀는 이렇게 대답하고는 어두컴컴한 복도로 우리를 들여보내 주었다. 그녀는 복도의 스테인드글라스 램프에 불을 켰다. 공기 중에는 강한 향수 냄새와 고양이 오줌 냄새가 뒤섞여 있었다.

"선불이에요." 그녀가 말했다.

"네, 알겠습니다."

"방은 2파운드예요."

"저희는 방이 두 개 필요한데요."

"하나밖에 없어요. 침대가 큰데."

"방이 두 개였으면 좋겠는데요."

"그럴 가능성은 없어요." 그녀는 회심의 미소를 짓는 듯하면서 말했다.

"킬리크랭키에는 호텔이 있나요? 저희는 정말로 방이 두 개가 필요해서요."

그녀는 그저 나를 빤히 쳐다보았다.

"참 멋있는 이름이군." 보르헤스는 내가 필사적으로 자신과 침대를 쓰지 않기 위해 하는 말들을 못 들은 척 말했다. "킬리크랭키라니. 게일어의 멋진 유산들 중 하나야. 모음이 아코디언처럼 확장되면서 그 파찰음 자음 때문에 공기를 머금고 있군."

"근처에 빈 방이 있을까요?" 나는 물었다. 분명 여기에는 호텔

이 있을 것이다. 아니면 손님들이 묵을 방 몇 개를 갖추고 있는 맥
줏집이라도.

"오늘밤엔 없어요." 그녀는 최종적으로 거래를 끝맺는 듯 단호
하게 말했다. "아침은 뭘 드실 거예요?"

"훈제 청어요." 보르헤스가 말했다. "아브로스 스모키 스타일
로 훈제된 걸 먹을 수 있소?"

"아침은 마멀레이드 잼 바른 토스트예요." 그녀가 말했다.

"달걀은?"

"그래요, 삶은 걸로. 베이컨은 따로 돈 내셔야 돼요."

"베이컨 값은 기꺼이 내겠소." 보르헤스가 말했다. "훈제 청어
가 없으면 베이컨이라도 반드시 먹어야지."

"내가 쓰기 전에 화장실을 쓰세요." 그녀가 말했다. "화장실이
하나밖에 없어요. 내 방에. 너무 오래 앉아있으면 안 돼요."

이곳에서 긴 밤을 보낼 생각을 하니 공포스러웠지만 나는 방명
록에 서명을 하고 그녀에게 2파운드와 베이컨 값 50페니를 지불
했다. 내가 착각하고 있는 것이 아니라면, 그 돈은 내 지갑에서 나
왔다.

"실링이 없다니." 그녀는 내가 50페니 동전을 건네자 말했다.

스코틀랜드는 통화 십진제를 채택했고, 그녀 또래 사람들은 그
런 변화에 제대로 적응하지 못했다. 많은 사람들이 여전히 기니에
맞춰서 돈의 액수를 이해하고 있었다. (1기니는 21실링이다.)

"익숙해지실 거예요." 내가 말했다. "돈 세기는 더 편해요."

"손님한테나 쉽겠지."

보르헤스는 흔들의자에 앉아서 흔들거리면서 미소를 짓고 있

174

었다. 그걸 보자 주인이 인상을 찡그렸다. 고양이 한 마리가 보르헤스의 무릎 위로 뛰어올라 앉았고, 그는 "호랑이다!" 하고 소리쳤다.

"여기 평생 사셨어요?" 내가 주인에게 물었다.

"내가 그렇게 가난해 보여요?"

"아뇨, 그 말이 아니라… 혼자 사세요?"

"그 남자가 죽고 나서요. 남편 발디 말이에요."

"대머리였어요?" [이름의 Baldie가 대머리라는 뜻의 bald를 연상시켜서 하는 말. — 옮긴이]

"원래 이름은 아키발드예요. 우린 그냥 발디라고 불렀죠." 그녀는 마치 울 것처럼 눈을 가늘게 떴다. "나는 브레이드 부인이에요."

"발디 브레이드의 아내시군요." 보르헤스가 말했다. 그는 코를 공중으로 들어올렸다. "콩팥 냄새가 나는데요, 브레이드 부인?"

"스테이크 앤드 키드니 파이예요." [스테이크와 소, 양의 콩팥을 넣어 만든 파이. — 옮긴이]

나는 그녀에게 어디에 식당이 있는지 물었고, 그녀는 근처에 있는 맥줏집 '푸독'을 추천해 주었다. "거기 식사도 있어요." 그녀는 말했다. 스코틀랜드식 맥줏집에는 음식이 뒷전인데 특이하다고 생각했다. 눅눅한 소시지롤이나 감자튀김을 먹을 수 있다면 엄청 운이 좋은 경우였다.

"푸독이라고!" 보르헤스가 외쳤다. "그게 무슨 뜻인지 아나? 개구리야! 양서류에 대한 스코틀랜드식 표현이지!"

"아버님이 맞아요." 그녀가 말했다.

"아버지가 아닙니다. 친구예요."

그녀는 의심의 눈초리로 나를 쳐다보았다. 왜 젊은 남자가 늙은 친구와 여행을 하나? 게다가 완전히 외국인 남자랑? 나는 마치 말풍선처럼 이런 질문들이 그녀의 머릿속에 떠오르는 것을 느낄 수 있었다. 그리고 마치 우리 관계에 뭔가 부자연스러운 것이 있는 것처럼 비난 받는 느낌이 들었다.

"나는 열 시면 자요." 그녀의 말투에는 살짝 악의가 느껴졌다. "그러니 내가 자기 전에 화장실을 써야 해요."

"부인이시여, 그 시간 훨씬 전에 잠들도록 하시오." 보르헤스가 말했다. "잠과 꿈은 내가 가장 좋아하는 유희지요. 독서 바로 다음으로 말이요. 눈먼 자에게는 심오한 쾌락이랍니다. 기대 없이 암흑 속으로 걸어 들어가는 위안이랄까. 나는 꿈속에서 생생한 색깔들을 보지요. 무지개가 펼쳐진다오."

"눈이 안 보이는데 독서를 어떻게 하시는데요?"

"이 세상에는 많은 독자들이 존재하오. 나는 그 독자들 하나하나를 발견하는 중이지요. 어떤 독자는 숭고함이고, 또 다른 독자는 소음이라오."

브레이드 부인이 내게 방을 보여주는 동안 보르헤스는 서재에서 고양이들과 앉아있었다. 실망스럽게도 침대는 일반적인 더블 침대보다도 작았다. 그리고 눅눅한 오줌 냄새와 방충제 냄새가 났다. 커튼은 어두운 남색이었지만 거의 검은색처럼 보였다. 알전구가 천장에 달려있었다.

"욕실에 수건이 있어요." 그녀가 말했다. "복도 끝에 있는 파란 문이에요. 뜨거운 물 쓰고 싶으면 나한테 미리 말해요. 내가 그거 켜놓아야 하니까." 그녀는 잠시 뜸을 들이더니 말했다. "그것도 돈

176

내야 해요. 옛날 돈으로 몇 실링인데."

나는 그녀에게 우리는 목욕을 하지는 않을 거라고 말했다. 어쨌건 우리는 지나친 요구를 하지는 않는 (청결하지는 않더라도) 고상한 손님이라는 환상을 심어주려고 했다. "그럼 화장실은 어딘가요?" 스코틀랜드의 집에는 욕실에 화장실이 딸려 있지 않다. 욕실은 오직 목욕만을 위한 공간인 것이다. "정말 화장실이 하나밖에 없나요?"

"복도 아래 하나 더 있었는데 지금은 안 써요. 그냥 내 침실 두 드리면 내가 쓰게 해줄게요. 우리는 잘 지낼 거잖아요? 그렇지 않나요?"

'푸독'에서 먹을 것도 없는 피시앤칩스로 저녁 식사를 하면서 보르헤스는 맥주를 세 잔이나 마셨다. 나는 불안해하면서 맥주를 한 잔씩 그의 손에 가져다 주었다. 대낮에도 볼일을 그렇게나 서툴게 자주 보는데, 밤에는 말할 것도 없을 것이었다.

우리는 밥을 먹고 다시 '모라그 B&B'로 돌아왔다. 브레이드 부인은 우리에게 열쇠를 주었지만, 그 어두운 집에 들어가기는 싫었다. 그 누구도 어두운 집을 좋아하지 않는다. 나는 스위치를 더듬어 찾아서 복도의 불을 켜고 보르헤스를 가까스로 위층으로 데려갔다. 보르헤스는 자신이 감당할 수 있는 것보다 더 취해있었다. 그는 내 팔을 꽉 잡고 다른 손으로는 지팡이에 기대면서 균형을 잡았다. 그리고 침실로 들어가면서 스코틀랜드 노래를 조금 큰 목소리로 불러댔다. 그의 목소리는 전혀 음악적이지 않았으며, 거의 쉰소리가 났다. 하지만 그의 노래에는 느낌이 있었다.

"스코틀랜드에는 뭔가 깊은 그리움이 느껴져." 그가 말했다. "시와 음악에서도 느껴지고 풍경에서도 그리움의 냄새가 난다네. 그리고 스코틀랜드의 역사도 슬픈 역사지. 좌절을 경험한 국민이야. 하지만 주세페, 나에게는 노스탤지어가 없다네. 현재만 제외하고 말이야. 나는 항상 뭔가가 일어나면 그것에 끌린다네. 아마도 뭔가가 일어나기 전에는 이건 좋은 소식이 되겠지. 그 지점은 그다지 나의 흥미를 끌지 않을 테니까."

이제 나는 철학에 대한 모든 흥미를 잃었고, 그저 잠을 자고 싶을 뿐이었다. 보르헤스와 함께하는 여행은 숙제를 하지 못한 채로 선생님 책상 앞에 서있는 것 같은 기분이었다. 혹은 각본 없이 무대 위에 올랐는데 즉흥연기를 하라는 주문을 받은 기분이었다. (사실 이건 내가 반복해서 꾸는 악몽이기도 하다.)

브레이드 부인의 경고를 기억하면서 나는 보르헤스를 그녀의 방으로 데려가서 노크도 하지 않고 문을 열었다. 그녀가 그곳에 없을 것이라는 근거 없는 생각을 했기 때문이다.

하지만 그녀는 방에 있었다. 정교한 마호가니 나무 침대에 베개를 뒤에 받치고 기대어 앉아있었던 것이다. 그녀는 무명천으로 된 수면 모자를 귀까지 덮고는 손전등을 켜고 아가사 크리스티의 소설을 읽고 있었다. 보송한 털로 된 담요는 턱까지 끌어 올려져 있었고, 코안경이 코끝에 걸쳐져 있었다. 그렇게 하고 있으니 내가 기억하고 있는 것보다 코가 훨씬 더 길어 보였다. 그 방을 지배하고 있는 침략자의 코처럼 보였다.

"아, 브레이드 부인." 내가 말했다. "제 친구가 화장실을 써야 해서요."

"알아요." 그녀가 말했다. "앞이 안 보이는 거."

보르헤스는 안심하기 위해 내 팔을 꽉 쥐었다. 그리고 그날 두 번째로, 세 마녀를 만났을 때 다음으로 나는 그의 나약함을 감지했다. 앞이 보이지 않는 상태로 움직이는 것은 그에게는 쉽지 않을 것이다. 세상을 탐사하는 데 전혀 재능이 없는 어느 낯선 젊은 이에게 안내를 받는다면 더 그럴 것이다.

"이쪽이에요." 나는 그가 침대 발치를 돌도록 이끌면서 말했다. 브레이드 부인의 시선이 주는 압박감이 느껴졌다.

나는 칫솔을 그의 잠옷 윗주머니에 꽂아주고 그를 변기 앞에 세우고는 문을 닫고 밖에서 기다렸다.

그리고 계속 기다렸다.

볼일을 보고 양치를 하는 데에 정말 15분에서 20분이 걸릴 일인가? 그는 머릿속으로 서사시를 쓰고 있는 걸까?

"이건 좀 안 좋네요." 브레이드 부인이 말했다. "잘 시간인데. 내가 요즘 잠을 잘 못자서."

"죄송합니다." 내가 말했다.

보르헤스가 끝내고 나오자 나는 그를 바깥에서 기다리게 하고 들어가서 내 할 일을 했다. 밖으로 나오니 보르헤스는 우리 주인의 침대에 앉아있었고, 부인은 콧날을 마터호른 산맥처럼 높이 세우고 콧구멍을 벌름거리며 얇은 입술을 한껏 오므리면서 마음껏 불편한 티를 내고 있었다.

보르헤스가 침대에 앉은 것은 놀랄 일이 아니었다. 그는 다리가 튼튼하지 않아서, 지팡이가 있어도 움직이거나 균형 잡는 것을 힘들어했다.

나와 보르헤스가 돌아와 침대에 누웠을 때 나는 벨라에게 전화를 했어야 한다는 생각이 다시 들었다. '푸독'에 공중전화가 있었을 것이다. 그리고 이 마을 어딘가에도 공중전화가 있을 것이다. 하지만 나는 찾아볼 생각도 하지 않았다. 이제 나는 건망증 때문이 아니라 자신감 결여 때문에 기억을 못했을지도 모른다는 생각이 들었다. 그래서 나도 모르게 크게 한숨을 내쉬었다. 망설임은 나의 치명적 결함이었다. 양 갈래 길 중 하나를 선택하는 것에 대한 공포. 아까 스콘 왕궁의 미로에서 나는 나의 공포를 발견했었다.

　　"젊은 사람의 한숨 소리를 듣는 건 좋지 않은 걸." 보르헤스가 말했다. "늙으면 한숨 쉴 일이 많은데. 뭔가 잘못되었나?"

　　"전화를 한다는 걸 깜빡해서요."

　　거리의 노란 가로등 불빛이 얇은 커튼 사이로 들어와 천장을 물들였다. 보르헤스에게는 그냥 아무것도 보이지 않겠지.

　　"하지만 공중전화가 없었잖나."

　　"찾아보면 마을 어딘가에 있을 거예요." 나는 아침까지 또 전화를 미뤄야 할 것이었다.

　　"급한 일인가?"

　　"제가 말씀드렸던 그 아가씨 있잖아요, 벨라라고. 제가 전화하기로 했거든요. 이번 주에 같이 저녁 먹기로 해서요."

　　"지금 자네는 더 중요한 계획이 있구먼." 보르헤스가 말했다. "난 이해하네. 노라 랑에도 그렇게 똑같이 내 마음을 울리곤 했지. 그 이름을 이렇게 이야기하는 것만으로도 그녀를 갈망하게 된다네. 나는 이제 아주 늙어버린 노라 랑에를 말하고 있는 게 아니야. 물론 지금 모습도 사랑하지만. 나는 보랏빛 머리와 날씬한 엉덩이를 가진 열아홉에서 스무 살 때의 노라 랑에를 말하고 있는 거야.
그녀는 목에 주근깨가 있었어.”

　나는 그를 침대에서 확 밀어버리고 싶은 충동이 일었다. 이루
어지지 않은 사랑에 대한 청승맞은 이야기야말로 내가 지금 결코
듣고 싶지 않은 것이었다. 나는 머리가 약간 이상한 것 같은 위대
한 문인 때문에 그녀와의 약속을 저버리게 되었다는 것을 어떻게
설명해야 할지 생각할 수 있는 공간이 필요했다. 하지만 보르헤스
가 자신의 이야기를 할 때까지 잠은 다 잤다는 사실도 이제는 알고
있었다. 그래서 나는 물었다. “선생님과 노라 사이에는 무슨 일이
있었던 거예요?”

　“거기에 대해서는 말 못해. 지금은 고해시간이 아니야. 죄를 사
해준다는 조건으로 솔직하게 고해하길 요구하는 신부님 앞에 있
는 게 아니니까.” 나는 그의 분노가 가라앉기를 기다렸다. 그의 거
대하지만 그다지 향기롭지 않은 몸이 내 옆에 있고, 매트리스는
중앙으로 패여서, 우리는 불편하게 누워있어야 했다.

　“나는 그녀를 사랑했어.” 보르헤스가 말했다. “그런데 올리베
리오 히론도도 그녀를 사랑했지. 그자는 멋만 부리는 바보 같은,
그리고 글도 정말 못 쓰는 작가였어. 게다가 노라를 사랑하기에는
나이도 너무 많았어. 그자는 초콜릿 색깔의 양복을 입고 페도라를
쓰고 콧수염을 아주 색다르게 기르고 있었지. 화려한 조끼도 입고
말이야. 나도 빨간색이나 노란색 조끼를 샀었어야 했는데. 나는 노
라가 그런 것들을 뛰어넘었을 거라고 잘못 생각했어. 노라는 순수
한 마음을 가진 거친 소녀였어. 게다가 너무 순진하고. 그래서 그
자의 감언이설이 아주 잘 먹혔던 거야. 그렇게 그 남자한테 넘어갔

181

지. 설상가상으로 몰래 결혼도 했어. 십 년 넘게 변덕스러운 동거 생활을 한 다음에 말이야. 세상에서 가장 슬픈 일이었지."

어쩌다 나는 이렇게 수다스러운 나이 많은 맹인과 함께 스코틀 랜드 하이랜드의 외딴 마을에서 한 침대에 누워있게 된 걸까? 우 스꽝스러운 노란 비단 잠옷을 입고 시큼달큼한 땀과 오줌내와 낯 선 로션냄새를 풍기는 이 사람과?

"노라는 선생님의 허락이 필요 없었어요." 내가 말했다.

"나를 모욕하지 말게, 주세페."

나는 위축되는 느낌을 받았다. 그래서 내일 아침까지 그에게 다시는 말을 걸지 않기로 결심했다. 잠으로의 도피가 이렇게까지 달콤하게 느껴진 적은 없었다.

보르헤스는 이제 몸을 돌려서 등을 대고 누워있었다. 그러고 나서 다시 빙그르르 돌아서 얼굴을 내 베개 쪽으로 갖다 댔다. 나 는 갈 수 있는 한 모서리 끝에 누워있었다. 그러다 몇 번 바닥에 굴 러떨어질 뻔했다. 보르헤스는 몸을 계속 편하게 뒤집었다.

밤새 보르헤스는 그렇게 몸을 적극적으로 뒤집었다. 한쪽 방향 으로 틀었다가 다음에는 또 반대 방향으로 틀었다. 그러면서 담요 를 자기 쪽으로 끌고 가버려서, 나는 이불도 없이 추운 상태로 있 어야 했다. 그는 다리도 떨고, 방귀도 크게 뀌었다. 그리고 뭔가를 투덜거리며 숨을 내쉬었다. 심지어 콧노래도 불렀다.

이내 비가 세게 내리면서 창문을 때리고 슬레이트 지붕을 울렸 다. 그 소리가 내 옆에서 잠자는 노인의 소리를 압도했다.

마침내 나는 잠에서 완전히 깨버렸다. 그때 보르헤스가 내 팔 을 잡으며 말했다. "자연이 날 부르고 있네!"

"뭐라고요?" 내가 힘겹게 물었다.

"나를 그 작은 방으로 좀 데려가 주게."

놀랍지도 않았다. 맥주 세 잔이 그의 약한 방광 속에서 출렁이고 있을 것이었다. 그래서 나는 우리 방에서 새어 나오는 빛에 의지하여 그를 어두운 복도로 데리고 가서 브레이드 부인의 침실을 부드럽게 두드렸다.

"급해요!" 내가 문을 열고 그를 앞세우자 그가 소리를 쳤다. 브레이드 부인은 우리가 지나갈 때 어둠 속에서 조용히 누워있었다. 그를 다시 화장실로 데려가서 안심시킨 뒤 나는 침실로 나왔다.

"무슨 일이에요?" 우리의 주인이 물었다.

"제 친구가 갑자기 가야 한다고 해서요."

"거기를?"

"네, 화장실에요."

"화장실 다녀온 지 한 시간도 안 됐는데."

"나이가 많으셔서 방광이 약하세요."

"나이가 더 많은 내 방광은 괜찮은데."

나는 방광으로 결투할 생각이 없었기 때문에 창문을 때리는 빗소리를 들으며 조용히 있었다.

"시간이 걸리네." 그녀가 말했다. "남편도 말년에는 오줌이 잘 안 나왔어."

물론 보르헤스와 내가 안 좋았던 것은 사실이지만, 나는 브레이드 부인이 함축하고 있는 뜻도 싫었다. "저분은 말년은 아니에요." 내가 말했다.

곧 보르헤스가 문 저편에서 말했다. "주세페! 나 끝났어!"

"우리 구세주의 말씀이시네." 브레이드 부인이 말했다.

보르헤스는 미소를 지으면서 문에서 나왔다.

나는 브레이드 부인에게 안녕히 주무시라고 인사하고 보르헤스를 다시 우리 침실로 안내했다. 그리고 보르헤스는 곧 잠에 곯아떨어졌다. 하지만 나는 그가 숨을 들이쉬고 그르렁거리고 쌕쌕거릴 때마다 불안했다. 한때 그의 폐는 잘 기능했던 시절이 있었겠지만, 지금은 비참하게 신음하고 있었다. 그는 스페인어인지 라틴어인지 모를 구절을 중얼거렸다. 나는 수면의 왕국으로부터 수백만 마일 떨어져 있는 듯한 느낌을 받으면서 다시 벨라를 생각하기 시작했다. 벨라와 앵거스는 그렇게 떨어져 있을 수 있을까? 그녀도 거의 그렇게 말하지 않았던가? 둘의 관계는 이제 좋지 않다고 나는 결론을 내려버렸다. 이제 나는 기회를 잡은 것일 뿐만 아니라, 그 관계에 개입해야 할 의무가 있는 것이다! 나는 천장을 스쳐 지나가는 그림자에서 벨라의 얼굴을 본 것 같았다. 내가 꿈을 꾸고 있는 것인가? 그 얼굴이 나를 향해 둥둥 떠서 오는 듯했고, 내가 그 얼굴을 향해 손을 뻗으려고 할 때 보르헤스가 내 옆에서 벌떡 일어났다.

"나 화장실 가야 해." 그가 말했다.

"또요? 벌써?"

"스코틀랜드 맥주가 이 낡은 건물의 파이프를 흐르고 있다네."

"아르헨티나 맥주는 별로 안 그런가 봐요?"

보르헤스의 손톱이 내 손목을 파고들었다. "우연한 일을 좋아하는 사람은 없네."

나는 그를 다시 브레이드 부인의 방으로 데려가면서 노크를 해야 할지 망설였다. 보르헤스는 숨을 가쁘게 내쉬면서 한 걸음씩 옮겼다. 손가락으로 둑을 막고 있는 작은 네덜란드 소년 같았다. 나는 문을 열고 보르헤스의 허리를 잡고는 코를 골고 있는 브레이드 부인의 침대를 돌아서 화장실로 갔다. 그리고 그를 가장 좋은 각도에 다시 세워놓은 다음에 밖으로 나와 문을 닫았다.

나는 떨면서 기다렸다.

"보르헤스?" 나는 속삭였다.

안에서는 아무런 대답도 들리지 않았다. 그는 마치 변기 위에 잠시 앉아있기로 한 것 같았다. 그의 쌕쌕거리는 소리가 이것을 확신시켰고, 나는 계속 기다리기로 했다.

"남편도 화장실에서 안 나왔지." 브레이드 부인이 말했다. 그녀의 목소리에 나는 소스라치게 놀랐다. "마지막에는 못 나왔지."

"뭐라고 하셨죠?"

"7년 전에 우리 남편이 화장실로 갔어. 나는 방해하고 싶지 않았지. 하지만 내가 남편을 구할 수도 있었을 거야."

"거기서 돌아가셨어요?"

"변소에서."

"남편분이 거기서 돌아가셨다고요?"

"그렇다니까. 당신 친구도 지금 돌아가신 건가?"

"그렇지는 않아요. 아닐 거예요."

"당신이 부르면 대답을 해야 할 거 아냐."

나는 이 말을 신호로 해석했다. "보르헤스! 거기 계시죠?"

브레이드 부인이 말했다. "경찰에 전화해야 할 것 같은데."

"그런 거 같지는 않아요. 안 돌아가셨을 거예요."

"아직은 아니겠지." 그녀가 말했다.

그녀는 불을 켜고 자리에 일어나 앉았고, 나는 침대맡에 함께 앉았다. 화장대에 붙어 있는 시계가 요란하게 열두 번을 쳤다.

"내 남편은 참 좋은 사람이었어."

"그러셨던 거 같아요."

"단점이라고는 없었어."

"그러게요."

우리는 발디 브레이드의 미덕에 대해 5분가량 더 묵상해 보는 시간을 가졌다.

마침내 문 뒤에서 가느다란 목소리가 들려왔다. "주세페?"

"네!" 나는 대답했다. "보르헤스!" 그가 살아있다는 사실이 그렇게 안심이 될 수가 없었다.

"문이 어디 있나? 내가 여기 안에 있는데."

나는 문을 열고 그의 팔꿈치를 잡고 그곳에서 **빼냈다.**

"운이 좋으시네요." 브레이드 부인이 말했다. "나는 운이 좋지 못했어요. 머리를 축 늘어뜨리고, 남편이 거기 앉아있더라고요. 죽은 생선처럼."

"누가 죽었소?" 보르헤스가 물었다.

"남편분이 거기서 돌아가셨대요. 변기 위에서." 내가 말했다.

보르헤스의 얼굴에 고통스러운 표정이 스쳐 지나갔다. "내 아버지도 변기에서 돌아가셨소." 그가 말했다. "토머스 변기라고 이름이 붙었지. 어머니가 거기 앉아있는 걸 발견하셨소. 불도 나가 있더라는군. 나도 그렇게 죽을 거예요. 당신 남편처럼. 내 아버지처럼."

"여기에서는 안 돼요." 브레이드 부인이 말했다.

"이 우주에서는 모든 것이 가능하오. 실례하오, 브레이드 부인. 나는 지금 토머스 브라운 경이 『중세의 종교』에서 말했던 것을 인용하고 있소. 진정한 신사란 남에게 폐를 끼치지 않는 사람이지. 오늘밤에 나는 신사가 되지 못했구려."

"가야 할 때는 가야죠." 그녀가 말했다. "스코틀랜드의 속담이에요."

브레이드 부인은 그때 예상치 못한 관대함을 보여주었다. 처음으로 얼굴 가득 미소를 지은 것이다. 울타리에 박힌 못처럼 치아가 날카롭고 뾰족하게 박혀있었다.

보르헤스가 말했다. "그건 월터 스콧 경의 말인 것 같은데요?"

16

다음 날 아침, 피곤에 지친 브레이드 부인은 우리에게 기름진 베이컨을 세 번이나 가져다 주었다. 나는 전혀 먹고 싶지 않았지만, 보르헤스는 기쁘게 만끽했다. 그는 고양이처럼 손가락을 빨았고, 그곳을 떠날 때는 마치 보이지 않는 거울을 보는 것처럼 복도에서 넥타이를 고쳐 맸다. 넥타이를 매지 않고는 절대 바깥으로 나가려 하지 않는 그 나이대 특정 계급의 남자들이 그런 것처럼, 그는 아주 결연하게 형식을 차렸다. 브레이드 부인에 대해 말하자면, 그녀는 우리가 떠날 때 거의 눈물을 글썽거렸다. 지난밤 자신의 심금을 울린 다정한 노인을 더 이상 볼 수 없어서 슬펐는지, 혹은 우리가 등을 돌리는 모습에 더할 수 없는 안도감을 느꼈는지 알 수 없다. 혹은 둘 다일지도 모른다.

어찌 되었건 '모라그 B&B'가 후방 거울 속에서 멀어져 가고 있다는 사실은 마음을 편안하게 했다. 잠을 설쳤지만, 이상하게도 감각은 생생했다. 하늘은 쨍한 파란색이었고, 새들이 간간이 날아올랐으며, 공기는 기대감으로 설레고 있었다. 이제 여행은 예상하지 못한 전환을 맞이하고 있었다. 나는 빌리 지오다노가 보르헤스와 나에 대한 이야기를 들으며 얼마나 즐거워할지 상상할 수 있었다. 킬리크랭키에서 보낸 밤에 대한 나의 묘사는 분명 그를 깔깔 웃게 할 것이다. 알래스테어조차도 아주 재미있어 할 것이다. 보르헤스가 떠나고 한참 뒤에야 그 이야기를 듣게 되겠지만.

우리의 로시난테는 쉭쉭거리다가 요란한 소리를 내고 갑자기 삐걱거리는 낮은 소음을 내서 나를 걱정하게 만들었다. 나는 그 차를 살 때 돈을 많이 주지 않았는데, 그때 아꼈던 돈을 이제 곧 쓰게 될 것 같았다.

"돈키호테는 매일 아침 길을 떠나는 걸 아주 좋아했다네." 보르헤스가 말했다. "산초 자네는 어떤가?"

"정말 저를 산초 판사라고 생각하시는 건 아니겠죠?" 그 이름은 내 귀에 잘 붙지 않았다. 내가 정말 세르반테스의 그 바보 같은 조수라고? 친구라기보다는 얼간이에 가까운, 거의 공명판 같은 존재라는 말인가?

보르헤스는 입을 삐죽 내밀면서 미안하다는 듯이 말했다. "자네는 내 조수가 아니니까 산초도 아니지. 내가 돈키호테도 아니고. 나는 미치지 않았으니까. 그리고 자네는 내가 보기에 뚱뚱하지도 않은 것 같고 말일세. 그리고 못 배우지도 않았고."

"산초가 문맹이었나요?"

"그건 그에 대한 적절한 표현이 아니네. 돈키호테의 영향이 너무 큰 나머지 산초는 나중에 문학적 지혜에 대한 훌륭한 감각을 얻게 되거든. 그자는 엄청난 지혜를 담고 있는 금언들을 말하게 되지! '우리는 죽음을 제외하고는 모든 것에 대한 치료법을 찾을 수 있지요.'라든가, '꿀을 마음껏 즐기다가는 결국 파리한테 잡아 먹히게 되지요.'는 어떤가. 나도 젊을 때 벌집을 충분히 즐겨 먹었어야 했는데. 그러면 내 숙적 히론도 그 건달 녀석을 물리칠 수 있었을 텐데. 또 다른 것도 들어보겠나? '운 좋은 사람은 걱정할 게 없지요.' 나는 운 좋은 사람이 되었어. 황혼기에 유명작가가 되었으니 말일세."

"그건 확실히 행운이시네요." 나는 이렇게 말하고는 내가 보르헤스를 너무 폄하해 온 건 아닌지 고민했다. 그런데 그는 대체 어디에서 유명한 걸까?

보르헤스는 말했다. "자네도 알다시피 나는 '적지만 잘 맞는 친구들'이라 할 수 있는 아주 적은 독자층을 위해서 작품을 고안했다네. 작가의 상상력은 군중에게 희석되어서는 안 되거든!" 몇 분이 지나자 그는 마지막 금언을 창조했다. "현명한 사람은 다른 사람의 집에서도 많은 것을 알게 되지만, 바보는 오직 자신의 집에서만 좀 더 많이 알 뿐이지."

"우리는 우리가 말하거나 행동하는 것의 맥락에서만 이해할 수 있을 뿐이죠."

"자네는 정말 산초가 맞네그려. 방금 엄청 멋있는 말을 했잖아."

"전 산초의 말을 다르게 표현했을 뿐입니다." 나는 『돈키호테』를 읽지는 못했지만, 이 둘의 여행에서 산초의 역할을 충분히 짐작할 수 있었다.

"다르게 표현하는 것이란 없네. 그저 표현만이 있을 뿐이지."

어쨌건 간에 내가 보르헤스를 즐겁게 했다는 사실이 기뻤다. 나는 보르헤스가 우리의 여행에서 필요로 하는 것을 과연 얻고 있는지 궁금했다. 나의 반항심에도 불구하고 나는 이미 이 유창한 여행 동반자로부터 아주 많은 것들을 배웠다. 세상에서 그가 존재하는 방식은 나의 존재 방식과는 사뭇 달랐다. 하지만 나는 그의 사유가 보여주는 자유로운 연상방식이 좋았다. 자신만의 생각이라는 높은 나무에서, 마치 정글 속 원숭이처럼 가지에서 가지로 자유롭게 옮겨가는 것 같았다. 이 부분은 알래스테어를 연상시키기도 했다. 그는 보르헤스에게서 배웠을 수도 있다. 마치 보르헤스라는 영웅을 닮으려고 한 것처럼.

나는 알래스테어가 보르헤스의 작품 말고도 파블로 네루다도 번역했고, 이렇게 둘을 비교했던 것을 떠올렸다. "네루다는 이 세상을 사랑해. 보르헤스가 사랑하는 건 다른 세상들이지."

나는 보르헤스에게 네루다를 아냐고 물었다.

"아, 그 피리 부는 사나이 말인가." 그가 말했다. "그자는 올리베리오 히론도의 또 다른 친구였어. 하지만 그 사람을 폄하하지는 않겠네. 특히 그의 시편들에 대해서는 말일세. 그것들은 그의 자식들이라고 할 수 있어. 그러니, 아버지의 잘못에 대해 자식에게 어떻게 그 죄를 물을 수 있겠는가? 아니지. 그 아이들은 사랑스러운 고아들이야. 이 세상에서 외롭고, 슬픈 표정을 한 아이들이지. 나름의 방식으로 순수하고. 나는 그 아이들 모두를 보호할 거야. 나는 아주 오래전에 마드리드의 헌책방에서 파블로 시선을 한 권 산 적이 있어. 나는 그 책을 고아원이라고 생각해서 그 표지에 갇혀있는 창백하고 배고픈 아이들을 정기적으로 방문하곤 했지. 하지만 그 아이들의 아버지는 바보였어. 그자는 스탈린을 찬양했어. 스탈린이라니! 그리고 그는 자네의 조국인 미국을 혐오했다네. 나는 자네의 조국이 아무리 나를 실망시킨다고 해도 혐오하지는 않을 걸세."

"저는 그 나라에 확실히 실망했는걸요." 내가 말했다.

우리가 케언곰스 산맥의 갈색 산기슭을 오를 때 나는 이 생각을 떨쳐버리려고 노력했다. 어쨌든 미국은 이제 너무 멀리 있었다. 그건 다행이었다. 우리는 산기슭을 따라 애비모어로 향했다. 그곳은 내가 스키를 타러 한 번 온 적이 있던, 긴 계곡의 멋진 풍경을 한눈에 볼 수 있는 작은 마을이었다. 나는 차가운 푸른 하늘을 배경으로 한 멋진 봉우리들을 기억하고 있었다. 산 정상에 올랐던 어느 오후에 황금 독수리를 보았기 때문이다. 나는 이 기억을 보르헤스에게 이야기했다. 정치가 아닌 다른 주제에 대한 이야기로 빠지기 위해서였다.

"난 황금독수리를 사랑한다네." 그가 말했다. "하지만 아주 조심해야 해. 그건 제우스 신이거든. 제우스는 종종 이 웅장한 포식자의 형태를 하고 있단 말이지. 그 불쌍한 트로이의 아들 가니메데스[제우스가 술 시중을 들게 하기 위해 데려간 트로이의 미소년. — 옮긴이]를 납치할 때도 제우스는 독수리의 모습을 하고 있었다는 걸 기억하게. 호머는 가니메데스를 '그리스에서 가장 아름다운 소년'이라고 불렀지. 행복한 이야기는 아니야. 그런데 우리는 지금 어디에 있는 건가? 나는 아무것도 안 보이는 것 같은데!"

"우리는 케언곰스 산맥을 오르고 있어요." 내가 대답했다. "지금은 산기슭이에요. 멋진 산맥이죠. 저는 애비모어로 가려고 하고 있어요. 지금은 황야를 지나고 있고요."

"황야라고! 계속 말해보게!"

나는 최선을 다해 좋은 표현을 연구했다. "멀리에는 눈 덮인 산봉우리가 있고요, 갈색과 보라색 언덕이 솟아있고 바위가 많은 황야가 보입니다. 지평선은 삐죽삐죽하네요. 낮은 지대에는 칼레도니아 소나무가 길게 늘어서 있어요. 한때 소나무 숲이었던 흔적이라고 안내 책자에서 이야기하고 있어요. 이쪽은 대부분 수목한계선 위쪽에 있어요."

"자네도 알다시피 난 어릴 때 스위스에 살았다네." 보르헤스가 말했다. "그땐 아직 시력이 멀쩡할 때였어. 나는 보통은 산을 좋아하지 않아. 본능적이고 습관적인 면에서 진정한 도시인인 거지. 하지만 해발이 높은 곳 바위에 붙어있는 이끼는 너무 좋아했어. 제네바에 살 때도 근처 언덕에 가서 이끼류를 살펴보곤 했었지. 조류이끼, 습지이끼, 우산이끼, 심지어 곰팡이까지도 말이야. 그 곰팡이가 바로 자네가 먹는 버섯이지. 나는 버섯을 정말 좋아해. 색깔도 멋지고. 그 노랗고 푹신한 버섯머리는 늘 어떤 의미에서는 성적이라고 할 수 있지."

자신의 폭보다 긴 물체가 모두 남근의 상징인 것은 아닙니다, 라고 나는 말하고 싶었지만 잠자코 있었다.

"내 아버지도 나처럼 눈이 보이지 않았다는 걸 자네도 알아야 해." 보르헤스가 말을 계속했다. "아버지의 시력은 어둠으로 가는 문이 되어버렸다네. 자신을 제대로 보지 못하는 아버지를 둔 날 생각해 보게. 우리는 1914년에 아버지의 시력을 치료하려고 제네바로 여행을 했어. 늘 그렇듯 아버지의 타이밍은 좋지 않았지. 전쟁이 시작되리라는 걸 몰랐던 거야. 정치 현실에 대해서도 그렇게 눈이 멀었던 거지. 그래서 나는 스위스에서 십 대 소년이 되었다네! 제네바에서 내가 받았던 교육이 무엇이었든 나는 그저 부끄럼 많고 이상한 아이일 뿐이었어. 그런데 그곳에 어린 소녀인 에밀리

193

가 있었어."

"늘 어린 소녀가 있네요." 내가 말했다.

보르헤스는 에밀리를 생각하며 몽상에 잠겼다. "에밀리는 정말 예뻤어. 도자기 화병 같았지. 나는 그녀를 거의 숭배할 정도였어. 에밀리와 나는 어느 날 저녁에 호숫가에서 키스를 했지. 내 십대에 가장 멋진 경험이었어."

"선생님의 첫 번째 여자 친구였나요?"

"나를 슬프게 만들지 말게, 주세페. 나는 그때 순수했어. 에밀리도 그랬고. 키스하는 입술은 정말로 친밀했지. 키스라는 건 참 독특한 행위야. 멋지긴 하지만. 자네도 그렇게 생각하지 않나? 키스를 습관으로 만들게. 그게 나의 유일한 조언이야."

"저도 키스하는 것 엄청 좋아합니다." 나는 벨라의 방에서 처음 커피를 마셨던 날 밤에 내 이마에 했던 벨라의 순수하고도 그 해독 불가능한 키스를 떠올리면서 이렇게 말했다. 나는 나도 모르게 손가락으로 그곳을 만졌다.

공중전화, 공중전화를 찾아야 해! 나는 생각했다.

오랫동안 우리는 아무 말 없이 달렸다. 나의 동행자는 미소를 지었다가 얼굴을 찡그렸다가 하면서 자신만의 몽상에 잠겨있었다. 그는 그 어떤 것도 숨길 수 없는 사람이었고, 굳이 숨기려고 하지도 않았다. 특히 그를 관통하면서 그의 얼굴에 강한 흔적을 남기는 슬픔과 행복은 더욱 그랬다. 내 얼굴도 감정이 강물처럼 흐르는 걸 잘 보여주고 있을까? 물론 시력을 잃은 보르헤스는 알 수 없을 것이었다.

나는 그가 에밀리와 잤는지 궁금했다. 아마도 그의 상황보다는 나의 상황에 대한 더 많은 관심 때문일 것이다. 하지만 당시에는 내 질문이 지닌 무례함을 자각하지 못했다.

"성적으로 관계를 가졌냐는 질문인가? 뭐 그런 질문이 다 있나! 나는 그런 사적인 이야기를 잘 나누지 않는다네. 하지만 자네와 나는 소울메이트가 되었으니. 형제라는 말일세. 그러니 진실을 숨기지는 않겠네. 내 아버지도 수줍음이 많아서, 열아홉 살 생일날에 제네바에 있는 당신 서재로 날 불렀지. 그때는 8월이었고 학교 공부도 막 끝났을 때였네. 세상이 내 앞에 열려있었지. 아버지는 무서울 정도로 진지한 목소리로 '호르헤, 여기 앉거라.' 하고 말씀하셨어. 그래서 나는 최악의 상황을 두려워하면서 서재에 있는 의자에 앉았어. 정말로 그게 왔지. 최악의 상황 말일세!"

"그게 뭔데요?"

"'아들아, 여자랑 자본 적 있니?' 이게 아버지의 질문이었어. 바로 우리 아버지가 말이야!"

"그런 적이 있으셨어요?"

"그래서 나는 진실을 말했어. 총각이라고 말이야. 아버지는 한숨을 쉬면서 그럴 줄 알았다고 말씀하셨어. 이제 나는 아버지가 시키는 대로 해야 했어. 아버지는 책상 서랍을 열더니 주소가 적힌 카드 하나를 내밀었어. '부르뒤푸르 광장 23번지 C아파트.' 나는 지금도 그 굴욕적 장면을 잊을 수가 없다네. 매춘부와 약속이 잡혀있었던 거야. 아버지가 나에게 그런 무례한 행동을 하신 거지."

"아버지가 선생님을 매춘굴에 보내셨다고요?"

"그게 아르헨티나의 관습이야. 아버지는 아들에게 총각딱지를 떼줘야 하는 의무와 책임감이 있었어. 그건 나쁜 관습은 아니지.

인류는 어쨌건 재생산을 해야 하니까. 하지만 내 경우에는 불행이 뒤따랐지. 나는 전혀 준비가 되어 있지 않았던 거야. 그 매춘부는 서른 살도 안 되었던 것 같은데 당시에는 아주 나이가 많은 것처럼 느껴졌어. 검고 긴 파마머리를 한 소름 끼치는 할머니 같았던 거야. 그녀가 내 멜빵을 풀고 바지를 벗겼지. 그리고 늘 하던 방식으로 나한테 입술을 비볐지. 나는 경악해서 서있었어. 그래, 경악이라는 말밖에 적당한 표현이 없군. 그녀는 나를 침대로 밀치고 최선을 다했지. 하지만 아무 일도 일어나지 않았어. 어떤 것도 날 흥분시키지 못한 거야."

"실패하신 거예요?"

"그 단어 선택은 별로 마음에 들지 않는군."

"죄송해요."

우리는 잠시 아무런 말도 없이 달렸다. 내 생각은 어둠의 영역으로 소용돌이치고 있었다. 나도 그런 비슷한 상황에서 실패하게 될까? 나도 다른 사람들과 떨어져서 살아야만 하는 사람들 중 하나인가?

"아주 모욕적이었어." 보르헤스는 내면의 대화를 이어가듯이 말했다. "어머니도 여기에 대해서 알고 있었어. 어머니는 지금도 나에 대한 모든 것을 알고 있어. 그게 내 인생을 훨씬 더 힘들게 만들지."

"어머니께서 아직 살아계신 거 맞죠?"

"레오노르 여사 말인가? 그분은 태양이자 달이라네. 태양과 달은 살아있나?"

"태양과 달은 자연을 이루는 존재들이죠."

"자연을 이루는 존재들이라! 우리 어머니가 바로 그런 존재야. 어머니는 내가 사랑한 여자라면 그 누구도 인정한 적이 없어. 어머니는 노라를 미워했어. 노라의 조상은 우리 조상들과는 비교도 안 되는데 말이야."

"그러면 선생님 부인은요?"

"이제 더 이상 내 아내가 아니야. 나는 다른 여성을 사랑해. 내 가장 은밀한 비밀을 고백해도 되겠나? 나는 마리아 코다마를 사랑한다네. 그녀는 일본 혼혈이야. 내가 제일 마음에 드는 부분이지. 나는 마리아가 어린아이였을 때 만났어. 하지만 정말 눈부시게 아름다웠지! 그 후 십 년도 채 되기 전에 그녀는 내 대학생 제자가 되었다네. 이 불쌍한 소녀는 학업에서 뒤처졌지. 그래서 나한테 도움을 청하러 왔길래 내가 더 이야기를 해주려고 아파트로 초대했어. 그리고 얼마 지나지 않아서 우리의 사랑은 처음에는 다정한 대화를 이어가는 것에서 시작해서 활활 타오르는 횃불이 되었어. 횃불 말이야!"

"하지만 선생님은 훨씬 더 나이가 많으시잖아요…"

"거의 마흔 살이 더 많아. 하지만 누가 그런 걸 계산하고 있나? 나이는 사랑의 문제에서는 아무것도 아니야."

나는 60대 후반이나 70대 초반의 남자가 20대 여성과 사랑에 빠진다는 것이 무엇을 의미하는지 전혀 감을 잡을 수가 없었다. 연인이 아니라 딸이나 손녀처럼 느껴지지 않을까?

"영혼은 영원하다네." 보르헤스가 말했다. "그리고 시간은 깊이있는 삶에 있어서는 그 어떤 역할도 하지 못한다네. 자네가 여기에 동의하는지 궁금하군. 자네는 그렇다고 말하겠지만, 정말로 그렇게 생각하나?"

"왜 계속 저한테 그걸 물어보시죠? 저는 아무것도 모릅니다, 보르헤스. 지금쯤이면 아시지 않나요? 저는 책 몇 권 읽었을 뿐이에요. 제가 머리가 나쁜 것은 아닙니다. 하지만 제가 아는 것이 뭐가 있을까요? 저는 때로 세인트앤드루스의 성당에 앉아서 침묵이 제게 가르치는 것을 듣습니다. 침묵은 신이에요. 저는 해변을 따라 달리면서 성령이 저와 함께 움직이는 걸 느낍니다. 하지만 저는 그다지 잘 배우는 사람은 아닌 것 같아요. 이 사실 때문에 걱정입니다. 영혼을 파고들지 못하고 그저 표면만 건드리는 사람이 되고 싶지는 않은데 말이에요."

"아, 영혼이라! 나는 그 단어를 좋아한다네."

내 마음은 다시 알래스테어로 옮겨갔다. 그는 내 시에 있는 '영혼'이라는 단어에 줄을 그어 지우면서 다시는 그것을 쓰지 말라고 했었다. "자아가 있을 뿐이야." 알래스테어는 말했다. "영혼은 없어. 그건 구식 개념이야."

보르헤스는 알래스테어와 정반대인 것 같았다. "자네 세대의 많은 젊은이들은 그 단어를 쓰는 걸 싫어하지. 나는 영혼을 찬양하네. 나는 현재의 순간에서 영혼의 영원한 현존을 노래하네!" 그는 잠시 말을 멈추었다가 다시 말했다. "지금 자네가 나의 영혼을 찾고 있다는 걸 잊지 말게. 이제 우리 앞에는 무엇이 있나? 내 눈엔 노랗고 하얀 가늘고 긴 줄무늬밖에 안 보이는데."

댕기물떼새가 길을 가로질러 날아갔다고 나는 이야기했다.

"그것 보게. 자네는 자네가 안다고 생각하는 것보다 더 많이 알고 있다네." 보르헤스가 말했다. "거기에 대해 감사하게!"

몇 마일을 더 달리자 그의 마음은 다시 댕기물떼새로 돌아갔다. "댕기물떼새는 물떼새 같지. 그리고 날카로운 소리를 내고 불규칙적인 패턴으로 비행하지."

늘 그랬듯이, 자연에 대한 그의 해박한 지식은 나를 놀라게 했다. 갈수록 시력이 사라지면서 내면으로 향하고 있는 사람이기에 더욱 놀라웠다. 스코틀랜드에 있는 짧은 시간 동안 나는 겨우 댕기물떼새를 까마귀와 구별하는 정도의 수박 겉핥기식 지식만을 얻었을 뿐이었다. 나는 누가 봐도 알 수 있는 바닷새와 매는 구분할 줄 알았다. 그리고 덤불로 질주하는 붉은 다람쥐와 내가 어렸을 때 봤던 회색 다람쥐는 엄연히 다르다는 것을 알고 있었다. 하지만 그게 다 무슨 의미가 있는지 궁금했다. 단어와 사물의 연결은 분명 중요했다. 여기에는 어떤 마법적 관계가 존재한다. 그리고 나는 단어와 사물을 연결하기 위해 필요한 마법을 배워야 했다.

산기슭을 향해 오르면서 하늘이 나를 끌어당기는 것 같은 기분이 들었다. 그리고 히스 관목이 무성한 계곡과 멀리 보이는 뾰족한 산봉우리가 나에게 감동을 주었다. 나는 그 어느 때보다 더 강렬하게 글을 쓰고 싶어졌다. 내 주변에서 내게 다가오는 것들에 대한 정확한 언어적 등가물을 찾고 싶었던 것이다.

17

길가에 외로이 서있는 빨간 공중전화 부스가 내 시선을 사로잡았다. 누가 이 케언곰스 산맥 한가운데에 공중전화를 갖다 놓았을까? 이건 신이 주신 기회임이 틀림없었다. 나는 급하게 차를 세웠다.

내가 차를 세우자 보르헤스는 뭔가 잘못된 줄 알고 깜짝 놀랐다. 나는 전화를 해야 한다고 설명했다. 길어봤자 몇 분이라고 안심시켰다. 보르헤스는 내가 마치 아무런 이유도 없이 여행을 중단시킨 것처럼 실망스러운 표정을 짓더니 눈을 감고 뒷좌석에 기댔다.

벨라의 전화번호를 누르자 삐삐거리는 전자음이 들리더니 지직거리는 소음이 들렸다. 나는 교환원에게 통화를 시도했다. 그녀는 내게 어디로 전화를 할 건지 물어보았다. 하지만 이내 그녀의 목소리도 똑같은 지직거리는 소리를 내면서 끊겨버렸다. 나는 해밀턴 홀 번호로 한 번 더 전화를 걸어보았다. 다행히도 어느 젊은 여성이 전화를 받았다. (전화벨이 울린 것 같지도 않았다.) "해밀턴 홀 2층입니다. 무슨 일이시죠?" 나는 그녀에게 벨라의 방에 노크해 달라고 부탁했다.

"그러죠." 그녀는 심드렁하게 말했다.

그녀는 몇 분이 지난 뒤 돌아와서는 그 방에 노크를 했지만 아무도 대답하지 않더라고 했다. 이 말이 정말 사실이라면 그녀는 왜 그렇게 오랫동안 자리를 비웠던 걸까? 벨라가 방에 있었지만 없다고 이야기해 달라고 했던 걸까?

나는 차로 돌아와서는 한숨을 내쉬었다. 내 축 처진 기분이 조용하게 공기를 가득 채웠다.

"그 젊은 여성 때문인가?"

"네, 이름이 벨라 로예요."

"그 여성은 멋진 이름보다 더 아름다운가 보네. 내 말이 맞나?"

"네, 정말 멋진 사람이에요. 보기 드문 비판적 지성과 날카로움을 가지고 있죠. 그리고 정의감도 있어요. 세인트앤드루스 대학에서 반전모임을 주도하고 있거든요."

"자네 설명을 들으니 그 아가씨는 위험하면서도 매력적인 것 같군."

그녀는 진정 위험하면서도 매력적이었다. 그래서 많은 면에서 알래스테어와 닮았다.

우리는 다시 여행을 시작했고, 양쪽으로 숨 막히는 풍경이 펼쳐지는 길을 향해 계속 나아갔다. 나는 회갈색의 산허리를 따라 하나씩 펼쳐지는 헤아릴 수 없이 광대한 풍경을 온 마음으로 받아들였다. 샛노란 가시금작화와 자줏빛 히스가 풍성하게 피어있는 그 형형색색의 빛깔은 정말이지 장관이었다. 나는 보르헤스가 눈이 보이지 않아서 이 많은 풍요로운 경치를 볼 수 없는 게 안타까웠다. 물론 그는 자신만의 위대한 방에서 너무나 온전하게 잘 살고 있지만.

나는 눈에 보이는 이미지를 적절한 말로 옮기는 것이 얼마나 힘든지에 대해 고백했고, 그는 열심히 고개를 끄덕였다.

"그건 늘 우리 앞에 놓여있는 과제라네. 드러나 있는 것에 대한 적절한 언어를 찾는 일 말일세. 자네도 이걸 공감한다니 기쁘네. 나 또한 똑같은 공포를 자주 느끼지. 감정을 언어에 연결하고 이미지를 순수하게 표현하려고 할 때마다 공포를 느껴."

우리는 이름을 알 수 없는 어떤 외딴 마을 끝자락에 있는 여관에 들러서 점심으로 카레 수프와 치즈롤을 먹었다. 보르헤스는 식사하는 동안 별생각 없이 무심해 보였다. 나는 그가 이제는 열광적으로 철학적 사색을 하는 것에서 관심이 다른 곳으로 옮겨가길 바랐다. 실제로 그는 철학 이야기를 거의 하지 않고 있었다. 하지만 우리가 차로 돌아가자마자 그는 다시 형이상학에 빠지기 시작했다. 그는 늘 형이상학에 심취해 있는 것 같았다. 그에게 형이상학이란 마치 검은 바다 위로 고개를 내밀고 신중하게 주위를 둘러보다가 다시 바다로 입수하는 바다 괴물과도 같았다. 마치 내 차의 좁은 좌석과 낮은 천장이 그의 머리에 압박을 가해서 그의 머리에서 용암이 솟아나듯이 철학이 솟아나는 것 같다고 나는 생각했다.

"시간은 정말로 존재하는 것일까?" 그는 물었다. "그렇지 않네." 그는 자문자답했다. 그러고는 쇼펜하우어를 인용했다. "그 어떤 사람도 과거에 산 적이 없으며, 미래에도 절대 살지 않을 것이다. 현재만이 모든 생명의 형식이다." 그러고 나서 보르헤스는 어느 불교 학자의 말을 인용했다. "삶은 생각이 지속하는 동안만 지속한다."

"하지만 우리는 모두 과거를 가지고 있잖아요." 나는 끼어들고 싶은 욕구를 참지 못하고 말했다. "저는 제 과거를 아주 잘 기억하고 있는데요."

"그렇다고 생각하겠지." 보르헤스는 이렇게 말하고는 한참을 침묵하다가 물었다. "자네는 왜 스코틀랜드에 왔는가? 자네가 그렇게나 잘 기억하고 있다고 생각하는 과거로부터 도망치려고?"

"어머니한테서 도망치려고요. 그게 더 맞는 말이죠." 나는 말했다. "어머니의 마음속에는 말이죠, 당신이 개입할 수 없는 제 삶이란 존재하지 않아요. 어머니는 항상 당신이 배가 고프면 저더러 뭘 먹으라고 하셨죠."

"아, 우리는 똑같은 문제에 직면해 있군." 보르헤스가 말했다. "나는 말을 할 때마다 레오노르 여사를 잊으려고 노력한다네. 내가 자네와 보내는 매 순간은 어머니를 내 마음속에서 제거하는 일이지. 삭제한다는 말일세. 어머니는 마리아 코다마를 절대 받아들이지 않을 거야. 운 좋게도 어머니는 이런 내 마음을 아직 모르고 계시지." 그는 잠시 이 문제를 반추하는 듯했다. "자네 어머니는 벨라 로라는 아가씨를 어떻게 생각할까?"

"아직 저도 벨라에 대해서 잘 모르는걸요." 나는 말했다. "너무 앞서가시는 것 같아요." 어머니와 벨라가 같은 공간에 있다는 생각은 정말로 불가능해 보였다. 그 둘은 서로 다른 행성에서 온 사람들이라서 서로 만나게 될 일은 절대 일어나지 않을 것 같았기 때문이다.

"벨라는 자네 욕망의 대상이니, 분명 자네는 그녀에 대해 잘 알게 될 걸세. 내가 약속하지. 보르헤스는 예언을 잘한다네."

"선생님이 정말 뛰어난 예언자이시길 바랍니다."

"날 셰에라자드라고 불러주게." 보르헤스가 말했다. "『아라비안나이트』는 내가 말하는 모든 것의 원천이라네."

"실제로 누가 그 이야기들을 쓴 거죠?"

"내가 썼다네. 나는 모든 걸 다 썼지."

"말도 안 되는 말씀 마세요."

"아니, 정말이야. 나는 모든 고전 작품을 몇 번이고 썼지. 물론 이 사실은 내 동료작가들을 종종 짜증나게 했지만."

농담이겠지, 하고 나는 생각했다. 하지만 우리의 대화는 끊겼고, 거의 반 시간 동안 침묵이 계속되었다. 나는 그동안 어머니가 벨라에 대해 어떻게 생각하실지 내가 왜 이야기하고 싶어 하지 않았는지 의아해했다. 나는 집으로 보내는 편지에서 벨라에 대해서는 한마디도 언급하지 않았다. 하지만 왜 그랬을까? 내 또래 청년들이 그러하듯이 나 또한 성적인 소원성취에 대한 꿈을 가지고 있다는 것을 어머니에게 드러내는 것이 두려워서였을까? 벨라의 정치적 입장은 어머니를 당혹하게 하거나 분노하게 할 것이었다. 그건 확실했다. 어머니의 세계에서 벨라는 낯설고 설명할 수 없는 존재일 것이었다.

보르헤스가 갑자기 헐떡이듯 말했다. "산초, 자네에게 할 말이 있네. 하이랜드에서 보내는 요 며칠은 일상적으로 흘러가던 내 삶에 찾아온 사랑스러운 휴식으로 내 마음속에 언제나 살아있을 걸세."

내가 그의 마음속에 휴식이라고? 마음이 일순 겸손해졌다. 하지만 또한 이 말은 다른 의미로 읽혔다. 보르헤스는 나에게 불연속적인 막간과 같은 존재였다. 그는 요 며칠간 나의 깨어있는 모든 순간을 통제했기 때문이다. 내 삶을 말 그대로 식민화한 것이다. 하지만 우리의 짧은 하이랜드 여행이 지나면 그를 다시는 볼 수 없을 것이었다. 어떻게 그를 다시 만날 수 있겠는가? 그는 남쪽으로, 옥스퍼드로 사라질 것이고, 그러고는 아르헨티나로 돌아갈 것이다. 그리고 곧 죽을지도 몰랐다. 내가 읽어야 할 그의 글을 제외하고는, 지금 이 순간만이 우리의 유일한 만남이 될 것이었다.

우리는 애비모어에서 몇 마일 떨어진 가파른 곳을 저속 기어로 꼬불꼬불 올라갔다. 나는 그 좁은 길가에 차를 대고 케언곰스 산맥의 숨 막히는 풍경을 보았다. 노랗기도 하고 자주색이기도 한 안개가 산 중턱을 둘러싸고 있었고, 산봉우리는 여러 면으로 깎여 있는 것처럼 반짝이고 있었다. 굽이굽이 펼쳐진 풍경 속에서 어둡게 보이는 협곡과 동굴이 어두운 그림자를 던지는 것 같았다. 언덕은 늦은 오후의 황금 석양빛으로 가득 물들었다. 우리 아래에는 소나무들이 고립된 군락을 이루고 있었다. 마치 면도를 하지 않은 뺨에 듬성듬성 난 수염 같아 보이기도 했다. 도로 아래에 있는 평야에서는 사슴들이 청동빛 햇빛 양탄자를 가로지르면서 경중경중 뛰어다니고 있었다. 그 풍경은 내 마음을 강하게 사로잡았다. 세상은 말로 표현할 수 없이 기이할 뿐만 아니라 아름답기도 했다.

"우리가 어디에 있는가?"

"케언곰스 산맥이 보이는 곳에 있어요. 애비모어 가까이요." 나는 내가 보는 모든 것을 최대한 자세하게 묘사했고, 보르헤스는 목마른 사람이 손을 모아 물을 마시듯 내 말을 귀에 가득 담는 것처럼 보였다.

그러다 갑자기 천둥소리가 쩍 하고 나더니 소나기가 쏟아졌다.

방금까지 햇빛이 비치지 않았던가?

"나 여기서 좀 걷고 싶네." 보르헤스가 말했다. "폭풍이 나를 부르는군!"

내가 말리기도 전에 보르헤스는 문을 열고 소나비 속으로 냅다 뛰어갔다. 나는 그가 유명한 『리어왕』의 대사를 소리치는 것을 들었다. "불어라, 바람아! 너의 뺨을 갈라버려라! 분노하라! 불어라!" 그는 지팡이로 앞을 두들기며 길을 따라 올라갔다. 내가 놀라서 그를 따라잡고자 문을 열려고 할 때 차가 뒤로 미끄러졌다. 급브레이크가 가파른 경사를 이기지 못하고 덜컹거렸다. 나는 욕을 하면서 브레이크를 있는 힘껏 밟고 차를 겨우 1단으로 세워놓았다. 이제 쉽게 뒤로 미끄러지지는 않을 것이었다. 하지만 변속기는 여전히 믿음이 가지 않았다. 나는 급브레이크를 당겼다 풀기를 여러 번 했다. 그러면 다시 작동할 수도 있었기 때문이었다. 이 경치 좋은 곳에서 로시난테가 퍼져버린다는 것은 절대 일어나서는 안 될 일이었다.

차가 일시적으로나마 안정적으로 서게 되자 나는 만족하면서 눈을 들어 보르헤스를 찾았다. 하지만 그는 어느 곳에도 보이지 않았다. 길은 굽어있지 않았기 때문에 그가 보이지 않을 리가 없었다. 대체 어디로 간 걸까? 나는 이 마법사가 투명망토를 쓴 것이 아닌지 반쯤은 진지하게 생각하고 있음을 깨달았다.

나는 차에서 뛰어내려 보르헤스를 부르면서 언덕길을 내달렸다. 보르헤스의 이름이 언덕에 메아리가 되어 크게 울려 퍼졌다. 보르헤스! 보르헤스!

어떤 형상이 언뜻 시야 주변부에서 보였다. 길 아래 어둡고 흐릿한 모습이었다. 내가 보지 못한 사이에 굴러떨어졌구나! 그는 축축한 자갈로 덮인 비탈에서 중심을 잃고 미끄러진 것 같았다.

"보르헤스!" 나는 그를 다시 부르면서 자갈이 느슨하게 덮여있는 곳을 찬찬히 훑어보았다. 스키어가 허리에 파우더를 바르고 균형을 잡듯이 그렇게 나는 돌 부스러기 위에서 중심을 잡았다. 보르헤스는 엉겅퀴 다발 위에 얼굴을 묻고 엎드려 있었고, 지팡이는 몇 야드 앞에 널브러져 있었다. 보르헤스는 움직이지 않았다.

맙소사. 나는 생각했다. 내가 보르헤스를 죽게 했어!

나는 부드럽게 그의 등을 뒤집었다. 그의 이마에는 보일 듯 말 듯 한 생채기가 나 있었다. 그는 눈을 뜨면서 약한 신음 소리를 냈다. 아직 살아있었다!

"보르헤스, 말을 하실 수 있겠어요?"

그때 다시 해가 비쳤다. 보르헤스는 눈을 가늘게 떴다. 눈꺼풀이 떨리고 있었다.

"보르헤스, 제 말 들리세요?"

"밀턴이라면 운 좋은 추락이라고 하지는 않겠지." 그가 말했다.

이 위험한 순간에 그가 여전히 존 밀턴을 인용하고 있다는 사실에 안도감을 느꼈다. 그의 세상은 아직 무너지지 않은 것이다.

"균형을 잃었던 것 같네." 그가 말했다.

"일어설 수 있으시겠어요?"

그는 나에게 기대어 숨을 내쉬며 일어서려고 했다. 나는 그가 평지 위로 올라갈 수 있게 도왔다.

"좀 어지러운 것 같네." 그가 말했다. "하늘이 빙빙 도는 것 같아."

"좀 누우시는 게 좋을 것 같아요."

"자네가 그렇게 이야기하니 좀 피곤한 것 같기도 하고." 나는 보르헤스가 부드러운 잔디 위에 몸을 눕히도록 도와주었고, 이끼가 낀 돌을 베개 삼을 수 있게 머리 아래를 받쳐주었다.

"여기서 쉬고 계세요. 제가 도와줄 사람을 데려올게요." 내가 말했다. 하지만 애비모어는 아직 몇 마일을 더 가야 하는데 어떻게 어디에서 도와줄 사람을 찾을 수 있을지 막막했다.

"이 광야에는 우리뿐인 것 같은데." 보르헤스가 말했다. "그러니 여기 이 부드러운 빗속에서 내가 죽게 해주게. 나쁘지 않은 종말이야. 까마귀가 내 뼈에서 살을 발라 먹겠지. 대자연이 나를 받아줄 거야. 나는 자연 속으로 흡수되어 가겠지."

이런 말은 너무 신파적으로 들렸지만 나는 겉으로 표현하지 않았다.

행운의 여신이 도와주셨는지, 아니면 보르헤스의 마법이 통했는지, 몇 분이 채 지나지 않아 어느 젊은 농부가 낡은 랜드로버를 몰고 지나갔다. 나는 손을 흔들어 차를 세웠다. 그에 따르면 애비모어 근처 킹어시에 조그만 병원이 있다고 했다. 그래서 우리는 보르헤스를 그의 차 넓은 뒷좌석에 겨우 실었다. 나는 그의 차를 따라가면서 우리 육체적 삶의 이토록 기이한 나약함에 대해 생각했다. 그리고 우리는 얼마나 끈질기게 이 창백한 육신의 파편에 집착하는지에 대해서도 숙고했다. 나는 또 보르헤스가 길에서 굴러 넘어진 것을 안다면 알래스테어가 뭐라고 할지도 생각했다. 이건 내 책임이라고 해야 할까? 정말로 내 잘못인가? 나는 눈썹을 치켜뜨고 나를 노려보는 알래스테어의 모습을 상상했고, 벌써 그

208

모습에 서운함을 느끼기 시작했다.

병원에 있던 유일한 환자는 집에서 양수가 터져 실려 온 젊은 임산부였다. 그녀는 우리를 의식하지 않으려고 최선을 다했다. 갈색 머리를 동그랗게 묶어 올린 부드러운 말투의 간호사가 병실 밖에서 나를 불렀다. 그리고 보르헤스가 내 아버지냐고 물었다. 또! 나는 이번에는 웃음을 참으려고 무지하게 노력하면서 '네, 제 아버지 맞습니다. 그리고 아버지를 죽이고 싶네요.'라고 말하고 싶은 걸 겨우 참았다. 부친살해의 모티브라니! 나는 간호사에게 저분은 아르헨티나에서 오신 작가이자 아르헨티나 국립도서관 관장이라고 말했다. 하지만 굳이 이런 이야기까지 할 필요는 없었던 것 같아서 도중에 말끝을 얼버무렸다.

"다행히 운이 좋으시네요." 그녀가 말했다. "머리에 충격을 입으신 데다가 연세도 많으시니까요. 그래도 하룻밤 머무시는 게 좋을 것 같아요. 뇌진탕이 있는지 알려면 24시간이 걸리거든요. 제가 보기엔 아닌 것 같지만요. 그냥 머리가 잠깐 흔들린 거예요. 걱정하지 마세요."

진실로, 걱정할 일이 아니어야만 한다. 나는 근처 민박집에 방을 구했다. 종일 아드레날린이 솟구쳐서인지 약간 숙취 같은 메스꺼움이 일었다. 나는 프라이버시를 지키기 위해서 큰 더블베드가 있는 방을 잡았다. 나 자신을 위한 시간과 공간을 마련해 준 것이다. 고요함이 방을 가득 채우고 있었다. 하지만 잠시 잠을 자려고 눈을 붙이니 자갈밭에 누워서 움직이지 않는 보르헤스의 모습과 비난하듯 언덕에 울려 퍼지는 내 목소리만 자꾸 들려오는 것 같았다. 보르헤스! 보르헤스!

그런데 정말 뇌진탕이 오면 어떡하지? 그러면 어떤 증상이 일어날까? 두통? 정신착란? 언어장애? 말을 하는 건 보르헤스의 주요한 활동이다. 말수가 적은 보르헤스는 보르헤스가 아니다.

이런 생각으로 떨고 있던 와중에 빌리에게 받았던 최근의 편지가 생각나서 배낭을 뒤졌다. 그 편지는 얇고 바삭거리는 파란 종이에 쓰여있었다. 편지를 쓸 때 땀이 종이에 스며들었었는지, 몇 문단은 너무 흐려서 읽을 수가 없을 정도였다. 나는 놀랍게도 그것을 지금도 전부 기억한다.

제이에게

하루하루가 러시안 룰렛 게임을 하는 것 같아. 우리는 탄창을 돌리지. 지금까지는 운이 좋았어. 계속 탄창이 비어있었으니까. 이런 젠장할 행운에 대해 어떻게 생각해?

순찰 도는 남자들. 낮은 곳에 있는 작은 불빛처럼 하나씩 하나씩 불쑥 튀어나와. 지난주엔 비무장지대 근처에 있는 마을에 "정보부 일"을 하러 갔었어. 그 말 되게 똑똑하게 들리지 않냐?

어쨌든 내 친구 니키 부스(여기에선 보조라고 불리지)는 위생병인데 간호사라고 하는 게 더 정확할 거야. 나는 그 녀석을 보러 갔어. 그걸 망할 악몽이라고 말하는 건 너무 친절한 표현이 될 거야. 나는 텐트에 서서 의사가 시체의 창자 쪽으로 고개를 들이미는 걸 봤어. 그 의사는 메스꺼운 것처럼 보였지. 환자 수송 헬리콥터를 불러줘. 그가 말했어. 그래서 우리는 무전으로 헬리콥터를 불렀어.

잘도 오겠다. 난 생각했지. 헬리콥터 조종사들도 이미 벌써 죽었을 텐데.

초록색 베레모를 쓴 몇 명이 탁자에 피를 흘리며 누워있는 걸 봤어. 한 사람은 엄마를 부르고 있었어. 그 옆에는 남베트남군 병사가 있었지. 그자들은 도와주는 척하면서 우리 텐트에 부비트랩을 설치하는 개자식들이야. 분명해. 그것들이 더 나빠.

내가 여기 오기 전에는 늙은 개 키서를 제외하고는 시체를 한 번도 본 적이 없었어. 여기에서는 산 사람도 죽은 사람이야. 우리는 시체처럼 움직이면서 맨발에 작은 표를 붙여서 (운이 좋다면) 아늑하고 조용한 관에 들어가기를 기다리고 있지. 아니면 그냥 정글에서 썩어 들어가거나.

자네를 우울하게 할 생각은 없어, 친구. 너도 어느 곳에서건 다양한 방식으로 죽을지도 몰라. 길을 건너다가 차에 치인다든가, 신호등에서 미친 버스에 깔린다든가. 쾅. 그러면 자네도 기억이 되는 거지. 더 나쁜 건, 잃어버린 기억이 되는 거야.

자, 그래서 여기에서 교훈은 뭘까? 취해. 그게 이 지옥에서 얻게 되는 유일한 지혜야. 최대한 많이 취하도록 해. 더 즐기는 거야. 더, 조금 더 여자랑 자라고. 이 세상이 텅 빌 때까지 그 짓을 하는 거야. 그게 내 목표고 내가 꿈꾸는 미래야. 조심해라, 아가씨들아. 빌리가 집에 간다!

맙소사, 나는 이 편지가 너무 좋았다. 괴상한 길거리의 지혜, 군대의 비속어와 그 원기 왕성한 톤이 좋았다. 빌리는 "수다에 재능이 있"다고 엄마는 늘 말하곤 하셨다. 하지만 이제는 수다를 한층 더 넘어섰다. 망각을 극복하고 몇 문단을 내 머릿속에 확실히 각인시켰으니 말이다. 그날 밤 나는 저녁을 먹은 후 초콜릿이 덮인 비스킷을 사서 병원으로 갔다. 보르헤스의 침상 발치에 있는 텅 빈 식판을 보니 이미 식사를 한 것 같았다. 그는 그런데도 비스킷을 맛있게 먹어 치웠다. 그가 어린애 같은 자아를 회복한 것을 보니 몸이 괜찮은 듯하여 안심했다. 우리는 즐겁게 이야기했다. 우리 목소리가 병실에 울려 퍼졌다. 보르헤스가 유일한 환자인 병실이기도 했지만.

"주세페, 자네 여기서 자도 된다네." 보르헤스가 말했다. 그는 머리에 붙어 있는 작은 밴드를 손가락으로 만졌다. 보이지 않은 상처를 덮고 있는 밴드였다. 아마도 살짝 긁힌 정도일 것이었다. "간호사 말로는 다른 환자는 없다고 하던데. 보르헤스만 있다고 말이야."

"감사하지만 저는 근처에 좋은 방을 구했어요."

"그렇다면 많이 보고 싶을 걸세."

나는 이 말이 진심이라는 것을 알았다. 그리고 희한하게도 나도 그가 보고 싶었다. 며칠 전까지만 하더라도 그는 알래스테어가 떠맡긴 성가신 숙제와 같은 존재였다. 하지만 우리는 이제 정말 친해지기 시작한 것이다.

보르헤스가 말하는 재능을 잃어버리지 않은 것이 확실하다는 사실이 정말 다행스러웠다. "일어났을 때 나는 정말 내가 부에노스아이레스에 있는 병원에 다시 입원한 줄 알았지 뭔가." 그가 말했다. "마흔 살이 되기도 전에 아버지가 돌아가신 직후 창문턱에 걸려서 고꾸라졌었거든. 엄청 날카로웠어! 내 시력도 그때 이미 나빠지고 있었던 거지. 나는 바닥으로 넘어졌고 피를 철철 흘렸어. 피 웅덩이에 쓰러져서 죽어가고 있었다니까! 어머니가 이 무서운 상태에 처한 나를 발견하시고는 (자네도 충분히 상상할 수 있겠지만) 산타마리아 성당 무덤에서처럼 죽은 자를 일으켜 세우셨다네. 나는 패혈증으로 병원에 몇 주 동안 입원해 있었어. 죽음에 가까웠지, 아주 많이. 내 삶이 통째로 바뀌었어."

"어떻게 바뀌셨는데요?" 내가 물었다.

"자넨 아주 간단한 질문을 하는군. 그건 소크라테스의 재능이야. 대답하기도 아주 어렵고 말이야. 그건 다마스쿠스로 가는 여정이었어. 나는 신에 대한 환영을 보았다네. 아니, 내가 복합적 신이라고 생각했던 연속적 이미지들이었어. 어찌 되었건 나는 세 번째 하늘인 천국으로 올려졌던 거야. '세 번째 하늘'이라는 표현은 성 바오로가 천 명의 천사들의 합창을 들었을 때 붙인 이름이지. 나도 이 합창 소리를 들었어. 그리고 내 친구들과 적들이 날개를 접고 관객석에 있는 걸 볼 수 있었어. 거긴 천국 아니면 지옥이었을 거야. 어느 쪽이었는지는 확실하지 않아."

"죽음에 임박한 사람들은 종종 내세를 보게 된다고 하죠." 내가 말했다. "그 사람들은 황혼 무렵의 지평선에서 뭔가 빛나는 걸 본대요. 태양이 보랏빛 언덕 뒤편으로 떨어졌을 때나 바다의 입술 아래로 가라앉았을 때 말이에요."

"멋진 이야기네." 그가 말했다. 하지만 그것은 과장이었다. 나는 그다지 특별한 이야기를 한 것이 아니었다. 재스퍼라면 내 클리셰를 비웃었겠지!

보르헤스는 이야기를 계속했다. "1938년에 그 사고를 당하고 나서 나는 이야기를 쓰기 시작한 거야. 좋은 이야기들 말이야. 정말 믿을 수 없는 시간이었지. 글 쓰는 걸 도무지 멈출 수가 없었으니까. 천사들이 내게 계속 이야기를 하고 나는 그저 받아적었을 뿐이야. 내 의지가 전혀 아니었지. 그 마법 양탄자는 십 년 정도 계속 되었어. 하지만 그 좋은 시절은 그리 오래가지는 않았어."

"그 좋은 시절이 아직도 선생님을 기다리고 있지 않나요?"

그는 팔을 뻗어 내 손을 잡았다. 나도 그에 대한 연민으로 손을 뻗었다. "그때 병원에서 며칠이나 잠을 자다가 깼을 때가 생각나네." 그가 말했다. "나는 미사포를 쓴 수녀들이 나에게 미소를 지으며 일어나라고 하는 걸 보았어. 그분들은 내가 기억을 잃은 것이 아닌지 궁금해했지. 머리를 세게 부딪힌 사람이 기억을 잃는 건 흔한 일이라고 했어. 하지만 사실 내 기억력은 감퇴한 게 아니라 오히려 더 증폭되었다네! 나는 무서웠어. 병원에 누워있으면서 나는 팔레르모에 있는 내 집의 모든 문의 몰딩과 바닥재까지 다 기억해 냈거든. 세탁물 속에 있던 수건의 복잡한 짜임과 색깔까지도 말이야. 부엌 찬장에 있던 모든 유리컵의 정확한 모양과 크기까지도 생생하게 기억났지. V자 모양 장식조각이 촘촘히 박혀있는 크리스털 술잔이랑, 서랍 속에 있는 은으로 된 나이프, 포크와 숟가락까지 전부 말일세. 어떤 것은 19세기의 결혼식에서 사용되었던 유품들이었어. 나는 내가 만났던 모든 사람의 얼굴과 내가 본 나무에 달려있던 모든 나뭇잎까지 생생히 그릴 수 있었어. 난 모든 세세한 것들에 질식할 것 같아서 지독하게 불행한 기분이었다네."

"그것 참 굉장한 기억력이네요." 내가 말했다. "무시무시해요. 좋은 이야깃거리가 되겠어요."

"실제로 그렇게 되었어. 「기억의 천재 푸네스」라는 단편에서 나는 망각의 재능이 없다면 인생이 과연 어떨지를 상상해 봤다네. 푸네스는 말에서 떨어져 마비가 오는 불행한 일을 겪는다네. 그는 방에 누워서 자신이 아무것도 망각할 수 없다는 사실을 깨닫게 되지. 아무것도 말일세! 그는 이 참을 수 없이 정확한 세상에 대한 명석하고도 외로운 관찰자가 된다네. 그 불쌍한 친구는 잠도 잘 수 없었어. 왜냐하면 잠이라는 건 자신의 경험을 외면하고 삭제하는 일이기 때문이야. 결국 그는 아무것도 생각할 수도 없네. 그저 회상만 할 뿐이지. 자네도 알다시피 생각이라는 건 차이를 지우고 일반화하고 추상화하는 것이라네. 선택의 활동이지."

"선생님도 뭐든 하나도 잊어버리지 않으시잖아요." 내가 말했다.

"그렇게 말하지 말게! 왜 날 괴롭히는 건가?"

간호사가 고개를 들이밀었다. "별일 없으시죠?"

"별일 있지요!" 보르헤스가 소리쳤다. "여기 이 산초가 나보고 포토그래픽 메모리를 가지고 있다고 욕하고 있어요! 내가 정신적 대상들을 전혀 구별하지 못한다고 생각하는 것 같네요. 모든 자갈돌까지 다 자기 이름을 가지고 있는 현기증 나는 세상에 나를 가둬둘 참인가 봅니다. 이 자는 하나의 단어가 하나의 지시대상만을 갖는 광범위한 언어를 구상했던 존 로크 같군요. 그런 언어를 상상할 수 있겠어요? 어느 도서관이 그 무한한 표현의 책을 소장할 수 있겠소?"

간호사는 보르헤스를 바라보다가 다시 나를 보았다. "그것 때문에 비난하신 거 맞아요?"

"그건 농담이었어요." 내가 말했다.

보르헤스가 말했다. "나는 한때 아르헨티나 전체가 들어있는 지도를 구상했어요. 그건 풍경 속에 있는 모든 돌, 덤불, 기운차게

215

흐르는 강물, 얼룩덜룩한 그림자까지 다 포함하는 지도였죠. 그 어떤 것도 생략하지 않는 지도 말입니다! 강물의 1인치까지도 그에 상응하는 표시를 가지고 있었어요. 부에노스아이레스는 길과 골목, 공원과 광장, 숨겨진 정원들의 그물코가 아니라, 모든 길의 1평방미터가 그에 상응하는 자국을 지도에 가지고 있는 곳이었죠. 그 지도는 그 어떤 것도 흐릿하지 않고 명확하게 다 보이는 해상도 높은 사진과 같았어요. 나무의 잎사귀 하나까지도 놓치지 않았죠."

간호사가 보르헤스의 말을 들을 때 얼굴에 떠오른 표정은 당혹이라는 말로는 설명이 부족했다.

"문제는 그 지도가 그 나라의 정확한 크기를 펼쳐 보였다는 것이었죠. 현실의 완벽한 거울이랄까. 그래서 쓸모가 없어졌어요."

"상태가 안 좋으시군요." 간호사가 보르헤스에게 말했다.

"정반대예요. 최고로 좋습니다." 보르헤스는 간호사에게 말했다. "이제 올리베리오 히론도 녀석의 잔인한 계략에 대해서는 거의 잊어버렸어요. 지난 수십 년 동안 노라 랑에에게서 멸시를 받았던 기억만 조금 남아있군요. 내 어머니가 했던 모욕은 하나만 남아있고 다 사라졌어요. 그 남은 건 내가 서랍에 넣어서 자물쇠로 잠가버렸답니다. 나는 이제 앞으로 나아갈 수 있어요. 많은 것을 폐기하고 의도적으로 망각했기 때문이죠. 과거의 무게는 생활의 망각 속에서 가벼워진답니다. 나는 아무런 방해도 없이 현재로 나아가지요."

"정말 괜찮으신 거예요, 선생님?" 간호사가 나를 향해 물었다.

"그럼요." 나는 보르헤스의 침대 옆 쟁반에 놓여있는 물을 마시면서 대답했다.

"잠시 드릴 말씀이 있는데요." 간호사가 속삭였다.

나는 그녀를 따라 복도로 나가 보르헤스에게 들리지 않는 곳으로 갔다.

"친구분께서 좀 많이 어지러우신가 봐요." 그녀가 말했다.

"그분이 이야기하시는 방식이 원래 좀 그래요."

"본인한테 무슨 일이 일어났는지도 잘 모르시는 것 같아요. 여기가 어딘지도요."

나는 보르헤스가 지금 정확히 어디에 있는지, 자신에게 무슨 일이 일어났는지를 잘 알고 있다고 안심시켰다. 만일 의사가 더 치료가 필요한 뇌진탕의 증상이 없다고 한다면 우리는 다시 북쪽을 향한 여행을 시작할 수 있다. 그리고 며칠이 지나면 우리는 세인트앤드루스로 돌아갈 것이다.

"제가 가족분께 문제에 대해 알려드릴게요." 그녀가 말했다.

"아, 가족분들도 그의 문제를 잘 알고 계실 거예요." 나는 대답했다.

18

다음 날 아침 나는 의사 브로디 선생을 만났다. 이목구비가 뚜렷한 40대 금발 여성이었다.

"친구분께서 심하게 넘어지셨네요." 그녀가 말했다. "뇌진탕이 있을 수도 있어요. 그런 것 같지는 않지만, 알 수가 없죠. 좀 혼란스러우신 건 확실한 것 같고요."

"어제 보니까 총명함을 잃지 않으셨던데요." 내가 말했다. "그리고 식욕은 원체 좋으세요. 우리가 계속 갈 수 있을까요?"

"어딜 간다는 말씀이세요?"

"원래 계획은 인버네스에 갔다가 가능하면 오크니 섬에 들르고, 다음에 세인트앤드루스로 돌아가는 거예요."

그녀는 차트를 뚫어지게 쳐다보았다. "그런데 젊지가 않으신데요." 그녀가 말했다.

"그렇죠." 나는 말했다. "하지만 연세치고는 건강하세요. 그리고 의지도 강하시고요. 갑자기 여정을 바꿀 수가 없을 것 같아서요. 제가 잘 돌볼게요."

브로디 선생은 마치 보호자로서의 나의 적합성을 평가하려는 듯 나를 찬찬히 훑어보더니 말했다. "두통이 있으실 수 있어요. 혼란스러운 상태도 계속되실 것 같네요."

"저는 익숙하답니다."

우리는 함께 병실로 갔다. 보르헤스는 쟁반에 찻잔을 올려둔 채 베이컨 샌드위치를 먹고 있었다. 확실히 전날 밤보다 훨씬 더 좋아 보였다. 환자복은 양복과 넥타이로 갈아입은 후였다.

나는 보르헤스에게 브로디 선생이 우리에게 가도 좋다고 허락했다고 이야기해 주었다.

"브로디라고?"

"네, 맞아요." 그녀가 말했다.

"애버딘?"

"네, 제 할아버지가 애버딘 출신이시죠."

"그분이 아프리카에 있다가 브라질로 건너가신 선교사 아니신가?"

"네, 맞아요. 그런데 그걸 어떻게 아시죠? 제 할아버지는 유명한 분이 아니신데요. 심지어 저한테는 할아버지가 아니고 증조할아버지쯤 되세요."

마술사가 돌아왔구나. 나는 뒤로 물러서서 그가 마술을 부리는 것을 지켜보았다.

"그분은 자신의 여행에 대한 짧은 기록을 남기셨소."

"그게 정말인가요?"

"나는 이야기를 지어내지 않아요. 물론 세상이 충분한 재료를 제공하면 다르겠지만. 우리는 현실이 필요해요. 내과의사인 선생은 잘 알고 있겠지만 말이요. 그 재료들은 우리가 불을 밝히기 위해 난로에 던져 넣는 석탄과도 같지요. 어느 날 부에노스아이레스에 있는 도서관에서 나는 선생의 증조부가 쓴 글을 『아라비안나이트』책 속에서 발견했다오. 그건 그 책 사이에 끼워져 있었지. 『아라비안나이트』 읽어보셨소?"

다시 『아라비안나이트』가 시작되는구나.

"저는 책을 많이 못 읽어요." 그녀가 말했다. "좀 문제죠. 이 직업은 늘 바쁘니까요."

보르헤스는 고개를 저었다. "『아라비안나이트』를 읽지 않은 사람은 뭐랄까, 너무 순진해요. 그건 위험한 일이라오."

그녀는 이 질문 공세가 길어질세라 우리를 빨리 병원에서 내보내 주었다. 내게는 보르헤스를 위한 "진통제"라며 약을 한 통 주었다. 그리고 약효가 세니까 필요할 때만 주도록 하라고 했다. 필요할 때라는 게 무슨 의미냐고 내가 물었더니 그녀는 공모의 눈빛으로 말했다. "알아서 판단하세요."

차로 돌아가서 나는 보르헤스에게 어떻게 그런 우연의 일치가 있을 수 있냐고 물었다. 어떻게 브로디 선생의 할아버지가 쓴 글을 그가 실제로 읽을 수 있었을까? 정말 지어낸 이야기가 아닐까?

"두 개의 꿈 이야기는 우연의 일치라고 할 수 있다네. 구름 두 개가 하늘에서 말 모양이나 사자 모양을 만드는 것과 같지." 그가 말했다. "그 선생의 꿈과 나의 꿈이 우연히 만난 거라네. 이제 자네가 자네의 인생이라고 부르는 바로 그 꿈도 나의 꿈과 우연히 일치하는 특징들을 가지고 있지. 사실 이게 더 놀라운 우연의 일치야. 서로 다른 곳에서 서로 다른 육체를 가지고 태어난 두 개의 삶이라네. 나는 자네보다 몇십 년 전에 이 행성에 왔어. 하지만 거대한 계획에서 보자면 그다지 길지 않은 시간차야. 나는 누가 우리 다음에 와서 이렇게 똑같은 원환을 그릴 수 있을지 궁금하다네."

　차를 몰고 가면서 나는 우리의 평행한 삶에 대해 생각했다. 나의 차와 돈키호테의 말, 나의 이탈리아 조상과 팔레르모에서의 보르헤스의 유년기. 물론 이탈리아에 있는 "실제" 팔레르모가 아니고 아르헨티나에 있는 먼 곳이었지만. 나는 그의 독재적인 어머니에 대해 생각했다. 그리고 보르헤스 어머니의 그림자와도 같은 내 어머니에 대해서도 생각했다. 그리고 우리의 다정하지만 수동적이고 예측 가능한 아버지에 대해서도. 또한 우리의 성적 좌절에 대해서도 생각했다. 활발하고 총명한 그녀들에 대한 우리의 꿈에 대해서 말이다. 머리에 붉은 기가 도는, 빨간 운동화를 신은 그녀. 그리고 나는 나의 문학적 야망에 대해서도 생각했다. 겨우 몇 편의 시만 썼을 뿐이고, 어느 것도 제대로 쓰거나 나만의 목소리로 쓰지 않았으면서도 나는 뻔뻔한 꿈을 품고 있었다. 그리고 내 생활의 막간에 휘갈겨 쓰는 것에 불과한 나의 끝도 없는 일기에 대해서도 생각했다. 그리고 조지 맥케이 브라운에 대한 거칠게 쓰인 글들에 대해서도. 그러고 나서 나도 언젠가 보르헤스처럼 시력을 잃을지도 모른다… 이 생각에 나는 몸을 떨었다.

　여기에 대해서는 감히 상상조차 할 수 없었다.

　"자네 베아트리체에게 연락했나?" 보르헤스가 물었다.

　"아, 벨라요? 메시지는 남겼어요."

　"그러면 그 아가씨도 자네가 신경을 많이 쓰고 있다는 걸 알고 있겠군."

　"메시지가 전해지지 않았다면 아직 모르겠죠."

"여자들은 남자들만큼 잔인하지는 않아. 하지만 내가 관찰한 바에 따르면 여자들은 남자들보다 아름다움에 대해 무지하다네. 그들은 육체가 아니라 영혼과 결혼하지. 하지만 문제는 그 영혼을 제대로 읽어내지를 못한다는 거야. 그들은 실제로는 얕은 도랑에 불과한 것을 심오한 강물로 잘못 읽어내지." 물론 그는 여전히 그의 표현으로 "이류 글쟁이"에 불과한 올리베리오 히론도에 대한 신랄한 공격을 멈출 생각이 없어 보였다.

"그 히론도라는 작가에 대해서 이야기 좀 해주세요." 나는 그 이름을 들어본 적이 없었기 때문에 이렇게 물었다. 이상하게도 세상의 모든 사람이 다 글을 잘 쓰기 때문에 보르헤스나 내가 차지할 자리가 별로 없다는 걱정스러운 생각이 들기 시작했기 때문이었다.

"그자는 극단주의의 화신이야." 그가 말했다. "아르헨티나 문학에서 사기꾼 같은 전통에 발을 담그고 있는 인간이지. 어찌나 과장투성이인지! 그자는 언젠가는 여성의 손을 죽은 타조에 비유하기도 했어. 대체 '죽은' 타조를 본 적이 있기나 한 건지! 나는 최소한 동물원에는 가봤다고. 타조 오줌 냄새만큼 지독한 냄새는 없을걸. 자네도 그거 맡아봤나?"

"아니요."

"자네가 다음에 대도시에 가게 되면 꼭 동물원을 방문해 보게. 그런 곳에는 항상 동물원이 있고 거기엔 항상 타조가 있기 마련이거든. 그리고 타조가 있으면 늘 타조 오줌도 있겠지."

우리는 인버네스로 향하는 좁은 길로 들어섰다. 그곳은 보르헤스가 싱글턴 씨를 만나서 그들의 공통 관심사인 앵글로색슨의 수수께끼에 관해 토론할 예정인 우리의 잠정적 목적지였다. 나는 아직 조지 맥케이 브라운을 만나려는 나의 희망에 대해 보르헤스에게 구체적으로 이야기하지 못했다. 그의 정신이 온통 싱글턴 씨를 만나는 것에 집중되어 있어서 내 제안을 좋아하지 않을 수도 있기 때문이었다. 하지만 어서 빨리 여기에 관해 이야기하면서 내가 꼭 그분을 만나야 한다고 주장해야 할 것이었다. 그래서 내 논문의 주제가 되는 사람을 방문할 이 기회를 잡아야 한다. 이 기회를 놓치는 건 아주 안타까운 일이 될 것이다. 오크니 섬은 하이랜드의 일부여서 하루면 방문할 수 있는 거리였기 때문이다.

창백한 오후의 빛살 속에 인버네스가 모습을 드러내며 반짝였다. 나는 보르헤스에게 말했다. "참 아름다운 도시입니다. 빛나는 석조건물들이 태양빛을 붙잡아서 다시 되돌려주고 있네요. 넓은 도로에 차도 별로 없고 아주 단정한 곳이기도 하네요." 우리는 여행 책자에 "반드시 방문해야 하는 명소"라고 되어있는 세인트앤드루스 성당에 들렀다. 보르헤스는 성당 안으로 들어가 보자고 주장했다. "우리는 너무 나태한 관광객이었어." 그가 말했다. "돌아가서 어머니한테 말씀드릴 만한 게 하나도 없지 않나!"

나는 보르헤스를 성당 안으로 데리고 들어갔다. 자주색 돌로 된 외벽은 준엄하고 확고부동해 보이는 화강암으로 된 회중석 공간으로 이어져 있었다. 그곳에는 다섯 개의 벽감이 있었다. 제대는 초록색 대리석이었다. 우리는 하얀 돌로 된 천사상 앞에 서있었다. 보르헤스는 그 석상을 손으로 만져봐야겠다고 고집했다. "나의 천사님이야." 그가 말했다. "나는 늘 천사들에게 둘러싸여 있다네. 하지만 항상 느껴지는 건 아니야."

"선생님은 천사의 존재를 믿으세요?"

"난 모든 걸 믿는다네." 보르헤스가 말했다.

짧은 백발머리의 남자가 통로 아래쪽에서 나타나더니 구름 위를 걷는 듯한 발걸음으로 우리에게 다가왔다. 그는 검은 사제 평상복을 입고 있었다. 그리고 우리 옆에 서더니 호기심 어린 눈으로 우리를 바라보았다. 마치 우리가 우주선을 타고 착륙하기라도 한 것 같았다. 그는 자신이 윌리엄 번즈라고 소개했다. "이 성당의 사제입니다."

"아, 번즈 씨!" 보르헤스가 말했다. "저는 당신의 돌아가신 사촌 되시는 로비 번즈의 시를 좋아한답니다. 당신도 시인인가요, 번즈 씨?"

"저는 그저 사제일 뿐입니다."

나는 그의 이러한 단순성이 부러웠다. 나도 한때 좋은 사제가 될 수 있을 거라고 생각한 적이 있었다. 그래서 평생을 수도원에 들어가서 사는 꿈을 꾸었다. 그리고 종종 텅 빈 성당에서, 기도라기보다는 표류하는 내 생각을 바라보면서 하염없이 앉아있곤 했다. 내 감정이 성당의 돌벽에 달라붙어 있는 듯했고, 햇살은 높은 창문을 통해 마치 프리즘을 통과한 것처럼 무지갯빛으로 들어오고 있었다. 신이 특정한 장소에 거한다는 생각은 나를 매혹시켰다. 물론 그럴 리는 없었다. 하지만 틀린 것도 아니었다.

"사제는 시인이고 시인은 바로 사제랍니다, 신부님." 보르헤스가 말했다. "그리스어로 '히에라티코스'이지요. 사제와 시인은 모두 육화의 도구랍니다. 하느님의 말씀이 신부님의 혀를 통해 육신이 되는 겁니다."

"저는 그렇게 특별한 사람이 아닙니다."

"오, 스스로의 힘을 과소평가하지 마세요, 번즈 신부님."

"저는 그런 것 같습니다." 그가 이렇게 이야기하고 있을 때, 황금빛 햇살 한 줄기가 잘라낸 듯 제단 위의 창문으로 비쳐 들어오면서 신부의 얼굴을 비추었다. 나는 거의 공포를 느끼면서 한 걸음 뒤로 물러났다. 신부는 스스로를 지나치게 낮추어서 놀랄 만큼 겸손해 보였다. 몸도 구부정했다. 그의 크고 붉은 손가락 관절 마디는 차가운 북쪽 방에서 끊임없이 기도를 하면서 보낸 오랜 세월을 여실히 보여주고 있었다.

"신부님의 진실에 대해 이야기해 주십시오." 보르헤스가 말했다.

"저는 저의 소명에 대해 확신을 갖지 못했습니다. 그게 유일한 진실이라면 진실이랍니다."

"사제가 되신 지가 얼마나 되셨습니까?"

"42년 하고도 3개월이 되었습니다."

"그 시간을 지나 이렇게 아직도 사제로 계시지 않습니까! 이것이 우리가 요청드리는 것이지요. 신부님은 선택을 하셨고, 신앙 속에서 계속 그렇게 계셨습니다. 축하드립니다! 하천은 재잘거리면서 흘러갈 뿐이지요. 신부님은 실개천이며 풍경 속 눈부신 물길이고 사랑의 불꽃이십니다. 신부님은 하느님의 말씀에 충실하게 남아계시지요."

사제는 몸을 떨더니 이내 미소를 지었다. "그렇게 말씀해 주시니 감사합니다."

보르헤스는 그를 향해 손을 뻗었고, 사제는 자신의 머리를 그의 손을 향해 숙였다. 보르헤스는 자신의 손을 번즈 신부의 이마에 얹고는 이렇게 읊었다. "시 쿠아에시에리티스 에움, 인베니에 투르 아 보비스. 시 아우템 데레링쿠에리티스 에움, 데레링쿠에트 보스." 그대가 성령을 저버리지 않는다면, 성령도 그대를 저버리지 않으리라. 보르헤스가 신부님께 오히려 축성을 한 것이다.

눈물이 신부의 얼굴을 씻어내리듯 흘렀다. 내 눈에도 눈물이 흘렀던 것 같다. 그는 나를 위해, 함께하는 모든 사람과 그렇지 못하는 모든 사람을 위해, 우리와 전 우주를 관통하는 성령과 함께 눈물을 흘려주었다. 우리가 우리의 영혼을 어떻게 대하고 있는가라는 질문만이 그 순간에 유일하게 가치 있는 질문으로 생각되었다.

차로 돌아왔을 때 기이하게도 나는 번즈 신부가 벌써부터 그리웠고, 그 온유한 분과 더 오랫동안 이야기를 나누었더라면 얼마나 좋았을까라는 생각이 들었다.

"이제 우리는 어디로 가나?" 보르헤스가 물었다.

"인버네스의 중심으로 가야죠." 나는 인버네스 팰리스 호텔을 발견했다. 그곳은 적갈색 석조물과 망루가 있는 강 건너 인버네스 성을 그대로 모방한 건물이었다. 분명 한때는 잘나가는 건축물이었을 것 같았다. 하지만 그 망루와 격자 장식 창문들과 육중한 건물 외관은 여전히 인상 깊었다. 나는 이 건축물을 묘사하기 위해 최선을 다했지만, 건축에 관련된 어휘를 많이 알지는 못했다.

"고딕 시대의 작품이로구먼!" 보르헤스가 말했다. "우리 여기 이 위대한 장소에서 묵도록 하세. 나는 좀 피곤해. 너무 많이 돌아다녔어. 게다가 산에서 굴러 넘어진 게 아무래도 좀 힘들게 하는군. 뒷골이 지끈거리고 있네. 조용한 방이 필요해. 이번엔 내가 침대 두 개 룸으로 숙박비를 내도록 하지. 베이컨 추가요금도."

"그런데 숙박비가 비쌀 것 같아요." 내가 말했다.

"나를 기다리는 망각의 길에는 현금 통행료가 필요 없다네."

우리는 그가 원하는 대로 그곳에 체크인을 했고, 그들은 우리에게 맨 꼭대기 층에 있는 천장이 높은 방을 주었다. 벽을 두르고 있는 하얀색 회벽 띠에는 그리스 조각의 군상들이 있었다. 연두색 바탕의 화려한 벽지는 너무 눈에 거슬려서 보르헤스가 볼 수 없다는 사실이 차라리 은총이다 싶을 정도였다. 그래도 최소한 우리에게는 각자를 위한 싱글베드가 있었다. 두 침대 중간에는 나무를 깎아 만든 테이블과 먼지 낀 전등이 있었다. 전등갓에는 락산디르 1세, 돈카드 2세, 키나스 2세, 돔날 3세, 룰라크, 로버트 1세 등 전설적인 스코틀랜드의 왕들이 그려져 있었는데, 너무 오래되어 거의 닳아 없어지려 하고 있었다. 나는 그 이름들을 보르헤스에게 불러주었다. 역사를 응시하는 왕족의 얼굴을 보기 위해 실명(失明)의 거즈를 밀어올리려는 듯, 그의 눈꺼풀은 파르르 떨리고 있었다.

"호텔에 전화기가 있나?" 보르헤스가 물었다.

"그럴 것 같아요."

"아주 좋아. 훌륭해!" 보르헤스는 재킷 주머니에서 종잇조각을 꺼내 내밀었다. "이제 싱글턴 씨에게 전화를 할 시간이네. 나는 오랫동안 참을성 있게 이 순간을 기다렸어. 그를 내일 아침 식사에 초대하게. 그리고 그가 오면 자네는 우리끼리 시간을 보내게 비켜주길 바라네. 둘이서 수수께끼를 파고들어야 하니까."

아침 식사 시간 동안 보르헤스에게서 잠시 물러나 있어야 한다는 것은 아주 반가운 이야기였다. 나는 종잇조각을 들고 로비로 내려가 전화기를 찾았다. 매니저에게 시내전화를 하려고 한다고 이야기하자 그는 자신의 사무실에서 전화를 쓸 수 있게 해주었다. "도움을 드리게 되어 기쁘군요." 그가 말했다.

나는 종이에 적힌 번호로 전화를 걸었다. 하지만 아무런 반응이 없었다. 아예 벨소리도 울리지 않았다. 전화기에서는 아무 소리도 들리지 않았던 것이다. 다시 시도했지만 소용이 없었다.

내가 그 번호를 매니저에게 보여주자 그가 말했다. "선생님, 이건 스코틀랜드 전화번호가 아닙니다. 제가 좀 알아볼게요." 그는 전화교환원에게 전화를 했다. 그리고 교환원은 그 번호가 뉴질랜드의 전화번호라고 말했다. 뉴질랜드의 남섬에 인버네스라는 곳이 있는 것 같았다.

나는 실망하면서 방으로 돌아가 그 슬픈 소식을 보르헤스에게 전해주었다. 그는 한숨을 내쉬었다. "어머니는 이런 일에 대해 똑똑하게 처리하신 적이 없네. 자네는 뉴질랜드까지 나를 태워주지는 못하겠지. 이 만남은 실패했네, 주세페. 하지만 어쨌건 나는 이 사람을 알고 있는 것만 같은 생각이 든다네. 그의 부재는 나에게 더욱더 심오한 존재를 새기게 하네."

"아마도 그러시겠죠."

보르헤스와 나는 그날 밤 호텔의 칙칙한 식당에서 함께 저녁을 먹었다. 그곳 벽지는 진흙이 튄 것 같은 무늬였다. 자주색 원피스를 입은 크고 나이 많은 여성을 제외하고는 우리가 유일한 손님이었다. 그녀는 계속해서 우리를 뚫어지게 쳐다보았다. 우리가 그렇게 대단한 구경거리인가? 별 특징 없는 식사를 하는 내내 보르헤스는 아무런 말이 없었다. 훈제 햄을 조금 먹었을 뿐, 무와 감자는 손도 대지 않았다. 그는 꺼질 듯한 모습으로 의자에 앉아있었다. 내가 그를 본 이래로 가장 녹초가 된 모습이었다. 중력이 그의 이마와 뺨을 아래로 끌어당기고 있는 것 같았다. 머리를 다친 영향인가, 아니면 싱글턴 씨를 만나지 못한 실망감 때문인가?

"나 좀 어질어질한데." 내가 조지 맥케이 브라운을 만나면 얼마나 흥미로울지 말을 꺼내려던 차에 그가 이렇게 말했다.

나는 그를 다시 방으로 데려갔다. 그리고 복도 바깥에 있는 화장실에 다녀오게 한 다음 다시 침대로 들어가게 도왔다.

"자네는 아주 훌륭한 간호사가 되겠어." 그가 말했다.

나는 월트 휘트먼이 미국 내전 때 간호사였다는 사실을 말해주었다. 그는 부상을 입은 군인들과 특히 자신의 남동생을 보살폈다. 따라서 간호사라는 직업과 시인이라는 직업은 상호배타적이지 않은 것 같다고 말했다. 이 말이 보르헤스에게 울림이 있었는지, 일순 그가 생기를 되찾았다.

"휘트먼이라고! 내가 그 작가를 얼마나 좋아했었는데! 내가 번역도 하지 않았겠나. 그래, 그 사람도 간호사였어. 남동생이 프레데릭스버그 근처에서 부상을 당해 쓰러졌지. 그래서 휘트먼은 죽어가는 청년들을 살리려고 헌신적으로 노력했어. 휘트먼은 그들에게 어머니와 연인들에게서 온 편지를 읽어주었지. 그리고 그들이 집으로 편지를 보낼 수 있게 도와주었어. 그들의 상처를 씻기고 붕대를 갈아주고 말이야. 그들 중 몇몇은 그의 품에서 죽어가기도 했지." 그는 이렇게 말하면서 눈물을 훔쳤다.

"내가 휘트먼에게서 가장 존경하는 점이 뭔지 아는가?" 보르헤스가 말했다. "그건 바로 그가 월트 휘트먼이라는 존재를 창조해 냈다는 거지. 그 자신이 아니라 그와 유사한 사람의 이상적 투영이라고 할 수 있는 월트 휘트먼 말일세. 모든 독자가 온 마음을 다해 읽고 사랑하는 바로 그 존재."

이렇게 말하고 보르헤스는 마치 죽음과 같은 깊은 잠 속으로 곯아떨어졌다. 나는 옆 침대에 누워 그의 희미한 코 고는 소리를 들으면서 내가 쓰는 작품도 나 자신이 아닌 '발명된' 제이 파리니를 창조할 것인지 궁금해했다. 아니면 내가 창조하려는 사람은 실제로 '진짜' 나 자신, 즉 나의 가장 진실한 버전일 수도 있다. 내가 이 자아, 마스크 뒤에서 울려 나오는 목소리인 이 페르소나 뒤에 서 있는 법을 배울 수만 있다면.

나는 진실하고자 하는 열망을 느꼈다. 내가 어떻게 느끼는지 말하려는 열망을. 나 자신을 선언하고 싶은 열망을. 그리고 벨라를 향한 열망을.

나는 복도로 조용히 빠져나와 강이 내려다보이는 벽감 앞에 있는 책상에 앉았다. 달빛으로 빛나는 그곳에서 나는 편지를 썼다.

친애하는 벨라에게
이렇게 친근하게 편지를 시작하는 것에 대해 불편해하지 않길 바랍니다. 나는 당신에게 뜨거운 마음을 가지고 있어요. 일종의 성적 매력을 느끼고 있지요. 순전히 동물적인 것 말이에요. 하지만 나는 당신에 대해 잘 모르고, 당신도 나를 잘 모릅니다. 우리가 이야기한 게 몇 번이나 되나요? 피상적인 대화 말고 우리가 정말 대화라는 걸 한 적이 있었던가요? 설명하기 힘들지만 나는 당신을 사랑합니다. 아마도 이런 말은 당신에게 해선 안 되겠지요. 그 말이 무슨 의미인지를 내가 온전히 이해하지 못하기 때문입니다. 이해한다고 생각하지만요.

나는 당신을 시인협회에서 처음 봤을 때부터 매력을 느꼈습니다. (당신의 사랑스러운 빨간 운동화 이상으로 말이지요!) 사실 그 전에 마켓 스트리트의 시위에서 당신을 언뜻 보았었지요. 당신의 과묵함에는 날 이끄는 뭔가가 있었어요. 당신 신념의 확고함과 타오르는 열정도 그랬습니다. 과묵함이 눈에 띌 수 있는 걸까요? 저는 그렇다고 생각합니다. 열정은 열정이고요.

주제넘은 이야기를 하려는 것은 아닙니다. 실없는 소리를 하려는 것도 아니에요. 내가 때로 우스꽝스럽다는 것을 나도 알고 있어요. 이 편지에도 어리석음과 허세가 있지요. 이제 솔직히 말할게요. 당신과 앵거스의 관계는 뭔가 불명확해 보입니다. 당신이 그에게 애정을 느끼는 것은 알고 있습니다. 아마도 당신은 그를 사랑하는 것 같습니다. 그리고 누군가를 사랑한다는 것은 멋지고 좋은 일이지요. 그 마음에 대해 훼방을 놓을 생각은 없습니다.

당신과 여기에 대해서 이야기하고 싶었습니다. 그래서 산 속에 있는 공중전화 부스에서 전화를 하려고 했어요. 하지만 연결되지 못했지요. 당신은 내가 대책 없고 신뢰가 가지 않는 친구라고 생각하겠지요. 우리는 '펄 오브 홍콩'에서 같이 식사를 하기로 약속했죠. 하지만 나는 지금 인버네스에 있는 팰리스 호텔에 있어요!

사실 나는 지금 보르헤스와 함께 있습니다. 알래스테어가 갑자기 런던으로 떠나야 해서 이 앞이 보이지 않는 나이 많은 친구를 내게 떠넘겼어요. 지금 그분은 침실에서 코를 골고 있지요. 나는 보르헤스가 하이랜드를 여행하는 데에 동행하고 있습니다. 다소 기이한 여정이에요. 할 이야기가 많아요. 일단 보르헤스는 쉬운 사람이 아닙니다. 하지만 그의 머리와 마음은 지금 살아있는 사람 중 어느 누구보다 더 많은 이야기를 품고 있어요. 그는 끊임없이 이야기하지만 절대 지루하지 않아요. 물론 가끔은 그의 수다 속에서 길을 잃기는 하지만요. 마치 급류가 흐르는 강에서 징검다리가 어디 있는지 모른 채 발을 디뎌야 하는 기분이에요. 차가운 물에 빠졌다가 다시 수면으로 겨우 올라와서 반대편 쪽으로 계속 나아가는 기분입니다. 매일이 징검다리를 건너는 것과 같고, 나는 정말이지 매일매일 헛디뎌 넘어지고 있어요. 하지만 나는 그에게 많은 것을 배우고 있는 것 같습니다. 보르헤스는 죽어있는 우주에 다시 활기를 불어넣고, 앞이 보이지 않는 상태에서 모든 것을 소생시킵니다. 그 자체가 위대한 시력입니다.

맙소사, 내가 이제 보르헤스처럼 수다를 떨고 있군요. 나는 지금 엑스포트 맥주 몇 잔뿐만 아니라 보르헤스라는 사람 자체의 영향력하에 있어요.

내가 며칠 후에 다시 돌아가면 반드시 당신을 찾아갈 겁니다.

나는 '사랑을 담아, 제이로부터'라고 서명한 다음에 편지를 접어서 책상 안에 있던 봉투에 넣었다. 그리고 나만의 방식과 언어로 이야기를 시작했다는 것에서 강한 만족감을 느꼈다. 나는 편지를 아래층에 있는 프론트로 가지고 가서 아침에 우편으로 부쳐달라고 부탁했다. 어떻게든 되겠지!

19

아침을 먹은 후 우리는 다시 방으로 돌아왔다. 보르헤스는 옷을 다 갖춰 입고는 좁은 침대에 누워서 끙끙거리고 있었다.

"어디 편찮으세요?"

"머리가 아직 아파." 그가 말했다. "마치 넬슨 제독의 최후 같은 기분이야."

"트라팔가 전투 말씀이세요?"

"아, 트라팔가 전투, 맞아. 사격수가 옆 배의 돛대 뒤에 숨어서 비겁하게 그를 저격했지. 그렇게 총을 맞고 죽어가던 넬슨 제독을 생각해 보게. 넬슨은 중위에게 말했다지. '하디 중위, 내가 총에 맞았네. 척추뼈가 으스러졌어. 이제 나는 죽을 거야.' 그리고 한 시간도 안 되어 그는 죽으면서 이렇게 말했지. '최소한 나는 내 할 일은 다했네.'"

"선생님은 총에 맞으신 게 아니잖아요." 내가 말했다.

"지금 나에게 도전하는 건가?"

"결투 말씀이세요? 선생님께서 원하신다면야. 로비에 칼이 있더라고요. 한 번 해볼까요?"

그는 관자놀이를 비비면서 눈쌀을 찌푸렸다. 아직도 애비모어 근처 길가 도랑에서 굴러 떨어졌던 상처에서 회복되지 않았음이 분명했다. 나는 주저하면서 브로디 선생이 줬던 푸른 알약 하나를 그에게 건네주었다. 그리고 그녀의 경고를 희미하게 떠올리면서 한 알을 더 건넸다. 나도 물론 이런 알약을 가지고 있다. 하지만 이런 종류의 안정제는 오히려 일을 더 나쁘게 만들었다. 그것은 내가 한밤중에 비참하게 세인트앤드루스의 거리를 헤매는 악몽을 꾸게 했을 뿐이었다. 그래서 나는 그것들을 변기에 다 쏟아 버렸었다.

"몇 분만 눈을 좀 감고 있겠네. 그러고 나서 다시 길을 떠나세." 보르헤스가 이렇게 말했다. 그리고 나는 그가 곧 어린아이처럼 깊은 잠에 빠지는 것을 지켜보았다.

나는 로비로 내려가서 호텔 매니저를 통해 맥케이 브라운에게 전화를 걸려고 했다. 매니저는 싱글턴 씨에 대한 나쁜 소식으로 침울해졌던 터라 기꺼이 전화를 연결해 주었다. 이제 오크니 섬을 방문할 때가 된 것이다. 나는 그 장소에 대한 물리적인 느낌을 가지게 될 것이고, 작가를 직접 만나면서 그의 언어 뒤에 있는 실제 육성을 들을 수 있을 것이었다. 게다가 그의 원고 몇 편을 직접 받을 수도 있을 것이다. 팔코너 교수도 기뻐하겠지.

맥케이 브라운은 신호가 두 번 울리자 바로 전화를 받았다. "여보세요? 누구십니까?" 그의 목소리는 깜짝 놀란 듯 두려움과 방어 본능이 섞여 있었다. 게다가 전화는 계속 지직거렸다.

"브라운 선생님, 저는 제이 파리니입니다. 세인트앤드루스 대학 학생이요. 제가 편지를 드려서 선생님께서 전화번호를 보내주셨죠. 선생님 작품에 대한 박사논문을 쓰고 있습니다."

"내가 전화를 설치한 지가 얼마 안 되어서 말이오." 그가 말했다. 그러고는 한참 동안 침묵이 흘렀다. 전화기에서는 여전히 소음이 들렸다. "내 말 들려요?"

"네, 잘 들립니다."

"아, 잘됐군."

"브라운 선생님, 제가 방문을 드려도 될지요. 저는 지금 인버네스에 친구와 함께 와있어요. 연세가 많으신 아르헨티나 작가신데요, 시인이기도 하고 소설가이시기도 합니다. 선생님처럼요. 앞이 안 보이세요."

"나는 앞이 잘 보이는데요."

"아니요, 그 말씀이 아니고, 제 친구분이 맹인이십니다."

"저런. 나쁜 소식이군요."

"저는 지금 그분을 모시고 하이랜드를 안내해드리고 있어요."

"좋은 청년이구먼. 그래서 지금은 어디라고요?"

"인버네스에 있습니다."

"여기서 별로 안 머네! 그러면 페리선을 타세요."

"모레 어떠세요?"

"좋아요. 투르소 베이에서 오후에 출발하는 페리가 있어요. 5시에 만나도록 합시다."

"어디에서요?"

"스트롬니스라는 부두에서 만납시다. 그런데 내가 어떻게 학생을 알아보죠? 가끔 다른 승객들도 그 배에 타는데 잘 보이지 않더라고요."

유령을 태우거나 펄럭거리는 텅 빈 소매가 둥둥 떠다니는 꿈의 여객선인 것 같았다.

"저는 갈색 긴 머리를 하고 안경을 쓰고 있습니다. 제 친구는 지팡이를 들고 있는 맹인이시고요." 나는 태양에 그을린 그의 찌푸린 얼굴을 사진에서 보았기 때문에 그를 확실히 알아볼 수 있었다. 사진에서는 다듬지 않은 갈색 고수머리가 휘날리고 아래턱은 서랍을 뺀 것처럼 튀어나와 있었다. 하지만 이런 이야기는 하지 않았다.

"신은 맹인을 위한 특별한 자리를 가슴속에 마련해 두시지요."

"그런데 스트롬니스에 숙박할 만한 곳이 있을까요?"

"물론입니다! 내가 '해미시 앳 더 스트롬' 여관에다 방 두 개를 부탁해 놓지요. 거기 주인은 특히나 술을 마실 때 아주 관대해지는 사람이죠. 술집 위에 빈 방들이 있어요. 예약은 안 해도 돼요." 예약을 하지 않아도 된다는 말이 좀 걱정스러웠다. 그런 방은 그다지 쾌적하지 못할 것이 분명하니 말이다. 하지만 나는 논문을 써야 한다. 심지어 그런 곳에서도 뭔가 배울 것이 있을 것이다!

"그럼 목요일에 만납시다." 그가 말했다. 그리고 채 몇 초도 되지 않아 그가 외쳤다. "내 말 들립니까?"

"네, 잘 들립니다! 모레 뵙겠습니다!"

보르헤스는 쪽잠을 자고 나더니 생기가 넘쳤다. "새로 태어난 것 같아!" 그가 차로 돌아가면서 말했다. "로시난테에 다시 타고 네스 호를 방문해야 하네. 끔찍하고도 슬픈 괴물, 그렌델의 고향 말일세!"

"거기 괴물 이름은 '네시[Nessie. 스코틀랜드 네스 호에 사는 정체

불명의 괴물. — 옮긴이]'입니다." 내가 말했다.

나는 보르헤스의 상태가 기운을 되찾은 것 이상임을 알아차렸다. 그의 피부는 맑아 보였고 주름도 좀 펴진 것 같았다. 그의 들뜬 기분이 차를 가득 채웠다. 나는 벌써부터 약간 피곤해지는 느낌이었다.

"다 똑같은 괴물들이라네. 나는 확신해. 네시가 바로 그렌델이야."

나는 이때다 싶어서 오크니 섬으로 갈 계획을 보르헤스에게 털어놓았다. 보르헤스도 반대하지 않았다.

"굉장한 아이디어야." 그가 말했다. "나도 자네의 논문 주제를 만나고 싶다네. 이 북쪽 세상의 걸출한 시인 말일세!"

지금 나를 놀리는 건가? 나는 운전하면서 핸들을 꽉 잡았다. 나의 마음은 다시 벨라를 향해 흘러갔다. 내가 편지에서 너무 과했던 것은 아닐까? 벨라는 아마 내가 제정신이 아니라고 생각할 것이다. 틀린 말은 아니었다.

우리는 보르헤스를 만족시키기 위해 하루는 네스 호에서 보내고, 다음날에는 오크니 섬으로 향할 것이다. 네스 호 근처에는 숙박할 곳이 많아서 방을 잡을 수 있을 것이다. 지금 이 순간 내가 원하는 건 일단 맥케이 브라운과 한번 만나는 것이었다. 그리고 일이 잘 풀리면 한 달 안에 전격 인터뷰를 써낼 수도 있다.

"오크니 섬에 갔다 온 다음에는 컬로든 전투가 있었던 곳에 가야 돼. 그 슬픈 전투가 벌어졌던 곳 말일세. 거기까지 가면 우리의 이 사랑스러운 여정도 절정에 다다를 거야. 확실해."

이 고대의 전투지는 그를 부르고 있었다. 그러니 세인트앤드루스로 돌아가는 길에 아무리 짧더라도 반드시 그곳에 들러야 할 것이다. 웬만하면 짧게만 둘러봐야 할 것 같았다. 한때 피로 물들었던, 지금은 아무것도 없이 황량한 그 평원은 잠깐 둘러보는 것 말고는 달리 할 일이 없었다. 나도 그곳에 대해서는 읽은 적이 있었지만 그다지 매력적인 곳은 아니었다. 나는 피 튀기는 전투에 대해서 이제 그만 알고 싶었다. 보르헤스가 앞이 보이지 않고 주의가 산만하다는 것은 어떻게 보면 행운이었다. 그가 만족할 만한 방식으로 내가 말을 다듬을 수 있기 때문이다. "죽은 병사들의 유령이 떠다니는 것만 같은 강풍에 휩쓸린 황무지네요." 나는 방문하기도 전에 이미 이런 표현들을 생각해 낼 수 있었다. 벨라에게로 다시 돌아가고 싶다는 열망은 점점 더 커지고 있었다. 벨라에게 가서 모든 것을 바로잡아야 한다.

주유를 하러 가서 나는 주유소에 있는 다른 사람들을 불안한 시선으로 둘러보았다. 특히 레인 코트를 입은 키 큰 남자가 신경 쓰였다. 런던 경찰청에서 나온 사람인가? 나는 언제든 경찰이 다가와 어깨를 두드린 다음 나를 체포해서 펜실베이니아로 가는 배에 태워서 군대로 보내거나 감옥으로 보낼지도 모른다는 환상을 떨칠 수가 없었다. (사우스 레베카 애비뉴에 있는 부모님 집에 가는 것보다는 군대나 감옥이 나을 수도 있었다. 그 집에는 내 유년 시절부터 있었던 쥐를 닮은 얼굴의 원숭이가 나를 때리려고 침대 머리에 웅크리고 있었다.)

"나는 괴물에 대해 자주 생각한다네." 보르헤스는 이야기를 계속했다. "괴물은 차갑고 깊은 물속에서 한밤중에 수영하곤 하는 나의 깊은 자아를 반영하는 존재지."

나는 운전하면서 그의 옆모습을 보았다. 그는 자신의 꿈을 제외하고는 모든 것을 망각하고 있는 것처럼 보였다. 나는 아무런 말도 하지 않았다. 하지만 그는 그 괴물들을 불러내고 있었다. 나도 나만의 괴물을 죽이고 싶다고 느낄 때가 있었다. 나는 그것의 턱과 날카로운 이빨, 고래의 길고 미끈거리는 어두운 뱃속을 상상했다. 하지만 나는 요나처럼 삼 일 만에 마른 땅으로 돌아올 수 없을 것이다.

아침 식사를 하면서 읽은 바로는, 네스 호는 길이가 3.2킬로미터에 보르헤스의 상상대로 깊고 차가웠다. 지질학자의 추측에 따르면 네스 호의 지하 해협은 옛날에는 대서양으로 흘렀을 것이라고 한다. 그런 어두운 심해에서 네시의 신화가 생겨난 것이다.

"그 괴물은 존재한다네. 나는 확실하게 느낄 수 있어." 보르헤스는 나에게라기보다는 스스로에게 말하듯 두서없이 이야기를 꺼냈다. "그 괴물은 7세기에 성자 아담나누스 히엔시스에게서 처음 나타났어. 그의 동료 수도자 하나를 공격했다고 하지. 그 불쌍한 수도자는 배에서 추락했고 괴물은 한쪽 팔을 몸에서 떼어내고는 몸을 통째로 삼켜버렸다고 하네. 아마도 괴물은 귀를 먹었을 거야. 귀는 제일 맛있는 부분이지. 식인종들에게는 별미라던데."

나는 그런 이야기를 직설적이고도 무감각한 톤으로 비꼬지 않고 아무렇지 않게 말하는 보르헤스에게 반항하고 싶었다.

"네시는 신화일 뿐입니다." 내가 말했다.

"그리스어로 신화를 뜻하는 단어 '미토스(Mythos)'는 거짓이 아니라 진실보다 더 진실한 이야기를 뜻하지." 보르헤스가 말했다. "신화는 현실의 짜임 속에 존재하는 눈물이라네. 엄청난 에너지가 그 신성한 균열 속으로 흘러 내려가지. 우리의 이야기, 우리의 시도 모두 그 현실이라는 직물에 존재하는 터진 틈새와 같아. 아무리 사소하다 하더라도 말일세.『베오울프』를 생각해 보게. 네시의 원형이 바로 그 작품에 그렌델이라는 타락천사의 형상으로 존재하지. 그렌델은 빛을 갈망하면서 동굴에서 어미와 함께 살아간다네. 우리도 이 동굴에서 살아왔지. 우리의 힘들고 가혹한 어머니와 함께 말이야. 우리는 잡혔던 흔적을 가지고 있지만 이렇게 생존했어.”

“저는 생존했다는 생각이 별로 들지 않는데요.” 내가 말했다.

생각을 하지 않으려고 노력하고 있음에도 불구하고, 어머니의 경고하는 목소리는 늘 머릿속에 울려 퍼지고 있었다. 이제는 이렇게 말하고 있다. “그 호수에 갈 생각일랑 꿈에도 하지 마라. 네스호라니! 거기는 깊고 춥잖니. 괴물이 있다고? 넬로 아저씨도 거기서는 수영 안 할걸.” 넬로는 아버지의 큰 형으로, 다섯 형제 중에서 가장 골칫거리였다. 나는 그분을 잘 알지 못했지만, 도끼날 같은 그의 얼굴을 어릴 때 흘끗 본 것만으로도 신경계에 마치 전기 충격이 전해진 듯했다. 나는 그를 생각하고는 한숨을 쉬었다.

“오, 산초, 자네는 끝도 없이 한숨을 내쉬는구먼! 얼마나 슬펐으면! 자네든 나든 이제 생존에 대해서는 더이상 의문을 갖지 않도록 하지. 자네가 아는 것보다 훨씬 많은 힘이 자네에겐 존재한다는 것만 잊지 말게.” 동쪽 햇빛이 그를 감싸면서 그의 머리가 희미하게 반짝였다. “『베오울프』에서 그렌델이 늪에서 출현하던 장면이 기억나네. 빛과 음악으로 눈부시게 반짝이는 왕궁과 정반대로 하늘은 우중충했지. 그곳은 영원한 도시였어. 왕궁 말일세. 음악의 공간이었지. 이거야말로 자네와 내가 마음대로 할 수 있는 것이 아닌가. 노래하는 것 말일세!"

나는 그의 즐거운 열광이 조금 귀찮아졌다.

"그렌델은 괴물이었어요." 내가 말했다.

"나도 괴물일세. 자네도 괴물이야. 마음속에 네시나 그렌델을 품고 살아가지 않는 사람은 없어. 우리는 한밤중이면 어두운 물속에서 수영을 하지. 나는 떨면서 잠에서 깨어난다네. 자네는 그렇지 않나?"

나도 그랬다. 하지만 거기에 대해서 생각하고 싶지는 않았다. 보르헤스는 나의 약하고 상처받은 부분을 너무나 잘 알고 있었고, 나는 그의 그런 침입에 저항했다. 나는 오크니 섬에 가는 것을 제외하고는 아무것도 생각하고 싶지 않았다. 그것만이 나의 목표가 되어야만 한다. 내가 맥케이 브라운으로부터 미발표 원고를 실제로 얻을 수 있다면, 팔코너 교수의 회의적 시선을 이겨낼 수 있는 기회를 잡게 된다. 이것이야말로 진정한 "연구"일 것이고, 거기에 대해 누구도 반대하지 못할 것이다. 만일 그 원고가 흥미로울 뿐만 아니라 뭔가 가치 있는 것을 밝히는 데에 도움이 되는 것이라면 더할 나위가 없을 것이었다.

하지만 보르헤스는 이야기를 그만둘 의사가 없는 듯했다. 그는 수사적 연설의 서두를 시작하려는 듯 입술을 조용히 움직였다. "자네도 한때는 신이었어. 에머슨이 우리에게 상기시켰듯이 말일세. 그리고 나서 세상에 질투가 등장했다네. 나나 자네나, 다른 사람들이 더 많은 것을 소유했다고 생각했던 게지. 더 많은 사랑, 더 많은 재능, 왕좌에 앉은 아버지로부터의 더 많은 애정을 말일세."

정말 그랬다. 다른 사람들은 늘 나보다 재능이나 잠재력의 측면에서 앞섰다.

"글쎄요, 잘 모르겠네요." 나는 말했다.

"나도 잘 모르겠어." 보르헤스가 말했다. "하지만 우리 모두는 불완전한 지식을 가지고 앞으로 나아가지."

굉장한 생각이다. 유용하면서도 힘이 된다.

보르헤스는 다시 몽상으로 빠지면서 나에게 자신의 생각을 들려주었다. "나도 젊은 시절에는 에덴동산에 있었지." 그가 말했다. "팔레르모에 살 때 나는 노라의 집에 들르곤 했어. 노라의 어머니는 타락 이전의 이브와 같았어. 이름이 베르타 에르피요르드 드랑에였지. 그녀는 하이디와 치나, 노라 이 세 명의 아름다운 딸들 위에 군림했지. 탕탕! 나는 상처를 입고 그 천국에서 쫓겨났어. 나는 그 후 몇십 년을 무감동한 자기중심주의의 나락으로 떨어졌다네. 나는 내가 '틀뢴'이라고 불렀던, 이상적이면서도 무시무시한 세계 속에서 살았다네. 거기에는 사랑이 없었지." 그는 한 번도 본 적이 없는 방식으로 입술을 비틀었다. 단순한 찡그림 이상이었다. "사랑이 없었어. 완벽한 이데아의 차가운 균형만 존재했지."

나는 이런 종류의 폭풍 같은 사실과 환상의 뒤섞임을 받아들여보려고 노력했다. 보르헤스를 따라가기란 쉽지 않은 일이었지만, 그의 고통만은 실재했다. 나는 그가 불쌍하게 여겨졌다. 그는 이제 늙었고, 시간은 그의 머리 위 너머로 사라지고 있었다. 그는 죽음을 응시하고 있었고, 자신이 놓쳤던 모든 것들에 대해 의아해하고 있는 것 같았다. 특히 자신의 사랑 노라 랑에에 대해서 그랬다. 나는 처음으로 그의 고통을 이해할 수 있었다.

우리는 네스 호의 남서쪽에 있는 마을인 포르 오거스터스에 도착해서 바이킹 암스라는 호텔 앞에 차를 댔다. 그 호텔은 두꺼운 격자무늬로 된 튜더왕조 식의 창문과 참나무 현관문으로 되어있었고, 네스 호의 쪽빛 수면이 조금 내려다보였다. 우리 머리 위에서는 갈매기들이 하늘을 가로지르고 있었고, 그 울음소리는 마치 경보 소리 같았다.

"오늘 밤에는 여기에서 방을 잡아야겠어요." 내가 말했다. "방 두 개를 잡아도 좋고요."

"어디 말인가?"

"바이킹 암스 호텔이요. 우리 뒤에 있어요."

"나도 바이킹의 팔에 안기고 싶네." 보르헤스가 말했다. "그 자들은 키가 크고 피부가 깨끗한 도자기 같은 아름다운 여성들을 팔에 안고 있지. 용감한 마음을 가지고 있으니까."

나는 보르헤스가 북유럽에 대한 환상에 빠지도록 내버려 두고는 호텔 안으로 들어갔다. 어느 여성이 내 뒤쪽에서 나타나 자신이 에일리스 맥타가르트라고 소개했다. 그녀는 자줏빛 푸른 눈의 금발에 건장해 보이는 체격을 가지고 있었다. 그녀의 육신 사이로 용감한 영혼이 아른거리면서 빛나는 듯했다.

"방이 필요하신가요?"

"네."

"그렇다면 방이 하나 있어요." 그녀가 말했다.

"하나밖에 없나요?"

"네. 하지만 침대는 두 개예요. 제가 창문으로 내다보니 할아버지와 함께 오셨던데요."

"제 친구입니다. 아르헨티나의 시인이세요."

"그렇군요."

그녀는 나와 비슷한 나이처럼 보였지만, 그녀의 탄탄함과 단호함 때문에 나보다 십 년은 더 성숙해 보였다.

"그쪽은 미국인이신가요?"

"네, 펜실베이니아에서 왔습니다. 하지만 지금은 세인트앤드루스에 살고 있어요." 나는 그녀에게 나의 지난 몇 달간의 간략한 인적 사항을 알려주었다. "어느 스코틀랜드 시인에 대한 연구를 하고 있으며," "언젠가는 교단에 서기를" 희망한다고 말했다. 그리고 약간의 허세를 섞어서 작가로도 살아가기를 바라고 있다고 덧붙였다.

"작가라고요! 우리 아버지도 작은 책을 쓰셨어요." 그녀가 말했다. "우리 아버지와 이야기해 보셔야 해요. 그 책은 네시라는 여기 호수의 괴물에 대한 이야기예요. 술집에 가면 1파운드에 살 수 있어요." 그녀는 책상 서랍을 뒤지더니 그 책을 찾아냈다. "그냥 드릴게요. 선물이에요."

그녀는 함께 수다를 떨게 되어 기쁜 듯이 보였다. 그리고 에든버러에 있는 헤리엇-와트 대학교에 다닐 때의 이야기를 해주었다. 아마도 내가 그런 이야기를 좋아할 것이라고 생각한 것 같았다. 그녀는 그곳에서 1년 동안 공부했지만 어머니가 갑작스럽게 돌아가시는 바람에 다시 네스 호로 돌아와야 했다고 설명했다. 그래서 지금은 아버지를 도와서 그곳을 운영하고 있다고 했다.

"전공이 뭐였어요?"

"지구과학이요. 언젠가 곧 다시 공부할 거예요. 오크니 섬에 헤

244

리엇-와트 대학의 연구센터가 있거든요."

우연의 일치였다. 하지만 보르헤스와 함께 다니다 보니 이 정도의 소름끼치는 으스스함에 대해서는 이제 아무렇지도 않아졌다. "저희도 내일 오크니 섬으로 가는데요." 내가 말했다.

그녀는 이 이야기를 듣더니 살짝 부러움이 묻어나오는 미소를 지었다. "굉장히 가까워요. 근데 저는 한 번도 못 가봤어요. 아버지는 말씀하시죠. '에일리스, 내가 데려다줄게.' 하지만 그렇게 되면 누가 이곳을 책임지겠어요?" 나는 그녀가 자신의 선택에 대해 이렇게 솔직히 말하는 것이 마음에 들었다. 그녀의 아버지는 분명 그녀에게 소중한 존재일 것이다.

"가능하다면 배를 타고 싶은데요." 내가 말했다. "제 친구분이 몹시 호수로 가보고 싶어 하셔서요."

"그렇다면 운이 좋으신 거예요. 우리는 모터보트도 있고 노 젓는 보트도 있거든요."

"노 젓는 보트가 더 좋을 것 같아요." 나는 보르헤스가 분명 좋아할 것이라고 생각하면서 말했다.

에일리스는 아버지를 대동하고 우리를 해변으로 데리고 갔다. 맥타가르트 씨는 60세가 아직 안 되었지만, 뺨과 이마의 피부는 벌써 갈라져서 주름이 졌고, 손등은 늙은 거북이의 등껍질 같았다. 수염 아래에는 지그재그로 된 흉터가 선명하게 보였다. 뭔가 숨겨야 하는 과거를 가진 사람이라는 생각이 들었다.

"자, 여기예요." 에일리스는 낡은 선착장에서 배를 풀면서 우리의 모험에 약간 걱정이 된다는 듯한 말투로 말했다. "전에 배 타본 적 있으시겠죠?"

245

나는 펜실베이니아에서 노 젓는 배를 많이 타봤다고 말하면서 그녀를 안심시켰다. 어차피 여기에서는 진위를 확인하기도 힘들 것이고, 또 나는 내 기술에 대한 자신감도 있었다. 나는 보르헤스를 도와 선착장으로 올라가서 허공을 휘젓는 그의 손을 단단히 잡고는 흔들리는 배의 후미에 안전하게 앉혔다. 바닥에는 1인치 정도 되는 물이 배 안으로 새어 들어와 있었다. 보르헤스는 바짓단을 말아 올렸지만, 구두는 밤새 말려야 할 것 같았다.

에일리스는 걱정이 가득한 얼굴을 하고 배를 밀어주었다. 그녀의 아버지는 가슴에 팔짱을 낀 채 무서운 표정을 지으면서 그녀의 뒤를 서성거리고 있었다.

"이런 배를 찾아내다니, 자네는 정말 마술사일세." 우리가 호수로 미끄러져 나아갈 때 보르헤스가 내게 말했다.

"천천히 가세요!" 에일리스가 선착장에서 소리쳤다. "천천히, 부드럽게 젓는 게 제일 좋아요!"

우리가 수면 아래 물의 흐름을 느끼며 나아갈 때 보르헤스는 얼굴을 위로 치켜들었다. 늦은 아침의 태양빛을 듬뿍 흡수하면서, 그는 마치 머릿속에 있는 책 한 페이지를 읽는 듯 자신의 생각에 취해 입술을 움직이면서 뭔가를 중얼거렸다. 곧 그는 노에서 물이 뚝뚝 떨어지는 소리와 노걸이에서 딸깍거리는 소리를 배경으로 음이 안 맞는 노래를 낮게 흥얼거리기 시작했다. 뱃머리에 호숫물이 부딪혔다.

"자네가 보고 있는 걸 말해주게나. 말을 하라고! 나는 그저 희미한 빛밖에 보이지 않는다네."

"호반이 가까워지고 있어요. 에일리스의 아버지가 팔짱을 끼고 서있고요. 에일리스는 조심스럽게 우리를 쳐다보고 있네요."

"에일리스는 고대 영어의 이름이야. 전사지. 저 아가씨도 전사처럼 보이나?"

"아니요, 날씬하고 강인해 보여요. 자기 확신이 느껴집니다."

"키가 큰가?"

"네, 큰 편이에요. 말랐고요."

"중성적이고?"

"남성적인 느낌이 살짝 있어요."

"아름다운 여성들이 많이들 그렇지." 그는 한쪽 손을 물에 담갔다. "이제 이야기해 보게." 그가 말했다. "에일리스는 벨라만큼 아름다운가?"

"그런 것 같아요." 나는 말했다. 사실 나는 유체이탈된 것 같은 느낌을 받았다. 보르헤스는 자신의 육신 속에 살고 있지 않고, 계절의 변화를 살갗으로 느끼는 것 같지 않았다. 그는 자신의 마음속에 존재하는 거대한 도서관 속에서만 살고 있었다. 그에게 여성이란 신화적인 존재였다. 그리고 다가갈 수 없는 (기혼인) 숙녀들에게 사랑을 느끼는 기사처럼, 그는 궁정 풍의 사랑에 집착했다. 그런 종류의 열정은 이루어질 수가 없는 법이다. 보르헤스는 자주 단테의 뮤즈였던 베아트리체에 대해서 언급하기도 했다. 그녀는 남성에게 빛을 가져다주는 존재였다.

"입을 다물지 말게, 주세페! 오늘의 배경에 관해 이야기해." 보르헤스가 말했다. "자네는 나의 눈이라는 걸 잊지 말게. 제대로 일을 못하고 있잖나!"

"배경이라고요?" 나는 그를 놀리는 투로 말했다. "여기도 선생님 이야기의 배경이 될 장소 중 하나인가요? 네스 호의 물결이 이야기를 만들어 낼 수도 있겠네요. 그럴 것 같아요."

나의 야유는 응답을 받을 가치도 없었지만, 정말로 아무런 응답이 없었다.

나는 이미지를 찾아서 주변을 돌아보았다. "언덕이 호수까지 내려오네요." 나는 말했다. "아주 가파른 언덕이에요. 집은 보이지 않고요. 식물이 언덕을 덮고 있네요. 양치식물인 것 같아요. 호수 근처에는 나무들이 있어요. 줄기가 붉은 키 큰 소나무예요. 호숫가에는 하얀 돌들이 있고요."

"조약돌이 환하게 미소 짓고 있군." 보르헤스가 말했다. "물결 치는 소리가 들리네. '운명은 바닷가 조약돌보다도 더 어둡고 깊다네.' 오든의 멋진 구절이야. 오든은 앵글로색슨의 시를 좋아해. 자음으로 라임을 맞추는 두운의 시 말이야. 근사해! 『베오울프』의 시인도 두운의 대가였지. 그래서 스페인어로 옮기기가 너무 어려워. 정말 불가능할 정도야."

"저는 오든을 거의 읽어보지 않았어요."

"주세페 자네도 분명 좋아할 거야. 오든은 아주 지적인 시인이야. 그리고 높낮이를 잘 섞어서 기운차면서도 위트에 넘치는 언어를 구사하지."

나는 천천히 조심스럽게 10분가량 노를 저었다. 이 부드럽게 미끄러지는 느낌을 보르헤스는 좋아했다. 호수의 물결이 우리 주변을 감싸고 있었다. 보르헤스는 마치 미사 시작 전에 스스로에게 축성을 하듯이 젖은 손가락으로 이마를 만졌다.

마치 보르헤스가 불러온 것처럼 물고기 하나가 근처에서 물을 튀겼다.

"네시가 가까이 오고 있군." 보르헤스가 말했다.

"송어 같은데요. 곤충을 잡으러 튀어 오르는 거예요." 나는 4미터 정도 깊이인 것 같은 호수의 바닥을 노걸이 아래로 내려다보았다. 그다지 멀어 보이지 않았다.

"계속 이렇게 있고 싶네. 나는 날카로운 귀를 가지고 있어서 자네가 듣지 못하는 걸 들을 수 있어."

나는 노를 노걸이에 걸었다. 이제 놀랄 만큼 고요했다. 갈매기는 작은 연처럼 하늘에 걸려있었다. 에일리스는 불안한 듯 선착장에 서서 우리를 지켜보고 있었다. 그녀의 아버지도 에일리스 뒤 작은 둔덕에 서있었다.

갑자기 보르헤스가 벌떡 일어섰다. 배가 마구 흔들렸다.

"조심하세요, 보르헤스!"

그는 균형을 잡기 위해 몸을 이리저리 흔들었다. 그리고는 지팡이를 하늘로 치켜 올렸다. 그리고 앵글로색슨의 시처럼 들리는 걸 목청껏 외쳤다. 그의 목소리는 메아리가 되어 되돌아왔다.

"앉으세요! 조심하세요!" 나는 배를 안정시키려고 최선을 다했다.

"이건 창조의 노래라네." 보르헤스가 말했다. "이 노래는 우리 안에 있는 음악을 축복하고, 어두운 시기에도 우리가 어떻게 노래할 수 있는지를 보여주지! 그게 그렌델에게 어머어마한 분노를 불러일으켰다네. 인간이 이렇게 노래를 하면서 다른 사람들을 달래고 영감을 줄 수 있다는 사실에 그렌델은 미쳐버렸거든. 그 노래는 기원에 대한 노래야. 절대자가 어떻게 손으로 땅을 만들고, 평야를 펼치고, 물로 경계를 만들고, 자신의 불쌍한 창조물들을 위한 불빛이 되어줄 태양과 달을 만들었는지에 대한 이야기였어. 절대자는 나무를 세우고 줄기와 가지를 펼치고 거북이, 개구리, 도마뱀, 새, 그리고 모든 짐승에게 숨을 불어넣었지! 세상의 남자와 여자들은 기쁨에 몸을 떤다네."

"제발 좀 앉으세요!"

"그러고 나서 그렌델이 나타나지. 지옥에서 온 악마가 말이야. 그렌델이 바로 네시라네! 그래, 이제 네시가 가까이 오고 있어!"

그는 큰 칼을 휘두르듯 두 손으로 지팡이를 휘둘렀다.

"안 돼요, 보르헤스!" 나는 소리를 질렀지만, 너무 늦어버렸다. 그는 앞으로 기우뚱했다. 무릎은 비틀거리고 입술은 앞으로 튀어나온 채로 내 쪽으로 휘청거리며 쓰러졌다. 나는 그의 겨드랑이에서 나는 시큼한 암내를 맡을 수 있었다. 그의 거칠한 뺨이 내 뺨을 눌렀다. 그는 나를 덮치는 먹구름 같았다. 나는 배를 안전하게 하면서도 그를 내 품에서 다시 밀어내려고 사력을 다했다. 하지만 그 미칠 듯한 순간에 바로 배가 휙 뒤집히고 말았다.

나는 무슨 일이 일어났는지를 살피거나 공포를 느낄 겨를도 없었다. 물은 나를 당황스럽게 했고, 그저 호숫가로 가야겠다는 생각뿐이었다. 하지만 보르헤스는 어떡하나? 나는 물밑에서 눈을 뜨고 미친 듯이 보르헤스를 찾아 헤맸다. 수면 아래에서도 보르헤스는 얼굴을 수면 쪽으로 들어 올리고 수수께끼 같은 미소를 띠고 있었다. 꿀단지에 손가락을 집어넣은 어린아이 같은 표정이었다. 나는 라이프가드 훈련을 받았기 때문에 그를 향해 손을 뻗어 양복 칼라를 움켜쥐었다. 그리고 자유로운 한 손을 이용해서 수면으로 그를 끌어당기며 올라갔다.

보르헤스는 여전히 한 손으로는 지팡이를 잡고 다른 한 손으로는 나를 잡고 있었다.

"등을 위로 해서 물에 뜨려고 해보세요." 나는 그의 축축한 재킷 아래로 손을 넣으면서 말했다. 그의 가죽 구두가 자꾸 그의 발을 물 아래로 당기고 있었다.

우리 근처에 배가 뒤집힌 채로 까딱거리고 있었다. 나는 보르헤스를 그쪽으로 끌고 갔다. 뭔가 잡고 있을 것이 필요했기 때문이다. 곧 에일리스와 아버지가 모터보트를 타고 물보라를 튀기며 다가오는 것이 보였다. 그들은 순식간에 우리 쪽으로 왔다. 에일리스는 키를 낮췄고, 그녀의 덥수룩한 아버지는 머리를 내저으며 우리를 노려보았다. 우리의 곡예가 영 만족스럽지 않은 모양이었다.

나는 바보가 된 느낌이었다. 늙고 맹인인 데다 수영할 줄 모르는 사람을, 특히나 어린아이 같고 툭하면 짜증을 내고 변덕이 죽끓듯 하는 이런 사람을 데리고 배를 타다니. 내가 제정신인가?

보르헤스는 놀랄 만큼 민첩하게 한쪽 발을 밧줄 사다리로 올려놓았다. 그리고 나는 그를 들어 올려서('끌어 올리다'가 더 적절하겠다) 모터보트의 선수로 옮겨 타도록 도왔다. 맥타가르트는 근육질 팔로 도와주었고, 에일리스는 물에 젖은 보르헤스를 양모 담요로 감싸고 머리에 천으로 된 모자를 씌워주었다. "선생님, 이제 괜찮으실 거예요." 그녀가 말했다. "호텔에 가서 말리시면 돼요."

보르헤스는 입술이 새파래진 채로 뭔가를 중얼거렸다. 그가 거칠게 숨을 쉴 때 하얗게 질린 그의 뺨은 그가 얼마나 놀랐는지를 잘 보여주었다. 그는 지팡이를 꽉 쥐면서 눈알을 굴렸다. 그는 내게 서글픔 자체로 보였다. 창조의 노래를 부르려는 모험이 그를 오히려 이렇게 파괴시키는 꼴이 되었으니 말이다.

그날 저녁 우리 네 명은 식당 화롯가에 둘러앉았다. 보르헤스도 나도 갈아입을 옷을 가져오지 않았기 때문에, 나는 예전 손님이 두고 간 트레이닝 바지와 셔츠를 입었고 보르헤스는 맥타가르트의 헌 옷 바지와 스웨터를 입어야 했다. 그러고 있으니 보르헤스 같지 않았다.

에일리스는 몇 시간 안에 양복과 셔츠가 마를 것이고 넥타이까지 같이 다려주겠다고 보르헤스를 안심시켰다. 이 정도는 아무것도 아니라고 설명했다. 그리고 자신이 직접 가죽구두를 말려서 잘 닦아주겠다고도 했다. "저희가 선생님을 완전히 새로운 사람으로 만들어드릴 거예요." 그녀가 말했다.

"낡은 보르헤스로도 충분하답니다." 그가 말했다.

불가에서 안전하고 안락하게 앉아있는 보르헤스를 보니 현실의 물리적 측면은 그에게 거의 영향을 주지 못한다는 생각이 강하게 들었다. 마치 맨발로 뜨거운 석탄 위를 걷는 것 같은 그의 걸음걸이조차, 그가 이 세상에 정착하기를 주저하는 것처럼 보였다. 그에게 네스 호는 사람을 쉽게 익사시킬 수 있는 차가운 물이라기보다는 하나의 이념에 가까웠을 것이었다.

"대체 무슨 일이 있었던 거요?" 파이프 담배를 물고 회전의자에 편안하게 앉은 맥타가르트 씨가 물었다.

"그렌델이었소." 보르헤스가 말했다.

이 말은 맥타가르트 씨에게 전혀 관심을 불러일으키지 못했는지, 그는 다른 곳을 쳐다보았다. 하지만 그의 딸은 눈을 반짝였다.

"저도 학교에서 『베오울프』를 읽었어요." 그녀가 말했다.

"창조의 노래는 내가 제일 좋아하는 부분이라오." 보르헤스가 말했다. "내가 그 부분을 암송하고 있을 때 괴물이 다가와서 배를 뒤집어 버렸소. 아가씨는 지금도 시를 좋아하시오?"

"아, 그럼요." 그녀가 말했다. "가끔 시를 쓰기도 하고요."

나는 이 아름다운 북유럽 여성 앞에서 보르헤스가 기운을 한껏 회복하는 걸 볼 수 있었다. 노라 랑에의 젊은 모습을 반영하는 듯 말이다. 게다가 시도 쓰고 있다니!

"저도 창조의 노래에서 따온 곡을 알고 있어요." 에일리스가 말했다. "여기에 일요일 밤마다 민속 음악 클럽이 열리거든요."

"오, 그럼 노래를 해주오! 내가 당신의 팬이 될 테니."

마치 그런 요청을 기대했다는 듯이 그녀는 가까이 있던 찬장에서 기타를 가지고 와서 창조의 노래 민속 음악 버전을 들려주었다. 내가 희미하게 알고 있는 켈트어로 된 멜로디였다. 그녀의 아버지는 에일 맥주를 홀짝거리면서, 마치 딸의 노래 가사를 맛보듯 입을 벌리고 노래를 들었다.

그녀가 노래를 끝내자 보르헤스는 소년같이 좋아하면서 박수를 쳤다.

"에일리스는 청중을 원해요." 맥타가르트가 말했다.

"여기에 한 분 계시네요." 내가 말했다.

"또 다른 노래 없소?" 보르헤스가 물었다. "너무 좋은데 말이요. 나는 춤도 출 수 있다오!" 그는 담요를 몸에 두른 채로 일어나서 이쪽저쪽으로 발을 끌면서 춤을 추었다.

그가 완전히 회복되어 태연자약하게 있는 모습은 나를 놀라게 했다. 저게 가능하다는 말인가? 아침에 네스 호에서 거의 익사할 뻔했던 사람이? 뛰쳐나가고 넘어지고 하는 게 늘 일상인 건가? 시간과 공간을 넘나들고 날아오르기도 하는 사람에게 그 정도는 아무것도 아닌 건가? 이것도 그의 시적 일상의 일부인 건가? 앞이 보이지 않는 것을 포함해서 모든 것이 자신에게 불리하게 돌아가는데도 불구하고 그는 어떻게 자신만의 노래로 세상을 창조할 수 있는 걸까?

긴 하루였다. 우리는 다음날 스트롬니스로 가는 여객선을 타기 위해 이른 오후에 펜트랜드 퍼스로 가야만 했다. 그래서 나는 에일리스에게 인사를 하면서 우리에게 해준 모든 것에 감사를 표했다.

"저도 항상 오크니 섬에 가고 싶었어요." 그녀가 말했다.

"그렇다면 저희와 함께 가시지요." 보르헤스가 말했다. 아가씨의 뱃삯과 식사와 숙박비는 제가 지불하지요. 하지만 저는 당신과 함께 갈 수가 없을 것 같군요."

"오크니로 안 가시겠다고요?"

"그래, 주세페! 네스 호에서 겪은 모험 때문에 또 배를 타고 싶지가 않다네. 그리고 사실 나는 많이 지쳤어. 두통이 또 심해지고 있어."

나는 실망감과 함께 짜증도 솟아오르는 것을 느꼈다. 보르헤스와 조지 맥케이 브라운이 만나면 어떤 일이 일어나는지를 정말로 보고 싶었기 때문이었다. 하지만 이런 감정은 그것보다 더 큰 감정에 자리를 내주었다. 바로 안도감이었다.

"감사합니다, 선생님. 제가 친구분과 다녀올게요." 에일리스가 말했다. "아빠가 잘 돌봐주실 거예요. 다정하신 분이세요."

이 말은 그녀의 "아빠"를 방 밖으로 나가도록 만들었다. 보르헤스는 이런 불편한 상황을 알지 못했지만 말이다. 앞이 보이지 않는다는 것은 자신에게 불리한 요소를 배제하고 자신만의 반경 속에서 살아가는 것을 가능하게 한다. 나름 축복이라 할 수 있었다. 나는 일종의 들뜬 기대로 몸이 떨려왔다. 에일리스와 내가 오크니로 간다니. 우리 둘이서.

보르헤스가 잠이 들고 나서 나는 아래층에 있는 응접실로 가서 에일리스와의 여행에 대한 죄책감을 살짝 느끼면서 벨라에게 편지를 썼다. 그 여행이 어떻게 펼쳐질지는 알 수 없었지만 말이다. 나는 그녀에게 우리의 우연하고도 불운한 하이랜드 여행에 대해 현란한 설명을 늘어놓았다. 앞서 당황스러운 편지에서 제대로 설명하지 못했던 것을 자세히 이야기하면서 이렇게 물었다. "이러한 일이 '현실 생활' 속에서 정말 일어나고 있는 게 맞을까요? 아니면 내가 현실과는 다른 땅에서 헤매고 있는 걸까요?"

나는 늘 그렇듯 불안함을 느끼면서 그날 밤 바이킹 암스 호텔 바깥에 있는 우편함에 그 편지를 집어넣었다. 아마도 나는 입을 닫고 벨라와의 관계가 자연스럽게 펼쳐지게 내버려 두어야 했을지도 모른다. 혹은 그 관계는 펼쳐지지 않을 수도 있다. 일전에 편지를 보내고 나서 내가 얼마나 회의감에 빠졌던가? 하지만 그럼에도 불구하고 나는 그녀에게 편지를 써야 했다. 나의 이야기를 나만의 방식으로 이야기하는 건 괜찮지 않을까?

20

나는 쟁반에 아침 식사를 담아서 보르헤스에게 가져다주었다. 살짝 탄 베이컨과 삶은 달걀, 토스트, 차 한 잔, 그리고 파란 알약 두 개였다. 알약은 조심해서 나눠 먹으라고 단단히 일러주었다.

하지만 보르헤스는 한 번에 두 알을 다 털어 넣고는 한 모금에 삼켜버렸다. "나눌 필요가 없어. 어제 자네가 나를 익사시킬 뻔했 잖나." 그가 말했다. "밤새 물에 떠있는 것 같은 기분이었어. 아침 에 일어나니 해변에 쓸려온 고래 같았어."

"괜찮아 보이시는데요, 뭘." 나는 그의 손목을 잡고 맥박을 짚 어보았다. "잘 뛰고 있어요."

"나는 빅 벤 시계탑이거든. 댕댕댕."

"여기에 혼자 계셔도 괜찮으시겠어요?"

"나는 아무런 방해도 받지 않는 조용한 밤을 즐기려고 하네." 그가 말했다. "나는 위험한 배를 타기엔 너무 늙었다는 걸 알아야 해! 그렌델 같은 괴물을 상대하기엔 말이야!"

나는 창밖의 호수를 보면서 인내심을 가지려고 애를 썼다. "저 는 선생님을 위해서 제 할 일도 다 제쳤어요. 일주일째 논문도 못 쓰고 있잖아요. 산에서 넘어지셨을 때나 물에 빠지셨을 때 많이

다치셨을 수도 있어요." 내가 말했다. "그래도 호숫가에서는 위험한 사고가 없어서 다행이었어요."

"내가 사과를 해야겠구먼. 자네 말이 옳아. 자네는 호수에서 용감했었지. 나를 살리려고 뛰어들었으니 말이네. 물론 날 질식시킬 뻔했지만." 그는 한쪽 손으로 목을 만졌다. "여기 자네 손가락 자국이 아직도 남아있지 않나?"

그를 이길 사람은 없다는 걸 나는 깨닫고 한숨을 내쉬었다. 그때는 우리 어머니와 정말 똑같았다.

"자네가 걱정이네, 주세페." 그는 텅 비어있지만 불타고 있는 전등과도 같은 눈을 내 쪽으로 돌리면서 말했다. "자네는 괜찮은 건가? 자넬 볼 수는 없지만, 자네는 안 좋아 보이는군."

사실 나는 뒤숭숭한 밤을 보냈다. 이유 없이 벨라에게 죄의식을 느껴서, 에일리스와 함께 하는 여행에 대해서나 맥케이 브라운과의 만남에 대해서 들뜨기는커녕 노트에 있는 형편없는 예전 시들을 들춰보기 시작했던 것이다. 대부분은 짝사랑에 대한 시였다. "제 인생은 완전히 조졌어요." 내가 말했다.

"스페인어는 그런 미국식 표현의 맛을 제대로 전달할 수가 없네. 그 감정의 진솔함 말이야."

"가끔 저는 망한 것 같아요. 이유는 모르겠어요…"

"우나 셀바 오스큐라."

"뭐라고요?" 보르헤스에게는 이 질문을 영원히 계속해야 할 것 같았다.

"『신곡』의 도입부를 읊은 거라네. 우리는 끊임없이 단테의 어두운 숲에 있다는 걸 깨닫게 되지. 우리는 모두 제각각 한 사람씩

암흑의 층을 뚫고 지옥으로 내려가야 하네. 물론 소용돌이치고 있는 연인들인 파올로와 프란체스카에게 부러움이 느껴지는 것이 사실이네. 그들은 사랑하는 사람의 육체를 영원히 만끽하지. 솔직히 말하면 나는 그런 쾌락은 한 번도 느껴본 적이 없네. 나는 신들의 연회에 단 한 번도 초대된 적이 없어. 내 결혼은 완전히 사기였다네."

아, 보르헤스, 그 이야기는 이제 제발 좀 그만하세요! 나는 이렇게 외치고 싶었다.

"나는 결혼에서 어떤 육체적 쾌락도 즐겨본 적이 없어."

"그것 참 안되셨네요. 슬픈 이야기예요."

"슬프지, 그래. 자네도 총각인 것 같네만."

"네." 나는 말했다. (알래스테어가 비꼬았듯이) '사랑과 평화의 시대에 최후의 22세 총각'으로서 나는 수치스러워서 더 이상 여기에 대해 말하기 싫었다.

"그건 순수함이야." 보르헤스가 말했다. "참 감동적이군. 내가 총각이라는 것과 자네가 총각이라는 것 말이야. 하지만 자네가 총각인 것이 더 감동적인 것 같아."

나는 바지에 묻어있는 실밥을 떼어냈다. 이 호텔의 건조기에서 묻어나온 것 같았다. "저는 순수함이 싫습니다."

"자네는 곧 총각 딱지를 떼게 될 거야. 벨라 아가씨가 자네의 계시이자 자네의 길이 될 걸세." 보르헤스가 말했다. "벨라라는 사다리를 타고 천국으로 오르게. 플라톤이 말했던 것처럼 말이야." 보르헤스는 베이컨 탄 부분을 조금씩 뜯어먹느라 잠깐 말을 멈췄다. "하지만 자네 인생이… 조져지지 않는 게 벨라 덕분은 아닐 걸세. 이 표현 괜찮은가?"

내가 대답을 하기도 전에 노크 소리가 들렸다. 에일리스였다. 그녀는 스코틀랜드식 화려한 두건형 모자를 썼는데 금발 곱슬머리가 모자 아래로 흘러내리고 있었다. 그리고 검은 청바지와 두꺼운 스코틀랜드 전통 스웨터를 입고 있었다. 그녀의 부츠는 닦아야 할 것 같았다. 나는 털털한 말괄량이 같은 외모를 그다지 좋아하지는 않았지만, 그녀의 태평하고 편안해 보이는 면은 보기가 좋았다.

"좋은 하루 보내고 멋진 밤도 보내고 오게나." 보르헤스는 축복을 내리는 주교처럼 손을 들어 올려서 말했다.

"선생님은 아버지랑 같이 계시니 괜찮으실 거예요." 우리가 호텔을 빠져나올 때 에일리스가 말했다. "아버지는 책임감이 있으시거든요. 어느 정도는요."

"저 별로 걱정 안 하는데요."

"걱정하시는 것처럼 보여요."

"아니에요."

하지만 사실 걱정이 되었다. 돌보는 사람으로서의 본능이 되살아나서, 보르헤스가 버려졌다고 느낄까 봐 걱정되었던 것이다. 그때 뉴욕에서 처음으로 어머니를 당혹스러움과 슬픔 속에 버려두고 왔을 때처럼 누군가를 버리기는 싫었다. 그때 엄청난 죄책감을 느꼈었기 때문이다. 이제 보르헤스에게도 죄책감이 느껴졌다! ("당신이 유대인이었다면 하루하루가 속죄의 날일 텐데." 제프는 이렇게 말했었다.)

"그런데 제이 씨는 그 선생님께 너무 잘해주시네요." 에일리스가 말했다. "저도 제이 같은 남편이 있었으면 좋겠어요."

"저는 가능합니다." 내가 말했다.

이 말이 그녀에게서 쓴웃음을 자아냈다. 그때 나는 뭔가를 느꼈다. 우리가 잘 지낼 수 있을 것 같은 기분이었다.

"그런데 저는 그분을 알아요." 그녀가 말했다. "조지 맥케이 브라운이요. 작년에 그분 소설책을 읽었어요."

"정말이요?"

"네, 저도 책 읽을 줄 알거든요." 그녀는 '걱정하지 말아요'라고 말하려는 듯 내 팔에 손을 얹었다. "그분을 만나는 건 좋은 것 같아요. 오크니 섬에 가는 건 더 좋고요."

우리가 차를 타고 나올 때 나는 에일리스와 단둘이 있다는 기분 좋은 기대감과 함께 자유의 기분도 느꼈다. 나는 좁은 공간에서 매력적인 여성과 함께 있어본 적이 없었다. 이렇게 친밀한 상황에서 말이다. 그리고 몇 년 동안이나 마음속으로 흠모해 온 시인을 만난다는 기대감에 들뜨기도 했다. 마치 오크니 섬이 손짓을 하며 부르는 것만 같았다. 맥케이 브라운에 대한 논문을 써나갈수록 나는 그 황량하면서도 아름다운 섬에서의 그의 삶을 이상화하게 되었다. 그리고 그가 더 큰 세상의 번잡함으로부터 자신을 고립시키는 방식이 부러웠다. 살과 피를 가진 현실적 인물이 아니라 논문의 축적된 페이지로 내가 생기를 불어넣는 것 같았던 바로 그 사람을 몇 시간이 지난 후면 만나서 나란히 서있을 수 있다니. 나는 신이 났다.

"브라운 씨를 만난다는 사실 때문에 초조하신가요?" 에일리스가 물었다.

"그런 것 같아요."

"그분을 두려워하는군요. 나는 알 수 있어요. 하지만 그분도 사람일 뿐이라는 걸 기억하세요." "제가 좀 내성적이고 과민해서요. 그게 바로 저예요." 내가 말했다.

그녀는 손을 뻗어 내 손을 잡았다. 그래서 우리의 손이 자동차 기어 위에 나란히 얹혔다. 나는 신비로운 전율을 느꼈다. 에일리스는 그저 나에게 친절하려고 노력하는 걸까? 나를 편안하게 해주고 싶은 거겠지? 그녀는 손을 다시 거뒀지만, 오크니 섬 선착장으로 가는 배를 타고 투르소 만으로 가는 내내 그녀는 내 곁에서 아주 행복해 보였다. 그녀의 진짜 생각이 뭔지 알고 싶긴 했지만, 차를 햇빛처럼 가득 채우고 있는 그 달콤하고 행복한 침묵을 방해하고 싶지는 않았다. 우리 사이의 멋진 균형감을 망쳐놓고 싶지 않았던 것이다.

정오가 지나 우리는 그 작은 항구에 도착했다. 여객선 근처에는 할 것들이 많았다. 우리는 우리의 로시난테를 선착장 근처 주차장에 세워놓고 대여섯 명 정도 되는 사람들과 함께 줄을 지어 배에 탔다. 하지만 하늘이 심상치가 않은 게 마음에 걸렸다. 어두운 보라색 구름이 북서쪽에서부터 밀려오고 있었다. 낮은 소리를 내는 세찬 바람이 머리칼을 헝클었고 배 위에 깃발이 마구 나부끼고 있었다.

"퍼스 날씨를 기대하세요." 에일리스가 말했다.

우리는 '세인트 올라'라는 이름을 가진 이 녹슨 배로 두 시간가량의 여행을 할 것이었다. 나는 구름이 그다지 걱정되지는 않았다. 이 배는 그 어떤 날씨에도 오크니 섬을 수천 번 왕복했을 것이었다. 우리는 후미의 높은 데크에 서있었는데, 그곳은 아래 선착장에 군중이 있다면 손을 흔들어줄 수도 있는 위치였다. 그날은 군중은 없었고 챙이 있는 모자를 쓴 노인이 한 명 있었다. 그는 레인코트를 입고 목살이 처진 어느 여성에게 손을 흔들었다. 그녀는 우리 옆에서 울고 있었다.

"헤어진 연인일까요?" 에일리스가 속삭였다.

"그러기엔 좀 연세가 많아 보이시는데요."

"늙으면 욕망이 사라진다고요? 그건 아닌 것 같은데요."

그녀는 솔직하면서도 거침이 없어서 날 놀라게 했다. 그녀의 기분 좋은 솔직함은 담백하고도 상냥해서 매력을 풍겼다. 그녀가 바이킹 암스 호텔에서 살면서 아버지를 돌보기로 결심했다는 것도 그 자체로 감탄스러웠다. 훌륭한 인격의 표현인 것이다. 나는 그녀가 단호하고도 깨끗하며 범접할 수 없는 선을 가진 여성이라고 생각했다.

여객선의 후미에 있는 바에서 에일리스는 우리의 작은 모험에 대한 기대로 매우 들뜬 것처럼 보였다. "나는 항상 스카파 플로우 수역이 보고 싶었어요." 그녀가 말했다. "수 세기 동안 함대가 정박했던 곳이에요. 세계대전 때 독일 함대가 영국에 넘어가게 되자 그곳에서 모두 자침을 해버리죠. 그때 독일인들은 '로열 오크' 전함도 자침시켰어요. 영국 해군의 거대한 패배였죠."

"역사를 잘 아시는군요." 내가 말했다.

"날 깔보지 말아요." 그녀가 말했다.

"그런 의도는 아니었어요."

"의도가 아니었다는 말로는 불충분해요."

하늘에 검은 날개가 펼쳐지는 듯하더니 갑자기 바다가 급격하게 어두워졌다. 파도도 요동치기 시작했다. 바텐더는 글라스와 컵을 안전 보관 바구니에 담으면서 우리가 "흔들리는 수역"에 있다고 이야기해 주었다. 아마도 파도가 이미 2-3미터 높이일 거라고 했다.

갑자기 나는 속이 몹시 안 좋았다.

"난간으로 나가봐야겠어요." 나는 걱정스러운 표정을 지으면서 에일리스에게 말했다.

나는 데크로 다시 나가서 난간에 기대 바다에 구토를 했다. 일부가 구두와 바지에 묻었다. 물론 악취도 진동했다. 에일리스는 내 옆에 서서 한 손을 내 등에 얹었다.

"도와줄까요?"

"아래로 내려가야 할 것 같아요." 내가 말했다. "아래쪽이 더 안정적일 것 같아요."

"괜찮겠어요?"

나는 그렇다고 말하고는 비틀거리면서 철제계단을 내려가 라운지로 향했다. 거기에도 두세 명의 속이 좋지 않은 승객들이 나무 탁자에 구부정하게 앉아있었다. 나도 그곳에 앉아서 손으로 머리를 감싸면서 배의 출렁거림 때문에 오는 충격을 흡수하려고 했다. 하지만 출렁거림은 갈수록 심해지고 있었다. 찻잔과 커피 잔이 바닥에 떨어져 있었고, 옆 테이블의 젊은 여성은 갈색 봉지에 구토를 하고 있었다. 악취가 진동했다. 어느 몸집이 큰 여성은 내 옆 의자에 앉아 큰 소리로 울고 있었다. "죽고 싶어." 그녀가 말했다.

배는 목적지에 금방 도착할 것 같지가 않았다.

우리가 오크니 섬으로 도착할 때도 하늘은 여전히 잔뜩 찌푸린 듯 어두컴컴했다. 배는 돌로 된 방파제를 지나서 안전장치가 잘 갖춰진 스트롬니스의 항구에 도착했다. 많은 배가 정박해 있었다. 잔잔한 물결을 보니 안도감이 느껴졌다. 배가 속도를 늦춰서 쿵 소리가 나게 섰을 때 프로펠러 때문에 생기는 후류가 느껴지기까지 했다. 푸른색 작업복을 입고 부츠를 신은 남자들이 뛰어들어 줄을 던지고 묶으면서 작업을 했다. 쇠사슬이 덜커덕거리고 배의 건널판이 내려오면서 자리를 잡았다.

우리가 선착장에 도착하자 나의 뱃멀미도 사라져서, 조지 맥케이 브라운 앞에서 난간을 붙잡고 토하는 불상사는 없었다. 구토의 악취가 바지에서 올라오고 있었고, 구두는 얼룩이 졌다. 나는 이런 고난의 흔적을 숨길 수는 없었지만, 그래도 최소한 다시 생활의 세계로 돌아오게는 되었다. 되살아나는 것이 이 요나의 극에서 내가 맡은 역할일지도 몰랐다. 하지만 나는 얼마나 많이 괴물에게 삼켜졌다가 다시 뱉어져야 하는 걸까?

"정말 괜찮은 거 맞아요?" 배에서 내려 단단한 부두로 발을 디딜 때 에일리스가 내게 물었다.

"누가 확신할 수 있겠어요?"

나는 구두에서 구토를 닦아내려고 해보았다. 하지만 아무리 닦아도 악취는 제대로 지워지지 않았다.

21

나는 선창에서 에일리스와 조지 맥케이 브라운 사이에 어색하게 서있었다. 브라운은 약속했던 대로 마중을 나왔다. 그는 무(無)에서부터 갑작스럽게 세상 속으로 나타난 것 같았다. 영혼이 내 앞에서 육신을 취한 것이다.

"아, 드디어 만났군요." 맥케이 브라운이 말했다. "사람들은 잘 안 오거든요. 오겠다고 말은 많이 하지만 실제로는 오지 않아요."

내가 그런 뻔뻔스러운 사람 중 하나가 아니라 다행이었다. 그 "사람들"이 누굴 의미하는지는 잘 알 수 없었지만.

그의 은백색 눈동자는 무언가를 읽어내려는 듯 나를 바라보았다. 그에게서는 오래된 밀랍 냄새가 희미하게 났다. 그가 신고 있는 가죽 부츠는 자기 발보다 두 사이즈는 더 커 보였고, 바지도 역시 펄렁거렸다.

내가 사진으로 열심히 관찰했던 내 논문 주제의 얼굴과 꼬불거리는 머리칼을 직접 보면서 이야기를 하고 있다니, 정말 이상한 기분이 들었다. 나는 손을 내밀었고, 그는 주저하는 듯하더니 큰 두 손으로 내 손을 잡았다. 손등 가득 뻣뻣한 흰 털이 난 그의 손은 작가의 손이 아니라 농부나 어부의 손 같았다. 그의 손톱은 담배에 전 듯 짙은 갈색인 데다 손톱을 씹었는지 울퉁불퉁했다.

"그런데 그 작가는 어디 계세요?" 그가 물었다. "아르헨티나에서 왔다는 친구분 말이에요."

"그분이 몸이 좀 안 좋으세요." 내가 말했다. "그래서 호텔에서 쉬시게 두고 왔어요."

"저런. 그러면 그분이 보르헤스인가요?"

"네. 어떻게 아셨어요?"

"추측을 해봤죠. 아르헨티나에서 오셨다니 말이에요. 그리고 알래스테어가 번역을 했다고 하니까요. 우리 시대의 가장 뛰어난 작가 중 한 분이죠. 미로를 탐험하는 듯한 정신세계를 가지신 분이고요."

이 말은 나를 불안하게 했다. 이 세상 모든 사람이 나보다 더 보르헤스에 대해 많이 알고 있는 것 같았다.

그는 에일리스를 향해서 손을 내밀었다. "성함이 어떻게 되시죠?"

"네스 호에서 온 에일리스예요. 여기 계신 분이 호수에서 저를 낚았죠."

"아주 튼튼한 낚싯줄이었겠네요?" 그는 농담을 해놓고 웃었다. "여러분들이 이곳에 활기를 가져왔어요. 여기에서는 대환영이죠. 보통 관광객들은 질병을 가져오거든요. 그중에서도 여름 감기가 최악이에요. 하지만 좋은 질병도 있어요. 핫 토디[위스키에 레몬, 설탕 등을 섞은 음료. — 옮긴이]를 마시면서 집에서 쉴 핑곗거리가 되거든요."

"대부분은 집에 계시지 않으세요?" 내가 물었다.

"당신은 이미 나를 잘 알고 있는 것 같네요. 나의 연대기 작가이자 헌신적인 비평가니까요. 나의 충실한 전기 작가님. 이제부터 말을 할 때 조심해야겠어요. 당신이 나중에 다 기록할지도 모르니까. 다른 사람이 말한 것을 반복하는 건 특히 위험해요. 우리 어머니의 처음이자 마지막 충고였어요. 그래놓고 당신은 어찌나 소문을 좋아하셨는지!"

쉭 하는 소리가 들릴 듯 말 듯 하더니 구름이 갈라지면서 태양이 그 사이를 뚫고 잔잔한 바다를 날카롭게 갈랐다. 늦은 오후의 햇빛이 반짝거렸다. 부둣가는 장밋빛 황금의 색조를 띠었다.

"나중에 해미시 술집으로 가서 숙소를 알아봐 줄게요. 지금은 차를 마시러 갑시다." 맥케이 브라운이 말했다.

차가운 바람이 부두를 휩쓸고 지나가면서 쓰레기통을 넘어뜨렸다. 맥케이 브라운은 달려가서 그것을 다시 세웠다.

"북풍이 좀 심하지요." 그가 말했다. "이 동네에서는 거의 목에 칼을 대는 수준이에요."

"육지보다 여기가 더 춥네요." 에일리스가 말했다.

"네스 호보다 더 춥지요. 그건 확실해요. 네스 호에서는 만(灣)에서 오는 서풍이 불거든요." 그리고 그는 시를 한 편 암송했다.

오 서풍이여, 그대는 언제 불어서
이 가랑비를 세차게 내리게 할 것인가?
주여, 내 사랑이 내 품에 있고
내가 다시 침대에 있을 수만 있다면!

이 유명한 시가는 마치 공중에 뜨거운 불구멍을 만든 것 같았다. 이것이 그가 의도한 바일 것이었다. 보르헤스가 우리와 함께 있다면 얼마나 좋았을까. 그는 맥케이 브라운의 사랑스러우면서도 정확한 켈트족의 목소리로 울려 퍼지는 이 시를 분명 흥겹게 들었을 것이며, 앵글로색슨어나 고대 스칸디나비아어로 된 시로 화답했을지도 모른다.

"정말 완벽한 소품이죠. 그렇게 생각하지 않나요?" 맥케이 브라운이 말했다. "하지만 오크니 섬에서는 가랑비는 잘 내리지 않고 내 침대는 늘 비어있지요."

아름다우면서도 고통스러운 그의 시의 깊고 고독한 외침은 지금까지 내게 잘 느껴지지 않았었다. 셀 수 없을 만큼 많이 읽었는데도 말이다.

부둣가를 따라 걸으면서 맥케이 브라운은 자연스러운 서정성과 넘치는 에너지로 이야기를 이어갔다. 그런 모습은 나를 열광시켰다. 나는 그가 말하는 모든 것을 노트에 적고 싶었지만 그렇게 하면 그가 좋아하지 않을 것 같았다. 그의 말을 잊어버릴지도 모른다는 생각이 나를 걱정스럽게 했다. 이 모든 이야기는 내가 세인트앤드루스로 돌아가 연구를 다시 시작하면 모두 순도 높은 황금이 될 것이었다. 팔코너 교수도 마침내 내가 연구하는 시인에 대한 믿음을 갖게 될 것이었다. 나는 이 원천을 직접 만나고 왔으니까.

메이번 코트에 있는 공영주택으로 가는 길은 그다지 멀지 않았다. 옹기종기 모여 있는 회반죽으로 지은 주택들이었다. 스코틀랜드를 황폐하게 보이게 하는 평범한 전후 건축물이었다. 맥케이 브라운은 집을 잠그지도 않았다. 오크니 섬이니까. 우리는 부엌으로 바로 들어갔다. 그곳은 지저분했다. 잼 통과 버터와 먹다 남긴 토스트가 식탁 위에 널려있었고, 중간에는 낡은 성경책이 놓여있었다. (이걸 보니 스크랜턴의 집에 있던, 여백에 빽빽하게 메모가 되어있고 밑줄이 그어져 있는 아버지의 킹 제임스 판 성경이 생각났다. 맥케이 브라운도 손에 펜을 들고 성경을 들여다보기를 좋아하는지 궁금했다.) 버터 접시 옆에는 공책이 펼쳐져 있었다. 진한 파란색 잉크로 글쓴이만 알아볼 수 있는 낙서가 휘갈겨져 있었다.

"집필 중이신가요?" 내가 물었다.

그는 공책을 덮으면서 얼굴을 붉혔다. "나는 항상 뭔가를 하는 중이죠. 아니면 아예 아무것도 안 하거나요." 그가 말했다. "세상의 음악에 반드시 음악으로 반응하면서 경쟁해야 할 필요는 없지요. 그런 시도를 하는 것 자체가 오만할 수 있어요. 그렇지 않나요?"

그는 조용하게 가르릉거리듯이 말했다. 그의 구문에서도 경쾌한 멜로디가 느껴졌다. 그가 음악에 관해 이야기한 것에 곡을 붙여도 이상하지 않을 것 같았다.

"두 분 다 앉으세요." 그가 말했다. "오크니에서는 격식을 차리지 않아요. 나는 주전자를 좀 올려놓을게요."

나는 에일리스가 그를 보는 것을 보았다. 그가 그녀의 관심을 끌고 있다는 것을 알 수 있었다. 그녀는 입술을 살짝 벌리고 때로는 미소를 지으면서 그의 말을 듣고 있었다.

그 시인은 자신만의 세계에서 편안함을 느끼면서 부엌을 돌아다녔다. 다시 나는 아버지가 생각났다. 새벽부터 출근할 때까지 부얼을 점령하고 있던 아버지의 모습 말이다. 아버지는 스토브를 통솔하면서 달걀을 풀어헤쳤다. 그리고 끊임없이 토스트를 썰고 사과와 바나나를 썰어서 내 시리얼 볼에 넣어주셨다.

여기 이 실제 식탁에서 맥케이 브라운이 자신의 최고작들을 썼을 거라고 생각하니 기분이 좋았다. (나는 그의 최신작 『연한 옥수수를 위한 마법』과 그의 새로운 『최신 시선집』을 가방에 가지고 있었다. 혹시나 저자 사인을 받을 수 있지 않을까 하는 기대감에서였다.) 그의 초기작인 『빵과 생선』이 빵 보관 상자 옆 조리대에 놓여있었다. 일부러 저기에 놓으신 걸까? 내가 맥케이 정도 위치에 놓일 만큼 운이 좋다면, 아마 그렇게 했을지도 몰랐다. 하지만 그는 그렇게 인정 욕망이 강하지 않은 겸손한 사람으로 보였기 때문에 일부러 놓은 것 같지는 않았다.

"거기는 우리 어머니의 자리였어요." 맥케이 브라운이 우리에게 말했다. "얼마 전에 돌아가셨어요. 불쌍하신 분이셨죠. 기관지염이 어머니를 쓸어버려서 결국 바다에 묻히셨죠."

"항상 고향 가까이 사셨군요." 내가 말했다.

"그럼요. 고향은 좋죠. 당신 나라 시인 프로스트가 뭐라고 했었죠? '고향은 당신을 받아주는 곳이다.'"

고향은 좋았죠. 나는 생각했다. 그리고 펜실베이니아에 있는 가족에 대해 다시 생각했다. 그곳은 많은 면에서 위안을 주는 곳이었다. 아버지의 친절함과 겸손함은 그와 잘 어울렸고 그를 둘러싼 사람들에게는 선물과도 같았다. 어머니의 광기조차도 약간의 들뜬 자기 패러디를 담고 있었다. 그리고 어머니는 재미있는 이야기꾼이기도 했다. 나는 주말이면 이탈리아 할머니의 식탁에 앉아서 할머니가 직접 만든 링귀니를 먹는 걸 아주 좋아했었다. 할머니는 전날 큰 밀랍종이 위에 링귀니 반죽을 올려놓고 칼로 꼼꼼하게 잘라내서 면을 만들었다. 나는 할머니의 노련함과 인내심이 늘 감탄스러웠다. "내가 아니면 누가 이렇게 자르겠니?" 그녀는 이렇게 묻곤 했었다.

"나는 집과 항구를 왔다 갔다 하면서 살아요." 맥케이 브라운이 말을 이어갔다. "네스 로드와 부두 사이 말이에요." 나는 "콩코드에서 여행을 많이 했던" 헨리 소로를 떠올렸다.

곧 마멀레이드 잼을 바른 토스트와 차가 나왔고, 이웃인 "과부 더프"가 구웠다는 올록볼록한 쇼트브레드 한 접시가 나왔다. 여기에다 또 맥케이 브라운은 커다란 디저트용 쿠키 한 통을 꺼냈다. 그리고 바삭하게 구운 양파와 함께 식탁 위에 내어놓았다. 그가 손을 벌리면서 말했다. "훨씬 더 많이 있으니 맘껏 먹어요."

에일리스는 쿠키를 가득 집었다. 그러고는 아버지가 무화과 쿠키를 넘겨줬을 때 내 여동생이 지었던 것 같은 미소를 지었다. 아버지는 진심으로 이렇게 말하곤 했다. "무화과는 널 정상인으로 만들어 줄 거야." 스크랜턴을 휩쓴 가장 거대한 공포는 "비정상성"에 대한 공포였다.

맥케이 브라운은 제지 불가능한 보르헤스와는 완전히 달랐다. 보르헤스라면 뭔가를 생각할 때마다 그것이 무엇이든 말을 하고야 마는 사람이었다. 보르헤스만의 강박적 성향으로 사색의 양극단을 현란하게 횡단하면서 말이다. 그에게는 어떤 감정이든 표현되지 않는 법이 없었다. 보르헤스는 언어 그 자체라고 보아도 무방했다. "뭘 생각하고 있나, 주세페?" 그는 거의 외치듯 말하곤 했다. "아래 뭐가 있는지 말해주게! 말을 하라고!"

불편한 침묵이 오랫동안 계속되자 에일리스는 에든버러에서의 학창시절에 관해 이야기했다. "저는 그 도시가 좋았어요." 그녀는 맥케이 브라운도 그곳에서 대학을 다닌 것을 상기하면서 말했다. "에든버러 캐슬의 풍경도 좋았고요."

"맞아요. 좋았죠. 내 학창시절에 관해 이야기를 들었군요?" 그가 물었다.

"신문에서 선생님에 대해 읽었거든요."

"오, 저런. 나는 이름이 없다고 생각하는 걸 좋아해요. 내 책에 이름을 넣지 말았어야 했어요. 익명으로도 충분하니까요. 모든 시대에 가장 위대한 작가는 바로 '익명'이죠."

"에든버러를 좋아하셨어요?"

"그 도시만큼 아름다운 곳이 있을까요? 프린스 스트리트, 스콧산, 그리고 아가씨가 이야기했듯이 언덕 위에 있는 에든버러 캐슬까지 말이에요! 나는 로즈 스트리트의 펍을 휘젓던 어린 훼방꾼이었죠. 시인들이 서로 만나서 술 마시고 토론하던 펍에서요."

"선생님은 휴 맥더미드를 만나셨어요?" 내가 물었다.

"그랬죠." 그가 말했다. "아주 까다로운 양반이었지. 나름 재능이 있었어요. 내가 좋아하는 방식은 아니었지만."

나도 에든버러의 펍에서 휴 맥더미드를 직접 만났다. 『술 취한 자가 엉겅퀴를 바라본다』라는 작품집 일부를 직접 낭송하는 문학회였다. 우리는 짧게 이야기를 나누었다. 하지만 그는 알코올의 취기 때문인지 횡설수설했다. 아름다운 젊은 여성들이 그 위대한 사람과 이야기를 해보고 싶어서 그를 둘러싸고 있었다. 그의 눈빛에 나타난 표정을 보니 그도 아주 즐거워하는 것이 확실해 보였다.

마지막 쇼트브레드와 두 번째 찻잔을 다 비우자 맥케이 브라운은 이제 "스트롬으로 갈 시간"이라고 말했다. 알래스테어와는 달리 그는 문학에 대해 잡담하는 것을 그다지 즐기지 않는 것 같았다. 이 부엌에는 시인이나 소설가의 순위를 매기는 것도 없고, 아는 이름을 마구 나열하는 것도 없었다.

스트롬니스 여관으로 가는 길에 나는 그가 어떻게 방을 잡았는지 궁금하지 않을 수가 없었다. 지극히 검소한 그가 과연 방 두 개를 부탁해 놓았을까?

에일리스가 내 앞에서 걷고 있는 것을 보니 맥케이 브라운의 시 "바이킹의 증언"에 나오는 매력적인 잉기비요르크라는 인물이 생각났다. 그녀는 "여자들 중에서도 가장 훤칠했다"고 그는 썼다. 나는 그를 내 쪽으로 당겨 이 농담을 할까 생각했지만 참았다. 그런 아첨하는 몸짓은 그의 엄숙한 분위기에 어울리지 않을 것이었다. 게다가 지금 상황에서는 굳이 필요한 행동도 아니었다. 이미 그는 나의 충성심을 알고 있지 않은가. 영국에서 그를 박사논문 주제로 고른 다른 학생이 또 있을까? 팔코너 교수의 우려에도 불구하고 나의 논문은 그에 대한 최초의 박사논문이 될 것이 분명했다.

맥케이 브라운과 함께 있다는 사실은 나를 흥분시켰지만 동시에 당황하게도 했다. 그는 비틀린 외모와 내성적인 성격을 가진 비현실적 인물이었다. 그의 냉정한 태도는 외부 세계에 대한 경멸에 가까웠지만, 그는 무뚝뚝하면서도 넘치도록 친절했다. 그와 짧게 만났을 뿐인데도 나는 또한 그의 본성적 엄격함이 한없는 관대함에 대한 충동과 결합해 있음을 알 수 있었다. 이는 쿠키와 쇼트브레드와 차를 넘치게 주는 것에서 드러났다. 그의 영혼의 선량함은 나를 매료시켰다. 그의 이야기 중에서 그의 매력의 비밀이자 나를 가장 감탄하게 했던 지점은 그가 자신의 인물들에 대해 무한히 따뜻한 마음을 가지고 있다는 사실이었다. 그는 타락하고 절망적인 인물들조차도 사랑했다. 아니, 그렇기 때문에 더 사랑했는지도 모른다.

우리가 골목을 돌아서자 마녀 같은 여성들 몇 명이 찡그린 얼굴을 하고 벤치에 앉아있었다. 그들 중 한 명은 맥케이 브라운이 오크니에서 불청객이나 되는 듯이 그를 "미친 놈"과 "망할 놈"이라고 불렀다. 그는 익숙하다는 듯이 손사래를 치면서 지나갔다. 나는 그의 훌륭한 소네트인 「할머니들」이라는 시를 생각하지 않을 수가 없었다. 그 시는 이렇게 시작한다.

맥주에 취해 슬퍼지거나 다정해지거나 방탕해져서
쉴 새 없이 험담하는 할머니들 사이를 지나가 보게나.
그들은 간담을 서늘하게 하는 가시 돋친 눈빛을 하고
항구 골목길 어디서나 시선을 당신에게 고정시키고 있다네.

그는 호기심 어린 눈으로 귀를 활짝 열고 곳곳을 탐색한 것이다. 그래서 이런 풍요로운 소재들로부터 자신의 시와 소설을 수집해 나간 것이었다. 그가 너무 호기심이 강해 보이는 것도 놀랍지 않은 일이다. 그는 자신만의 작은 세계 끝자락을 방랑하는 고독한 사람이다. 그는 또한 그 세계의 판관이자 정신분석가이자 사제였다. 여기까지 생각이 미치자 나의 논문 아이디어가 솟아나기 시작했다. 나는 저녁을 먹고 메모를 해야 할 것이었다. 여행의 소란스러움 속에서 이런 통찰은 금방 잊혀지기 쉬웠다. 장소를 옮겨 다니고 불편한 생활을 해야 하기 때문이다. 맥케이 브라운과는 단 하룻밤밖에 함께 있을 수 없다는 사실이 매우 실망스러웠다. 그래서 다음번에는 그의 우주의 학생이 되어 한 달 정도 그의 곁에 머물러야겠다고 생각했다. 나는 링귀니 반죽을 참을성 있고 요령 있게 잘 라낼 것이다!

우리는 안개가 낀 어두운 황혼을 걸어서 벽난로가 타오르고 있는 따뜻한 펍에 도착했다. 펍 주인은 우리를 보자 환하게 미소를 지었다. 그는 우리가 오기를 기다리고 있었다.

"여기는 해미시예요." 맥케이 브라운은 그를 가리키면서 말했다.

해미시는 부채꼴 모양의 수염과 얼룩덜룩한 코를 가진, 북극에서 온 덩치 큰 요정 같았다. 코는 번지르르하게 보이려고 칠해놓은 듯 자줏빛 핏줄이 얼기설기 보였다. 그는 한쪽 어깨에 가죽을 대고 주머니는 엽총 탄환을 담을 수 있게 축 늘어진 낡은 사격용 조끼를 입고 있었다. 이 분위기에 맞게 그는 골프용 반바지를 입고 있었는데, 무릎 바로 아래 시보리가 들어가 있고 허벅지는 부풀어 올라있는, 구식 골프장이나 사냥터를 제외하고는 거의 찾아볼 수 없는 옛날 스타일이었다. 황록색 양말이 그의 종아리를 덮고 있었고, 그는 밤색 구두를 신고 있었다. 그는 팔을 내 허리에 둘렀다.

"해미시라고 불러요." 그가 말했다.

"해미시가 아니면 뭐라고 부르겠어요?" 맥케이 브라운이 물었다.

"그런 건방진 말대꾸는 안 받아줍니다요." 그가 말했다.

"해미시는 무시해요." 맥케이 브라운이 말했다. "사람은 좋은데 가끔 제 꾀에 자기가 넘어가곤 하죠."

"훌륭한 구절이에요. 시인 양반." 해미시가 말했다. "나는 저양반 시를 저 사람 생일에만 들어봤다오."

"비평은 이제 됐소. 저 아가씨 묵을 방도 있어요?" 맥케이 브라운이 물었다.

"여기는 늘 아가씨를 위한 방이 준비되어 있죠." 해미시가 말했다.

"저는 에일리스예요." 에일리스가 "아가씨"라고 불리는 것이 싫었는지 이렇게 말했다. 하지만 그녀는 이런 가부장제적인 농담 따위에는 크게 신경 쓰지 않았다. 그러나 스코틀랜드의 페미니즘은 작고 뜨거운 반항의 불꽃일 뿐 크게 불타오르지는 못했다.

"위스키? 맥주?" 맥케이 브라운이 물었다.

"맥주면 아무거나 괜찮습니다." 내가 말했다.

에일리스는 다크에일 한 잔을 주문했고, 우리 셋은 술잔을 들고 난롯가에 앉았다. 바깥 기온은 가파르게 떨어지고 있었다. 나는 이곳의 겨울이 얼마나 추울지 상상하면서 몸을 떨었다. 세인트앤드루스도 노르웨이에서 내려오는 해류 때문에 춥고 눅눅한 바람이 불고 엄청나게 추웠다.

"여기 있으니 참 좋네요." 내가 말했다. "마치 선생님의 시와 소설 속으로 걸어 들어온 것 같아요."

276

"제이는 내 작품의 열정적 독자입니다." 맥케이 브라운이 에일리스에게 말했다. "몇 명 없죠."

"저도 선생님 작품을 알아요." 에일리스가 말했다.

나도 잊을 뻔 했다. 그녀는 『지켜야 할 시간』을 좋아했었다고 차에서 몇 번을 말했었다. 그 소설들에 관해 이야기하려는 시도는 얼마 가지 못했었다. 왜 그녀는 그렇게 소설들을 좋아하는 걸까? 나는 그녀의 내면적 삶에 대해, 그녀 자신을 위한 희망에 대해, 그녀의 열망에 대해 거의 아는 것이 없었다. 스코틀랜드 북부에 사는 어느 시를 쓰는 젊은 여성이 조지 맥케이 브라운에 대해 알고 있거나 그의 작품을 좋아한다는 사실에 대해 나는 놀라지 말았어야 했다.

"칭찬 고마워요, 아가씨." 맥케이 브라운이 말했다. "내가 쓴 글을 누군가가 읽는다는 사실을 잊어버리곤 하거든요. 하지만 아마도 중요한 유일한 독자는 바로 역사겠죠."

"역사라니 무슨 말씀이시죠?" 에일리스가 물었다. "일반적이고 추상적인 개념이 아닌가요?"

잘하고 있어요. 나는 생각했다. 에일리스는 눈에 띄지 않는 배경으로 존재하기를 거부했다. 실제로 그녀는 지금 내가 해야 할 일을 하고 있는 것이다!

"역사란 우리 기독교인들이 신이라고 부르는 것이라고 생각해요." 맥케이 브라운이 말했다. "신은 그 거대한 정신 속에, 그곳에서 펼쳐지는 시간의 총체성 속에 우리를 데리고 계십니다. 역사란 서랍 속에 쑤셔져 있는 낡은 달력이 아니에요. 히브리인에게 보내는 서간에 나온 구절을 기억하나요? '예수 그리스도는 어제도 오늘도 또 영원히 같은 분이십니다.' 저는 이 구절을 좋아합니다."

"천주교이신가 봐요." 그녀가 말했다. 그녀가 이 사실을 간파해 냈다는 사실에 놀라웠다. 내가 그녀를 너무 과소평가하고 있었던 것인가?

"개종한 천주교도입니다." 그가 말했다.

"헌금을 걷는 사람도 항상 개종한 사람들이죠." 그녀가 말했다.

"하지만 저는 그냥 뒤에 조용히 앉아있는 걸 좋아하는 편이에요. 영혼은 하느님을 제외하고는 남에게 보이지 않거든요. 사실 그 위대하신 분이 나를 보고 있는지도 잘 모르겠어요. 그분은 내 안에 존재하는 침묵일지도 모릅니다." 그가 내 쪽으로 몸을 돌렸다. "제이도 이탈리아계니 천주교도겠군요?"

"네, 모태신앙이에요. 조부모님이 천주교도셨어요. 그런데 제 아버지는 칼뱅의 품 안으로 들어가셨죠. 하지만 저는 성찬의 전례를 더 좋아합니다." 나는 말했다. "펜실베이니아에 있을 때 할머니와 함께 예수성심회 성당으로 가곤 했어요. 지금은 세인트앤드루스에 있는 앵글로 가톨릭 미사에 자주 참례해요. 제단을 보면 감동받곤 합니다." 이렇게 말하고는 나도 놀랐다. 나는 나의 종교적 성향에 대해서 공개적으로 이야기하지 않았다. 그건 사적인 문제라고 생각하기 때문이었다. 하지만 이렇게 이야기하니 기분이 좋았다. 나는 무엇을 숨기고 싶었던 것일까?

"그것은 진정한 현존이라고 불리지요." 맥케이 브라운이 말했다.

"무슨 뜻이시죠?" 에일리스가 물었다.

"우리는… 제가 다니는 성당에서는 하느님과 그분의 일부인

예수님이 성체 속에 현존한다고 생각해요. 그것은 상징적인 현존이 아니에요. 육신을 입은 성령이죠. 잔은 그분의 피로 채워져요. 그리고 제단으로 가는 작고 불쌍한 우리도 모두 부서져 있어요. 하지만 부활하지요. 우리는 부서졌지만 부활합니다. 계속해서, 끊임없이."

"그건 상징이잖아요." 에일리스가 말했다.

"그래요, 맞는 말이에요. 하지만 성체가 현존할 때 우리도 현존해요. 그리고 그 순간에 영원이 우리를 향해 다가옵니다. 이 비참한 상태 속에 버려져 있는 우리가 천국으로 들어갈 수 있는 방식이죠."

에일리스는 그를 향해 몸을 기울였다. "맞아요, 불쌍한 상태죠. 사실 저는 기독교인들에 대해 이해할 수 없는 게 있어요. 여성에 대한 그들의 증오 말이에요."

"우리는 동정 마리아를 찬미합니다." 그가 말했다. "그리고 저도 여성을 사랑해요. 확실히 그렇죠. 내 삶에서는 그다지 운이 좋지는 못했지만 말이죠. 애정은 없었거든요."

"여성은 창녀거나 처녀가 되어야 하죠." 에일리스가 말했다.

"아, 저런." 맥케이 브라운이 말했다. "그건 저도 정말 부끄럽게 생각해요. 이 때문에 사람은 공적 영역으로 나와야 하는 거예요. 여기 메이번 코트에서 저는 너무 머리로만 살았어요. 다른 목소리들도 들어봐야 하는데."

"책을 읽으시잖아요." 내가 말했다. "어떤 작가를 높이 평가하시는지 궁금합니다. 어떤 작가들이 중요하다고 생각하시나요?"

맥케이 브라운의 얼굴이 생각을 하느라 찡그려졌다. "보다시

피 나이가 들어갈수록 마법을 거는 작가들은 더 적어집니다. 슬픈 일이에요.”

나는 보르헤스라면 어떻게 대답했을지를 생각하지 않을 수 없었다. 티치본의 작품을 인용하면서 백과사전적인 현란한 대답으로 우리를 압도했을 것이었다.

나는 그를 좀 더 밀어붙였다. “왜 선생님은 글을 쓰는 직업을 선택하셨어요?”

“그것이 내가 해낸 일인가요? 나는 늘 그 어떤 것에도 어울리지 않는 것 같은데요.” 그가 말했다. “나는 오크니를 오랫동안 떠날 생각을 해본 적이 없어요. 건강 문제도 있고 성격 때문이기도 할 거예요.”

“선생님은 오크니를 사랑하시잖아요.” 에일리스가 말했다.

“그건 결혼과도 비슷해요.”

“결혼하신 적이 있으세요?”

“아니, 아니에요. 에든버러에서 좋아했던 아가씨가 있긴 했죠. 나는 정말 좋아했었어요. 그리고 나에게도 그런 반응을 보인다고 생각했었어요. 하지만 시간이 지나고는, 알다시피, 그렇게…”

우리는 그가 말을 다시 시작하기를 기다렸지만, 그는 아무 말도 하지 않았다. 그의 얼굴은 서서히 무너졌다. 나는 이런 방향으로 이야기를 끌고 나간 걸 후회했다.

“저도 시를 조금 써요.” 에일리스가 티포트를 흔들면서 말했다. 어떻게 그녀는 내가 물어봐야 한다고 생각했던 질문을 저렇게 정확하게 알고 있는 걸까? “그래서 저는 궁금해요. 시가 뭐예요? 제 말씀은, 시를 어떻게 정의하세요?”

280

"시는 침묵 다음으로 가장 훌륭한 것이죠." 그가 말했다.

"그런데 왜 굳이 시를 쓰시는 거죠?" 에일리스가 물었다.

"나는 거의 매일 기쁨이 덧없이 스쳐 지나가는 걸 느끼죠. 바닷가에서 매일 볼 수 있는 빛과 어둠 말이에요. 나의 글도 그런 거예요. 그 행복의 일부를 종이 위에 흔적으로 다시 창조하는 것이지요. 그 환희가 느껴지기를 희망해요. 내 글 여기저기에서요."

"그리고 슬픔도 느껴집니다." 내가 말했다.

그의 울퉁불퉁한 머리가 튀어나온 이마와 턱과 함께 천천히 내 쪽을 향했다. 그리고 나는 그의 눈에 엷게 반짝이고 있는 눈물을 보았다. "어머니는 늘 나를 걱정했죠." 그가 말했다. "조지, 너는 너무 슬퍼하는구나. 그렇게 말씀하시곤 했어요. 주님께서 어머니의 영혼을 굽어 살피시길. 멋진 분이셨죠! 우리는 모두 우리의 불쌍한 어머니를 사랑하죠. 그렇지 않나요?"

에일리스는 에일을 한 잔 더 주문했다. 그리고 맥케이 브라운이 손가락을 들어 올리자 맥주가 그녀 앞에 나타났다. 에일리스는 성배를 들듯이 두 손으로 잔을 들어 올리고는 급하게 마셨다. 그녀의 눈이 글썽거리고 있었다. 그녀는 작년에 돌아가셨다는 어머니에 대해 생각하고 있는 것일까?

맥케이 브라운은 위스키를 한잔 더 마시고는 맥주로 입을 씻었다. 그리고 우리는 모두 해미시가 만들어 준 소시지롤 플래터를 맛있게 먹었다. 펍 어디에도 가격에 대한 안내는 없었다. 상업적 세계의 일상적 소음이 이곳에는 부재하고 있었다. 고요하고도 애정 어린 물물교환으로 대체되어 있는 것 같았다.

기타를 든 젊은 남성이 구석에 앉더니 오크니 섬의 민요를 몇

곡 불렀다.

"저기는 젊은 더글라스예요." 맥케이 브라운이 말했다. "헬리홀 로드에 있는 구두 수선공의 아들이죠. 이제 멀리 떠날 거예요."

"에든버러로 가나 봐요." 에일리스가 그를 놀리면서 말했다.

맥케이 브라운은 큰 몸짓으로 시계를 보더니 당황한 듯이 말했다. "이제 가야겠어요. 내일은 일하는 날이에요. 일요일을 제외하고는 매일 일하죠. 일요일에는 커크월로 가는 버스를 타고요."

"미사를 드리러요." 내가 말했다.

"맞아요." 그는 술잔에 남아있는 맥주를 만족스럽다는 듯 비웠다. "처음 맥주를 마셨던 날을 아직도 기억해요. 아주 예전이죠. 계시 같았죠! 내 영혼에 환희와 회복의 노래를 솟아나게 하고 슬픔을 씻어주었죠. 그때 혼자 생각했었어요. 매일 오후에 맥주 두 잔을 마실 수 있다면 더없이 행복한 인생이 되겠구나."

"그건 해결책이 아니잖아요." 에일리스가 말했다. 호텔 주인의 딸이 그러하듯 그녀는 여기에서도 일종의 권위를 가지고 있었다.

"맞는 말이에요." 맥케이 브라운이 말했다. "맥주가 수월하게 넘어간 적은 없었어요. 천국에 대한 때 이른 약속은 전달 과정에서 사라져 버렸죠." 그는 내 손을 부드럽게 치면서 속삭였다. "여자 친구가 아주 다정하네요. 첫 봄비처럼 사랑스러워요. 두 분께 행운을 빌어요." 그의 윙크가 에일리스와의 관계에 대한 나의 불안감을 완화해 주지는 못했다. 에일리스는 내 여자 친구가 아니라고 말하기에 적절한 순간은 아니었다. 아마도 내일 아침에 때를 봐서 이야기해야 할 것이었다.

맥케이 브라운은 떠나기 전에 에일리스의 이마에 키스를 하고 내 눈을 똑바로 쳐다보았다. "제이가 나에 관해 쓰는 걸 모두 읽어 볼게요." 그가 말했다. "정직하게만 쓴다면 절대 반대하지 않을 거예요. 사실에 관해서만 쓰세요."

"저는 정직합니다." 내가 말했다.

"그러니 나는 좋은 사람의 손에 있군요! 다시 여기 올 거죠, 우리가 친구가 되었으니?"

"꼭 다시 오겠습니다."

"아, 좋아요. 두 분 모두 잘 자요." 맥케이 브라운이 말했다. "즐거운 시간이었어요. 그리고 제이 씨, 마침내 이렇게 만나서 기쁘군요. 명일에 부두에서 작별인사를 하도록 하지요. 그때 봐요."

"명일에요." 마치 14세기 사람이 된 것 같은 기분으로 나는 말했다.

나는 현관까지 그를 배웅했다. 지금까지는 좋아, 하고 나는 생각했다. 우리는 일단 만났고, 좋은 시간을 보냈다. 하지만 나는 내가 원하는 만큼 깊이 가지는 못했다. 그는 여전히 나에게 수수께끼로 남아있었다. 다음에 오크니에 오면 나는 아무리 오래 걸리더라도 계시가 쏟아져 나올 때까지 그의 곁에 있으리라. 그는 마침내 그의 공포가 무엇인지, 그에게 즐거움을 주는 것이 무엇인지, 그의 마음을 찢어놓은 것이 무엇인지에 대해 나에게 이해시켜 줄 것이다. 그는 또한 글을 쓰는 과정에 대해서, 어떻게 시와 소설을 쓰게 되었는지에 대해서, 작품들을 썼을 때 어떤 느낌이었는지에 대해서도 이야기해 줄 것이다. 나는 그에 대해서 더 많이 알고 싶었다. 그래서 이렇게 갈망을 키워놓기만 한 짧은 방문은 불만족스러울 수밖에 없었다.

에일리스의 방은 내 방 복도 건너편에 있었다. 이것도 잘된 일이라고 나는 생각했다. 아무리 트윈 베드라 할지라도 우리가 방을 함께 쓴다면 정말 어색할 것이었다. 나는 다소 망설이면서 애매한 거리를 두고 잘 자라는 인사를 했다. 우리는 서로에게 분명 매력을 느끼고 있었다. 그리고 우리의 애정 어린 시선은 어두운 먼바다를 번쩍이면서 비추는 등대처럼 서로에 대한 호감의 신호가 되었다. 하지만 우리는 이렇게 스스로를 가두는 고독 속으로 후퇴하고 있었다. 내게는 너무나 익숙한 곳이었다.

그녀는 내 기분을 가늠해보려는 듯이 나를 주의 깊게 바라보았다.

"즐거운 하루였어요." 나는 바보가 된 것 같은 기분으로 이렇게 말했다. 나는 정말 내가 원하는 것을 말할 힘을 낼 수 없는 것인가? 그녀를 그냥 내 방으로 끌어당길 수 없는 것인가?

에일리스는 애매모호하게 고개를 끄덕이더니 방으로 들어가기 전에 수줍게 손을 흔들었다. 나는 그녀가 몇 잔의 술을 마셨으니 빨리 잠들 것으로 생각했다. 펍에서 하품하는 것을 보았기 때문이다. 나는 내가 가진 기회를 분명 놓쳤다. 이것이 최선일 수도 있다고 나는 스스로에게 말했다. 벨라를 위해 나 자신을 아껴 놓은 거니까. 에일리스와의 스쳐 지나가는 감정은 아무것도 아닐 것이다. 그저 상냥한 관심일 뿐일 것이다. 우리는 서로에 대해 아는 것이 없었고, 앞으로도 그럴 것이다. 천국으로 가는 길은 처음부터 '길 없음'이라는 표지가 걸려있었다.

나는 침대에 앉아서 맥케이 브라운의 『연한 옥수수의 마법』을 펴들었다. 나는 마술적 산문으로 쓰인 이 유려하면서도 기이한 희곡을 여러 번 읽었었다. 이 작품은 17세기 오크니 섬을 배경으로 하고 있고 브레히트의 영향을 받아 쓰인 것이 분명했다. 6막으로 된 이 작품은 스톰 콜슨이라는 냉혹한 사기꾼에게 빠진 지그리트 톰슨이라는 어느 오크니 섬의 아가씨에 관한 이야기이다. 콜슨은 용기를 내어 그녀에게 미친 듯이 돌진한다.

이렇게 내가 스스로에게 이야기를 하자, 갑자기 원하는 것이 분명해졌다.

나는 반바지에 티셔츠를 입고 그녀의 문 앞을 왔다 갔다 하면서 방에서 나는 소리를 들었다. 노래를 흥얼거리고 있는 건가?

나는 내 목에서 쿵쾅거리는 맥박 소리를 들으면서 조용히 노크했다. 아무런 대답이 없었다. 그래서 나는 희미한 복도를 둘러보며 조금 더 큰 소리로 노크를 했다. 다른 사람들이 듣는 건 아닐까?

에일리스는 분홍 꽃무늬가 있는 흰색 잠옷을 입고 서서 문을 열었다.

"안녕." 내가 말했다.

"뭐 잊어버린 거 있어요?" 그녀가 물었다.

"당신이요." 나는 말했다.

나는 문을 밀고 들어가서 한쪽 손으로 그녀를 침대로 이끌었다. 그러고 나서 조심스럽게 그녀에게 키스했다. 그녀에게는 히아신스 꽃향기가 난다고 나는 생각했다. 근처 탁자에 말린 꽃이 있긴 했지만 아마도 그 옅은 꽃향기는 내 마음속에만 존재하는 향기일지도 몰랐다.

"그것보다 더 잘할 수 있을 텐데요." 그녀가 말했다.

나는 그녀의 얼굴을 손으로 감싸고, 깊고 완전한 애정의 눈빛으로 그녀를 똑바로 쳐다보았다. 그녀의 홍채에서 빛나는 황금빛 반점이 나의 관심을 끌었다. 내가 그녀에게 다시 열정적으로 키스했을 때 우리의 이가 얼음처럼 부딪히는 소리가 났다. 내 혀가 그녀의 입속을 탐험했다. 내 손은 그녀의 허리를 감싸고 내 몸으로 가까이 끌어당겼다.

그녀의 손이 내 바지 속으로 들어갈 때 나는 그녀가 처음이 아님을 깨달았다. 그리고 나만큼이나 그녀도 간절히 원하고 있다는 것도.

"나는 경험이 없어요." 내가 말했다.

"괜찮아요." 그녀가 속삭였다. "나는 당신이 생각하는 것보다 더 야무지거든요."

22

스트롬니스에서 에일리스와 보낸 열정적인 밤을 제대로 내가 소화해 내는 데에는 시간이 걸릴 것이었다. 내 생각은 벨라에게로 늘 향하고 있었기 때문이었다. 심지어 다음 날 아침에도 나는 벨라를 생각했다. 침대에서 자신감 넘치는 에일리스의 모습은 나를 놀라게 했다. 그녀는 내가 상상도 해보지 못했던 방식으로 마치 고대의 춤과 같은 섹스의 세계로 나를 이끌었다. 하지만 쉽게 이름 붙일 수 없는 어떤 감정이 나를 압도했다. 이것을 사랑이라고 할 수 있을까? 나는 그렇게 생각하지는 않았다. 왜냐하면 벨라에 대한 나의 감정이 더 뚜렷하고도 강렬했으며 풍부했기 때문이었다. 나는 에일리스를 잘 알지도 못했다. 게다가 사랑이라는 감정은 단지 침대에서 하룻밤 뜨겁게 뒹구는 것보다는 훨씬 더 복잡한 것임이 틀림없었다. 그렇다면 그건 육욕이었을까? 하지만 육욕은 나를 그다지 자극하지는 못했다. 나는 낭만적인 성향을 가지고 있어서 좀 더 세련된 것을 꿈꾸었기 때문이다. 하지만 그렇다고 하여 칠거지악 중 첫 번째인 육욕은 그렇게 쉽게 없앨 수 있는 것이 아니다.

　나는 에일리스를 다시 만날 수 있을지도 궁금했다. 다음 날 아침에 내가 그녀에게 세인트앤드루스로 한번 오라고 말했을 때 그녀는 그다지 반가워하지 않았기 때문이었다.

"지금은 호텔이 바쁜 시즌이라서요." 그녀가 말했다.

나는 그 "바쁜 시즌"이 언제 끝날지 궁금해하면서, 세인트앤드루스로 돌아가면 편지를 쓰겠다고 말했다.

그녀는 다정하게 웃었다. "내가 바이킹 암스를 떠날 계획은 아직 없으니 거기로 편지하면 언제든지 내가 받을 거예요. 나도 시간이 나면 답장을 쓸게요. 장담은 못하지만요."

장담은 못한다고? 스트롬니스에서의 우리의 밤이 아무리 암묵적이라고 하더라도 하나의 약속 같은 것 아니었나? 최소한 편지 한 통과 형식적인 답장 한 통은 왕래해야 할 것 같았는데. 아마도 나는 우리 사이에 일어난 일을 과대평가했을지도 모른다. 나는 벗어나지 못했던 것이다.

아침 식사를 할 때 에일리스는 토스트에 버터를 바르면서 계란프라이에 대해 불평했다. 그래서 그녀가 뭔가 우울함을 느끼는 것이 아닌가 하고 생각했다. "바이킹 암스가 계란프라이는 훨씬 잘하는데." 그녀는 대화를 깊이 끌고 가지 않으려고 이런 이야기만 계속했다. 우리 사이에 보이지 않는 벽이 높이 솟아나고 있었다. 마치 지난밤 그녀의 방에서 일어났던 일을 내가 너무 깊이 생각하지 않기를 바라는 듯했다. 생각보다 나와의 여행이 정신적이고 육체적인 측면 모두에서 너무 나아갔었는지도 모른다.

"10시에 배를 타야 해요." 에일리스가 말했다. "아버지가 일손이 필요할 거예요. 그리고 아르헨티나 작가님도 애가 타게 기다리고 계실걸요. 그분은 제이를 사랑하세요."

"사랑이라는 단어가 적절한지 모르겠네요." 내가 말했다.

그러게 말이었다. 지난 12시간이 넘는 시간 동안 보르헤스는 내 의식의 가장자리에서 마치 나와 함께 여행을 계속한 것만 같았다. 나는 그가 내 뒤쪽에서 계속 말하는 것을 들을 수 있었다. 그는 나에게 스스로에 대해 믿음을 가지라고 재잘거렸다. 이제 그것이 명확해졌다. 보르헤스는 자신이 보르헤스를 발견했던 것처럼 내가 나 자신을 발견하기를 원했던 것이다. 보르헤스가 시간이 흐를수록 자신의 얼굴이 되어버린 그 특이한 마스크로서의 보르헤스를 발견했듯이.

맥케이 브라운은 약속한 대로 작별인사를 하러 부두에 나왔다. 밤색 비옷을 입고 늘어진 부츠를 신은 그는 아침볕 아래에서 더 왜소하고 늙어보였다. 커다란 방수 모자가 눈썹까지 그늘을 드리웠다.

"너무 짧은 방문이네요." 그가 말했다. "다시 한번 오크니로 와서 나와 며칠 동안 이야기도 하면서 지내요. 여기에는 베들레헴과는 달리 늘 빈방이 있어요."

"헤롯 왕한테는 제가 온다고 말하지 마세요."

"그럼요. 우리 모두 아기 예수니까요." 그는 자신의 엄지손가락으로 내 이마에 성호를 그어주었다. "다음번엔 커크월에 미사 드리러 같이 가요."

"저도 정말 가보고 싶네요."

"좋은 사람이군요." 그는 나에게 미소를 지으며 눈을 깜빡였다. 그는 낡은 비옷 주머니에서 보르헤스의 『미로』 페이퍼백을 꺼냈다. "이 책 가지고 있죠?"

"아니요." 나는 그 책을 손에 쥐었다. 책등에 잼이 묻은 자국이 남아있는, 손에 들기 편한 예쁜 펭귄판 책이었다. 그것은 메이번 코트에 있는 맥케이 브라운의 집 부엌에 펼쳐져 있던 성경 옆에 있었다.

"나는 두 권이 있거든요." 그가 말했다.

"선생님도 보르헤스를 좋아하세요?"

"목차에 내가 X라고 표시해 둔 소설들을 읽어봐요."

나는 목차를 폈다. 거의 모든 소설에 그 표시가 있었다.

"그분은 '호르헤'이고 나는 조지예요. 하지만 우리는 아주 다르죠. 그분은 천상을 여행해요. 대부분은 시간의 바깥에 계시죠. 하지만 나는 여기에 있어요. 우리가 어슬렁거리는 이곳에서 몇 마일을 벗어나지 못해요. 내 벽난로 위에는 항상 시계가 똑딱거리고 있죠. 그 소리는 너무 커요. 정말로." 그는 내 아버지가 늘 그랬던 것처럼 내 어깨로 몸을 기울이며 나를 안았다. "보르헤스 선생님께 안부 인사를 전해주겠어요?"

나는 반드시 전해드리겠다고 약속했다. 하지만 당황스러웠다. 모든 것이 마지막에는 보르헤스로 회귀하는 것인가?

"특히 「보르헤스와 나」라는 단편을 꼭 읽어요. 우리에게 중요해요." 맥케이 브라운은 헤어지기 직전에 이렇게 말했다.

"배에서 읽어볼게요."

"배가 너무 흔들리지 않는다면 읽을 수 있을 거예요." 그가 말했다. "지금은 바다가 고요하네요. 제이는 운이 좋아요."

나는 어제 바다를 건널 때 내가 어땠었는지를 잊고 있었다. 나는 내 구두를 내려다보았다. 구토의 흔적은 여전히 분명했다. 하지만 다행히도 거기에 대해 깊이 생각하지는 않았었다. 냄새도 분명 났었을 테지만 크게 신경 쓰지 않았다.

"에일리스 아가씨한테 잘해줘요. 그녀에게서는 햇살이 있어요. 그 빛은 바다를 밝혀주죠." 그가 말했다.

그의 말에는 아쉬움이 묻어났다. 그리고 얼마 후 그가 그녀에게 작별의 키스를 할 때 나는 끝 모를 후회를 감지했다.

"곧 다시 오겠습니다." 내가 말했다.

"그래야죠." 그가 말했다. "난간에 토할 때는 바람 방향에 조심해요. 예측하기가 힘들거든요. 악취가 좀 나서 말이에요. 우리는 모두 다 악취를 가지고 있지요."

나는 그의 말에 대해 너무 깊이 생각하지 않기로 했다. 이제는 해독하기 불가능한 것만 같은 내 인생에 대해서도 그랬다. 혹은 굳이 깊이 생각할 가치가 없을지도 몰랐다.

나는 부두가 지평선의 한 점처럼 멀어져 갈 때까지 후미 데크에 서있었다. 그리고 가방에 챙겨 넣었던 맥케이 브라운의 책을 기억해 냈다. 사인을 받으려고 했었는데. 그러니 다음번에 꼭 다시 와야 해. 나는 생각했다. 오크니에서 끝내지 못한 것들이 너무 많았다. 사실 나는 모든 곳에서 내가 해야 할 일을 제대로 끝내지 못했다.

대합실로 돌아가 나는 「보르헤스와 나」를 읽기 위해 창가 의자에 앉았다. 그 소설은 보르헤스라는 사람과 보르헤스라는 작가의 차이에 대한 짧은 단편이었다. 작가 보르헤스는 계속 개입하면서 인간 보르헤스의 인생을 넘겨받으려 한다. "보르헤스"는 "거짓말을 잘하고 사물을 과장해서 이야기하는 고집스러운 버릇"을 가지고 있다. 마지막에는 내적 목소리와 공적 목소리가 혼합되면서 서로가 서로에 대해 알려준다. 마침내 보르헤스와 "보르헤스"가 일치하게 되면서, 소설의 저자는 어느 보르헤스가 글을 썼는지 구별하지 못하게 된다.

나는 창문에 비친 내 모습을 바라보면서, 제이 파리니에 대해 탐구해야 할 시점이 된 것인지에 대해 궁금해했다. 그것은 나지만 내가 아닌 누군가를 발견하는 일이었다. 여러 목소리가 모호하게 뒤죽박죽된 내 머릿속에서 어떤 위반적인 목소리를 끌어내는 일인 것이다. 나는 무엇인가를 말하고 싶었다. 이 말해지지 않은 영역을 탐구하여, 시가 일종의 자아 회복이 되는 그 장소를 찾고 싶었다. 셰익스피어의 표현에 따르면 그것은 "자신의 이름과 자신이 사는 곳"을 "공기와 같은 무"로 만드는 행위이다. 나는 내가 본 것은 무엇이든 이야기해야 한다는 것을 알고 있었다. 나의 내면뿐만 아니라 주변의 것들에 대해서도. 결국 묘사는 계시가 될 것이었다.

무엇이 되었건 써야 한다는 압박감을 느끼면서 나는 일기장을 꺼내 오크니에 대한 시를 몇 줄 썼다. "그 섬은 밤새 불탔네 / 바위와 바다가 화염에 휩싸였네 / 지구의 가장자리에서 태양 가까이 달려갔네."

그래, 이거다. 뭐든 시작하는 거다. 이렇게 나에게 열리는 것을 따라가야 한다.

우리가 육지에 가까이 다가갈 때 나는 에일리스가 후미 난간에 서있는 것을 발견했다. 나는 그녀의 허리에 손을 두르고 그녀를 가까이 끌어당겼다. 그녀는 내 어깨에 머리를 기댔다. '그래요. 우리가 했던 것은 나쁘지 않았어요. 우리가 서로를 발견했던 바로 그 순간 우리는 서로를 사랑했어요. 하지만 다시 그렇게 해야 할 필요는 없겠죠.' 나는 그녀가 이렇게 말하고 있는 것을 느꼈다.

이것이 우리가 투르소 만으로 나아갈 때 우리 사이를 흐르던 침묵에 대한 나의 해석이다. 그리고 이 침묵은 우리가 점심시간 즈음에 바이킹 암스에 도착할 때까지 계속되었다.

보르헤스는 내가 입을 열기도 전에 로비에서 내가 온 걸 알아차렸다. "주세페! 이 호텔에서 내 양복을 세탁해 줬어! 깨끗하고 향기로워! 나한테서 데이지 꽃향기가 난다니까! 그런데 자네 말이야. 자네가 여기 들어설 때부터 내가 움찔했어. 똥밭을 구르다 온 겐가?"

"배에서 멀미가 나서요."

"나는 후각이 엄청 예민해." 보르헤스는 에일리스와 맥타가르트를 의식하면서 말했다. "사냥개의 코라고 할 수 있지! 그래서 아주 유용하지만 가끔 정신을 산만하게도 한다니까. 주세페도 하루 종일 여행할 때 이 똥 냄새, 아니 구토 냄새를 맡겠지. 상관없어. 그대의 모든 것을 용서하겠네."

자신을 버리고 오크니에 다녀온 것에 대해, 혹은 배에서 구토한 것에 대해, 혹은 케언곰스 산맥 도랑에서 넘어지게 한 것에 대해, 혹은 네스 호의 노 젓는 배에서 물에 빠진 것에 대해, 그는 그 모든 것을 용서하고 있다고 나는 생각했다.

"가라, 그리고 다시는 죄를 짓지 마라! 너는 죄사함을 받았도다." 내가 말했다. "기분 좋은데요!"

에일리스는 미소를 지었다. 하지만 맥타가르트는 아무 말도 하지 않았다. 나는 그의 딸을 하룻밤 동안 훔쳤고, 그는 바보가 아니었다. 그는 우리의 짧은 여행 동안 무슨 일이 일었는지 쉽게 짐작할 수 있을 것이었다.

"당신은 호수 아래에 있는 이 괴물에 대해 걱정해야 하오." 보르헤스가 맥타가르트에게 말했다. "그 괴물이 겪을 외로움의 고통을 생각해 보시오."

"네, 괴물 맞아요." 그가 말했다. "하지만 우리는 괴물에게 친절해야 해요. 멀리서부터 관광객을 데려오거든요. 일본에서도 오고 오하이오에서도 와요. 심지어 팀북투[아프리카 말리의 도시 이름. — 옮긴이]에서도요!"

"난 괴물들이 불쌍하오." 보르헤스가 말했다. "괴물들은 비난받기 위해서만 독자들에게 선택되지요. 하지만 나는 야수를 비난하지 않아요. 당신 안에도 야수가 있지 않나요, 맥타가르트 씨?"

"야수요?"

"괴물 말이에요."

맥타가르트는 불쌍한 표정으로 자신의 딸을 쳐다보았다. 우리를 얼마나 더 견뎌야 하는지 궁금해하는 표정이었다.

"로시난테가 발을 구르고 있군." 보르헤스가 말했다. 나도 출발할 준비가 되어있었기 때문에 그의 말이 반가웠다. "우리 앞에 전쟁터가 기다리고 있네!"

출발하기 전에 나는 에일리스에게 구두에 묻은 오물을 닦을 수 있는 젖은 걸레를 달라고 부탁했다. 에일리스는 걸레를 가져다주며 내 귀에 속삭였다. "제이는 잠자리에서 최고였어요."

나는 출발하면서 어깨 너머로 손을 흔들며 마지막으로 그녀를 바라보았다. 그리고 그녀가 희귀한 아름다움의 소유자라는 사실

에 다시 한 번 놀랐다. 하지만 그것은 단지 육체적인 아름다움만
은 아니었다. 그것은 인격의 아름다움이었다.

나는 마음속으로 말했다. 그래요, 당신도 정말 최고였어요.

23

"자네 좀 슬퍼보이는군." 우리가 컬로든 전투지로 향할 때 보르헤스가 말했다. 컬로든 전투지는 악명 높은 전투지로, 우리의 하이랜드 투어의 마지막 목적지가 될 것이었다.

"잘 모르겠어요. 저는 제 자신에 대해서, 제가 어디로 가고 있는지에 대해서 알고 싶어요."

"우리는 컬로든으로 가고 있잖나!"

"아니, 제 인생과 제 마음이 어디로 가는지 모르겠다는 말씀입니다."

"콘피데 티비메트." 그가 말했다.

내 라틴어 실력은 어설프지만, 이 말은 알아들을 수 있었다. '너 자신에 대해 믿음을 가져라.'

"나도 자네에게 믿음을 가지고 있다네." 보르헤스가 덧붙였다. "우리는 시험을 당하고 전투에서 살아남았어. 불과 물 모두에서 말이야!"

나는 보르헤스의 이런 과장된 말과 몸짓에 갈수록 익숙해지고 있었다. 심지어 높이 평가하는 마음까지 들었다. 지금 말하고 있는 사람은 보르헤스가 아니라 그 "보르헤스"라는 걸 깨달았기 때문일 것이다.

우리는 수선화가 피어있는 길을 따라 초봄의 부드럽고도 신선한 공기를 한껏 마시면서 한 시간가량 달린 후 컬로든에 도착했다. 1746년, 그곳에서는 찰스 왕자가 이끄는 자코바이트 군대 수천 명이 죽거나 부상을 당했다. 찰스 왕자는 영웅이었다기보다는 그저 자기중심적인 남자에 불과했던 것 같다. 그는 자기 머리에 엄청난 현상금이 걸려있음에도 불구하고 무사히 그곳을 빠져나가 프랑스 배를 타고 스카이 섬으로 도망쳤다. 내가 안내서에서 주워 읽은 바에 따르면 컬로든 전투는 영국에 대한 스코틀랜드의 마지막 격전이었고, 그 후 하이랜드의 스코틀랜드 씨족들은 사라지게 된다. 그리고 스튜어트 왕가를 복권하여 독립을 이루겠다는 스코틀랜드의 꿈도 짓밟히고 말았다.

그곳에는 '컬로든 웰컴 센터'라고 그려진 간판이 걸려있는 작은 양철 지붕의 건물이 있었다. 모자를 쓴 노인이 등나무 의자에 앉아 파이프 담배를 피우고 있었다. 우리가 다가가자 그는 의심스러운 눈길로 쳐다보았다.

"관광 오셨소?" 그가 실눈을 뜨면서 물었다.

"전투지를 둘러보러 왔습니다." 내가 말했다.

내 팔을 잡은 보르헤스는 기뻐서 순박한 미소를 지었다. "선생님, 저는 자코바이트에 대한 동정의 마음을 가지고 있습니다."

"50펜스요." 그가 말했다. "한 사람당 요금이에요. 1파운드면 됩니다."

관광객은 어디에도 보이지 않는데 주차장은 가득 차 있는 것이 이상했다. 우리는 도보로 그곳을 둘러보았다. 실제 전투가 벌어졌던, 강풍이 부는 드럼모시 습지를 건너갈 때 보르헤스는 내 팔꿈치를 꽉 잡았다. 나는 그곳의 풍경을 묘사하기 위해 최선을 다했고, 나의 언어가 마음에 들었다. 이제 풍경묘사에는 도가 튼 것이었다. "지금은 엉겅퀴와 잡초가 보이네요. 그리고 가시금작화가 장밋빛을 띠면서 살아나고 있어요. 하얀 이끼 같은 것들이 돌에 레이스처럼 붙어 있는 것도 보입니다. 우리 위에는 매가 날아다니고 있네요. 더 많은 시신을 탐하는 것처럼요. 학살당한 하이랜드 사람들의 영혼이 복수를 외치고 있는 것 같아요."

"좋아! 영화를 보는 것 같아! 그것도 개인 영화관에서!"

하지만 나는 이곳을 둘러보면서 비무장 지대 정글에 있는 빌리가 생각나 슬퍼졌다. 치명상을 입은 군인들이나 죽은 군인들이 들것에 실려 있다는 빌리의 마지막 편지도 기억이 났다. 그리고 그들을 살리려는 위생병들의 헛된 노력과, 무전기로 도움을 요청하는 빌리의 모습도 생각했다. 더 어리석다든가 더 잔인한 전쟁이라는 것이 과연 있을까? 어느 편이든, 젊은 군인들이 죽어가고 있다는 사실이 나를 우울하게 했다. 대체 다 무슨 소용이 있단 말인가?

어린 시절부터 전쟁터는 내 꿈에 등장하곤 했었다. 나는 12살이 되기도 전에 아버지와 함께 게티스버그로 여행을 한 적이 있었다. 그 경험은 깊은 상처 같은 기억을 마음속에 심었다. 나는 피가 흥건한 시체들을 상상했다. 그들 중 일부는 나보다 고작해야 대여섯 살 많은 소년이었다. 이제 미국인들은 전쟁의 무용함에 대해, 전쟁이 인류애라는 대의와 전혀 무관하다는 것에 대해 제대로 배웠으리라고 생각할 수 있다. 노예제도도 몇 년 후에 사라지지 않았던가? 남부의 미합중국 재편입 시기도 노예제만큼이나 나쁘지 않았던가? 지금까지도 치유되지 못하고 있는, 인종들 사이의 전선을 만들어 내지 않았던가? 최근에도 우리는 조지 월러스라는 작자의 감언이설과 강박적인 거짓에 고통을 받지 않았던가? 그자는 남북전쟁이 100년이 지난 지금에도 미국인들을 전염병처럼 감염시키는 포퓰리즘적 원한으로 정치적 커리어를 쌓은 멍청한 소시오패스였다.

내가 이를 보르헤스에게 언급하자마자, 마치 움직이는 컨베이어 벨트에 올라탄 것처럼 입술이 움직이기도 전에 이미 말이 튀어나오고 있었다. "미국의 남북전쟁은 정말로 끔찍한 비극이었어." 그가 숨도 쉬지 않는 것처럼 이야기를 시작했다. "그 전쟁은 내 어린 시절부터 마음 한구석에 늘 자리 잡고 있었지. 게티스버그 전투는 며칠이고 계속되었어. 그때 사상자가 어떻게 되더라?"

"오만 명 정도 됩니다." 내가 말했다.

"소름 끼치는 숫자야. 군인들은 전염 때문이 아니라 부상이 너무 심해서 많이 죽었다고 하지. 1938년에 나는 박테리아 때문에 몇 달을 고생하다가 죽을 뻔했었어. 그때 그 이야기를 듣고 충격을 받았지. 페니실린이 치료약이 되기도 전이었어. 하느님은 존재하시는 것이 틀림없다네."

"도와달라고 기도하셨어요?"

"나는 지금도 매일 살려달라고 기도한다네. 하지만 과연 누가 들을까? 이런 의문이 들지만 그래도 나는 기도한다네."

나도 매일 밤 잠이 들기 전에 기도했다. 내 머리 위 하늘보다는 내 안에 살고 계신 하느님에게 이야기하듯이 기도했다. 나는 알래스테어에게 이것에 대해 한 번 이야기한 적이 있었는데, 그는 그런 "종교적 망상"은 "허튼소리에 불과한 것"이라고 일축했다. 알래스테어의 세대에 속한 많은 사람이 그러하듯이, 그의 의견은 단순하고 근본주의적인 무신론에 불과해 보이는 태도의 산물이었다. 그것은 기독교 근본주의만큼이나 나의 흥미를 끌지 못했다. 기독교 근본주의나 무신론은 존재의 신비에 전혀 귀 기울이지 않았다. 둘은 동전의 양면과도 같아 보였다.

북동쪽에서부터 바람이 땅을 파헤치듯이 강하게 불어왔다. 보르헤스는 재킷의 칼라를 세워 올렸지만 그다지 도움이 되지는 않은 것처럼 보였다.

"불행한 바람이 부는군. 이 장소에 대한 연민이 분명해 보여." 그가 말했다. "이 바람이 보르헤스를 압도하고 있네." 그는 지팡이에 몸을 기대며 얼굴을 찡그렸다. "그 알약 더 있나? 머리가 아프네!"

"조심해서 드셔야 한대요. 약효가 강하다던데요."

"이 정신없는 하이랜드의 유령들이 내 머리 밑에서 보이지 않는 북을 마구 두들기고 있는 것 같네."

나는 코듀로이 재킷 주머니에서 알약 두 알을 꺼내 보르헤스에게 건넸다. 약효가 즉각적으로 나타날 리는 없었지만, 알약을 물 없이 삼키자마자 그는 안도의 표정을 지었다. 보르헤스는 태양을 올려다보았다. 햇빛이 그의 얼굴을 씻어 내리듯이 비쳤다. 그의 뺨에서부터 칼라와 외투에까지 뚝뚝 떨어지는 액체 같은 빛이었다. 그의 넥타이에 그려진 물고기도 함께 수영하고 있을까? 그는 눈을 감고 있었고 눈꺼풀이 빠르게 떨리고 있었다. 순간 나는 그가 아주 잘 생겼다는 사실을 깨달았다. 대리석을 깎아 만든 것 같은 얼굴을 가진 남성적인 아름다움이었다. 그가 숭배하는 조상이 그랬던 것처럼 그 또한 사람들을 전투로 이끌 수도 있었을 것이다.

"그들은 영국 공작의 지휘 아래 9천 명의 군사들과 함께 왔다고 하지." 보르헤스가 말했다. "'도살자 컴벌랜드'라는 별명을 가진 공작이었지. 무시무시한 남자였지만 또 허영심이 강한 남자이기도 했어. 영국군은 하이랜드 군대와 싸우기 위해 애버딘에서 육탄전 훈련을 하기도 했어. 4월 중순인가에 이 군대는 네언에 도착하지. 컴벌랜드는 자신의 생일을 축하하려고 부하들에게 하루를 쉬게 해주었네. 자기 생일에 피 튀기는 전투를 하고 싶지 않았다고! 이 허영심이 자코바이트 군대와 찰스 왕자를 속여서 경계를 하지 않게 했어. 우리가 서있는 이 습지에서 오천여 명이 영국군의 매복에 속절없이 당하고 말았네. 생각해 보게, 주세페. 공작의 군대가 칼과 총을 차고 말을 타고 있었어. 하이랜드의 씨족은 백파이프를 가지고 있었지. 백파이프의 무시무시한 소리가 고통을 음악으로 바꿨어. 하지만 그렇다고 사악한 군대가 물러나지 않았지."

그는 창을 들어 올리듯 지팡이를 들어 올리면서 갑자기 깜짝 놀랄 만큼 커다란 비명을 질렀다. 부드러운 톤으로 이야기하는 노인이 어떻게 저런 소리를 낼 수가 있을까?

"몸을 숙여라, 제군들!" 그는 땅으로 몸을 굽히면서 소리쳤다.

나는 그의 옆에 누웠다. 거친 히스가 덮여있는 흙냄새를 맡았다. 그는 왜 스코틀랜드의 독립에 대해서 저렇게 애잔해하는 걸까? 나는 다시 베트남에 대해 생각했다. 특히 미국의 공격에 저항하고 있는 그 사람들에 대해 생각했다. 그들은 머리 위에서 공습을 당하고 있었다. 숲 전체를 말소해 버릴 정도로 유독한 네이팜탄이 그들을 휩쓸고 있을 것이었다. 모두가 해방이라는 환상을 위한 것일 뿐이다. 베트남 사람들이 대부분 원하는 통일된 (사회주의) 국가로부터 베트남 사람들을 해방시켜야 한다는 거짓 환상. 그들은 기술적 군사력으로 무장한 미국의 맹공에 가까스로 저항하고 있었다. 호치민은 보르헤스가 영웅시하는 찰스 왕자보다 더 찰스 왕자 같은 존재였다.

"적들이 오는지 보게! 자네는 척후병이야, 주세페! 지금은 어떤가?"

평지 끝에 타르탄 킬트 치마를 입은 열 명 정도의 전사들이 보였다. 백파이프 소리와 드럼 소리가 가까워지고 있었다.

"몸을 더 숙이고 있어야 해." 보르헤스가 속삭였다. "이 꿈은 지나갈 거야."

하지만 드럼 소리는 갈수록 더 커졌고, 다리를 건너는 말발굽 소리와 병사들의 발소리는 천둥처럼 울렸다. 백파이프 군악대도 같이 지나가는 듯했다. 마치 내가 그 파란 알약을 몇 알 삼킨 것 같은 기분이었다.

"찰스는 패배하지 않으리라! 오늘은 절대로!" 보르헤스는 벌떡 일어서서 지팡이를 휘두르며 반항하듯이 외쳤다. 그러고는 경쾌한 걸음으로 엉겅퀴 덤불 옆 울퉁불퉁한 땅을 밟으면서 앞으로 돌진했다. 멀리에는 물집처럼 곳곳에 늪이 있는 것이 보였다. 그를 말려야 한다!

"보르헤스!" 나는 정신없이 뛰어다니는 다 큰 아기 같은 그를 쫓아가면서 큰 소리로 불렀다. 군인들이 나를 바라보고 있었고, 누군가는 깃발을 흔들기도 했다. 이런 사람들이 보이다니, 내가 정신병에 걸리기라도 한 걸까? 보르헤스는 이제 시야에 보이지 않았다. 나는 사력을 다해 그가 사라진 방향을 뒤쫓았고, 얼마 가지 않아 히스 풀밭에 등을 대고 누워있는 그를 발견했다. 이끼가 낀 돌이 그의 머리 가까이에 있었다. 제트기처럼 날개를 편 까마귀들이 주변을 돌고 있었다. 먹을 것이 있나 둘러보는 것 같았다.

"동지, 우리는 전투에서 패배한 것 같아요. 우리 부족들이 흩어지고 있어요." 백파이프 군악단이 더 가까이 다가오고 있었다. "영국군이 우리를 다시 궤멸시켰어요."

검정색과 붉은색이 섞인 체크무늬 킬트 치마를 두른 하이랜드 군악대가 우리를 향해 오고 있었고, 한 사람이 앞장서고 있었다. 그는 허리에 양손을 짚고 우리 옆에 섰다.

"할아버지세요?" 그가 물었다.

"아버지예요." 나는 이렇게 대답했다. 지금 상황에 가장 적절한 대답인 것 같았기 때문이다.

목화솜 같은 턱수염을 가진 50세 정도 되는 이 남자는 우리에게 더 가까이 섰다. 그는 킬트 치마 안에 주황색 리본 무늬가 들어가 있는 긴 양말을 신고 있었다. 파란 조끼는 그의 거대한 뱃살을 감당하지 못한 듯 아래쪽 단추가 풀어져 있었다.

"당신은 유령이군요." 보르헤스는 마치 그 남자가 눈에 보이는 것처럼 그를 지팡이로 가리키면서 말했다.

"내가요? 난 유령이 아니에요!"

"당신은 누구시오?"

"래브 맥길의 아들 로비 맥길이오."

303

"당신은 전사인가요?"

"나는 아주 온화한 사람이에요. 그렇게 소란피우지 마시오."

"나는 당신이 머스킷총으로 날 쏘게 내버려 두지 않을 것이오!" 보르헤스가 소리쳤다.

"난 아무도 쏘지 않소."

"내가 앞이 보이지 않는 걸 알겠죠, 로비?"

"그렇소."

"난 당신이 보이지 않아요. 당신 얼굴을 좀 만져봐도 되겠어요?"

맥길은 주변을 둘러보고는 나에게 당황한 듯 윙크를 했다. 하지만 그는 보르헤스의 힘에 저항할 수 없는지 한 걸음 더 그에게 다가갔다. 그리고 보르헤스 옆에 무릎을 꿇고 그의 손을 잡아서 자신의 보송한 수염으로 가져갔다. 보르헤스는 그의 주름진 얼굴과 꼬불거리는 수염, 그리고 울로 짠 모자를 손으로 더듬어 만졌다.

"이분은 진짜예요." 내가 보르헤스에게 말했다.

"그대에게 명하노라, 로비여." 보르헤스가 말했다. "그대는 잘 싸웠도다. 조숙한 아이여."

"조숙하다고 했나요? 스코틀랜드어 표현을 잘 아시는군요!" 로비는 이 특이한 외국인을 경외하는 것처럼 보였다.

"그렇소. 그건 저항의 언어죠. 내 입에 착 달라붙는다오."

무장한 맥길의 동료들은 영문도 모른 채 우리를 쳐다보고 있었다.

"우리는 '프레이저 기병단'입니다." 맥길이 설명했다. "재연 배우들이죠."

돈이 떨어지기 시작하면 역사의 충격은 약화된다. 나는 유명한 격전지에서 일어났던 실제 전투를 다시 재연해 내는 데 엄청난 시간과 돈과 생각을 쏟는 열정적인 사람들에 대해 들어본 적이 있었다. 게티즈버그와 같은 남북전쟁의 전투들에 대해서도 그렇게 재연을 하는 사람들이 있었다. (대부분은 남자들이었다.) 그들은 오래전 격렬했던 지옥 같은 전투를 되살리는 데 자신의 주말을 다 쓰곤 했다. 특히 가장 열정적으로 재연하는 것은 주로 패배한 쪽이다. 그렇게 재연의 신기루 속에서 마침내 승리를 찾을 수 있다고 희망하는 것이다.

보르헤스는 이 사태를 이해하려고 애썼다. "재연이라고 하셨나요?"

"네, 우리는 과거를 다시 재연해요."

"무엇 때문에요?"

"그렇게 하는 게 즐겁거든요."

"멋진 대답이군요. 당신들은 현실을 반영하고 있어요! 그것이 내가 직업으로 하는 일이기도 하지요. 세상 앞에 작은 거울을 들고 있는 일 말이에요. 하지만 신뢰성은 떨어지지요. 모든 거울이 그렇듯이 상이 왜곡되기 쉽거든요." 보르헤스는 말을 멈추었다. 사람들이 그의 말을 듣고 있지 않은 걸 깨달은 것 같았다.

"아버지는 괜찮겠죠?" 맥길은 보르헤스 대신에 나를 쳐다보면서 물었다.

"네, 괜찮으세요." 내가 말했다.

그는 내 대답을 믿지 않는 것 같았지만, 우리의 운명은 이제 그의 관심사가 아니었다. 그의 친구들이 다시 컴벌랜드 군대를 연기하러 갔기 때문에 그도 따라가야 했다.

"이게 뭐라고?" 보르헤스는 앉으면서 내게 물었다. "무슨 말인지 아직 내가 이해를 못 하고 있는 것 같은데."

"재연 배우들이에요." 내가 말했다. "예전의 전투를 그대로 재연하는 사람들이죠."

"내 이름도 그렇게 하면 좋겠군. 재연 배우 보르헤스 어떤가! 그런데 문제는 과거의 전투에서는 결코 승리할 수가 없다는 것이지. 패배가 더 커질 뿐."

보르헤스는 나를 향해 손을 뻗었고, 나는 그를 일으켜 주었다. 우리는 천천히 차로 돌아갔다.

"영웅들은 우리를 실망시키고 좌절시키지." 우리가 그곳을 떠나서 달릴 때 보르헤스가 말했다. "찰스 왕자는 무능하고 거만하며 자기만 생각하는 인물이었어. 허영심 때문에 자신과 군대를 파멸시키면서 엄청나게 많은 사람을 죽게 만들었지. 자코바이트의 대의는 그의 광기에 사로잡혀 버렸어. 망상이었겠지. 대부분의 전쟁은 망상 때문에 일어난다네. 거기에 대해 나는 자네에게 동의하네."

나는 아무 말도 하지 않았지만, 보르헤스는 내 생각을 읽은 것이었다.

"하지만 자네는 자네의 이상을 포기하거나 상실해서는 안 돼." 그가 말했다.

"그건 선택지에 없어요, 보르헤스 선생님. 그건 확실해요. 미국인들은 태생적으로 이상주의자인 것 같아요. 우리 독립선언문을 생각해 보세요."

306

"자네는 바로 우리 자신의 독립을 선언하고 있구먼!"

내가 처음 세인트앤드루스에 도착했을 때 일기장에 헨리 소로의 『월든』을 인용했었던 기억이 났다. 소로는 "신중하게 살아가기" 위해서 1845년 7월 4일에 숲속에 있는 오두막으로 가서 살기 시작했다. 일기장에 썼을 당시에는 나는 사실 그 말을 잘 이해하지 못했던 것 같다. 하지만 이제는 알 것 같았다.

보르헤스는 자코바이트의 대의에 대해 계속해서 생각하고 있었다. "컬로든 전투는 거의 모든 면에서 실패했어. 너무 많은 걸 잃어버렸지."

"가장 많이 잃어버린 사람은 전쟁에 나가 싸웠던 젊은 사람들이죠."

보르헤스는 내 말을 깊이 생각하는 듯했다. "자네는 여기에 대해 글을 쓰고 싶어 하는군." 그가 마침내 입을 열었다. "하지만 선과 악 사이의 전투는 계속된다는 걸 기억하게. 작가의 일은 독자들이 올바른 선택을 할 수 있도록 양쪽의 주장을 끊임없이 다시 구성해 내는 것이라네. 찰스 왕자처럼 그렇게 허영심으로 작업을 하면 절대 안 되네. 도살자 컴벌랜드는 말할 것도 없고 말일세. 엘리어트가 뭐라고 말했더라? '굴욕은 끝이 없다.' … 우리는 실패하고, 또 실패하네. 그리고 다시 자신을 추스르지. 주세페, 나는 이걸 수천 번이고 했다네. 보르헤스는 계속해서 깊어졌지."

늘 그러했듯이 보르헤스는 다시 자신의 머릿속을 여행했다. 그리고 그곳에서 그는 자신에게 강박적으로 현존하고 있는 어떤 현실을 발견했다. 혹은 그런 현실을 창조했다. 하지만 세상의 불행 속에도 현실은 존재한다. 그리고 상상력은 거기에 의존하고 있다.

나는 월러스 스티븐스의 구절을 생각해 냈다. "병사여, 전쟁은 정신과 하늘 사이에도 존재한다네."

보르헤스는 이 인용을 좋아했다. "그래, 정신과 하늘 사이의 전쟁이라! 자네 나라의 시인은 참 훌륭하구먼! 우리는 끊임없이 우리만의 전쟁을 치르지. 우리에게는 현실을 표현하려는 노력이 바로 그런 전쟁이네. 그건 정말로 전쟁이야. 나는 때로 현실에서 괴리되어서 슬프고 외롭다네. 하지만 앞이 보이지 않는데도 하늘은 나를 압도한다네. 태양은 눈먼 사람을 다시 눈멀게 할 정도로 너무 밝아! 이것이 우리가 마주치는 현실이야. 우리가 말로 표현하려고 용쓰는 현실이라는 말일세. 하지만 이길 수는 없어. 총체적 승리란 결코 존재하지 않아. 그것은 아마 죽음이 되겠지. 우리는 우리 자신에게 구토를 하지만 또 구두를 깨끗이 닦지. 그리고 다시 시작하는 거야."

의식적으로는 깨닫지 못했지만, 이곳은 나에게 하나의 시작이었다. 나는 내가 앞으로 나아가야 할 곳을 찾을 수 있었던 것이다. 진정으로 '콘피데 티비메트'였다!

나는 컬로든 전투와 그 재연 배우들에 대해서 빌리에게 이야기하고 싶어서 입이 근질거렸다. 그리고 그가 이해할 수 있을지는 확신할 수 없었지만 내가 얻은 통찰에 관해서도 이야기하고 싶었다. 빌리는 진짜 전쟁을 치르고 있었다. 그러니 나의 사색이 전혀 도움이 되지 않을 것이었다. 그를 화나게 하지 않는다면 다행일 것이다. 빌리는 내가 철학적 사색을 하면 이렇게 말하면서 나를 비웃곤 했다. "엉덩이로 지껄이는 것 좀 그만하게, 친구. 시끄러운 데다가 냄새도 아주 지독하잖아. 모두 자네 곁을 떠나고 싶을걸."

보르헤스는 섬뜩하게도 계속해서 나의 마음을 읽고 있었다. "전쟁은 늘 불행하고 심지어 악하지. 그래, 맞아. 누군가는 그렇게 주장할 수 있지. 하지만 자네는 아직 징집당하지 않았어. 그건 행운이야. 기뻐하게. 그리고 거기에 대해서 그만 생각하게."

"그건 비도덕적인 전쟁이에요." 내가 말했다.

"그게 무슨 주장이라도 되나? 모든 전쟁이라는 것은 근본적으로 의미 없는 짓이 아닌가? 좋은 쪽으로 바꾸지도 못하는 잔인하고도 무의미한 것이 바로 전쟁 아니던가?"

"제 외삼촌은 1943년에 살레르노 전투에 참전하셨었어요. 그 전쟁은 그래도 의미가 있었죠." 나는 외삼촌 토니가 내 뒤에서 기뻐하는 것 같은 느낌이 들었다. 옹고집쟁이 조카가 갑자기 그를 이해하다니.

"히틀러의 악취는 지워져야 마땅하지. 맞아. 그건 사실이야."

이 생각들을 정리하는 데에는 아마도 몇 년이라는 시간이 걸릴 것이다. 혹은 정리되지 않을 수도 있다. 전쟁은 늘 국가의 마지막 선택지다. 패배의 인정이기 때문이다. 승리의 감정으로 기쁘게 전투를 선언하는 나라는 없다. 전쟁은 어마어마한 장례식이다. 사람들은 고개를 숙이고 굴욕감을 느끼면서 슬프게 전쟁터로 행군해 간다. 결코 용서받을 수 없다는 사실을 잘 알면서도 말이다. 나는 승리의 도취감에 젖은 전쟁의 레토릭을 단 한 순간도 용인하지 않을 것이다. 전쟁에서 영광이란 결코 존재하지 않는다. 단지 심연으로 추락하는 걸 막을 상상력이 부족했다는 수치심만이 존재할 뿐이다.

보르헤스는 징집위원회에서 온 편지에 대해 다시 내게 물었다.

마치 이 상처를 좀 더 파고들어 끝내 피를 흘리게 만들겠다는 듯이 말이다. 그는 심술을 부리고 있는 것일까? 아니면 좋은 의도로 그렇게 물어본 것일까? 나는 좋은 쪽으로 생각하기로 했다.

"말씀드렸던 그대로예요. 저를 징집한 건지 저도 몰라요. 하지만 알고 싶지도 않고요."

"그러면 그 편지들을 불태워 버려야 해!" 그가 말했다. "그렇지 않으면 계속해서 자네를 괴롭힐 거야. 나는 젊었을 때 그토록 오랫동안 기다렸던 노라 랑에의 편지들을 다 없애버렸다네. 슬프게도 그때 나는 완전히 시력을 잃었기 때문에 아무런 의미도 없었지만."

그것도 좋은 생각이었다. 망할 편지들을 그냥 불태워버리자. 내가 전쟁에 참전하지 않을 거라면 최소한 나 자신에게라도 대담해질 필요가 있었다. 내가 참전해야 한다는 바보 같은 생각은 먼 곳에서 번득이는 번개처럼 머릿속에서 깜빡거리고 있었다. 나는 빌리처럼 뭔가 영웅적인 것을 해야 하는 것이 아닌가 생각하고 있었던 것이다. 누군가가 나를 대신해서 베트남에서 싸우고 있으므로 징집거부는 비도덕적이라는 내 생각은 과연 사실일까? 전쟁이란 늘 파괴적인 것이며, 우리는 타인의 웅장한 환상을 위해 싸워서는 안 된다. 컬로든 방문은 예기치 않게 내게 이 진실을 마주하도록 해주었다. '엉클 샘'[베트남 전쟁 참전 포스터에서 '자네를 원한다'는 손짓을 하고 있는 인물. — 옮긴이]은 나를 원할 수 있지만, 나는 역사의 이 지점에서 그를 결코 원하지 않는다. 그는 그럴 만한 가치도 없다.

24

남쪽으로 달리는 길에 보이는 전망은 참으로 경이로웠다. 나는 보르헤스에게 그 풍경을 묘사하려고 최선을 다했다.

"하늘이 보이지 않는 섬들을 뛰어넘으면서 끝없이 서쪽으로 뻗어있어요." 나는 시적 감정이 격동하는 것을 느끼면서 말했다.

"보이지 않는 섬은 내가 제일 좋아하는 섬이야, 주세페. 보이지 않는 것은 무엇이든 편안하게 내 곁에 머문다네."

"눈이 보이지 않으시니까…"

"시적인 시선은 육체적 시선보다 더 낫다네. 자네 눈에 바다가 보인다면 그건 무슨 색깔인가?"

"어두운 와인색이라고 할까요?"

"매우 유감스러운 표현이군. 그러니 내가 의문문을 좋아하는 거야. 호머는 그 많은 선원들을 술 취한 바보로 만들어 버린 거지."

"상투적인 표현이죠." 내가 말했다. "호머는 기억하기 쉽게 글을 쓴 거예요. 클리셰 말이에요. 알래스테어라면 바로 줄을 그어서 지워버렸겠죠."

"하지만 나는 클리셰를 좋아한다네. 자네는 자네가 맡는 공기

311

가 늘 장미꽃 향이 나길 원하나? 그렇지는 않을 걸세. 아마도 오염되지 않은 깨끗한 공기를 간절히 원하겠지. 나는 매 순간 내 멱살을 잡고 이가 흔들릴 정도로 나를 뒤흔드는 소설을 읽고 싶지는 않아. 장미는 흔하지 않기 때문에 향기로운 거야."

"재스퍼랑 이야기를 해보셔야겠어요. 그 아이는 클리셰를 정말 싫어하거든요."

"그 아이는 아직 아이잖나. 그 아이가 성숙하면 클리셰에 대해 고마운 마음을 가지게 될 걸세. 처음 여자 친구를 사귀게 되면 거대한 언어적 클리셰의 보고로 들어가게 될 것이야. 그리고 어른이 될 때까지 계속 그곳에 머무르겠지. 셰익스피어는 자신의 독창적 표현으로 그 어떤 여자도 꼬시지 못했을 거야."

"파란 계곡이 보이네요. 언덕에는 하얀 양떼가 점처럼 박혀있어요."

"행복한 파란색인가, 슬픈 파란색인가?"

"파란색 중에서도 가장 행복한 색깔이요. 파란 유월의 결혼식 날 하늘처럼요."

"그건 자네 결혼식이 그렇겠지. 내 결혼식 날 하늘은 자줏빛 파란색이었어. 거의 멍든 하늘이었지. 긴 테이블에 장식된 장미꽃조차도 죽음의 악취를 풍겼어. 내 어머니는 결혼식 내내 울고 계셨는데, 그건 기쁨의 눈물이 아니었어. 시와 나 사이에 장벽이 생겼다는 걸 이해하신 거야."

우리는 이끼 많고 진흙이 많은 로몬드 호수에 있는 작은 마을 발마하로 갔다. 그리고 소시지롤을 파는 카라반에 들렀다. 그곳에서 닻을 내리는 작은 배들이 있는 조그만 항구가 보였다. 그리고 파란 호수가 그 너머 섬들로 연결되며 끝없이 펼쳐져 있었다. 하늘은 구름이 몇 점 떠있을 뿐 놀랄 만큼 맑고 푸르렀다. 거의 사파이어에 가까운 파란색이었다.

"호수가 좁고 기다랗네요. 아주 길어요." 나는 보르헤스에게 말했다.

"그리고 깊겠지!"

"깊이는 알 수가 없네요." 내가 말했다.

"자네는 미시시피 강에 대한 마크 트웨인의 글을 읽어본 적이 없나? 그는 나룻배를 모는 선장이었네. 그의 첫 번째 직업이었지. 그래서 수면을 읽는 법을 배웠어. 물결만 보고도 그 아래가 얼마나 깊은지를 알았어. 물결은 그에게 일종의 텍스트였던 셈이지. 수면은 늘 텍스트라고 할 수 있네. 잘 훈련된 눈만이 아래 어떤 장애물이 숨겨져 있고 해류를 어떻게 따라가야 하는지를 알 수 있지. 나는 젊은 시절에 눈에 보이지 않는 부분, 여백, 행간에 주의하면서 책을 읽는 법을 익혔다네. 심지어 단어들과 음절들 사이까지도 말이야!"

"작은 섬들이 보이네요. 섬이 아주 많이 보여요."

"계속해! 내 시야를 채워줘!"

"크라노그[스코틀랜드나 아일랜드 등지에서 발견되는 호수나 어귀의 수면에 지은 인공섬. — 옮긴이]들이 보여요. 사람의 손으로 지어진 것들이죠. 초록이 뒤엉킨 보석 같네요. 상상력으로 만들어진 섬이에요!"

"좋은 표현이네. 얼마나 멋진 단어인가, 크라노그."

우리는 길가에 서서 말없이 귀를 열고 그 모든 소리를 들었다.

굴잡이가 물가 모래밭에서 자신이 잡은 걸 자랑하면서 친구를 부르고 있었고, 갈매기들은 머리 위에서 울고 있었다.

"나는 오랫동안 저렇게 사랑스러운 새 울음소리를 들어본 적이 없는 것 같네. 도서관에서만 너무 시간을 보냈어. 자연의 음악이 그리웠는데."

"하지만 선생님은 높으신 분이시잖아요. 국립도서관장님!"

"그래, 멋진 직책이지. 하지만 우리 깡패 대통령 페론이 나를 강등시켰어. 나는 가금류 감독관이 되었지."

"가곡류라고요?"

"아니, 진짜 닭 같은 가금류 말이야!" 그는 팔꿈치를 들어서 날갯짓을 하면서 꼬꼬댁 소리를 냈다. "나는 또 토끼도 돌보라고 지시를 받았지 뭔가. 눈이 멀어서 제대로 할 수가 없어서 사직하고 말았지."

"가금류의 예술이라." 내가 말했다. "좋은 제목이 되겠는데요?"

"그러고 보니 주세페, 자네 글은 내가 한 번도 읽어본 적이 없는 것 같네. 왜 나한테 들려주지 않나? 내 귀는 열려 있다네."

"제 일기장에 제가 쓴 글이 좀 있어요." 나는 말했다. 나는 지금이 순간을 갈망하면서도 동시에 두려워해 왔다.

나는 배낭에서 내가 쓴 시를 뒤졌다. 보르헤스는 눈을 감고 입술을 살짝 벌린 채 들을 채비를 하고 있었다.

나는 느린 목소리로 읽기 시작했다.

뾰족한 실크 창문 같은 그대의 이마가 나를 매혹하네

나는 그대 곁에 나란히 누워

그대의 눈썹을 만지고

그대의 동그란 갈색 눈에 키스하고 싶네

나는 내 사랑 그대의 신비를 풀고 싶네

밤새 그대를 내 품에 안고 싶네

어느 동화 속 생물처럼

우리는 둘이 아니라 한 몸이라는 걸

이 밤은 결코 알지 못하리

그리고 새벽이면 나는 그대를 바라보리

하느님이 창조를 마치고 피조물을 바라보듯

시간을 넘어서서

우리를 붙잡아 괴롭히고

우리를 분리된 외피 속에 외롭게 가두는

그 모든 것들로부터 완전히 자유롭게

그대를 바라보리

"'분리된 외피'라." 보르헤스가 말했다. "그 구절에는 고립감과 열망이 있군. 이런 구절이나 감정은 종종 읽을 수가 있지. 흔하지만 일상적 고통만큼이나 고통스러운 감정이야."

"클리셰라는 말씀이시죠."

"아닐세! 자네의 시는 우리 모두 한 번쯤은 밟아본 그 원환 속에서 움직이고 있다고 생각하네. 내 사랑 노라도 그런 뾰족한 창문 같은 이마를 가지고 있었네! 우연의 일치라고? 하지만 열망이란 시인에게 아주 유용한 감정일세. 그런데 한 가지만 더 이야기해도 될까?"

"이미 이야기하고 계시잖아요." 나는 내 시를 자신에 대한 또 다른 이야깃거리로 전환하는 게 다소 짜증스러워졌다. 분노가 내 발꿈치에서부터 시작되어 척추를 타고 머리 꼭대기까지 고요하게 차오르는 게 느껴졌다.

"나는 이제 뭔가 굉장히 놀라운 것을 말할 텐데, 부디 내 말을 믿어주게. 나는 자네와 똑같은 시를 쓴 적이 있다네. 정말로 토씨 하나 안 틀리고 똑같은 시 말일세. 나는 그걸 '사랑의 예감'이라고 불렀어."

"제가 쓴 시에는 제목이 없는데요."

"그러면 내 제목을 가져다 쓰게나! 똑같은 시에 똑같은 제목이 되겠군."

"글쎄요…" 나는 내 시를 읽으면서 나만의 독창성을 느꼈었다. 아무리 불완전하다고 할지라도 나만의 목소리가 있음을 감지했던 것이다. 그러니 나는 그의 제목도, 그의 시도 필요가 없었다.

"정말 똑같은 시야. 확실해." 그가 말했다. "물론 다른 언어였지만 말이야."

"저는 선생님의 시를 읽어본 적이 없는데요." 내가 말했다. "이 시는 발표하면 안 되겠어요. 그러면 선생님이 베꼈다고 저를 고소하실 거니까요."

보르헤스는 나의 공격에 화를 내지도, 받아치지도 않았다. "자네는 내 소설 「피에르 메나르」를 읽어봐야 해. 꼭 읽어봐야만 하네. 그 소설은 『돈키호테』를 글자 그대로 다시 쓰는 사람에 관한 이야기야."

"베꼈다고요?"

"아니, 그는 처음으로 그 소설을 '쓴다'네. 그렇게 하면서 그는 낭만주의라는 감옥에 갇혀있는 독창성이라는 관념을 해방시키지. 모든 단어는 발화된 새로운 맥락 속에서는 다 독창적이라고 할 수 있네. 자신만의 시간과 공간 속에서는."

"무슨 말씀인지 잘 모르겠어요."

"자네의 시와 나의 시는 사랑에 대한 우리의 예감이 그렇듯이 동일한 영역에서 움직이네. 그건 분명 내가 다른 곳에서 베낀 시일 거야. 나는 이 위대한 사랑 시의 독자가 되었네. 원작에서는 아무도 발견할 수 없었던 시 말일세. 왜냐하면 그건 다시 창조될 때에만 비로소 존재하기 때문이네. 자네는 이 시에 대해서 권리를 가지고 있고 나도 똑같은 권리를 가지고 있네. 단지 차이는 그 맥락에 있을 뿐이지. 자네의 아름다운 벨라는 자네에게 영감을 주었고, 나도 노라에게 영감을 받았어. 그들도 동일한 여성일 수 있어. 단지 다른 시대와 다른 나라에서 살아있을 뿐이지. 우리는 인생이 어떻게 펼쳐질지에 대해 알 수 없다네."

"그런데 저는 정말 선생님의 시를 읽어본 적이 없어요."

"상관없어. 라이프니츠와 뉴턴에 대해서 생각해 보게. 둘 다 같은 시대에 미적분을 발견했어. 하지만 그때는 서로를 몰랐지."

"그게 무슨 말씀이세요?"

"아이디어는 동일한 신비한 원천으로부터 제각각 따로 떠오른다네."

그제야 보르헤스가 말하는 것이 무엇인지 감이 잡히기 시작하는 것 같았다. 하지만 그것이 진리로 자리 잡기까지는 시간이 걸릴 터였다. 물론 당시에는 받아들일 수 없었다. 나는 내가 쓴 것에 대해 애착을 가지기를 원했다. 내가 뭔가 새롭고 신선한 것을 썼다고 믿고 싶었고, 그래서 영시의 전통에 작게나마 기여했다고 생각하고 싶었다.

엔진이 다시 요동을 치기 시작했다. 이 불쌍한 차는 이제 상태가 좋지 않았다. 게다가 보르헤스는 예상하지 못했던 방식으로 나를 화나게 했다. 분명 그는 또 시를 읽어달라고 요구하겠지만, 다시는 그에게 내 시를 읽어주지 않으리라.

"나는 곧 『리어왕』을 쓸 거라네." 그는 우리가 다시 출발하자 이렇게 말했다. "그 희곡을 쓸 때가 오고 있다는 게 나는 느껴진다네."

40분쯤 뒤에 나는 길가에 제지 공장이 있는 것을 발견했다. 이 지극히 아름답고 목가적인 풍경에 어울리지 않는 무례한 불청객 같은 존재였다. 그 공장 때문에 주변에는 썩은 달걀 냄새 같은 악취가 진동했다. 내 차의 건강하지 못한 엔진도 낮은 기침 소리로 그 악취에 화답했다. 공장은 길 왼쪽에 있었고 굴뚝에서는 연기가 솟아오르고 있었다. 거대한 트럭들이 짐을 싣고 있었다. 회색 콘크리트로 지어진 이 불행한 구조물에는 문만 몇 개 있을 뿐 창문도 거의 없었다. 건물은 꽤 높았고 지붕은 평평했다. 나는 천천히 가다가 갑자기 어떤 영감을 받아서, 그 공장에서 멀지 않은 철제 울타리 옆에 차를 세웠다.

"뭔가?" 보르헤스가 콧구멍을 벌름거리면서 물었다. 호기심이 그의 눈썹에 아로새겨져 있었다.

"정말 멋진 풍경이에요." 내가 말했다. "워즈워드라면 분명히 감동했을걸요."

"그래? 완벽한 목가적 풍경인가? 밖으로 한 번 나가보세나. 다리도 좀 뻗고 싶고 심호흡도 하고 싶네."

우리는 공장 옆 그늘에 함께 섰다.

"이야기해 보게나, 주세페. 나를 위해 눈을 크게 떠보게. 가슴속에 잠자는 시인을 깨워 보게."

"언덕에는 풀이 벨벳처럼 깔려 있어요. 근처에는 개울물이 홍겹게 흐르고 있네요. 전원 풍경 깊숙이 물풀이 개울을 따라 깔려 있어요. 버드나무가 긴 머리칼을 시내에 늘어뜨리는 것도 보입니다."

"다른 나무들은? 버드나무만 있나?"

"오리나무도 있어요. 오리나무는 발이 젖은 걸 좋아하나 봐요. 하지만 시냇물에 머리칼을 드리우고 있는 건 버드나무예요."

"소나 양은 안 보이나?"

"둘 다 보이네요! 얼룩무늬 암소가 있어요. 침을 흘리고 있네요. 양은 털을 좀 깎아야겠어요. 심하게 덥수룩하네요."

"정말로 목가적 풍경이군! 테오크리토스[기원전 3세기의 그리스 목가 시인. — 옮긴이]가 울고 가겠어. 그자는 최초의 목가적 시를 썼지. 비온, 모스쿠스, 롱구스의 시도 기억나네. 버질은 그 풍요로운 전통을 로마에 전수했지. 하지만 목가시라는 게 단지 소와 양과 들판과 꽃과 재잘거리는 시냇물을 찬미하기만 하는 건 아니라네. 목가시는 사실 대조법이라고 할 수 있지. 무례하고도 슬픈 정치의 세계가 보이지 않는 방식으로 그곳에서 어른거리고 있지. 아름다움과 추함이 함께 공존하고 있는 거야. 하나는 다른 하나 없이는 존재할 수 없다네."

"꽃향기가 참 좋네요. 무슨 꽃인지 모르겠지만요."

"나라면 역겨운 썩은 달걀꽃이라고 부르겠네. 폐를 한 번에 보내버리는 데에는 유황만한 게 없지."

그는 이렇게 말하면서 몸을 앞으로 굽히고는 지독하게 웃어댔다. 나는 그가 몸을 너무 숙여서 다치지 않을까 걱정되었다. 그는 이제 거의 울고 있었다.

"이곳을 직접 보실 수 있으면 좋을 텐데요." 내가 말했다.

"그러게 말이네. 이런 공장을 직접 볼 수 있다면 뭐든지 할 텐데 말이야."

우리는 울퉁불퉁한 좁은 시골길을 즐거운 기분으로 달렸다. 하지만 차는 계속해서 스트레스 징후를 보였다. 과연 오후에 세인트앤드루스까지 무사히 갈 수 있을지 걱정이 되었다.

"세인트앤드루스까지 얼마나 걸린다고?" 보르헤스가 물었다.

"우리가 중간에 어딜 들르지 않는다면 2시간 안으로 도착할 거예요."

아마도 그는 화장실에 들러야 할 것이었다. 그리고 나는 공중전화를 찾고 싶었다. 알래스테어가 런던에서 돌아왔는지 확인해봐야 할 때였다.

"로시난테에게서 건강하지 못한 소리가 나는군." 보르헤스가 말했다.

사실 내 차의 소음은 늦은 아침부터 심해지고 있었고, 한낮이 되자 거의 중증 환자의 기침소리로 바뀌고 있었다. 더 걱정스러운 사실은, 바퀴가 계속해서 오른쪽으로 돌고 있다는 사실이었다. 한두 번 도랑에 빠질 뻔한 정도였다. 모터뿐만 아니라 베어링에도 문제가 생긴 건가? 나는 세인트앤드루스를 떠나기 전에 차부터 점검했어야 했다. 하지만 시간이 전혀 없었을뿐더러 나는 엔진에 대해 아무 생각이 없었다. 내 아버지는 비교적 새 차를 몰았는데, 가장 최근의 차는 검은 루프가 있는 노란색 포드 LTD였다. 3,000마일을 달릴 때마다 엔진오일만 잘 갈아주면 차는 퍼지는 일이 없다고 아버지는 가르쳐 주셨었다.

보르헤스는 차를 도발하려는 듯 지팡이로 쿡쿡 때렸다.

"튜닝도 좀 해야 할 것 같은데요." 내가 말했다.

"자네는 기계도 잘 다룰 것 같아." 보르헤스가 말했다.

"엔진은 저한테 수수께끼 같은 존재예요."

"내부의 연소라! 내가 인생을 말과 마차의 세계에서 시작했다는 사실을 기억하게. 아버지는 어릴 때부터 할아버지의 사륜마차를 타고 부에노스아이레스의 거리를 질주했지. 이제 나는 구름 위수천 마일을 날아서 아이슬란드나 이스라엘 같은 먼 곳에 가서 강연을 한다네. 그리고 내가 고향에만 있었다면 결코 만나지 못했을 아름다운 사람들과 이야기를 나누지. 하지만 나는 내 도시를 떠나지 말았어야 해. 나는 수줍음을 많이 타는 사람이거든. 용기도 별로 없고." 그는 손수건으로 눈썹을 닦고는 호주머니에 다시 집어넣느라 말을 잠깐 멈추었다. "그리고 확신도 없고 말일세. 다른 사람들의 용기에 감탄하기는 하지만. 자네는 우리가 스털링을 지나갈 거라고 말했지."

"곧 도착해요."

보르헤스는 기대에 찬 숨을 들이쉬었다. "스털링 다리! 그 이름은 내 마음을 울린다네. 윌리엄 월리스가 이끌었던 스코틀랜드 독립전쟁의 중요한 전투였지! 블라인드 해리라는 시인이 그 위대한 전투에 대해 아주 훌륭한 글을 썼었지. 눈먼 시인들의 전통이 있어. 호머, 밀턴, 해리…"

"그리고 보르헤스도요." 내가 말했다.

그는 내 팔을 잡았다. "고맙네, 젊은이."

나는 이십 분 후 스털링 성을 둘러보기 위해 차를 세웠다. 그리고 최선을 다해 보르헤스에게 경관을 묘사해 주었다. 근처에는 카페도 있었다. 우리는 그곳에서 삼십 분 정도 머물렀다. 보르헤스는 소시지롤과 차를 원했다. 길가에 빨간 공중전화 부스가 있는 것이 창문 너머로 보였다. 나는 필모어로 전화를 걸기 위해 양해를 구하고 자리에서 일어났다.

알래스테어는 전화가 울리자마자 즉시 받았다. 그리고 우리가 어디에 있었는지 물었다.

"보르헤스 선생님 모시고 소박하게 하이랜드 투어를 했어요."

"세상에."

"길에서 며칠을 보냈죠."

"'소박한 하이랜드 투어'라는 표현을 이해하려고 지금 노력 중이라네. 쉽지 않은 도전이군."

"보르헤스는 앵글로색슨 수수께끼 편집자인 싱글턴 씨를 인버네스에서 만나려고 했어요. 그런데 뭔가가 어긋났죠."

"자네 지금 전화로 줄거리를 마구 이야기하려는 것 같은데. 스포일러는 사절일세!"

"어서 모시고 갈게요. 저녁 시간 전까지요."

"좋아! 오늘 아침에 쇼핑을 잔뜩 해놨어. 셰퍼드 파이, 와인 한 병, 그리고 혹시 몰라서 위스키도 샀어. 하이랜드산 싱글몰트 위스키야. 같이 '소박한 하이랜드 투어'를 기념하세나!"

단 며칠 만에 나는 알래스테어의 목소리와 그의 존재 방식과 냉소와 변덕 모두를 잊어버렸다. 그는 거울 반대편에 살고 있는 것 같았다. 이제 우리는 저녁이면 도플갱어인 알래스테어와 재스퍼와 함께 식탁에 둘러앉을 것이다.

25

"알래스테어가 돌아왔답니다." 스털링을 나오면서 내가 말했다.

"근사한 사나이가 돌아왔군! 주세페, 우리의 모험은 이제 끝났네 그려. 이런 결말은 늘 멜랑콜리하지. 자네는 그렇게 생각하지 않나? 나는 좋은 책의 마지막 페이지는 보고 싶지 않아. 상실감이 느껴지거든. 책이 끝났을 때의 공허감 말이야."

갑자기 커다란 천둥소리가 우리를 깜짝 놀라게 했다. 그리고 폭풍우가 치기 시작했다. 마치 열대의 폭풍처럼 빗물이 흘러내리고 시야는 자욱했다. 평원에는 번개가 지그재그로 내리꽂혔고 가끔 햇빛이 비치기도 했다. 내 낡은 와이퍼는 들이치는 빗물과 제대로 싸우지도 못했다. 나는 앞을 보느라 온몸이 곤두서 있어서, 윌리엄 월리스의 죽음에 대한 이야기를 늘어놓는 보르헤스의 말을 제대로 들을 수도 없었다. 보르헤스는 한 번도 차를 운전해본 적이 없었으니 미끄러운 길이라는 건 아무런 의미도 없을 것이 분명했다.

그러던 와중에 나는 스코틀랜드의 역사에 대한 보르헤스의 계속되는 언급에 제대로 대답을 하지 못했다. 그래서 나는 "지금 앞이 잘 안 보여서요."라고 말했다.

"그게 지금 눈먼 사람 앞에서 할 말인가?"

나는 우리의 여행을 시골에 대한 정교한 묘사로 끝내고 싶었지만, 지금 나의 목표는 차가 어딘가에 부딪히지 않는 것이었다. 그럼에도 불구하고 우리 주변에 아름다운 경관이 스쳐 지나가는 것이 보였다. 양쪽은 비트루트 밭과 부드러운 잔디밭이 펼쳐져 있다. 나는 억수같이 퍼붓는 빗속에서도 샛노란 색깔의 트랙터가 진흙에서 덜컹거리며 흙을 갈고 있는 것을 보았다. 수은같이 내리꽂히는 번개조차도 이 겁 없는 농부를 헛간으로 돌려보내지 못했다. 나는 험악하고도 위험한 날씨 속에서도 밭을 갈고 있는 그 사람에게 감동을 받았다. 그는 자신이 끝내야 할 과제에 몰두해 있는 것이다.

우리가 가드브리지 마을에 다가갈 때 나는 몇 마일 떨어진 곳에 흘러가는 안개 너머에서 세인트앤드루스의 존재를 느낄 수 있었다. 그리고 대성당의 탑과 한쪽이 부러져 있는 격자 천장까지도 마음속에 그릴 수 있었다. 나는 세인트앤드루스 성 아래 있는 돌로 된 부두를 마음속에 그려보았다. 그리고 곧 세인트앤드루스의 골목길과 자갈길, 늘어서 있는 관목과 숨겨진 정원들의 미로가 나를 흡수할 것이다. 보르헤스와의 하이랜드 여행은 기억 속에서 서서히 사라져 갈 것이다. 며칠 안으로 논문 작업이 나를 압박할 것이고, 나는 논문 주제로서 조지 맥케이 브라운의 가치에 대해 팔코너 교수와 다시 소리 없는 전쟁을 시작하게 될 것이다. 그리고 기숙사의 홀에서 벨라를 기다리게 되거나, 혹은 그녀를 길에서 마주치고는 당황하여 고개를 까딱이고 얼른 지나가게 될 것이다. 혹은 계획했던 것처럼 펄 오브 홍콩에서 함께 저녁을 먹게 될지도 모른다! 시간은 꼬리를 물고 계속 흘러갈 것이다.

우리가 세인트앤드루스에서 몇 마일밖에 안 떨어진 에덴 강 후미의 넓은 평야를 지나갈 때 드디어 엔진은 덜컥거리는 수준을 넘어서 도와달라고 소리를 지르기 시작했다. 마치 모든 금속들이 삐걱거리면서 뼈와 뼈가 부딪혀 갈리고 있는 것 같았다. 그러고 나서 낮은 휘파람 소리 같은 것이 들리더니 바닥에서 지독한 악취가 올라오기 시작했다.

"돈키호테는 자기 말의 힘과 회복력을 제대로 알지 못했던 자신을 비난했지." 보르헤스가 말했다. "나는 그런 실수를 저지르지 않겠네."

그가 옳았다. 내 낡아빠진 모리스는 더 이상 움직일 수 없었다. 그대로 달렸다가는 차가 끝장날 뿐만 아니라 우리도 끝장날지 몰랐다. 여기서 멈추는 수밖에 다른 방법이 없었다. 그래서 나는 차를 버스정류장 진입로에 세웠다.

"우리는 끝난 건가?"

나는 투덜거리면서 대답했다. "일단 차를 세인트앤드루스에 있는 자동차 정비소까지 견인해야 해요. 얼마나 걸릴지 알 수가 없네요."

"세인트앤드루스까지는 얼마나 먼가?"

"몇 마일만 가면 돼요. 걸어갈 수도 있을 정도예요."

"산초, 나는 그렇게 거닐기에 너무 나이가 많다는 걸 잊지 말게." 그의 목소리에서 지친 기색이 역력했다. "걸을 생각을 하면 내 발이 화가 난 것처럼 말을 안 듣는단 말이지. 발한테 너무 많은 걸 요구하지 않는 게 중요해."

나는 빗속에 서서 후드를 열고 꼬여있는 호스와 벨트와 낯선 기계부품들을 노려보았다. 그 조합은 나에게는 아무런 의미도 없었다. 하지만 나는 일단 헐렁해 보이는 검정색 호스를 잡아당겨 보았다. 아주 작은 숨소리 같은 소리가 뒤따랐다. 엔진 냉각장치에서 스팀이 나오면서 강한 화학약품 냄새를 풍겼다. 이 불쌍한 짐승은 전문가의 관심을 간절히 필요로 했다.

나 혼자라면 충분히 어떻게든 가겠지만, 보르헤스를 어떡해야 하나?

그때 마치 벨소리를 듣고 온 것처럼 택시 한 대가 우리 옆에 섰다. 아래로 늘어뜨린 콧수염을 한 혈색 좋은 운전사가 우리에게 도움이 필요한지 물었다. 내가 상황을 설명하자 그는 보르헤스를 세인트앤드루스에 데려다줄 테니 나는 로시난테와 함께 있어도 좋다고 했다. "필모어라면 잘 알아요." 그가 말했다. 나는 견인차를 기다리면서 그곳에 남아있을 것이었다.

"선장은 배와 함께 가라앉지." 보르헤스가 말했다.

그는 가까이 다가와 내 얼굴을 향해 손을 뻗었다. 그의 손가락이 내 이마와 뺨을 부드럽게 스쳐 지나갔고, 이제 두 손이 내 귀를 감쌌다. 그의 눈꺼풀은 흔들리고 있었다. 그는 미소를 지었다. 그의 숨결이 기이하게도 향기로웠다.

"선생님은 괜찮으실 거예요." 내가 말했다.

"아, 나도 그러리라고 생각하네. 우리는 필모어에서 만나게 될 거야. 하지만 모든 걱정일랑 다 잊어버리게. 미스 로에게로 돌아가. 자네의 사랑을 소홀히 하거나 '행동이라는 이름을 잃'지 말게."

"저도 행동이라는 이름을 생각하고 있어요." 나는 『햄릿』의 구절을 알아보고 기쁘게 대답했다. 그리고 오크니에서 나는 행동의 능력을 스스로에게서 발견했었다는 점을 떠올렸다.

"'그대의 기도 속에서 내 모든 죄를 기억하소서.'"

계속 『햄릿』의 인용이었다. 물론 그 작품에서는 이 덴마크의 왕자를 위한 기도는 결국 이루어지지 않았다.

"선생님의 죄는 제 기억 속에 있어요, 보르헤스. 저는 쉽게 잊지 못할 거예요."

"아, 나의 죄라… 자네는 아무것도 모른다네."

그는 손을 거두었고 나는 그가 택시 뒷좌석에 타는 것을 도왔다. 택시는 곧 안개 속으로 사라졌다.

나는 가까운 공중전화로 가서 자동차 정비소에 전화를 걸었다. 정비공은 내 차를 구출하러 오기로 했다. 하지만 한 시간 뒤 견인차가 도착했을 때, 정비공 두 명이 와서 내가 탈 자리가 없을 것이라는 사실은 미처 예측하지 못했다.

나는 그들에게 걱정하지 말라고, 세인트앤드루스까지 걸어가면 된다고 말했다.

"빗속에서 걷기에는 꽤 먼데요." 그들 중 하나가 말했다. 하지만 그의 사투리가 너무 강해서 처음에는 무슨 말인지 제대로 알아들을 수도 없었다.

걷기는 괜찮았다. 심지어 걷지 않았으면 안 될 뻔했다고 느낄 정도였다. 낮은 평원이 에덴 강 후미를 따라 바다를 향해 뻗어있었다. 비는 점점 옅어져서 반투명 물보라처럼 소리 없이 내리고 있었다. 그리고 초저녁 햇빛이 물보라 너머로 반짝였다. 멀리에서 나는 분홍색의 웨스트 샌즈 해변과 마을을 볼 수 있었다. 마을의 탑도 희미하게 보였다. 세인트앤드루스로 가까이 갈수록 나는 그 도시의 방어벽에 고마운 마음이 들었다. 그 오래된 돌벽에는 수 세기의 침묵이 새겨져 있었다. 그리고 나는 스콘에서의 미로를 생각했다. 그때 물리적 시간으로는 결코 추적할 수 없을 신비하고도 혼란스러운 시간이 지나고 내가 보르헤스를 어떻게 만났는지, 그리고 나 자신을 어떻게 만났는지에 관해서도 기억했다. 나는 어딘가에 있었고, 그때부터 모든 게 다르게 느껴지기 시작한 것이다.

호프 스트리트의 내 아파트로 다가가면서 나는 세인트살바토르 성당에서 7시를 알리는 종소리를 들었다.

축축한 계단을 내려가면서 나는 문을 여는 것이 망설여졌고 심지어 두렵기까지 했다. 왜 그런 생각이 들었을까? 문을 열자 곰팡이 냄새와 악취가 코를 찔렀다. 며칠만 비운 게 아니라 거의 몇 달을 비운 것 같았다. 방을 가로질러 놓여있는 테이블에는 맥케이 브라운의 첫 번째 시집이 펼쳐져 있었고(나는 그 책을 여러 권 가지고 있었다), 그 옆에는 휘갈겨 쓴 메모가 가득한 메모장이 있었다. 이제 저자를 만났으니 나는 그의 언어 뒤에 있는 그의 목소리를 더욱더 잘 들을 수 있으리라. 하지만 오크니로의 여행이 그에 대한 나의 이해를 중요한 지점에서 바꾸어 놓았는지에 관해서는 의문이었다. 최소한 몇몇 지리학적 장소들은 이제 지도 위 추상적 이름이 아니라 구체적인 장소가 되었다. 나는 항구와 부둣가를, 그리고 그가 "북쪽에서부터 남쪽으로 늘어져 있는 선원의 밧줄" 같다고 멋지게 묘사했던 스트롬니스의 대로를 떠올릴 수 있었다. 이제 나는 장소에 대한 구체적 감각을 가지고 논문 작업을 할 수 있었다.

하지만 나는 그 섬과 작가에 대해 더 온전한 이해를 얻기 위해 돌아가야 했다. 내 아버지를 떠올리게 하는 소박한 태도와 직선적인 낙관주의를 가진, 조용하지만 명민하고 가식이 없는 그 작은 남자는 과연 누구인가? 나는 아직 그의 작품의 핵심적 신비에 다가가지 못했다. 그리고 천주교와의 연결고리도 놓치고 있었다. 나는 그가 제안했던 대로 커크월에 가서 그와 함께 미사를 드려야겠다고 생각했다. 나는 조용한 방에서 나 자신한테도 크게 들릴 정도로 한숨을 푹 내쉬었다. 해야 할 것이 너무 많았다. 이 논문을 과연 4, 5년 안에 쓸 수나 있을지도 의문스러웠다. 만약 쓰지 못한다면, 그때는 어떻게 되나?

편지 뭉치가 현관 타일 바닥으로 밀어 넣어져 있었다. 나는 자세히 볼 용기가 없어서 흘끗 쳐다보았다. 징집위원회에서 온 새로운 편지가 맨 위에 있었다. 내가 집에 돌아온 것을 비웃으며 환영하는 것만 같았다. 그 사람들은 스크랜턴에 있는 집으로 똑같은 편지를 얼마나 많이 보낸 걸까? 어머니는 왜 계속해서 지치지 않고 비싼 우편요금을 내면서까지 그 편지들을 나한테 보내고 있는 걸까? 나는 그것들이 모두 같은 편지일 것으로 생각했다. 한 번도 편지를 열어본 적이 없으니 알 수가 없는 노릇이었다. 무지는 결코 행복이 아니다.

나는 편지 뭉치를 침실로 가지고 들어와서 침대에 기대앉은 다음 어머니한테서 온 편지부터 뜯었다. 어머니는 똑같은 불평을 늘어놓고 있었다. "아이린 이모가 계속해서 나한테 이야기하는데,

스코틀랜드는 정말로 너무 먼 동네야. 그런데 너는 왜 거기에 있니? 모두가 나한테 물어봐. 마땅한 이유가 없다고 말이야. 아버지가 이야기했던 법대는 좀 생각해 봤니? 아버지도 궁금해서. 징집위원회에서 온 편지는 도착했니? 너도 알겠지만 편지가 계속해서 오고 있어. 그 사람들은 네가 여기 없는 걸 모르는 거니? 내가 그쪽으로 전화를 해야 할까? 네가 군대 가는 것에 대해 별 이야기가 없는 것도 좀 놀랍구나. 너는 편지에서 한 번도 언급하지 않았어. 네가 이야기하는 거라곤 날씨에 대한 것뿐이야. 비, 비, 안개, 비. 그게 나랑 무슨 상관이니? 나도 그 동네 날씨가 어떤지는 잘 알아. 영화에서 봤어! 요즘에는 너도 없고 네 여동생도 없으니 매일 하는 거라곤 영화 보는 것밖에 없어. 혼자서 일주일에 한 번씩 영화관에 가지. 지금은 〈더티 해리〉를 상영 중이란다!"

망할 더티 해리. 나는 좁은 환상의 세계 속에 갇혀버린 어머니가 불쌍하게 느껴졌다. 아버지는 자신만의 바쁜 비즈니스와 종교의 세계 속에 계시고, 그 세계에 어머니는 포함되어 있지 않았다. 내가 떠나버린 것도 어머니의 고립을 더 가속화했을 것이다. 아픈 곳과 사소한 사건들을 읊는 것이 편지 대부분을 채우고 있었다. 앤 이모는 담석증이 와서 고생하는 중인데 "너무 앤 같은 병"이라고 했다. 사촌 하나는 간염에 걸렸는데, "핏스톤에 있는 식당에서 먹은 상한 해산물" 때문이라고 했다. "걔는 심지어 해산물을 좋아하지도 않는데 그렇게 됐지 뭐니." 또 먼 삼촌 하나는 (이분은 사실 할아버지의 사촌인데) "하나 가격에 두 개를 사는 것처럼 대상포진과 통풍이 함께 와서" 알투나에 있는 요양원으로 가셨다고 한다. 그리고 늘 그렇듯이 어머니의 혈압은 "좋지 않"다고, 그러면서

"내가 누구한테 불평하겠니?"라고 덧붙였다. 헬렌 이모는 30분 거리에 살면서도 거의 보러오지도 않았다.

물론 나는 헬렌 이모가 왜 오지 않는지 안다. 그건 누구나 다 아는 사실이었다. 어머니는 남의 말을 들으려 하지 않는 사람이었다. 마구잡이로 쉬지 않고 이야기를 하는 사람과 함께 있으려 하는 사람은 없다. 어머니의 이야기는 시작도 없고 끝도 없었다. 그저 끝없이 늘어지는 중간만 있을 뿐.

나는 어머니의 편지를 옆으로 치워 놓고는 어두침침한 방을 응시했다. 호프 스트리트에서 차들이 지나가는 소리와 인도에서 술 취한 학생들이 떠드는 소리가 들려왔다.

편지 뭉치의 마지막 편지는 빌리의 어머니인 지오다노 아주머니에게서 온 것이었다. 그녀는 예전에도 몇 번 나에게 편지를 쓰신 적이 있었다. 외아들이 지구 반대편 전쟁터로 가버린 후 느끼는 외로움과 두려움에 관한 이야기였다. 그녀는 또한 빌리 친구들에 대한 소식도 써주셨었다. 나는 "제이 파리니 귀하"라고 봉투에 쓰인, 'o'와 't'를 독특하게 쓰는 그녀의 글씨를 알아볼 수 있었다. 하지만 떨려 보이는 그녀의 손글씨는 그 편지가 단순히 주변 소식을 전하는 편지가 아니라는 느낌이 들었다.

나는 형식적인 부분은 건너뛰어 가면서 숨도 쉬지 않고 그 편지를 읽어 내려갔다. "정보가 많지 않아. 군대는 아는 게 없어. 이건 정말 이해가 가지 않는구나. 군대는 우리보다 아는 게 더 많아야 하는 거 아니니? 하지만 가슴 아픈 진실은, 빌리가 순찰 중에 저격수의 총에 맞아 사망했다는 거야. 매복하고 있었다고 하더구나. 장교들이 우리집에 와서 알려주었어. (그 아이들도 불쌍했어. 나쁜 소식을 전하러 오다니.)" 빌리의 나머지 부대원들은 집으로 무사히 돌아왔다고 했다. 빌리는 헬리콥터로 가까운 부대 의료실로 이송되었지만 "빌리를 살릴 수는 없었어." 그녀는 편지 말미에 이렇게 쓰고 밑줄까지 그었다. "우리가 빌리의 장례미사에서 낭독할 수 있는 뭔가를 좀 써줄 수 있겠니. 그렇게 해주면 우리는 정말 고맙겠구나. 빌리 아빠 조도 안부를 전한단다." 편지 끝에는 "애정과 슬픔을 담아, 안니-마리 지오다노"라고 서명이 되어있었다.

별안간 걷잡을 수 없는 슬픔이 몰려왔다. 그녀가 보여주는 억제된 위엄과 간결함, 명확함은 나를 놀라게 했다. 나는 해가 완전히 지고 방이 깜깜해질 때까지 그렇게 꼼짝하지 않고 침대에 앉아 있었다. 다시는 몸을 움직일 수 없는 것만 같은 생각이 들었다. 내 마음은 돌로 변해버렸다.

마침내 나는 겨우 부엌으로 갔다. 내 허리 아래는 마치 유령처럼 아무런 느낌이 없었다. 부엌 수납장에 위스키가 있었다. 나는 원래 술에 기대는 사람이 아니었지만, 오늘 밤에는 다른 선택의 여지가 없었다. 이 모든 게 현실일까? 빌리는 정말로 이렇게 나와 가족에게서부터 순식간에 떠나버린 것일까? 내 논문, 내 걱정, 벨라를 향한 짝사랑을 늘어놓는 불쌍하고도 이기적인 편지를 빌리에게 다시 쓸 기회가 정말로 이제는 없는 것인가? 나는 머릿속으로는 이미 빌리에게 보르헤스와의 하이랜드 여행에 대해 계속해서 이야기를 건네고 있었고, 돌아오자마자 긴 편지를 쓰려고 하고 있었다. 빌리가 이 이야기를 정말 재미있어했을 텐데.

나는 위스키를 큰 잔에 넘치도록 따르고는 식탁으로 가서 앉았다. 거울 속에서 내 모습이 희미하게 보였다.

그 거울은 나를 깜짝 놀라게 했다. 거울이 계속 저기에 있었던 가? 내가 내 생각에 너무 빠져있어서 거울을 보고도 원래 있었는 지 모르는 것인가?

거울 속 내 모습은 생각보다 더 늙고 초췌하고 지저분해 보였 다. 며칠 동안 면도도 하지 못했기 때문이었다. 게다가 나한테서는 악취가 풍겼다. 놀랄 일도 아니었다. 머리도 안 감았고, 옷도 갈아 입지 않았으며, 네스 호의 흔적이 내 셔츠에 남아있는 데다가, 구 토한 냄새도 보이지 않는 조끼처럼 나를 감싸고 있었다. 불을 때 지도 않았고 방의 온도가 떨어지고 있는데도 불구하고 나는 식은 땀을 흘리고 있었다. 이마와 겨드랑이의 땀이 느껴졌다. 차가웠다.

나는 천천히 위스키를 마셨다. 한 잔을 다 비우고 두 번째 잔을 채웠다.

내 머리는 빌리와의 기억으로 소용돌이치고 있었다. 내 침실 앞 옷장에는 졸업 학년에 우리가 함께 찍은 폴라로이드 사진이 붙 어 있었다. 이미 그가 학교를 떠났을 때였다. 그는 구불거리는 머 리를 어깨까지 기르고 있었다. 그의 부모님은 그가 머리를 기르는 것을 못마땅하게 여겼었다. 그는 제일 좋아하던 염색 셔츠와 반바 지를 입고 있었다. 빌리는 나를 보러 올 때면 차도에서 오토바이 를 타고 부릉거리기도 하면서 나를 기다리곤 했다. 그럴 때면 어 머니는 밖으로 나가 오토바이를 세워놓고 들어와서 아이스티와 바나나빵을 먹고 가라고 고집했다. 그리고 머리도 안 자르고 "그 런 거"나 몰고 다닌다고 꾸짖곤 했다. "완전 히피구나." 어머니는 말하곤 했다.

"히피가 뭔지도 전 모르는데요." 빌리는 이렇게 대답했었다.

그 말은 맞았다. 빌리는 버클리 공원에서 반전시위를 하거나 대마초를 피는 사람들보다는 제임스 딘에 더 가까운 스타일이었다. 그는 잭 케루악의 소설 『길 위에서』에 등장하는 딘 모리아티였다. 비록 그는 책을 읽지 않았고, 내가 그런 이야기하는 걸 싫어했지만 말이다. "목소리 좀 낮춰, 소크라테스 양반아." 그는 말하곤 했다. "나는 뭐든 아는 거에는 관심 없어. 잊어버리는 게 너무 힘들단 말이야."

나는 손으로 머리를 감싸고 잠깐 잠이 들었다. 그래서 누군가 문을 가볍게 노크하는 소리가 들렸을 때 꿈을 꾸고 있다고 생각했다. 나는 복도에 불을 켜고 현관으로 나갔다.

보르헤스였다.

"주세페! 보고 싶었다네!"

"보르헤스?"

"나는 보르헤스로 남아있지. 때로 보르헤스라는 이름에 의문을 품지만 말일세. 어느 쪽이 진짜 보르헤스일까? 글을 쓰는 사람이 진짜 보르헤스일까, 아니면 자네 현관에 나타난 늙은이가 진짜 보르헤스일까? 아픈 발을 한 발짝씩 끌고 와서 이 어둡고 무서운 집으로 들어오라고 초대받기를 기다리는 이 사람이?"

알래스테어가 가로등 아래에서 서성이고 있었다. 왜 그는 보르헤스와 함께 내려오지 않았을까? 아마도 보르헤스가 우리 여정의 대단원의 막을 내리기 위해서 우리끼리만 있는 시간을 요청했을 수도 있다. 보르헤스는 우리가 갑자기 가드브리지에서 헤어져 여정의 서사를 적절히 끝맺지 못한 점이 싫었던 것 같다.

나는 현관의 불을 켜고 보르헤스를 내가 앉아있던 식탁으로 안내했다.

"자네는 필모어에서 맛있는 저녁 식사를 놓쳤네." 그가 말했다.

"저는 배고프지가 않아요."

그는 텅 빈 눈으로 뭔가를 잡아내듯이 주변을 둘러보았다. 그의 커다란 머리가 그리스 로마의 조각상처럼 방을 채웠다. "자네 집은 동굴 같구먼." 그가 식탁에 대고 지팡이를 툭툭 치면서 말했다.

"저는 여기에 혼자 살아요."

"혼자 사는 건 한 번도 안 해봤어."

"그건 유감이네요."

"자네 술을 마시고 있었나? 자네도 알다시피 내 코는 아주 예민한 기관일세."

"어떤 소식을 들어서요."

"그게 무슨 소식인가?"

"제 친구 빌리 소식이요. 제가 학교 친구 이야기 한 번 드린 적 있었죠. 빌리 어머니가 편지를 보내셨어요. 빌리가 베트남에서 죽었다고."

부드럽지만 안타까운 숨소리가 들렸다. 그 숨소리의 진동 속에서 가느다란 고통이 느껴졌다. 그리고 이후 오랫동안 침묵이 이어졌다. 나는 한숨을 쉬었던가? 아니면 보르헤스가 그랬던가? 기이하게도 나는 내 옆에 서서 내가 우는 모습을 보고 내 울음소리를 들었다. 기이한 고요함이 커지고 커져서 방 전체가 고동치는 것만 같았다. 방이 빙빙 돌고 있었다.

"괜찮으세요?" 이 질문이 아무 의미 없는 걸 알면서도 나는 물었다.

"제이, 나는 이런 일에 대해서는 잘 모른다네. 아니면 내 지식으로 자네를 달래줄 수 있을 텐데. 나는 신부님이 아니야. 내 인생은 망각으로의 도피와 같은 것이었어. 우리는 결국에는 모든 것을 잃겠지. 자네 친구 빌리가 너무 빨리 잃은 것처럼." 그는 내게 손을 뻗어 내 눈을 만졌다. 눈물이 흐르고 있으리라고 생각했던 것 같다. "우리의 총명한 스피노자는 모든 것이 자신만의 상태에 머무르기를 갈망한다고 말한 적이 있어. 돌은 돌로 남기를 원해. 호랑이는 호랑이가 되기를 원하지. 나는 보르헤스가 되기를 원하고, 보르헤스가 될 수밖에 없어. 여기에는 뭔가 감탄할 만한 것이 있어. 뭔가 영원한 것이 있지. 그리고, 주세페 자네도 주세페로 있기를 원할 거야. 이 누더기 육신이 허물어진 다음에도 말일세. 우리 여기에 대해 한 번 이야기한 적이 있지. 우리가 어떻게 우리 자신이기를 고집하는지에 관해 말이야." 그는 잠시 말을 멈추었다가 다시 물었다. "내 말이 위로가 되나?"

"조금은요." 내가 말했다. "감사해요."

우리는 오랫동안 어두운 복도에 함께 서있었다. 이제는 서로 말을 할 필요가 없었다. 이야기는 많이 했다. 그리고 이번엔 좀 달랐다.

"알래스테어가 내일 밤에 자네를 저녁 식사에 초대하고 싶어 한다네." 그가 마침내 입을 열었다. "내 스코틀랜드 모험의 대단원을 축하해야지." 내일은 세인트앤드루스에서 그가 보내는 마지막 밤이었다. 그는 떠나야 했다. 그는 "에든버러에 있는 어느 남자"를 만나고 싶어 했고, 옥스퍼드 대학도 그를 기다리고 있었다. 그리고

337

또한 예전 학생이었고 그보다 몇십 년 더 어린 "사랑스러운 소녀 마리아 코다마"도 기다리고 있었다. 그녀는 몇 주 뒤에 옥스퍼드로 올 것이었다. "나는 자네와 함께 '호프' 스트리트에 있네. 이 '희망'은 참으로 멋지군."

"선생님은 엄청 어리고 아름다운 여성과 사랑의 도피를 하시는군요." 내가 말했다.

"늙은이를 놀리지 말게. 자네의 말에는 진실의 울림이 있지만, 그렇다고 그게 진실이라는 걸 의미하는 건 아닐세." 그는 천장을 올려다보며 한숨을 쉬더니 말했다. "알래스테어가 밖에서 기다리고 있네."

나는 지금 알래스테어를 보고 싶지는 않았다. 너무나 빨리 내 인생에서 큰 자리를 차지했던 그 사람과 대화를 나눌 상태가 아니었기 때문이다. 그는 지난 일주일 동안 내 인생에서 사라졌다. 보르헤스라는 거대한 빛의 폭풍우 속에서 상실된 것이다. 나는 보르헤스에게 와주셔서 감사하다고 인사를 하고 문을 열어주었다.

그는 계단을 올라가기 전에 내게 가까이 다가왔다. 그의 코가 내 코에서 1, 2인치밖에 떨어져 있지 않았다. 그는 양팔로 나를 감싸 안았다. 그가 내 뺨에 키스를 했던가? 내 눈에도?

"내 말을 잘 듣게, 주세페." 그가 엄숙하게 말했다. "내일 밤에 필모어에 올 때는 반드시 징집위원회에서 왔다는 편지들을 다 가지고 오게. 내가 자네한테 부탁하는 유일한 거야. 반드시 말일세!"

26

나는 새벽에 일어나 끙끙거리며 침대맡에 앉았다. 누군가 망치로 내 관자놀이를 내리치는 것 같았다. 잠을 제대로 자지도 못했다. 깜빡 잠이 들면 어김없이 공포에 질려 비무장지대의 거대한 정글 속을 걷고 있는 악몽을 꿨다. 계속해서 잠을 깨면서 나는 아침이 주는 안식을 간절히 열망했다. 하지만 빌리의 죽음이라는 현실은 환한 대낮에서는 더 받아들이기 힘들었다. 꿈이라고 자신을 속일 수도 없는 노릇이기 때문이었다.

나는 아스피린을 몇 알 삼키고 차를 한 잔 진하게 우려내 마셨다. 하지만 뭔가를 먹으려는 생각만 해도 구역질이 날 것 같았다. 다시 음식을 먹는 걸 상상하기도 힘들었다.

9시쯤 되자 몸이 조금 나아지는 것이 느껴졌다. 나는 뜨거운 물로 목욕하고 깨끗한 스웨터와 청바지로 갈아입은 다음 해밀턴 기숙사로 갔다. 여학생들이 식당에서 막 아침 식사를 마칠 때쯤이었다. 통창에 햇빛이 가득했다.

"일찍 일어났군요!" 가장 만나고 싶지 않은 사람이었던 라이트 씨가 나를 보고 외쳤다. 빨간색 립스틱을 바른 그녀의 환한 미소는 나에게 너무 과하게 느껴졌다. 마치 내 홍채를 불태워 버리는 태양의 흑점 같았다. 나는 눈을 재빨리 깜빡였다.

"일어난 지는 좀 됐습니다." 내가 말했다.

"멋져요! 팔코너 교수님께 지난주에 듣자 하니 굉장한 논문을 준비한다면서요? 맥켄지 브라운? 와우!"

"'맥케이' 브라운이에요. 아직 갈 길이 멀어요."

그녀는 알 수 없는 표정으로 희미한 미소를 지었다. "맞아요, 아직 멀었죠. 예술은 길고 인생은 짧으니까요. 그런데 알래스테어 는 좀 어때요? 최근에 본 적 있어요?"

"네, 아주 잘 지내세요." 나는 이 대화를 계속 이어갈 의지가 전 혀 없는 상태로 대답했다.

"아, 잘 지낸다니 좋네요. 정말 좋아요!"

그녀의 일상적인 환호 속에는 그래도 나를 안심시켜 주는 뭔가 가 있었다. 그 때문에 우리의 피상적 대화가 덜 어색하게 느껴졌 다. 그녀는 헤어질 때 내 공부에 행운이 따르길 빈다면서 입맞춤 을 날렸다. "앞으로, 위로, 계속 나아가세요!" 그녀는 외쳤다. "맥 두갈 브라운이죠?"

"정확해요!" 내가 대답했다.

나는 벨라의 방으로 가는 넓은 계단을 올랐다. 벨라의 방문 앞 에서 노크를 하려던 찰나, 혹시 그녀가 앵거스와 함께 침대에 누 워있을지도 모른다는 생각이 들었다. 그녀는 숨을 헐떡이면서 야 릇한 분위기로 문을 열지도 몰랐다. 나는 햇볕이 내리쬐는 침대에 흘끗 보일지도 모르는 그녀 애인의 엉덩이를 상상했다. 이렇게 이 시간에 예고도 없이 불쑥 나타날 권리가 나한테 있는 건가? 앵거 스가 없다 하더라도 벨라는 밤늦게까지 시험공부를 하다가 지금쯤 깊은 잠에 빠져있을 수도 있다. 나는 내가 벨라의 습관이나 욕망 등을 포함해 그녀에 관해 거의 아는 것이 없다는 걸 깨달았다.

하지만 나는 내 머리 안에서 뭔가를 하라고 재촉하는 보르헤스의 목소리를 들을 수 있었다. 그리고 스트롬니스의 호텔에서 망설임 없이 에일리스의 방으로 들어섰던 것을 기억했다.

나는 노크를 했다. 하지만 아무런 대답이 없었다. 문 뒤에서 뭔가 부스럭거리는 소리가 들렸던 것 같기도 했다.

나는 기다리다가 돌아섰다. 다 부질없었다. 나는 벨라에게 빌리에 대해 이야기하고 싶었다. 아니면 이야기하고 싶지 않아서 왔을지도 모른다. 하지만 내가 여기 온 건 빌리와 관계가 있을 뿐만 아니라 그녀에 대한 나의 감정과도 관계가 있었다.

"누구세요?"

벨라가 잠에 취한 채로 머리를 문밖으로 내밀었다.

"안녕." 내가 말했다. "제이예요."

"그러네요."

그 평이하고 무심한 말이 내 희망을 사라지게 했다. 대체 나는 무슨 생각으로 여기까지 온 걸까.

"커피 마실래요?"

"네, 그럴게요." 내가 말했다. "고마워요." 나는 뺨으로 눈물이 흘러내리는 게 느껴져서 얼른 몰래 닦았다. 내가 얼마나 심약한지 벨라가 알아서는 안 된다.

"들어와요."

그녀는 "늦잠을 잤다"고 했다. 그녀는 무릎 아래까지 내려오는 하얀 면으로 된 잠옷 원피스를 입고 있었다. 머리는 귀엽게 헝클어져 있었고 뺨은 잠에서 막 깨어나 보송보송했다. 두 눈은 아침 이슬로 가득했다. 침대의 이불은 뒤집혀 있었고, 베드 스프레드는 (이런 시적인 표현은 좀 과하지만) 그녀 육체의 부재를 아쉬워하면서 한숨을 쉬고 있는 것 같았다. 나는 침대로 기어들어가 그녀의 베개에 얼굴을 묻고 싶었다. 방은 강인하면서도 아름답고 매력 넘치는 그녀의 냄새로 가득했다.

"방이 좀 엉망이죠." 그녀가 말했다.

"전혀요. 폐를 끼쳐서 미안해요."

"사과하지 말아요. 나도 당신을 봐서 기뻐요. 앉아요."

"정말요?"

"당신 편지가 좋았어요. 그리고 그 시도요. 물론 고칠 곳이 몇 군데 있어요. 시행을 줄 바꿈 하는 것도 좀 문제가 있었고요. 그리고… 운율이 느슨한 부분도 있어요."

"느슨하다고요?"

"몇 군데가요. 너무 걱정하지 말아요!"

그녀의 목소리에는 뭔가 나를 꾸짖는 듯한 느낌이 있었다. 내가 보이지 않는 선을 넘었다는 듯이.

"나중에 올까요?"

"아니요. 이렇게 왔잖아요."

그다지 열렬한 환영이 아니긴 했지만 나는 일단 그녀가 공부할 때 앉는 낡은 의자에 앉았다. 보르헤스의 『미로들』이 침대 옆에 놓여있었다. 나의 편지가 관심을 자극했나?

벨라는 창문 블라인드를 올렸다. 햇빛이 방으로 쏟아져 들어왔다. 여기에서 보이는 웨스트 샌즈 해변의 뷰는 정말 기가 막혔다.

넓은 해변은 빛으로 반짝였고, 공기는 어떤 가능성으로 설레는 듯했다.

"날씨 정말 좋네요." 그녀가 말했다.

"봄이 다시 이렇게 찾아오네요."

"예고도 없이 말이죠."

"어제는 폭풍이 불었어요. 우린 로몬드 호수에서부터 차를 몰고 왔어요. 보르헤스와 나 말이에요. 그런데 차가 퍼져버려서 가드브리지에서부터 집까지 빗속을 걸어서 왔죠."

"굉장한 모험이었군요…"

"그렇게 표현할 수 있죠."

"지금 보르헤스의 소설을 읽고 있어요. 정말 독특한 작가예요." 벨라는 『미로들』을 내게 건넸다.

"저도 한 권 있어요." 내가 말했다.

"마술 양탄자 같은 이야기들이에요. 알래스테어가 그중 몇 편을 번역했더군요." 벨라가 말했다. "알래스테어 번역이 제일 괜찮았어요." 그녀는 컵에 인스턴트커피를 부었다. "그래서, 직접 보는건 어땠어요? 보르헤스 말이에요. 이제는 그분에 대해 잘 알겠네요. 운이 좋네요."

나는 실제 보르헤스에 대해 어떻게 짧게 표현할지 막막했다. 하지만 나는 시도를 해보기로 했다. "보르헤스는 정말 복잡한 사람이에요. 그리고 아름다운 사람이고요. 보르헤스는 모든 것을 읽고 기억하죠. 보르헤스의 정신은 마치 빠르게 돌아가는 바퀴 같아요. 아니, 소용돌이라고 해야 하나? 비유가 적절한지 모르겠네요…"

"그분 소설이나 에세이는 시간을 들여서 천천히 읽어야겠던데요." 그녀가 말했다. "장르를 모두 해체하더군요."

나는 책을 넘기다가 「보르헤스와 나」라는 단편을 펼쳤다. 내가 페리 안에서 읽었던 작품이었다. 몇몇 구절은 보르헤스가 나에게 직접 이야기했던 것이었다. '호랑이가 되고 싶은 호랑이' 같은 스피노자의 표현 같은 것들이었다. 하지만 그렇다고 실망스럽지는 않았다. 오히려 뿌듯한 기분이 들었다. 그는 나와 함께 있는 시간 동안 세상에 대한 자신만의 고유한 감각을 내게 보여주었고, 그래서 그의 존재 방식은 내게 진지하게 생각해 볼 주제가 되었다. 그는 우회적이면서도 교묘한 방식으로 나를 자신의 이야기 속으로 이끌었다. 그리고 이제 나도 이런 방식을 이해하게 되었다.

「보르헤스와 나」의 결말은 너무나 적절하면서도 인상적이었다. "그러니 내 인생은 도피였다고 할 수 있다. 그리고 나는 모든 것을 잃었고, 모든 것은 망각에, 아니 보르헤스에게 속했다."

벨라는 내 어깨에 기대면서 내게 컵을 건네주었다. "그 작품도 정말 좋지 않아요?"

나는 입술을 깨물면서 손가락을 관자놀이에 대고 신음했다.

"커피가 맛이 없나 봐요?"

내 문제를 그녀에게 털어놓는 것이 과연 정당할까? 빌리에 대해서? "그녀는 내가 지나왔던 그 위험들 때문에 나를 사랑했소. / 그리고 그녀가 나를 동정했기에 나는 그녀를 사랑했소."라는 『오셀로』의 대사를 나는 단 한 번도 좋아한 적이 없었다. 이건 여성의 공감이나 애정을 얻는 정당한 방식이 아니었다. 동정심은 사랑이 아니다.

"친구에 대한 소식을 들어서요." 나는 감정을 자제하려고 노력하면서 말했다. "친구 어머니가 보내신 편지를 받았거든요. 몇 주 전에 베트남에서 전사했다고…"

"세상에!"

내 눈에서는 눈물이 걷잡을 수 없이 흘러내렸다. 그녀가 가까이 몸을 기울이고 무릎을 꿇고 앉아서 팔로 나를 껴안았다. 그리고 계속해서 내게 위로의 말을 건넸다. 그때 나는 우리가 "우정" 아니면 "연인 사이"라고 할 수 있는 어떤 새로운 지점에 도달했다는 것을 깨달았다. 이를 정의할 적절한 말은 시간이 찾아줄 것이었다. 하지만 나는 그 모든 가능성에 대한 마음의 준비가 되어있었고, 어느 쪽이든 받아들일 수 있었다.

나는 새로운 에너지를 가지고 집으로 돌아왔다. 그리고 시를 써야 한다는 충동을 느꼈다. 나는 이 시를 "결실"이라고 부르리라. 나는 재빨리 써 내려갔고, 그 후 타이핑도 했다. 내가 지금까지 썼던 것 중에서 가장 좋은 시라고 느껴졌다.

사람들은 모두
빛이 명멸하듯이
우리 곁에서 사라져 가네
교수들은 책상 위에서 쓰러지고
의사들은 죽어가는 환자의 내장을 손에 들고
교환수는 전화선 너머에서 죽어가네
사람들은 모두

아무런 경고도 없이 갑자기 차단된 신호처럼
그렇게 사라져 가네
대로 한가운데에서 자전거에서 굴러떨어진 학생,
아기 침대에서 숨을 제대로 쉬지 못하는 아기,
전철을 잘못 탄 수녀

그리고 아무도 사라지는 시간을 알지 못하네
지금인지 나중인지,
한밤 한순간에 깨끗하게 사라질지
아니면 신중하지 못하게
혼잡한 차들 속에서 버스에 질질 끌려가면서 사라질지를

개인적 공간에서든 공공장소에서든
제대로 피지 못하고 사라지는 이 죽음들이여
이 거대한 어둠 속에서
누군가는 온전한 사랑으로 서로를 꼭 껴안고
침대에서 안식하기를 기도하네.

나는 초고를 만족스럽게 끝냈다. 그리고 올세인츠에서 열리는
오후 미사에 참석하러 서둘러 길을 나섰다. 그곳은 내가 좋아하는
노스캐슬 스트리트에 있는 성공회 교회였다. 반드시 미사에 참석
해 기도를 해야 할 것 같았다. 빌리를 위해서, 그리고 나 자신을 위
해서였다. 짧은 미사가 끝나고 (회당에는 나를 제외하고는 세 명
밖에 없었다) 나는 사제석 뒤에 혼자 앉아있었다. 머리 위 스테인

346

드글라스 창문으로 황금빛과 파란빛이 비치며 그 공간을 가득 채우고 있었다. 나는 그곳에서 빌리를 가까이 느꼈다. 신도 가까이 계시는 것 같았다. '신'이라는 말로 의미하는 것이 무엇이든 간에 말이다. 마음속에서 나는 빌리가 어디에 있든 그곳에서는 안전하며, 그에게 죽음은 또 다른 시작이자 도약이라고 느꼈다. 이건 느낌이 아니라 확신이었다. 영혼의 지속이라는 개념은 오래전 플라톤의 관념이었다. 이제 나는 그 관념으로 살아갈 수 있을 것 같았다. 물론 우리는 보르헤스가 말했듯이 "불충분한 지식"으로 살아간다. 나 또한 다른 누군가와 다르지 않았다. 나의 신념은 우리가 필요할 때 우리를 들어 올려주는 우주의 힘에 대한 본능적 신뢰에 불과했다.

늦은 오후에 나는 보르헤스가 부탁한 징집위원회에서 온 편지 뭉치를 가방에 챙겨 넣고 벨라를 픽업해서 알래스테어의 집으로 함께 갔다. 보르헤스도 벨라를 환영할 것이었고, 벨라도 보르헤스가 떠나기 전에 뵙고 싶다고 했다. 나는 벨라와 보르헤스와 함께 만난다는 아이디어가 정말 좋았다. 아니, 우리 셋은 함께 만나야만 했다. 내 꿈의 두 부분이 환한 현실 속에서 함께 자리하는 멋진 광경이 될 것이었다.

빛살은 구름의 황금빛 테두리를 잘라내듯 날카롭게 내리비치고 있었다. 차가운 바람이 바다 안에서부터 생성되어 수면으로 나오려고 안간힘을 쓰는 것 같았다. 거리는 어제 내린 거센 비로 축축하고 더러웠다. "이날은 주님께서 만드신 날, 우리 기뻐하며 즐거워하세"라는 유명한 시편의 구절이 내 머릿속을 맴돌았다.

필모어의 철문을 열자 하늘에 까맣게 모여 있던 떼까마귀 무리와 다른 조류들이 머리 위에서 날개 치며 날아올랐다.

"불길하네요." 벨라가 말했다.

"징조는 늘 불길한 법이지 않나요?"

"길조와 흉조가 있으니까요."

"이번엔 길조라고 생각하고 싶네요."

건물 전면의 페인트가 벗겨진 걸 쳐다보면서 나는 현관을 부드럽게 노크했다. 그 집은 내가 기억했던 것보다 훨씬 더 작아 보였다.

"지친 여행자가 오셨군." 알래스테어가 문을 열며 말했다.

"아저씨는 어디에 있었어요?" 재스퍼가 물었다.

"그러는 너는 어디에 있었니?"

"런던에요. 아빠랑."

"런던은 어땠어?"

"런던을 지겨워하는 소년은 삶도 지겨워하기 마련이죠." 재스퍼가 말했다.

이 아이는 정말 지구에서 가장 영리한 아이가 아닐까? 재스퍼의 어두운 머리칼과 아름다운 큰 눈은 너무나 매력적이었다.

"보르헤스는 하이랜드에서 좋은 시간을 보냈다고 하더군." 알래스테어가 말했다. "그분은 아예 마음 한켠을 하이랜드에 두고 오신 것 같아."

"정말요?"

"몇 번의 불운한 사건도 있었다고…"

"불운이라고 할 수도 있겠죠."

"미스 로, 만나서 반갑구려." 갑자기 보르헤스가 복도에서 불쑥 나타나 인사를 건넸다. 그는 진청색 배경에 노란 악어와 붉은 폭포가 그려진 환각적 넥타이를 매고 있었다. 보르헤스는 벨라가 내게 어떤 의미인지 잘 알고 있었기 때문에 그녀를 열렬히 만나고 싶었다는 표정이었다. 마치 노라 랑에가 먼 과거에서부터 불쑥 나타나 그에게 "만나서 반갑다고 이야기해!" 하고 명령한 것 같았다.

"반갑습니다, 선생님." 벨라가 대답했다.

"내가 지금 호르헤 선생님인가요? 아무래도 좋아요. 내 어머니와 아버지는 나를 호르히라고 불렀지만."

"저는 그렇게 부르지 않습니다." 알래스테어가 말했다.

"나는 누군가에게는 보르헤스이고 또 누군가에게는 호르히라오. 하지만 아무런 차이도 없소."

그가 이야기하는 방식에는 집요한 기이함과 불가사의함이 있었다. 그건 언어의 차이 때문일까, 아니면 그가 그런 불투명함을 갈고 닦아왔기 때문일까? '불투명'이 아니라 '반투명'이라고 해야할까? 빛은 보르헤스라는 마스크를 통과해서 비치니 말이다. 그의 빛은 수수께끼 같은 광채를 가진 창백한 노란색이었다. 그와 함께 있으면 누구든 자신이 지적이고 박학다식하며 재치 있다는 것을 느낄 수 있었다. 그의 곁에 있으면 우주 자체가 더 유순하고 순응적이며 유효한 것으로 느껴졌다.

재스퍼는 벨라와 보르헤스를 서재로 안내했고, 나는 수프 만드는 것을 도와달라는 알래스테어의 부탁으로 부엌으로 갔다. 물론 그건 핑계라는 것을 알고 있었다. 그는 개인적으로 이야기를 하고 싶었던 것이다.

"여행은 어땠어요?" 내가 물었다.

"내 종조부는 괜찮으셔. 약하게 심장마비가 왔거든. 뇌졸중은 아니더라고. 거의 감지하기 힘든 정도였어." 그가 한숨을 내쉬었다. "보르헤스 선생을 돌봐줘서 고맙네."

"저한테 좋은 기회였죠." 내가 말했다. "정말로요."

"즐겁지는 않았고?"

"즐거웠다는 게 적절한 표현인지는 잘 모르겠네요."

"아마존에서 배 타는 거하고 비슷한 거지. 그런 경험을 하게 되어서 기쁜 거야. 모기와 악어와 발에 생기는 물집과 식인종, 뭐 그런 이야깃거리가 생기니까."

"하이랜드에서 그런 이야깃거리는 많이 생겼죠."

알래스테어는 와인 한 잔을 건넸다.

"자네 친구는 정말 유감이네."

"빌리예요."

"보르헤스가 이야기해 줬어."

"슬프죠. 그래도 어느 정도는 예상했었어요."

알래스테어는 크리스털 잔을 응시하듯이 나를 응시했다. "나도 그런 죽음을 겪었지." 그가 말했다. "태평양에서 친한 친구를 잃었거든. 브루스 도널드슨이라고, 나는 '도널드 더 브루스'라고 불렀었지. 우리는 위트혼에서 학교를 같이 다녔어. 아버지 교회에서 합창단도 같이 했지. 합창단이라고 부르기에 민망하지만 말이야. 어느 날엔 학교를 땡땡이치고 글래스고까지 히치하이킹으로 여행을 가기도 했어. 너무 늦게까지 놀아서 한밤중에 집으로 왔지. 어머니는 격노하셨어. 그래도 상관없었지." 그는 내 손목을 잡았다. "괜찮나?"

"사실 안 괜찮아요."

"언제든지 여기에 와도 돼. 낮이나 밤이나."

"알아요. 감사해요."

"틀어박히지 말게. 침묵하지도 말고."

"가끔 호흡이 멈추는 것 같기도 해요. 뭔가 툭 끊어져 버린 이상한 느낌이에요."

"비통함이란 저항할수록 배로 불어나는 고통이야. 사람들은 그렇게 이야기하지. 나도 그렇게 생각해. 자네는 애도를 해야 해."

'애도'라는 말이 나를 당황하게 했다. 그 과정이 어떻게 펼쳐질지는 알 수 없지만, 언젠가는 나도 빌리의 죽음을 받아들이게 될 것이다. 다른 선택의 여지가 내게 있는가?

알래스테어는 아가 스토브에서 그가 잘 굽는 브라우니 쟁반을 꺼냈다.

"브라우니가 다 되었군." 그가 말했다.

그는 냉장고에서 진하고 크리미한 초콜릿 아이싱이 가득 담긴 도자기볼을 꺼냈다. 그는 거품이 일도록 저은 다음 브라우니 위에 국자로 아이싱을 올렸다.

"정신의 다양한 부분들은 서로 잘 소통하지 못하지." 그가 말했다. "내 브라우니는 소통의 촉진제야. 행복으로 가는 지름길이지. 하지만 목적지를 둘러 가는 것보다 똑바로 가는 게 뭐가 잘못이란 말인가? 앵글로색슨어에서 '똑바로' 간다는 건 직진하는 거야. '잘못' 간다는 건 구불구불 둘러서 간다는 의미지. 가끔 나는 온 세상이 다 에둘러 가고 있는 것 같아. 말이 나와서 말인데, 자네는 벨라와 친해진 거 같던데. 그래 보여."

"저도 그렇게 생각해요."

"순리에 맡겨봐. 안 돼도 할 수 없고."

알래스테어는 브라우니에 아이싱 올리는 걸 끝내고 그 위에 작은 초콜릿 가루를 뿌렸다.

"보르헤스가 자네를 좋아해." 그가 말했다.

"정말요?" 이런 말을 이렇게 평이하게 하는 걸 들으니 놀라웠다. 나는 예상했던 것보다 훨씬 더 기분이 좋아졌다.

"아주 좋아하는 것 같아." 그가 말했다. "보르헤스는 마술사이고 주술사이고 사기꾼이고 천재야."

"그리고 사제예요."

"맞아. 자네가 보르헤스를 읽으면 알게 될 걸세."

"조지 맥케이 브라운이 저한테 『미로들』을 한 권 줬어요."

"조지가 잘했군. 자네가 필요한 모든 것이 그 책에 있을 거야." 그는 국자를 핥았다. "나머지는 모두 다 장식일 뿐이지. 하지만 우리는 모두 장식을 사랑하잖아? 보르헤스는 이해하기에 한평생이 걸리는 작가야. 그렇게 많은 세월이 내게 있을지 모르겠지만."

"오늘 낮에 파스칼에 대한 단편을 읽었어요."

"좋은 작품이지. 보르헤스는 그런 작고도 완벽한 텍스트들을 창작해 낸다네. 이야기이면서 에세이이고, 그러면서도 모두 시야. 일종의 주술이랄까. 보르헤스를 읽고 나서 자네가 만약 기차를 놓친다면 그 사건도 의미로 가득 찬 것처럼 느껴질 거야." 알래스테어는 눈을 크게 뜨고 황소처럼 콧구멍을 벌리고는 브라우니를 음미했다. 나는 그가 이른 오후에 이미 브라우니 믹스를 만들어 놓았을 거로 추측했다. "문학은 보르헤스 이후로 변해야만 해."

보르헤스가 부엌으로 들어섰다. "내 이름이 들리는군. 내 이름을 함부로 부르지 말게나."

"보르헤스 선생님." 알래스테어가 말했다.

그의 이름은 호칭이라기보다는 하나의 개념으로 들렸다. 그리고 보르헤스도 이를 즐기는 것 같았다.

"나는 자네 친구 덕분에 하이랜드를 다녀왔지." 그가 말했다. "그리고 그 친구의 이름은 주세페야. 하지만 산초이기도 하지. 상투적 지혜를 위대하게 공식화하는 인물이라네."

"그렇게 말씀하시는 걸 들으니 이 친구한테는 정말로 상투적인 부분이 있네요." 알래스테어가 말했다.

벨라도 이제 부엌으로 들어와 내 쪽을 다정하게 바라보았다. 벨라 뒤에 재스퍼와 제프가 따라 들어왔다.

"아빠가 브라우니를 만들었어요." 재스퍼가 말했다.

"네가 먹을 건 아니야, 재스퍼." 알래스테어가 눈을 가늘게 뜨고 말했다.

"브라우니를 먹으려면 대체 몇 살이 되어야 하나요?" 제프가 물었다. 나는 제프도 여행에서 돌아온 줄 몰랐다. 우리는 앞으로 몇 주 동안 함께 나눌 이야기가 아주 많을 것이 분명했다. 그리고 그는 언제든지 내 이야기를 듣고 충고해 줄 준비가 되어 있는 다정하고 현명한 친구였다. 난 정말이지 운이 좋구나, 하고 생각했다. 정말로 많은 면에서 그랬다.

"그러려면 호머처럼 나이가 아주 많아야만 해." 보르헤스가 말했다. "알레한드로, 나한테 브라우니 좀 주게나."

알래스테어는 통통한 브라우니 하나를 집어 대가의 쭉 뻗은 손바닥 위에 놓아주었다. 그리고 또 하나를 제프에게 건넸다. 제프는 게걸스럽게 받아먹었다.

"벨라도 브라우니 먹을래요?" 알래스테어가 물었다. "미리 경고하는데, 아주 독한 브라우니예요."

"저 독한 거 좋아해요!" 그녀는 이렇게 말하면서 하나를 받아서 즐겁게 베어 물었다. 그리고 손등으로 입술에 묻은 아이싱을 닦았다. "초콜릿은 사랑이라고들 하죠." 그녀가 말했다.

"그 효과는 사랑보다 더 믿을 만하다오." 보르헤스가 말했다. "단테도 이 마약을 먹어봤어야 하는데. 알다시피 베아트리체는 단테의 마음속에 영원히 살았네. 하지만 베아트리체에게 단테는 존재감이 없었어. 하지만 『연옥』 마지막에서 둘이 만났을 때 베아트리체는 단테를 천국으로 인도하지. 베아트리체는 단테의 영혼을 깊이 사랑했지만, 그의 몸을 사랑하지는 않았어."

"아주 불행한 이야기군요." 알래스테어가 말했다. "베아트리체 혹시 스코틀랜드 사람 아니에요?"

벨라는 이 이야기를 듣고 웃음을 터뜨렸다. 그 모습이 그렇게 아름다울 수가 없었다. 그녀는 작은 국화무늬가 있는 옅은 노란색 원피스를 입고 있었는데 그녀의 빨간 운동화와도 잘 어울렸다. 그녀는 늘 빨간 운동화를 신었다. 그리고 빨간색을 강조해 주는 하얀 발목 양말을 신었다.

나도 이 즐거운 분위기에 동참하기 위해 커다란 브라우니 하나를 맛있게 즐겼다.

창문가에 있는 큰 스피커에서는 음악이 흘러나오고 있었다. 알래스테어는 특히 바흐를 많이 좋아했다. 지금 나오는 음악은 분명 〈푸가의 기법〉일 것이다. 필모어에서는 늘 배경음악으로 흐르고 있기 때문이다. 그 음악은 다양한 요소들이 서로 짜이는 이 방의 모습과도 닮았다고 나는 생각했다. 하나의 멜로디가 서로 다른 부분을 흡수해서 결국 이 방과 목소리들과 사건들을 하나의 전체로 만들기 때문이다.

음악에 맞춰서 춤추듯 가벼운 걸음으로 보르헤스는 방을 활기차게 가로질렀다. 얼굴은 살짝 상기되어 있었다. 그는 말했다. "주세페! 자네 편지는 가져왔는가?"

"네, 배낭에 있어요."

"참 매력적인 단어야. '배낭'이라니. 온 세상이 배낭 속에 숨어 있군."

"저도 배낭이 필요해요." 제프가 말했다.

나는 현관 쪽 복도로 가서 배낭 속에 있는 편지 뭉치를 꺼내서 돌아왔다. 일곱 통의 편지가 고무밴드로 묶여있었다.

"편지예요." 내가 말했다.

"우리는 그걸 태워 없애야 해." 보르헤스가 말했다. "'재에서 재로.' 실로 그렇지 않은가? 그것만이 유일한 해결책이야. 창세기에 나왔던 구절인 것 같은데. 모든 이야기의 기원인 창세기 말일세."

보르헤스가 이 말을 하자마자 나는 그의 제안에 담긴 지혜와 필연성을 느꼈다. 나는 빌리를 축성하는 의식으로서, 그리고 내 젊은 자아에게 바치는 일종의 비가로서 그 편지를 불태워 버려야 했다. 나는 내가 세인트앤드루스에 온 이래로 했던 그 어떤 일보다도 이 일이 가장 정당한 것으로 느껴졌다.

알래스테어도 일종의 제의적 행위가 필요하다는 것을 이해했다.

그는 늘 그렇듯 눈에 장난기를 가득 머금고서 우리를 바깥으로 데려가 풀밭을 지나 웨스트 샌즈로 향했다. 보르헤스와 벨라, 나, 알래스테어와 제프, 그리고 어린 재스퍼는 나란히 기차놀이를 하듯 즐겁게 걸었다. 우리의 실루엣이 하늘을 배경으로 펼쳐졌다. 우리는 골프용 반바지를 입고 골프를 치고 있는 사람들을 지나쳤다. 그들은 우리 쪽으로 모자를 까딱여 보였다. 아직도 바깥은 환했다. 우리가 뻣뻣한 관목 덤불과 모래언덕을 통과해 넓은 백사장으로 이동할 때, 바다는 기이한 분홍빛으로 환하게 빛나고 있었다.

"제가 불을 피울게요." 재스퍼가 말했다.

"네가 바로 불이야." 알래스테어가 말했다.

제프는 불쏘시개가 될 만한 것을 함께 찾아보자고 제안했고, 알래스테어도 그와 함께 관목 덤불 쪽으로 갔다.

나는 넓은 모래밭에서 벨라와 보르헤스와 함께 서있었다. 구름이 거대한 청동빛 샹들리에처럼 바다 위에 걸려있었다. 갈매기가 구름을 지나 날아갔다. 나는 갈매기가 파도를 급습해서 물고기를 낚아채 올리는 것을 보았다. 해변도 부드럽고 창백한 분홍빛이었다. 기름진 창자처럼 생긴 해초와 갑오징어 뼈가 해변에 가득했다. 게 껍질과 돔발상어 잔해가 부목과 뒤섞여 조류의 흔적을 보여주고 있었다. 모든 것은 시간이 지나면 이렇게 드러나기 마련이다.

재스퍼와 제프와 알래스테어가 불쏘시개를 구해왔다. 그리고 부목과 나무 막대들을 피라미드 모양으로 세우고, 그 위에 가지와 마른 잎을 덮어서 작은 신전처럼 만들었다. 재스퍼는 방화벽이 있는 아이처럼 즐거워하면서 불을 피우고는 열심히 불었다. 곧 불꽃이 낮게 탁탁거리는 소리가 들렸다.

"짜잔!" 재스퍼는 아버지의 말투를 흉내 내면서 말했다.

"작은 불이군요." 알래스테어가 스페인어로 말했다.

보르헤스가 가까이 다가왔다. 그는 불꽃을 볼 수 있었던 것 같다. 그는 제라드 맨리 홉킨스를 인용했다. "'그대에게서 터져 나오는 불꽃은 / 억만 갑절보다 더 아름답고도 위험하구나!'"

"편지를 주게." 시간이 되자 알래스테어가 나에게 말했다.

우리는 모닥불 주변에 둥그렇게 모여 섰다. 나는 너무나 이상하게도 미친 듯이 마음이 들떠서 온몸을 부들부들 떨었다. 정말 이것이 내가 원하는 걸까? 벨라는 나의 망설임을 읽고는 나를 안심시키려는 듯 내 팔꿈치를 건드렸다. 나는 그녀에게 돌아섰다. 그녀의 크고도 깊은 눈은 나를 받아들이려는 듯 보였다. 그리고 미소를 지었다.

내가 불꽃 속으로 하나씩 편지를 떨어뜨릴 때 모두가 제자리에 서서 경건하게 지켜보았다. 모두 신비의 숫자인 일곱 개였다. 그것들은 처음에는 붉게 변하더니 끝부분이 말리면서 갈색과 검은색으로 변했다. 그리고는 타들어 갔다. 그리고 불꽃 파편이 솟았다. 마침내, 재에서 재로 가는구나.

"먼지에서 먼지로." 제프가 말했다.

"그건 축복받은 변신이지." 보르헤스가 말했다. "모두가 계속해서 여기로 온다네. 아무도 막을 수 없어. 아름다운 변화야. 나도 한때 여린 청년이었지. 하지만 지금은…"

"여린 노인이시죠." 제프가 말했다.

"그리고 곧 먼지가 되겠지. 하지만 우리는 다시 돌아온다네. 휘트먼을 아는가? '나는 나 자신을 흙에 남긴다 / 내가 사랑하는 풀로 자라나기 위하여.'"

알래스테어가 이어받았다. "'나를 다시 보고 싶거든 그대의 구 둣발 아래 나를 찾아보라.'"

놀랍게도 벨라가 이어받았다. "'그대는 내가 누구인지 혹은 내 가 무슨 말을 하려는지 알지 못하리 / 하지만 그래도 나는 그대를 건강하게 하는 것이 되리라.'"

보르헤스가 다시 덧붙이면서 마무리했다. "'그리고 그대의 피 를 다시 정화시키리라.'"

그때 공기 중에 음악이 울렸던가? 나는 분명 나를 관통하는 듯 한 음악 소리를 들을 수 있었다. 강력하고도 명쾌한 소리였다. 공 기 중에는 계피 향이 얼얼하게 풍겼다. 북소리도 있었고, 백파이프 소리도 났고, 경쾌한 리듬으로 세게 튕기는 보이지 않는 기타 소 리도 있었다. 나는 보르헤스가 눈을 감고 박자에 맞춰 팔을 펼쳐 빙그르르 도는 것을 보았다. 그는 스텝을 밟더니 풀쩍 뛰어올라서 알래스테어 옆으로 가서 한쪽 손을 내밀었다. 알래스테어는 그의 손을 잡고 다른 손으로는 제프의 손을 잡았다. 그리고 그들은 스 페인어로 노래를 부르면서 복잡한 스텝을 밟으며 좌우로 움직였 다. 그러고 나서 재스퍼가 아버지의 손을 잡았고, 그 네 명은 그 이 상하면서도 멋진 멜로디에 맞춰 모닥불 주변을 춤을 추며 빙글빙 글 돌았다.

벨라는 혼자서 바다 쪽으로 걸어갔다. 그리고 빨간 운동화와 양말을 벗고 맨발로 파도 속으로 걸어 들어갔다. 그녀는 원피스를 들어 올렸다. 그녀의 기다란 다리가 놀랍도록 아름답게 반짝거렸 다. 바다는 그녀의 무릎을 거품으로 씻어내렸다. 바람이 원피스를 들어 올려 원피스가 풀어지더니 거의 보이지 않는 정도가 되었다. 음악은 천둥처럼 해변을 울렸다. 파도는 솟았다가 부서졌다.

나도 신발을 벗고 그녀를 향해 걸어갔다. 빛은 손에 만져지는 것처럼 부드럽고 달콤했다. 태양이 바다를 비추자 구름은 분홍색과 주황색으로 물들었고, 나는 마치 그 맛을 혀에서 느낄 수 있을 것 같았다. 바다 전체가 다이아몬드를 깔아놓은 것 같았다.

벨라는 자신에게 오라는 듯 나를 향해 미소를 지었다.

나는 그녀를 향해 흔들리는 물속으로 걸어 들어갔다.

후기

이 이야기는 내 기억 속에 50년 동안 살아있었다. 그리고 시간이 흐르면서 변형되기도 하고 왜곡되기도 했다. 나는 이 이야기를 무수히 많이 했었다. 1970년대 후반에 처음 아내와 데이트를 했던 날, 내가 보르헤스와 알래스테어, 재스퍼, 제프에 대해 오랫동안 이야기했던 것을 아내는 지금도 기억한다. 특히 "오줌싸는 밤"이라고 내가 불렀던 킬리크랭키에서의 하룻밤 이야기를 재미있어 했다. 그리고 우리가 데이트하고 얼마 안 되어 알래스테어를 함께 만났을 때 그는 내가 놓친 부분까지 보충해 가면서 내 이야기를 더 즐겁게 해주었다. (알래스테어는 2014년 영면할 때까지 우리와 가족처럼 지냈다. 나는 지금도 삶의 매 순간 그와 함께했던 시간이 그립다.)

나는 예전에 이 이야기의 일부를 몇 편의 글로 쓴 적이 있었다. 어떤 글은 1970년대 중반에 쓰기도 했다. 하지만 영국 영화감독인 로스 클라크가 이 이야기로 좋은 영화를 만들 수 있겠다고 제안하면서, 비로소 나는 그의 재촉으로 전체 이야기를 써 내려가기 시작했다. 『보르헤스와 나』는 처음에는 '루크'라는 인물의 내레이션으로 진행되는 소설이었다. (루크는 많은 면에서 나의 이야기를 담고 있었다.) 그리고 나는 소설을 다 끝냈다. 하지만 그 소설의 사실 여부는 기억에 의해 확증될 수 있는 것이기에, 소설 형식의 회고록으로 다시 쓰기로 했다. 이는 일종의 "서사" 혹은 보르헤스식의 "허구"와 가까운 개념이다. 그래서 이 작품은 원래 쓴 것을 지우고 그 위에 다시 쓴 일종의 '양피지 소설'에 가깝다. 원래의 텍스트는 거의 알아볼 수 없지만 그럼에도 불구하고 그 뼈대가 드러난다는 점에서 중요하다. 이 이야기는 허구 혹은 자전적 소설로 구성되었으며, 그러한 구성은 "짧은 만남"이라는 부제 속에 드러나 있다.

내가 알래스테어와 부엌에 앉아있을 때나 보르헤스와 함께 차를 타고 여행할 때, 혹은 조지 맥케이 브라운과 오크니 섬의 거리를 걸을 때 주머니 속에 녹음기를 숨기고 있었던 것은 물론 아니다. 기억은 상상력의 사생아라고 할 수 있다. 이 책에 나오는 대화는 모두 재구성된 것이다. 하지만 50년 동안 머릿속에서 계속 울리던 목소리들을 충실하게 반영하고 있다. (물론 나는 올해 이 대화들을 포함해 일부를 노트에 가득 메모하기는 했다.) 여기에 묘사된 많은 사건과 장면은 내게 신화적인 울림을 지니고 있었다. 그건 알래스테어에게도 그랬던 것 같다. 보르헤스가 영면했던 날, 알래스테어는 내게 전화를 해서 늘 그랬듯 쿨하게 "이제 보르헤스는 다른 곳에서 싱글턴 씨를 찾아보려나 봐." 하고 말했었다.

이 책은 보르헤스의 단편소설「보르헤스와 나」의 명백한 굴절이자 재구성이다. 나는 그 작품이 오랫동안 내게 준 즐거움의 일부나마 담을 수 있기를 희망했다. 보르헤스와의 여행은 실제로는 두 번이었다. 그런데 여기에서는 이야기의 효율적 전개를 위해 하나로 합쳐놓았다. 여기에 나오는 인물들은 모두 실제 인물들이다. 몇몇은 실명으로 서술했다. 알래스테어, 재스퍼, 보르헤스, 제프, 팔코너 교수, 앤 라이트, 그리고 조지 맥케이 브라운이 그들이다. 싱글턴 씨도 실제 인물이지만 지금쯤 뉴질랜드 어느 곳에 묻혀있을 것이다. 빨간 운동화를 신은 소녀는 나와 당시에 친했던 세 명의 서로 다른 여성을 합쳐놓은 것이다. '에일리스'는 다시는 만나지 못했다. 우리는 서로 너무나 다른 세상에 살고 있기 때문이다. 빌리 지오다노는 내 고등학교 친구들 세 명을 합쳐놓은 인물이다. 그들은 모두 베트남전에 참전했고 그중 가장 친했던 친구 한 명은 내가 세인트앤드루스에서 대학원을 다니던 첫해에 그 불가능한 전쟁에서 사망했다. 그의 죽음은 몇 년이 지나도록 지우기 힘들었던 우울의 흔적을 내게 깊이 새겼다.

부수적인 사항에 대해 한 가지만 더 이야기하도록 한다. 나는 박사논문 주제를 결국 조지 맥케이 브라운이 아니라 시어도어 로스케로 바꿨다. 그것은 이 이야기에 나온 여행 이후 얼마 되지 않아서였다. 당시 그 미국 시인이 사망하면서 미발표 원고가 발견되자 팔코너 교수가 더 흥미를 느낄 것 같았기 때문이다. "그가 사망했다니 정말 기쁘군." 팔코너 교수는 내가 주제를 바꾸겠다고 제안하자 이렇게 말했다.

로스케 시인의 「멀고 먼 들판」이라는 시에는 『보르헤스와 나』라는 이 책의 본질을 멋지게 표현하는 구절이 있다. "한 사람에 대한 순수하고도 잔잔한 기억"이라는 구절이다. 나는 이 책이 그렇게 기억되기를 진심으로 바란다.

보르헤스와 나
: 짧은 만남에 관한 이야기

초판 1쇄 발행 2022년 1월 18일

지은이 제이 파리니
옮긴이 김유경
펴낸이 최윤영 외 1인
펴낸곳 책봇에디스코
편집주간 박혜선
디자인 허희향 eyyy.design

등록 2020년 7월 22일 제2020-000116호
전화 02-6353-1517
팩스 02-6353-1518
이메일 ediscobook@gmail.com
블로그 blog.naver.com/ediscobook
인스타그램 instagram.com/edisco_books
페이스북 facebook.com/edisco.book.1

ISBN 979-11-971270-8-3(03840)